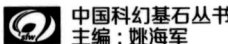
中国科幻基石丛书
主编：姚海军

人生不相见

何夕科幻小说精品集

何夕 著

四川科学技术出版社

图书在版编目(CIP)数据

人生不相见:何夕科幻小说精品集/何　夕　著;
- 成都:四川科学技术出版社，2011.9(2019.11重印)
(中国科幻基石丛书/姚海军 主编；11)
ISBN 978-7-5364-7182-5

Ⅰ.人… Ⅱ.①何… Ⅲ.科学幻想小说-小说集-中国-当代　Ⅳ.I247.7

中国版本图书馆CIP数据核字(2011)第067623号

中国科幻基石丛书

人生不相见

何夕科幻小说精品集

出 品 人	钱丹凝
丛书主编	姚海军
著　 者	何夕
责任编辑	宋齐　杨枫
封面设计	李鑫
版面设计	李鑫
责任出版	邓一羽
出版发行	四川科学技术出版社
	四川省成都市槐树街2号出版大厦　邮政编码:610031
成品尺寸	147mm×208mm
印　　张	11.25
字　　数	250千
插　　页	2
印　　刷	四川省南方印务有限公司
版　　次	2011年9月成都第二版
印　　次	2019年11月成都第三次印刷
定　　价	28.00元

ISBN 978-7-5364-7182-5

■ 版权所有·翻印必究 ■

■本书如有缺页、破损、装订错误，请寄回印刷厂调换。
厂址:四川省眉山市彭山区彭祖大道南段135号　邮编:620860

写在"基石"之前

姚海军

"基石"是个平实的词,不够"炫",却能够准确传达我们对构建中的中国科幻繁华巨厦的情感与信心,因此,我们用它来作为这套原创丛书的名字。

最近十年,是科幻创作飞速发展的十年。王晋康、刘慈欣、何夕、韩松等一大批科幻作家发表了大量深受读者喜爱、极具开拓与探索价值的科幻佳作。科幻文学的龙头期刊更是从一本传统的《科幻世界》,发展壮大成为涵盖各个读者层的系列刊物。与此同时,科幻文学的市场环境也有了改善,省会级城市的大型书店里终于有了属于科幻的领地。

仍然有人经常问及中国科幻与美国科

幻的差距，但现在的答案已与十年前不同。在很多作品上（它们不再是那种毫无文学技巧与色彩、想象力拘谨的幼稚故事），这种比较已经变成了人家的牛排之于我们的土豆牛肉。差距是明显的——更准确地说，应该是"差别"——却已经无法再为它们排个名次。口味问题有了实际意义，这正是我们的科幻走向成熟的标志。

与美国科幻的差距，实际上是市场化程度的差距。美国科幻从期刊到图书到影视再到游戏和玩具，已经形成了一条完整的产业链，动力十足；而我们的图书出版却仍然处于这样一种局面：读者的阅读需求不能满足的同时，出版者却感叹于科幻书那区区几千册的销量。结果，我们基本上只有为热爱而创作的科幻作家，鲜有为版税而创作的科幻作家。这不是有责任心的出版人所乐于看到的现状。

科幻世界作为我国最有影响力的专业科幻出版机构，一直致力于对中国科幻的全方位推动。科幻图书出版是其中的重点之一。中国科幻需要长远眼光，需要一种务实精神，需要引入更市场化的手段，因而我们着眼于远景，而着手之处则在于一块块"基石"。

需要特别说明的是，对于基石，我们并没有什么限定。因为，要建一座大厦需要各种各样的石料。

对于那样一座大厦，我们满怀期待。

目录

伤心者	1
小　雨	37
爱别离	47
审判日	77
我是谁	123
假　设	155
天生我材	197
田　园	233
祸害万年在	267
万能时代	279
人生不相见	305
后记：科幻，在路上	353

伤 心 者

1.

　　上午正是菜市场最繁忙的时候,我看着夏群芳穿过拥挤的人群,她的背影很臃肿。隔着两三米的距离,我看不清她买了些什么菜,不过她跟小贩们的讨价还价声倒是能听得很清楚。从这两天的经历来看,我知道小贩们对夏群芳说话是不太客气的,有时甚至于就是直接的奚落。不过,我从未见夏群芳为此表现出生气什么的,她似乎只关心最后的结果,也就是说菜要买得合算,至于别的事情,至少从表面看上去她是毫不计较的。现在她已经买完菜准备离开,我知道她要去哪儿。

　　这座城市的四月是最漂亮的时候,各个角落里都盛开着各种各样的花。气候不冷也不太热,老年人皮帽还没取下,小姑娘们就钻空在天气晴朗的时候迫不及待地穿起了短裙——这本来就是乱穿衣的时候呢。"乱花渐欲迷人眼"在这样的季节里成了不折不扣的双关说法。夏群芳对街景显然并没有欣赏的打算,她只是低着头很费劲地朝公共汽车站的方向走,装满蔬菜的篮子不时和她短胖的小腿撞在一起,使得她每走几步就会有些滑稽地打个趔趄。道路两旁的行道树都是清一色的塔松，在这座温带城市里，这种树比原产地要长得快，但木质也相对要差一些。夏群芳今天走的路线与平时稍有不同，因为今天是星期天，她总是在这个时候到C大去看她的儿子何夕。

由于历史的原因，C大的校园被一条街道分成了两个部分，在这条街上还运行着一路公共汽车。夏群芳下车后，进入了校园的东区。现在是上午十点，她直接朝图书馆的方向走去，她知道这个时候何夕肯定在那里。同样由于历史的原因，C大的图书馆有两个，分别位于东西两区，实际上，C大的东西两区曾经是两所独立的高校。用校方的语言来说这两所学校是合并，但现在的校名沿用了东区的，所以当年从西区那所学校毕业的不少学生常常戏称自己是"亡校奴"，并只对西区那所学校寄予母校的情怀。严格来讲，何夕也该算作"亡校奴"，不过何夕是在合并后才开始读C大硕士的，所以在何夕心中，母校就是东区和西区的整体。

何夕坐在东区图书馆底楼的一个角落里静静地看书，不时在面前的笔记本上写上几笔。这时候，有一个人正透过窗户悄悄地注视着他，窗外的人就是何夕的母亲夏群芳，她饶有兴致地看着聚精会神的何夕，汗津津的脸上荡漾着止不住的笑意。我看得出她有几次都想拍响窗户打个招呼，但她伸出手最终却犹豫了。倒是临近窗户坐着的两个漂亮女生发现了窗外的夏群芳，她们有些嫌恶地白了她几眼。夏群芳看懂了她们的这种眼神，不过她心情好不跟她们计较，她有个读硕士的儿子呢，夏群芳在单位里可风光了。想到单位，夏群芳的心情变得有些差，她已经四个月没有从那里拿到钱了。当然，她这四个月并没有去上班，她下岗了，现在摆着个杂货铺。按照夏群芳一向认为合理的按劳取酬原则，她觉得这也是很自然的事情。夏群芳在窗外按惯例站了二十来分钟，她的脸上显得心满意足。我算了一下，为了这一语不发的莫名其妙的二十分钟，夏群芳提着十来斤东西多绕了五公里路，这种举动虽然不是经济学家的合理行为，但却是夏群芳的合理行为。

其实今天夏群芳是最没有理由来看何夕的，因为今天是星期天，何夕虽然住校，但星期天总会回家一趟。不过他不会在家里住，而是吃过晚饭又回到学校。夏群芳知道，在何夕的心里学校比家里好。不过对于这一点，夏群芳并不在意，只要儿子觉得高兴她也就高兴。夏群芳永远都不会知道，此刻摊放在何夕面前的那本大部头里究竟有什么吸引人的东西，但很肯定的是，每当夏群芳看到儿子聚精会神地沉浸在书中时，她的心里就会有一种没来由的欣慰。这种感觉差不多在何夕刚上小学的时候就成形了。她以前就从不去探究何夕读的是本什么书，更不用说何夕现在读的那些外文原著。从小到大，何夕在学业上的事情都是自己做主，甚至包括考大学填志愿选专业，以及后来大学毕业时由于就业形势不好又转回去读硕士等等，都是如此。想起儿子前年毕业时四处奔波求职时的情形，夏群芳就感到这个世界变化实在太快，她从没有想过大学生也有难找工作的一天，在夏群芳的心里，这简直无异于天方夜谭。有个同事对夏群芳说，这算啥，人家发达国家早就有这种事情了。说话的时候，那人脸上一副幸灾乐祸的神情。不过事实却肯定地告诉夏群芳，的确没有一个好单位肯要她心中无比优秀的儿子何夕，她隐约听说这似乎和何夕的专业不好有关。不过在夏群芳看来，何夕的专业蛮好的，好像叫做什么什么数学。在夏群芳看来这个专业挺有用的，哪个地方都少不了要写写算算，写写算算可不就是什么什么数学嘛。夏群芳有一次忍不住把自己的想法讲给何夕听，但何夕只是淡淡地笑了一下。夏群芳的心中早就有了主见，自己的儿子可没什么不好，儿子的专业也是顶好的，那些不会用人的单位是有眼无珠，迟早要后悔死的。夏群芳有时没事就在想，有一天等何夕读完硕士后找个好工作一定要气气当初那些不识好歹的人，想到得意处，夏群芳便笑出声来。她有些不舍地又回头看了眼专心看书的儿子，然后才踏实地欣欣然离去了。

2.

　　何夕抬起头来，朝我站的方向看过来。我愣了一下，立刻醒悟到他是在看夏群芳的背影。这时，坐在窗户边的那两个女生开始议论说刚才那个在外边傻乎乎看了半天的人不知是谁，何夕有些愤怒地瞪了她们一眼。他其实很早便知道母亲就站在窗户外注视着自己，在他的记忆里，母亲几乎每个星期天的上午都会到学校的图书馆来看自己读书。何夕知道，母亲之所以选在这一天来，纯粹是前几年的习惯所致，实际上，母亲现在的每一天都可算是放假。何夕看着母亲远去的背影叹了口气，他觉得自己的情形也差不了多少。有时候何夕的心里会隐隐升起一股对母亲的埋怨，他觉得母亲实在太迁就自己了，从小到大许多事情她几乎都由何夕自己做主，如果当初母亲能够在选择专业上不要过分顺从自己就好了。何夕摇摇头，觉得自己不该这样埋怨母亲，他其实知道母亲并不是不想帮自己，而是实在没有这方面的能力。

　　何夕看了下表，急促地向窗外扫视了一下。按理说江雪应该来了，他们说好上午十一点在图书馆碰面的。何夕简单收拾了一下朝外面走去，刚到门口就见到了江雪。

　　与何夕比起来，江雪应该算是现代青年了。单从衣着上来看，江雪就比何夕领先了五年。这样讲好像不太准确，应该说是何夕落后了五年，因为江雪的打扮正是眼下最时兴的。她的发型是一种精心雕琢出来的叫做"随意"的新样式，脑后用丝质手绢缩了个小巧的结，衬出她粉白的面庞，愈发显得清丽动人。看着那条手绢，何夕心里感到一阵温暖，那是他送给江雪的第一件礼物。手绢上是一条清澈的江河，天空中飘着洁白的雪花。他觉得这条手绢简直就是为江雪定做的一样。看到他们两人走在校园里的背影，很多人都会以为是一个学生在向老教授请教问题，不过江雪并不觉得这样有什么不妥，尽管要好的几个女生提到何夕时总是开玩笑地问："你的老教授呢？"小时候，她和大她两岁的何夕是邻居,有过一些想起来很温馨的儿时记忆。后来由于父母亲的工作变动,他们分开了,但却很巧地在十多年后的C大又遇上了。当时,江雪碰到迎面而来的何夕,两人不约而同地喊道:"哎,你不就是……哎……那个……哎……吗……"等到想起对方名字后,两个人都大笑起来。所以,两人后来还常常大声地称呼对方为"那个哎"。江雪觉得何夕和自己挺合得来,别人的看法她并不看重。她知道在计算机系和高分子材料系里,有几个男生在背地里说他们是鲜花和牛粪。在江雪看来,何夕并不像外界所认为的那样是一个迂腐的书呆子,恰恰相反,江雪觉得何夕身上充满了灵气。给江雪印象最深的是何夕的眼睛,在此之前,她从未见过谁拥有这样一双睿智而深邃的眼睛。看到这双眼睛的时候,江雪总禁不住地想,拥有这样一双眼睛的人一定是不平凡的。

每当看到江雪的时候,何夕的心情就变得特别好,实际上也只有这时候他才有如释重负的感觉。何夕很小就知道自己的性格缺陷,当他手里边有事情没完成时总是放不下,无论做别的什么事情总还惦记着先前的那件事。他本以为自己这辈子都是这种性格了,但江雪的出现改变了一切。和江雪在一起时,他也不知道为什么自己就像换了一个人。那些不高兴的事、那些未完成的事都可以抛在脑后,甚至包括"微连续"。一想到"微连续",何夕不禁有些分神,脑子里开始出现一些很奇特的符号。但他立刻收回了思绪——实际上只有在江雪到来时他才会这样做,同时也只有在江雪到来时他才做得到这一点。江雪注意到了何夕一刹那间的走神,在她的记忆里这是常有的事。有时大家玩得正开心,何夕却很奇怪地变得无声无息,眼睛也很缥缈地盯住虚空中的不知什么东西。这种情形一般不会持续很长时间,过一会儿何夕会自己"醒"过来,就像从睡梦中醒来一样。这样的情况多了,大家也就不在意了,只把它理解成每个人都可能有的怪癖之一。

"先到我家吃午饭。我爸说要亲自做拿手菜。"江雪兴致很高地提议,"下午我们去滑旱冰,老麦才教了我几个新动作。"

何夕没有马上表态，眼前浮现出老麦风流倜傥的样儿来。老麦是计算机系的硕士研究生，也算是系里的几大才子之一，当初与位居几大佳人之列的江雪本来都开始有了那么一点意思，但是何夕出现了。用老麦的话来说就是"自己想都想不到地输给了江雪的儿时记忆"。不过老麦却是一个洒脱之人，几天过后便又开始大大咧咧地约江雪玩儿，当然每次都很君子地邀请何夕一同前往。从这一点讲，何夕对老麦是好感多于提防。不过，有时连何夕自己也不得不承认，老麦和江雪站在一起时显得有多么协调，无论是身材相貌还是别的，这个发现常常会令何夕一连几天都心情黯然。但江雪的态度却是极其鲜明的，她毫不掩饰自己对何夕的感情。有一次，老麦略带不屑地说了句"小孩子的感情靠不住"，结果江雪出人意料地激动了，她非要老麦为这句话道歉，否则就和他绝交，结果老麦只得从命。当时，老麦的脸上虽然仍旧挂着笑容，但何夕看得出老麦其实差点儿就扛不住了。自这件事情之后，老麦便再也没有做过任何形式的"反扑"——如果那算是一次反扑的话。

　　何夕在想要不要答应江雪，他每个星期天都答应母亲回家吃晚饭的，如果去滑旱冰，晚上就赶不及回去吃饭了。但是江雪显然对下午的活动兴致很高，何夕还在考虑的时候，江雪已经快乐地拉着他朝她家跑去，那是位于学校附近的一套商品房。路上江雪银铃一样美妙的笑声驱散了何夕心中最后的一丝犹疑。

3.

　　江北园解下围裙走出厨房，饶有兴致地看着江雪很难称得上娴静的吃相。退休之后，他简直可称为神速地练就了一手烹调手艺，高兴得江雪每次大快朵颐之后都要大放厥词称，他本来就不该是计算机系的教授,而应当是一名厨师。也许正是江雪的称赞使他最终拒绝了学校的返聘,并且也没有接受另一些单位的聘请。何夕有些局促地坐在江雪身旁,半天也难移动一下筷子。江家布置得相当有品位,如果稍作夸张的话,可称得上一般性地豪华。以江北园的眼光来看,何夕比以前常来玩儿的那个叫什么老麦的小伙子要害羞得多,不知道性格活泼的江雪怎么会做出这种选择。不过江北园知道,世上有些事情是不能够讲道理的,女儿已经大了,家里人已经不能像以前那样代她去作判断了。

"听小雪说,你是数学系的硕士研究生?"江北园询问道。

何夕点点头,"我的导师是刘青。"

"刘青。"江北园念叨着这个名字,过了一会儿有些不自然地笑笑说,"退休后,我的记性不如以前了。"

何夕的脸微微发红,"我们系的老师都不太有名,不像别的系。以前我们出去提起他们的名字时,很多人都不熟悉,所以后来我们都不提了。"

江北园点点头,何夕说的是实情。现在C大最有名的教授都是诸如计算机系外语系电力系的,不仅是本校,就连外校和外单位的人都知道他们的大名——有些是读他们编写的书,有些是使用他们开发的应用系统。不久前,C大出了件闹得沸沸扬扬的事情:一个学生发明的皮革鞣制专利技术被一家企业以七百万元买走,尔后,皮革系的教授们也跻身这一行列。

"你什么时候毕业?"江北园问得很仔细。

"明年春季。"何夕慢吞吞地夹了一口菜,感觉并不像江雪说的那样好吃。

"联系到工作没有?"江北园没有理会江雪不满的目光,"已经没有多少时间了。"

何夕的额头渗出了细小的汗珠,他觉得嘴里的饭菜味同嚼蜡,"现在还没有。我正在找,有两家研究所同我谈过。另外,刘教授也问过我愿不愿意留校。"

江北园沉吟了半晌,他转头看着笑眯眯的女儿,她正一眼不眨地盯着何夕看,仿佛在做研究。

"你有没有选修其他系的课程?"江北园接着问。

"老爸!"江雪生气地大叫,"你要查户口吗?问那么多干吗?"

江北园立时打住,过了一会儿说:"我去烧汤。"

汤端来了,冒着热气。没有人说话,包括我。

4.

老麦姿态优美地滑过一圈弧线,动作如行云般流畅。何夕有些无奈地看着自己脚下凭空多出来的几只轮子,心知自己绝不是这块料。江雪本来一手牵着何夕一手牵着老麦,但几步下来便不得不放开了何夕的手——除非她愿意陪着何夕练摔筋斗的技巧。

这是校外一家叫做"尖叫"的旱冰场,以前是当地科协的演讲厅,现今承包给个人改装成了娱乐场。条件比学校里的要好许多,当然价格是与条件成正比的。由于跌得有些怕了,何夕便没有再上场,而是斜靠着围栏很有闲情般地注视着场内嬉戏的人群。当然,他目光的焦点是江雪。老麦正在和江雪练习一个有点难度的新动作,他们在场地里穿梭往来的时候就像是两条在水中翩翩游弋的鱼。这个联想让何夕有些不快。

江雪可能是玩儿得累了,她边招手边朝何夕滑过来,到跟前时,却又突然来了一个三百六十度的急旋方才稳稳停住。老麦也跟着过来,同时扬起手向场边的小摊贩很潇洒地打着响指。于是,那个矮个子服务生忙不迭地递过来几听饮料。老麦看看牌子,满意地笑着说,你小子还算有点记性。

江雪一边擦汗一边啜着饮料,不时仰起脸神采飞扬地同老麦扯几句溜冰时的趣事。"你撞着那边穿绿衣服的女孩好几次,"江雪指着老麦的鼻尖大声地笑着说,"别不承认,你肯定是有意的。"老麦满脸无辜地摇头,一副打死也不招的架势,同时求救地望着何夕。何夕觉得自己在这个问题上帮不了老麦,只好装糊涂地看着一边。"算啦,"江雪笑嘻嘻地摆摆手,"我们放过你也行,不过今天你得埋单。"老麦如释重负地抹抹汗说:"好啦,算我折财免灾。"何夕有点尴尬地看着老麦从兜里掏出钱来,虽然大家是朋友,但他无法从江雪那种女孩子的角度把这看作一件理所当然的事,至少有一点,他觉得总是由老麦做东是一件令他难以释怀的事。但想归想,何夕也知道自己是无力负担这笔开支的。老麦家里其实也没给他多少生活费,但是他的导师总能揽到不少活儿,有些是学校的课题,但更多的是帮外面的单位做系统。比方说一些小型的自动控制,或是一些有关模式识别方面的东西,以及帮人做网页,甚至有时候根本就是组一个简单的计算机局域网,虽然名称是叫什么综合布线。这所名校的声誉给他们招来了众多客户。很多时候,老麦要同时开几处工,虽然他所得的只是导师的零头,但这已足够让他的经济水准在学生中居于上层了,不仅超过何夕,而且肯定也超过何夕的导师刘青。在何夕的记忆里,除了学校组织的课题之外,他从未接过别的项目。何夕有一次闲来无事,他把自己几年来参与课题所得加在一起之后,发现居然还差一块钱才到一千元。在接下来的几个小时里,何夕简直想破了头想要找出自己可能忽略了的收入以便能凑个整数,但直到他启用了当代数学最前沿的算法,也没能再找出一分钱。

"今天玩儿得真高兴。"江雪意犹未尽地擦拭着额上的汗水。老麦正在远处的收费处结账,不时和人争论几句。何夕默不作声地脱着脚上的旱冰鞋,这时,他这才感到这双脚现在又重新属于自己了。

"四点半不到,时间还早啦。"江雪看看表,"要不我们到'金道'保龄球馆去?"

何夕迟疑了片刻,"我看还是在学校里找个地方玩儿吧。"

江雪摆摆头,乌黑的长发掀起了起伏的波浪,"学校里没什么好玩儿的,都是些老花样。还是出去好,反正有老麦埋单。"

何夕的脸突然涨红了,"我觉得老让别人付钱不好。"

江雪诧异地盯着何夕看,"什么别人别人的,老麦又不是外人。他从来都不计较这些的。"

"他不计较,可我计较。"何夕突然提高了声音。

江雪一怔,仿佛明白了何夕的心思。她咬住嘴唇,有些不知所措地看着四周。这时,老麦兴冲冲地跑回来,眼前的场面让他有些出乎意料。"怎么啦?"老麦笑嘻嘻地问,"你们俩在生谁的气?"他看看表,"现在回去太早啦,我们到'金道'去打保龄球怎么样?"

何夕悚然一惊,老麦无意中的这句话让他的心里发冷。又是"金道",怎么会这么巧?简直就像是——心有灵犀。他看着江雪,不想正与她的目光撞个正着,对方显然明白了他的内心所想——她真是太了解他了,江雪若有所诉的目光像是在告白。

"算了,"何夕叹口气,"我今天很累了,你们去吧。"说完,他转身朝外面走去。

江雪倔强地站在原地不动,眼里滚动着泪水。

"我去叫他回来。"老麦说着转身欲走。

"不用了!"江雪大声说,"我们去'金道'。"

我下意识地挡在何夕的面前,但是他笔直地朝我压过来,并且毫无阻碍地穿过了我的身躯。

5.

十八英寸电视机里正放着夏群芳一直在看的一部连续剧,但是,她除了感到那些小人儿晃来晃去之外看不出别的。桌上的饭菜已经热了两次,只有粉丝汤还在冒着微弱的热气。夏群芳忍不住又朝黑黢黢的窗外张望了一下。

有电话就好了,夏群芳想,她不无紧张地盘算着。现在安电话便宜多了,但还是要几百块钱初装费,如果不收这个费就好了。夏群芳想不出何夕为什么没有回来吃饭,在印象中,这是从来没有过的事情。何夕只要答应她的事情从来都是作数的,哪怕只是像回家吃饭这样的小事,这是他们母子多年来的默契。夏群芳又看了眼桌上的饭菜,她没有一点食欲,但是靠近心口的地方却隐隐地有些痛起来。夏群芳撑起身,拿瓢舀了点粉丝汤。而就在这个时候,门锁突然响了。

"妈。"何夕推着门就先叫了一声,其实这时他的视线还被门挡着,这只是多年的老习惯。

夏群芳从凳子前站起来,由于动作太急凳子被碰翻在地,"怎么这么晚才回来?"虽然是责备的意思,但是她的语气中却只有欣喜了,"饿了吧?我给你盛饭。"

何夕摆摆手,"我在街上吃过了。有同学请。"

夏群芳不高兴了,"叫你少在街上乱吃东西的,现在传染病多,还是学校里干净。你看对门家的老二就是在外不注意染上肝炎的……"夏群芳自顾自地念叨着,她没有注意到何夕有些心不在焉。

"我知道啦。"何夕打断她的话,"我回来拿衣服,还要回学校去。"

夏群芳这才注意到何夕的脸有些发红,像是喝了点酒,她有些不放心地说:"今天就不回校了吧。都八点钟了。"

何夕环视着这套陈设简陋的两居室,有好一会儿都没有出声。"晚上刘教授找我有事。"他低声说,"你帮我拿衣服吧。"

夏群芳不再说话,她转身进了里屋。过了几分钟,她拿着一个撑得鼓鼓的尼龙包出来。何夕检视了一下,朝外拽出几件厚毛衣,"都什么时候了还穿这些。"

夏群芳大急,又一件件地朝口袋里塞,"带上带上,怕有倒春寒呢!"

何夕不依地又朝外拽，他有些不耐烦，"带多了我没地方放！"

夏群芳万分紧张地看着何夕把毛衣统统扔了出来，她拿起其中一件最厚的说："带一件吧，就带一件。"

何夕无奈地放开口袋，夏群芳立刻手脚麻利地朝里面塞进那件毛衣，同时还做贼般顺手牵羊地往里面多加了一件稍薄的。

"怎么没把脏衣服拿回来？"夏群芳突然想起何夕是空着手回来的。

"我自己洗了。"何夕转身欲走。

"你洗不干净的。"夏群芳嘱咐道，"下次还是拿回来洗，你读书已经够累了。再说你干不来这些事情的。"

"噢。"何夕边走边懒懒地答应着。

"别忙，"夏群芳突然有大发现似的叫了声，"你喝口汤再走。喝了酒之后是该喝点热汤的。"她用手试了下温度，"已经有点冷了。你等几分钟，我去热一下。"说完，她端起碗朝厨房走去。等她重新端着碗出来时，却发现屋子里已经空了。

"何夕——"她低低唤了声，然后便急速地搜寻着屋子，她没有见到那两件被塞进包里的毛衣，这个发现令她略感欣慰。这时，一阵突如其来的灼痛从手上传来，装着粉丝汤的碗掉落在地发出清脆的响声。夏群芳吹着手，露出痛楚的表情，这使得她眼角的皱纹显得更深了。然后，她进厨房去拿拖把。

我站在饭桌旁，看着地上四处流淌的粉丝汤，心里在想，这个汤肯定好喝至极，胜过世上的一切美味珍馐。

6.

刘青关上门，象征性地隔绝了小客厅里的嘈杂，在这种老式单元房里,声音是可以四处周游的。学校的教师宿舍就这个条件,尤其是数学系。不过还算过得去吧。

何夕坐在书桌前,刚才刘青的一番话让他有些茫然。书桌上放着一摞足有五十厘米高的手稿,何夕不时伸出手去翻动几页,但看得出他根本心不在焉。

"我已经尽力了。"刘青坐下来说,他不无爱怜地看着自己最得意的学生。

"我为了证明它花费了十年时间。"何夕注视着手稿,封面上是几个大字——**微连续原本**。"所有最细小的地方都考虑到了,整个理论现在都是自洽的,没有任何矛盾的地方。"何夕咽了口唾沫,喉结滚动了一下,"它是正确的。我保证。每一个定理我都反复推敲过多次,它是正确的。现在只差最后一个定理还有些意义不明确,我正试图用别的已经证明过的定理来代替它。"

刘青微微叹了口气,看着已经有些神思恍惚的何夕,"听老师的话,把它放一放吧。"

"它是正确的。"何夕神经质地重复着。

"我知道这一点。"刘青说,"你提出的微连续理论及大概的证明过程我都看过了,以我的水平还没发现有矛盾的地方,证明的过程也相当出色,充满智慧。说实话,我感到佩服。"刘青回想着手稿里的精彩之处,不禁有些神采飞扬——无论如何这是出自他的学生之手。有一句话刘青没有说出来,那就是他并没有完全看懂手稿。许多地方作的变换式令他迷惑,还有不少新的概念性的东西也让他接受起来相当困难。换言之,何夕提出的微连续理论是一套全新的东西,它不能归入到以往的任何体系里去。

"问题是,"刘青小心地开口,他注视着何夕的反应,"我不知道它能用来干什么。"

何夕的脸立刻变得发白,他像是被什么重物击中了一般,整个人都蔫了。过了半晌,他才回过神来强调道:"它是正确的,我保证。"他仿佛只会说这一句话了。

"我们的研究终究要能得以应用才是有意义的,否则只能误入为数学而数学的歧途。"

"可它看起来是那样和谐,"何夕争辩道,"充满了既简单又优美的感觉。老师,我记得你说过的,形式上的完美往往意味着理论上的正确。"

刘青一怔,他知道自己说过这段话,也知道这段话其实是科学巨匠爱因斯坦的经验之谈。他不否认微连续理论符合这一点,当他浏览手稿的时候,内心的确有种说不出的无比和谐的感觉,就像是在听一场完全由天籁组成的音乐会。但问题的症结在于,他实在看不出这套理论会有什么用。自从几个月前何夕第一次向他展示了微连续理论的部分内容后,他就一直关心这个问题,这段时间他经常从各种途径查找这套理论可能获得应用的范畴,但是他失败了。微连续理论似乎跟所有领域的应用都沾不上边,而且还同主流的数学研究方向背道而驰。刘青承认这或许是一套正确的理论,但却是一套无用的正确理论。就好比对圆周率的研究一样,据说现在已经推算到小数点后几亿位了,而且肯定是正确的,但这也肯定是没有意义的。

"想想中国古代的数学家祖冲之,他只是把圆周率推算到了小数点后几位,但他对数学的贡献无疑要比现在那些还在为小数点后几亿位努力的人大得多。"刘青幽幽地说,"因为他做的才是有意义的工作,而不是纯粹的数学游戏。"

何夕有些发怔,他听出了刘青话中的意思。"我不同意。"何夕说,"老师,你知不知道,许多年前的某一个清晨,我突然想到了微连续。它就像是一只无中生有的虫子般钻进了我的脑子。那时,它只是一个朦朦胧胧的影子,这么多年来,我为了证明它费尽心力。现在我就要完成了,只差最后一点点。"何夕的眼神变得虚幻起来,"也许再有一个月……"

刘青在心里轻叹一声,他看得出何夕已经执迷太深。何夕是他所见过的最聪明的数学奇才,按刘青私下的想法,何夕的水平其实可以给这所名校的所有数学教授当老师,他深信,只要假以时日,何夕必定会成为未来学术领域内的一朵奇葩。而现在何夕却误入歧途,陷在了一个奇怪的问题里,这种情形使刘青忍不住回想起很多年前的自己,那时,他也常常因为一些磨人但却无用的数学谜题而废寝忘食形销骨立。但何夕没有看到问题的关键,刘青知道自己作为师长有义务提醒这一点,尽管这显得很残酷。

"你想过微连续理论可能被应用在什么领域吗?我是说,即使作最大胆的想象。"刘青尽量使自己的声音柔和些,虽然他知道这并没有什么用。

何夕全身一震,脸色变得一片苍白。"我不知道。"他说,然后抱住了头。

我看到何夕脚下铺着劣质瓷砖的地面上洇出了一滴水渍。

7.

"这两天我没和江雪在一起。"老麦低声说,坐在桌子对面的他目光有些躲闪。

何夕有点愤怒地盯着老麦,"你这算是什么意思?江雪和我吵架只是我们两个人的事,你这样做是乘人之危!"

老麦喝口茶,眼里生出无奈的神色,"我的确没和江雪在一起。不过,我猜想她可能是和老康在一起。"

"谁是老康?"何夕问。他在脑子里搜索着。

"老康是一家规模不小的计算机公司的老板,是那天你和江雪闹别扭之后我们在保龄球馆碰上的。大家是校友,自然谈得多一些。"老麦不无称羡地说,"听说——"他突然打住,目光看向窗外。

何夕回头，江雪从一辆漂亮的宝蓝色小车上下来，她身边一位胖乎乎的年轻人正在关车门。何夕还没想好该怎么办的时候，江雪已经高兴地叫起来："真巧啊，你们两个也在这儿！"江雪兴奋得满脸发红，她拉着身边的那个人进屋来，对何夕说，"这是康——"她突然一滞，有些发窘地问道，"你叫康什么来着？算啦，我还是叫你老康吧。"然后，她指着何夕说，"这是何夕，我的男朋友——"她似乎觉得不够，又补上一句说，"数学系的高才生。"

　　"数学系——"老康上下打量着看上去有些猥琐的何夕，伸出手说，"常听小雪提起你。"

　　小雪？何夕心里咯噔一下，他看了眼江雪，她却是若无其事的样子。"怎么不回我的传呼？"何夕有点生气地问。

　　"让你也着急一下。"江雪的表情有些调皮，"谁叫你尽气我。好啦，现在让你着急了两天，我们俩算是扯平了。今天大家新认识，应该找地方大吃一顿作为庆祝。我看看，"她煞有介事地盯着三个男人看了看，然后指着老康说，"我们几个数你最肥，这顿肯定是你请吧。"

　　老麦不依地说："以前请客都是我的专利，这次还是我吧。"

　　老康的表情有些奇怪，他死盯着何夕的脸，仿佛在作某种研究。江雪碰碰他的胳膊，"你干吗？老盯着何夕看。"

　　"我同何夕做不了朋友啦。"老康突然说，语气很是无奈，"我们是情敌，注定要一决高下。"

　　"你说什么？"江雪吃了一惊，她的脸立时红了，"何夕是我男朋友，你不该这么想。"

　　"我怎么想只有我自己能够决定。"老康咧嘴一笑，目光死死地盯着江雪，直到她低下头去。

　　他转头看着何夕说："我喜欢江雪。"

　　何夕觉得自己的头有点晕，眼前这个胖乎乎的人让他乱了方寸。情敌？这么说他们之间是敌人了，至少人家已经宣战了。何夕感到自己背上已经沁出了汗水，他不知道下一步该做什么，末了，他采取了一个也许是最蠢的办法。何夕转头对江雪说:"我该怎么办?"

江雪镇定了些,她正色道:"何夕是我男朋友。我喜欢他。"

老康看上去并不意外,"如果你是那种轻易就移情别恋的女孩,我就不会像现在这样喜欢你了。"

他举起一只手,服务生跑过来问有什么事。"去替我买十九朵玫瑰,要最好的。"老康拿出钱。

何夕剧烈地喘着气,他从来没有遇到过这样的事情。这简直像是戏剧里的情节。"那好吧,"何夕吐出口气,"如果你要和我一决高下的话,我一定奉陪。"何夕突然觉得这样的话说起来也是很顺口的,仿佛他天生就擅长这个。

"我不想待下去了。"江雪说,她的脸依然很红,"我们还是走吧。别人都在看我们。"

服务生新送来两杯茶。老麦吹了一声短促的口哨,站起身说:"今天的茶我请。"出乎他意料的是,何夕突然粗暴地将他的手挡开,一把掏出钱说:"谁也不要争,我来。"

8.

何夕默不作声地看着夏群芳忙碌地收拾着饭桌,他不知道自己该怎样开口。

"妈,你能不能帮我借点钱?"何夕突然说,"我要出书。"

夏群芳的轻快动作立时停了下来。"借钱?出书?"她缓缓坐到凳子上,过了半晌才问,"你要借多少?"

"出版社说至少要好几万。"何夕的语气很低,"不过是暂时的,书销出去就能还债了。"

夏群芳沉默地坐着,双手拽着油腻的围裙边用力绞着。过了半响,她走进里屋,一阵窸窸窣窣的响动之后,她拿着一张存折出来说:"这是厂里买断工龄的钱。说很久了,半个月前才发下来。一年九百四,我二十七年的工龄就是这个折子。你拿去办事吧。"她想说什么但没有出声,过了一会儿还是忍不住低声补充说,"给人家说说看能不能迟几个月交钱,现在取算活期,可惜了。"

何夕接过折子,看也没看便朝外走,"人家要先见钱。"

"等等——"夏群芳突然喊了声。

何夕奇怪地回头问:"什么事?"

夏群芳眼巴巴地看着何夕手里那本红皮折子,双手继续绞着围裙的边,"我想再看看总数是多少。"

"25380,自己做个乘法就行了嘛。"何夕没好气地说,他急着要走。

"我晓得了。你走吧。"夏群芳有点不好意思地说,她也觉得自己太啰唆了。

……

刘青有点忙乱地将桌面上的资料朝旁边推去,但何夕还是看到了几个字:考研指南。何夕的眼神让刘青有些讪讪然,他轻声说:"是帮朋友的忙。你先坐吧。"

何夕没有落座的意思。"老师,"他低声开口说,"你能不能借点钱给我?我想自己出书。"

刘青没有显出意外,似乎早知道会有这事。过了几分钟,他走回桌前整理着先前被弄乱的资料,脸上露出自嘲的神情,"其实我两年前就在帮人编这种书了。编一章两千块,都署别人的名字,并不是人家不让我署这个名,是我自己不同意——我一直不愿意让你们知道我在做这事。"

何夕一声不吭地站着,看不出他在想什么。刘青叹口气说:"我知道你想把微连续理论出书,但是,"他稍顿一下,"没有人会感兴趣的。你收不回一分钱。"

"那你是不打算借给我了?"何夕语气平静地问。

刘青摇摇头,"我不愿意眼睁睁地看着你失败。到时候你会莫名其妙地背上一身债务,再也无法解脱。你还这么年轻,不要为了一件事情就把自己陷死在里面。我以前……"

门铃突然响了,刘青走出去开门。让何夕没想到的是,进门的人他居然认得,那是老康。老康提着一只漂亮的盒子,看来他是来探访刘青的。

刘青正想作介绍,而何夕和老康已经在面色凝重地握手了。"原来你们认识。"刘青高兴地搓着手,"这可好。我早有安排你们结识的想法了,在我的学生里,你们俩可是最让我得意的。"

何夕一怔,他记得老康是计算机公司的老板。老康了解地笑了笑说:"我是数学系毕业的,想不到会这么巧,这么说我算起来还是你的同门师兄。"他促狭地眨眨眼,"怎么样,知道孔融让梨的故事吧?"

刘青自然不明白其中的曲折,他兴奋得仿佛年轻了几岁,四下里忙着找杯子泡茶。老康拦住他说不用了,都不是外人。何夕在一旁沉默地看着这一切,他看得出这个老康当年必定是刘青教授心爱的弟子。

"老师,"何夕说,"你有客人来我就不耽搁了。我借钱的事……"

刘青脸上的笑容不见了,他盯着何夕的脸,目光里充满惋惜,"你还是听我的话,放弃那些不切实际的想法吧。借钱出这样的理论专著是没有出路的。"他转头对老康解释道,"何夕提出了一套新颖的数学理论,他想出书。"

老康的眼里闪过一个亮点,他插话道:"能不能让我看看?一点点就行。"

何夕从包里拿出几页简介递给老康。老康的目光飞快地在纸页上滑动着,口里念念有词。他的眉头时而紧蹙时而舒展,整个人都仿佛沉浸到了那几页纸里。过了好半天他才抬起头来,目光有些发直地看着何夕,"证明很精彩,简直像是音乐。"

何夕淡淡地笑了,他喜欢老康的比喻。其实正是这种仿佛离题万里的比喻,才恰恰表明老康是个内行。

"我借钱给你。"老康很干脆地说,"我觉得它是正确的,虽然我并没有看懂多少。"

刘青哑然失笑,"谁也没说它是错的。问题在于这套理论有什么用,你能看出来吗?"

老康挠挠头,然后咧了咧嘴,"暂时没看出来。"他紧跟上一句,"但是它看上去很美。"老康突然笑了,因为他无意中说了个王朔的小说名,眼下正流行,"不过我说借钱是算数的。"

刘青突然说:"这样,如果你要借钱给何夕,必须答应我一条,不准写借据。"

何夕惊诧地看着刘青,在他的印象中,老师从来都是彬彬有礼并且注重小节的,不知道这种赖皮话何以从他口中冒出来。

"那不行!"何夕首先反对。

"非要写的话,就把借方写成我的名字,我来签字。如果你们不照着我的话做,就不要再叫我老师了。"刘青的话已经没有了商量的余地。

在场的人里只有我不吃惊,因为我知道会发生什么样的事情。

9.

江雪默不作声地盯着脚底的碎石路面,她不知道何夕会做出什么样的反应。从内心讲,如果何夕发一通脾气的话,她倒还好受一些,但她最怕的就是何夕像现在这样一语不发。

"你说话呀。"江雪忍不住说,"如果你真反对的话,我就不去了。很多人没有出去也干出了事业。"

何夕幽幽地开口:"老康又出钱又给你找担保人,他为你好,我又怎能不为你着想?"

"钱算是我借他的,以后我们一起还。"江雪坚决地说,"我只当他是普通朋友。"

"我知道你的心意。"何夕爱怜地轻抚江雪的脸。

"等我出去站稳了脚你就来找我。"江雪憧憬地笑着,"你知不知道,你是我见过的最聪明的人。如果你是学我们这种专业的话,早就成功立业了。我说的是真的。"江雪孩子似的强调,"你有这个实力。我觉得你比老康强得多。"

何夕心里划过一缕柔情,"问题是我喜欢我的专业。在我看来,那些符号都是我的朋友,是那种仿佛已经认识了几辈子的感觉。只有见到它们,我的心里才感到踏实,尽管它们不能带给我什么,甚至还让我吃苦头,但是我内心里有一个声音告诉我,这就是我降临到世上应该做的事情。"

江雪调皮地刮刮脸,"好大的口气,你是不是还想说,天将降大任于斯人也……"

何夕叹口气,"我的意思只是……"他甩甩头,"我入迷了,完全陷进去了。现在我只想着微连续,只想着出书的事。为了它,我什么都顾不上了。就这个意思。"

江雪不笑了,她有些不安地看着何夕的眼睛,"别这么说,我有些害怕。"

何夕的眼睛在月光下闪过莹莹的亮点,"说实话我也害怕。我不知道明天究竟会怎样,不知道微连续会带给我什么样的命运。不过,我已经顾不上考虑这些了。"

江雪全身一颤,"你不要用这种口气对我说话好吗?这让我觉得失去了依靠。"

失去依靠?何夕有些分神,他有种不好的预感。"别这样。"他揽住江雪的肩,"我们现在不是好好的吗?不论如何,"他深深地凝视着江雪娇好的面庞,"我永远都喜欢你。"

江雪感觉到何夕温热的气息扑面而来,月色之中,她柔软的唇像河蚌一样微微张开,漫天谜一样的星光下,她的眼里充满了泪水。

这是个错误。我轻声说,但是热吻中的人儿听不到我的话。

10.

"我说服不了他们。"刘青不无歉疚地看着何夕失望的眼睛,"校方不同意将微连续理论列为攻关课题,原因是——"他犹豫地开口,"没人认为这是有用的东西。你知道的,学校的经费很紧张,所以出书的事……"

何夕没有出声,刘青的话他多少有所预料。现在他最后的一点期望已经没有了,剩下的只有自费出书这一条路。何夕下意识地摸了下口袋里的存折,那是母亲二十七年的工龄,从青春到白发,母亲连问都没有问一句就给他了。何夕突然有点犹疑,他不知道自己究竟有什么权利来支配母亲二十七载的年华——虽然当初他是毫不在乎地从母亲手里接过了它。

"听老师的话,"刘青补上一句,"放弃这个无用的想法吧。还有很多有意义的事情值得去做,以你的资质一定是大有作为的。"

出乎刘青意料的是,何夕突然失去控制地大笑起来,连眼泪都笑出来了。"大有作为……难道你也打算让我去编写什么考研指南吗?那可是最有用的东西,一本书能随便印上几万册,可以让我出名,可以让我赚大笔的钱。"何夕逼视着刘青,他的目光里充满无奈,"也许你愿意这样,可我没法让自己去做这样的事情。我不管你会怎么想,可我要说的是,我不屑于做那种事。"何夕的眼神变得有些狂妄,"微连续耗费了我十年的时光,我一定要完成它。是的,我现在很穷,我的女朋友出国深造居然用的是另一个男人的钱。"何夕脸上的泪水滴落到了稿纸上,"可我要说的是,没有什么力量能够阻止我。我只知道一点,微连续理论必须由我来完成,它是正确的,它是我的心血。"他有些放肆地盯着刘青,"我只知道这才是我要做的事情。"

刘青没有说话,表情有些尴尬。何夕的讽刺让他没法再谈下去。"好吧。"刘青无奈地说,"你有你的选择。我无法强求你,不过我只想说一句——人是必须面对现实的。"

何夕突然笑了,竟然有种决绝的意味,"还记得当年你第一次给我们讲课时说的第一句话吗?"何夕的眼神变得有些飘忽,"当时你说探索意味着寂寞。那是差不多七年前的事情了,这么多年来我一直都记着这句话。"

刘青费力地回想着,他不记得自己说过这句话了,有很多话都只是在某个场合说说罢了。但他知道自己一定是说过这句话的,因为他深知何夕非凡的记忆力。七年,不算短的时光,难道自己真的已经改变?

"问题在于——"刘青试图作最后的努力,"微连续不是一个有用的成果,它只是一个纯粹的数学游戏。"

"我知道这一点。是的,我承认它的的确确没有任何用处。老实说,我比任何人都更清醒地认识到了这一点。"何夕平静而悲怆地说,这是他第一次这样直接说出这句话。何夕没想到自己能够这样平静地表述这层意思,他曾经以为这根本是做不到的事情。一时间,他感到心里似乎有什么东西正在一点一点地破碎掉,碎成渣子,碎成灰尘,但他的脸上依然如水一样地平静。

"可我必须完成它。"何夕最后说了一句,"这是我的宿命。"

11.

这段时间,何夕一直过着一种挥金如土的日子。他的身上从来没有像现在这般阔气,往往随手一摸就是厚厚的一沓钞票,尽管衣着上他还和以往一样寒酸,加上满脸的胡须,看上去显得老了好几岁。何夕每天都急匆匆地赶着路,神情焦灼而急切,整个人都像是被某种预期的幸福包裹着。如果留意他的眼神,会发现不少有意思的东西,他已经不是平日里的那个何夕了,仿佛变了一个人。如果要给这种眼神一个准确的描述,那可是相当困难,不过,要近似地描述一下还是可以办到的——见过赌徒走向牌桌时的眼神吗?就是那样,而且还是兜里的每一分钱都是借来的那种赌徒。

何夕正和一个胖墩墩的眼镜大声争吵,他的脸涨得通红。

"凭什么要我多交这么多?"何夕不依地问,"我知道行情。"他笨拙地抽着烟,尽量显出老于世故的样子。

胖眼镜倒是不紧不慢,这种事他有经验,"你的书稿里有很多自创的符号,我们必须专门处理。这自然要出版成本。要不你就换成常用的。"

"那不成。"何夕用皱巴巴的西服袖子擦着汗,但是他已经没法像刚才那样大声了,"这些符号都是有特殊意义的,是我专门设计的,一个也不能换。微连续是新理论,等到它获得承认之后,那些符号都会成为标准化的东西。"

胖眼镜稍稍地撇了下嘴,脸上仍然是一副可亲的笑容,"你说得很对。问题是,咱们不是赶在标准前面了吗,那些符号增加了我们的成本。"他收住笑容,拿出一页纸来,"就这个数。少一分也不行。你同意就签字。"

何夕怔怔地看着那张纸,那个数字后面长串的零就像是一张张大嘴。它们扭曲着向何夕扑过来,不断变幻着形状,一会儿像是江雪的漂亮眼睛,一会儿像是刘青无奈的目光,更多的时候就像是老康白白胖胖的笑脸。何夕已经记不清自己向老康开过几次口了,每当胖眼镜找到理由抬价的时候,他只能去找老康。老康是爽快而大方的,但他白胖的笑脸每次都让何夕有种如芒在背般的感觉。老康总是一边掏钱一边很豪爽地说,有什么困难只管开口,你是小雪的朋友嘛。小雪每次来信都叫我帮你。小雪安排的事情要是不办好,等以后我到了那边可怎么交代哟。

何夕面色苍白地掏出笔,他仿佛听到有个细弱的声音在阻止他,听上去有些像是江雪。但他终究在那张纸上签了名,也就在这个时候,他内心里那个细小的声音突然消失了,再也听不见了。

胖眼镜等到何夕的背影一转过楼梯口,便露出了得意的笑容,他小心翼翼地收好有何夕签名的那页纸。"雏儿。"胖眼镜不屑地转身,随手将另几页纸扔进了垃圾桶。

我看着那几页纸,它们同何夕签字的那页纸的内容完全一样,只是在填写金额的地方填着另外的数字。那些金额都更小。

12.

"……六月的大湖区就像是天堂。绿得发亮的草地上是自由自在的人们。狗和小孩嬉戏着,空气清新得像是能刺透你的肺。这里的风景越好,就越让我想起你。亲爱的,你什么时候能够来到我身边?我想你。"

"……老康昨天才走,他出来参加一个秋季产品展示会。难为他从西岸赶到东岸来看我。在这里能够见到老朋友真是愉快的事,尤其是能亲耳从朋友口里听到关于你的事情。我让老康多帮帮你,你也不要见外,朋友间相互帮忙是常有的。其实老康人挺不错的,就是说话比较直一点。"

"……今天这里下了冬天的第一场雪,我特意和几个朋友赶到郊外照相。大雪覆盖下的原野变得和故乡没有什么不同,于是我们几个都哭了。亲爱的夕,你真的沉迷在那个问题里了吗?难道你忘了还有一个我吗？老康说你整日只想着出书，什么也不管了。他劝你也不听。你知道吗？其实是我求老康多劝劝你的。听我的话，忘掉那个古怪的问题吧，以你的才智，完全还有另外一条铺着鲜花的坦途可走，而我就在道路的这头等你。听我的话，多为我们的将来考虑一下吧。让我来安排一切。"

"亲爱的夕，有人说女人的心思在月色下会变得难以捉摸。我觉得这话说得真好。今夜正好有很好的月光，而我就站在月光下的小花园里。老康在屋里和几个朋友听音乐（他又出来参加什么展示会了），我不知道他是不是有意选择了这首曲子，真是像极了我此时的心情：那样的缠绵，带着无法摆脱的忧伤，还有孤独。是的，孤独，此时此刻我真想有人陪着我，听我说话，注视着我，也让我能够注视他。亲爱的夕，我不知道你为何拒绝我替你安排的一切，难道那个问题真的比我更重要吗？拿出我的相片来看看，看看我的眼睛，它会使你改变的，相信我……老康在叫我了，他总是很细心，不放心我一个人出来。"

"……今天和室友吵了一架，我真是没用，哭得惨兮兮的。也许是一人在外久了，我变得很脆弱，一点小事就想不开。我真想有个坚强的臂膀能够依靠。你离得那么远，就像是在天边。老康下午突然来了（他现在成了展示会专业户），见我一直哭就编笑话给我听，全是以前听过的，要是在以前，我早就要奚落他几句了，可这次不知怎么回事，却笑得像个傻孩子。老康也陪着我笑，样子更傻……"

"……回想当日的一切，就像是在做梦，我们有过那么多欢乐的时光。我真的不知道自己究竟应该怎么做。我不是善变的人，直到今天我还这么想。我曾经深信真爱无敌，可我现在才知道这个世界上真正无敌的东西只有一样，那就是时间。痛苦也好喜悦也好，爱也好恨也好，在时间面前，它们都是可以被战胜的，即使当初你以为它们将一生难忘。在时间面前,没有什么敢称永恒。在我写下这段文字的时候,我的泪水止不住地往下流,但这并非因为对你的爱,而是我在恨自己为何改变了对你的爱——我本以为那是不可能的事。

老康已经办妥了手续,他放弃了国内的事业。他要来陪着我。

就让我相信这是时间的力量吧,这会让我平静。"

13.

夏群芳擦着汗,不时回头看一眼车后满满当当的几十捆书。每本书都比砖头还厚,而且每套书还分上、中、下三卷,敦敦实实地让她生出满腔的敬畏来。这使得夏群芳想起了四十多年前自己首次面对课本的感觉,当时,她小小的心里对课本的编写者简直敬若天人。想想看,那么多人都看同一本书,老师也凭着这书来考试阅卷打分。书就是标准,就是世上最了不得的东西,写书的人当然就更了不得了,而现在这些书全是她的儿子写出来的。

在印刷厂装车的时候,夏群芳抽出本书来看,结果她发现自己每一页都只认得不到百分之一的东西。除了少数汉字以外,全是夏群芳见所未见的符号,就像是迷信人家在门上贴的桃符。当然,夏群芳只是在心里这样想,可没敢说出来。这可是家里最有学问的人花了不少力气才写出来的,哪是桃符可以比的?

让夏群芳感到高兴的是有一页她居然全部看得懂,那就是封面:**微连续原本,何夕著**。深红的底子配上这么几个字简直好看死了,尤其是自己儿子的名字,原来何夕这两个字烫上金会这么好看,又气派又显眼。夏群芳想着便有些得意,这个名字可是她起的。当初和何夕的死鬼老爸为起名字的事还没少争执过,要是死鬼看到这个烫金的气派名字,不服气才怪。

车到了楼下，夏群芳变得少有地咋咋呼呼，一会儿提醒司机按喇叭以疏通道路，一会儿亲自探头出去吆喝前边不听喇叭的小孩。邻居全围拢来，不知道发生了什么事。

"买啥好东西了？"有人问。

夏群芳说到了，叫司机停车，下来打开后车厢。"我家小夕出的书。"夏群芳像是宣言般地说。她指着一捆捆的煌煌巨著，心里简直高兴得不行，有生以来似乎以今日最为舒心得意。

"哟。"有好事者拿起一本看看封底，发出惊叹，"四百块一套。十套就是四千，一百套就是四万。小夕真行呀，你家以后怕是要晒票子了吧。夏阿姨你要请客哟。"

夏群芳觉得自己简直要晕过去了，她的脸热得发烫，心脏怦怦直跳，浑身充满了力气。她几乎是凭一个人的力气便把几十捆书搬上了楼，什么肩周炎腰肌劳损之类的病仿佛全好了。这么多书进了屋立刻就显得屋子太小了，夏群芳便孜孜不倦地调整着家具的位置，最后把书垒成了方方正正的一座书山，书脊一律朝外，每个人一进门便能看到书名和何夕的烫金名字。夏群芳接下来开始收拾那一堆包装材料，她不时停下来，偏着头打量那座书山，乐呵呵地笑上一会儿。

14.

老康站住了，他身后上方是"国际航班通道"的指示牌，身前是送行的亲友。何夕和老麦同他道别之后便走到不远处的一个僻静角落，与人们拉开了距离。

"我不认为他适合江雪。"老麦小声地说了句，他看着何夕，"我觉得你应该坚持。江雪是个好女孩。"

何夕又灌了口啤酒，他的脸上冒着热气。因为酒精的作用，他的眼珠有些发红。

"他是我的同行。"老麦仿佛在自言自语,"我也准备开家电脑公司,过几年我肯定能做到和他一样好。我们这一行是出神话的行业。别以为我是在说梦话,我是认真的。不过,有件事我想跟你说说。"老麦声音大了点,"半个月前我认识了一个老外,也是我的同行,很有钱。知道他怎么说吗?他对我说你们太'上面'了。我不清楚他是不是因为中文不好才用了这么一个词,不过我最终听明白了他的意思。他说他并不因为世界首富出在他的国家就感到很得意,实际上,他觉得那个人不能代表他的国家。在他的眼里,那个人和让他们在全世界大赚其钱的好莱坞以及电脑游戏等产业没有什么本质差别。他说他的国家强大不是在这些方面,这些只是好看的叶子和花,真正让他们强大的是不起眼的树根。可现在的情况是,几乎所有的人都只盯着那棵巨树上的叶子和花,并徒劳地想长出更漂亮的叶子和花来超过它。这种例子太多了。"

何夕带点困惑地看着老麦,他不知道大大咧咧的老麦在说些什么。他想要说几句,脑子却昏昏沉沉的。这些日子以来,他时时有这种感觉,他知道面前有人在同自己讲话,可就是集中不起精神来听。他转头去看老康,他比老康个子要高,但他看着老康的时候,感觉自己就像是一个侏儒,须得仰视才行。欠老康多少钱?何夕回想着自己记的账,但是他根本算不清。老康遵照刘青的意思不要借据,但何夕却没法不把账记着。你拿去用。老康胖乎乎的笑脸晃动着。是小雪的意思。小雪求我的事我还能不办好?啊哈哈哈。烫金的"微连续原本"几个字在何夕眼前跳动,大得像是几座山。每一座都像是家里那座书山。几个月了,就像是刘青预见的那样,没有任何人对那本书感兴趣。刘青拿走了一套,塞给他四百块钱,然后一语不发地离开。他的背影走出很远之后,何夕看见他轻轻叹口气,把书扔进了道旁的垃圾桶。正是刘青的这个举动真正让何夕意识到微连续的确是一个无用的东西——甚至连带回家当摆设都不够格。天空中有一张汗津津的存折飞来飞去。夏群芳在说话，这是厂里买断妈二十七年工龄的钱。何夕灌了口啤酒咧嘴傻笑，二十七年，三百二十四个月，九千八百五十五天，母亲的半辈子。但何夕内心里却有一个声音在说，这个世界上你唯一不用感到内疚的只有母亲。

书山还在何夕眼前晃动着，不过已经变得有些小了。那天何夕刚到家，夏群芳便很高兴地说有几套书被买走了，是C大的图书馆。夏群芳说话的时候，得意地亮着手里的钞票。但何夕去问的时候，管理员说篇目上并没有这套书，数学类书架上也找不到。何夕说一定有一定有，准是没登记上，麻烦你再找找。管理员拗不过，只得又到书架上去翻，后来果真找出了一套。何夕觉得自己就要晕过去了，他大口呼吸着油墨的清香，双手颤抖着轻轻抚过书的封面，就像是抚摸自己的生命，巨大的泪滴掉落在扉页上。管理员纳闷地嘀咕，这书咋放在文学类里？他抓过书翻开封面，然后有大发现似地说，这不是我们的书，没印章。对啦，准是昨天那个闯进来说要找人的疯婆子偷偷塞进去的。管理员恨恨地将书往外面地上一扔，我就说她是个神经病嘛，还以为我们查不出来。何夕简直不知道自己是怎样回到家里的，他仿佛整个人都散了架一般。一进门，夏群芳又是满面笑容地指着日渐变小的书山说，今天市图书馆又买了两套，还有蜀光中学，还有育英小学。

这时，不远处的老康突然打了个喷嚏。"国内空气太糟。"他大笑着说，然后掏出手帕来擦拭鼻子，手帕上是一条清澈的江河，天空中飘着洁白的雪花。

我伸出手去，想挡住何夕的视线，但是我忘了这根本没有用。

……

"老康打了个喷嚏。"老麦挠挠头说，"然后何夕便疯了。我也不明白是怎么一回事，反正我看到的就是那样。真是邪门儿。"

"后来呢？"精神病医生刘苦舟有些期待地盯着神道道的老麦。

"何夕冲过去捏老康的鼻子，嘴里说叫你擤叫你擤。他还抢老康的手帕。"老麦苦笑,"抢过来之后,他便把脸贴上去翻来覆去地亲。"老麦厌恶地摇摇头,"上面糊满了黏糊糊的鼻涕。之后他便不说话了,一句话也不说。不管别人怎么样都不说。"

"关于这个人你还知道什么?"刘苦舟开始写病历,词句都是现成的,根本不必经过大脑,"我是说比较特别的一些事情。"

老麦想了想,"他出过一套书。是大部头,很大的大部头。"

"是写什么的?"刘苦舟来了兴趣,"野史?计算机编程?网络?烹调?经济学?生物工程?或者是建筑学?"

"都不是。是数学。"

"那就对了。"刘苦舟释怀地笑,顺利地在病历上写下结论,"那他算是来对地方了。"

这时,夏群芳冲了进来,穿着老旧的衣服,腰上系着条油腻的围裙,整个人显得很滑稽。她的眼睛红得发肿,目光惊慌而散乱。

"何夕怎么啦?出什么事啦?好端端地怎么让飞机撞啦?"她方寸大乱地问,然后她的视线落到了屋子的左角,何夕安静地坐在那里,眼神缥缈地浮在虚空,仿佛无法对上焦距。他已经不是以前的何夕了,飘忽的眼光证明了这一点。

让飞机撞了?老麦想着夏群芳的话,他不知道是不是自己在机场报信时说得太快让她听错了。

"医生说治起来会很难。"老麦低声说。

但是夏群芳并没有听见这句话,她的全部心思已经落到了何夕身上。从看到何夕的那刻起,她的目光就变了,变得安稳而坚定。何夕就在她的面前,她的儿子就在她的面前,他没有被飞机撞,这让她觉得没来由地踏实,她的心情与几分钟之前已经大不一样。何夕不说话了,他紧抿着嘴,关闭了与世界的交流,而且看起来也许以后都不会说话了。不过这有什么关系呢,何夕生下来的时候也不会说话的。在夏群芳眼里,何夕现在就像他小时候一样,乖得让人心痛,安静得让人心痛。

尾 声

我是何宏伟。

一连两天我没有见一个客人,尽管外界对于此次划时代事件的关注激情已经到了白热化的程度。这两天里,我一直在写一份材料。现在我已经写好了。其实我只是写下了几个人的名字,连同简短的说明。但是每写下一个字,我的心里都会滚过长久的浩叹,而当我写下最后那个人的名字时,几乎握不住手中的笔。

然后,我带着这样一份不足半页的材料站到了诺贝尔物理学奖的领奖台上。无论怎么评价我的得奖项目都不会过分,因为我和我领导的实验室是因为大统一场方程式而得奖的。这是人类最伟大的梦想,从某种意义上讲,是人类认识的终极。

"女士们先生们,"我环视全场,"大家肯定知道,从爱因斯坦算起已经过去了两百多年,为了大统一场理论,至少耗尽了十几代最优秀的物理学家的生命。我是在三十年前开始涉足这个领域的。在差不多十七年前,我便已经在物理意义上明晰了大统一理论,但是这时我遇到了无法逾越的障碍。实际上不仅是我,当时还有几个人也都做到了这一步,但却再也无法前行。你们有过这样的体会吗?就是有一件事情,你自己心里面似乎明白了,但却无法把它说出来,甚至根本无法描述它。你张开了嘴,但却发现吐不出一个字,就像是你的舌头根本不属于你。此后,我一直同其他人一样徘徊在神山的脚下,已经看得见上面的万丈光芒,但却无法靠近一步。事情的转机说来有几分戏剧性。两年前的某一天,我送九岁的小儿子去上学。当时,他们的一幢老图书楼正拆迁。在废墟里,我发现了一套装在密封袋里的书。后来我才知道,这套书已经出版一百五十年了,但是当时,它的包装竟然完好无损,也就是说从未有人留意过它。如果当时我不屑一顾地走开,那么我敢说世界还将在黑暗里摸索一百五十年。但是,一股好奇心让我拆开了它,然后你们可以想象我当时的心情,就像是一个穷到极点的乞丐有一天突然发现了阿里巴巴的宝藏。我不知道这样一部我难以用语言来评述的伟大著作怎么会被收藏在一所小学里,不知道上天为何对我这样好,让我有幸读到这样非凡的思想。我只知道当天我简直失去控制了,在废墟上狂奔着大喊大叫不能自已。这正是我要找的东西,它就是大统一理论的数学表达式,甚至比我要的还要多得多。那一刻我想到了牛顿。他的引力思想并非独有,比如同时代的胡克也已发现了太阳引力,但是牛顿有能力自创微积分而胡克不能,所以只能是牛顿来解决引力问题。现在我面临的问题又何尝不是这样?书的名字叫《微连续原本》,作者叫何夕。是的,当时我的惊讶并不比你们此刻少。这是个完全陌生的名字,简直可称一文不名。后来的事正如你们看到的,在不到半年的时间里,我发表了一系列重要论文,简直可称为神速地完成了大统一理论的方程式。甚至在几个月前,我和我的小组还试制出了基于大统一理论的时空转换设备。有人说我是天才,有人说我的发现是超越时代的杰作。但是今天我只想说一句,超越时代的不是我,而是一百五十年前那个叫何夕的人。不要以为我这样说会感到难堪,其实我只感到幸运,因为我现在已经知道超越时代意味着什么。如果何夕生在我们的时代,根本轮不到我站在这个地方。在他的那个时代支持大统一理论的物理事实少得可怜,现在我们知道,必须达到一千万亿 G[①]电子伏特的能级才可能观察到足够多的大统一场物理现象。而在何夕的时代,这是根本不可想象的,这也就注定了他的命运。他是个什么样的人?为何他写下了这样伟大的著作但却被历史的黄沙掩埋?为解开心中的这些疑惑,我将第一次时空实验的时区定在了何夕生活的年代。我们安排了一个虚拟的观察体出现在那个过往的年代,那实际上是一处极小的时空洞。它可以出现

[①] G:10 的 9 次方,即十亿。

在指定的时间和地点,从而观察到当时的事件。我亲眼目睹了事情的全部过程。如果诸位不反对的话,我想把我知道的全讲出来。"

台下没有一个人说话,甚至听不到大声的出气。我轻声描述着自己近日来的经历,描述着何夕,描述着何夕的母亲夏群芳,描述着那个时代我见到的每一个人。他们在我的眼前鲜活起来了,连同他们的向往与烦恼。我轻轻做了个手势,按照事先的约定,这是让助手们开启机器。大厅暗下来,一束光线投放在了巨大的屏幕上。由于特意喷出的薄雾,光线在空中的轮廓很清晰。我凝视着这束光线,无法准确描述自己此时的心情。我知道此时此刻那束光里有无数的光子,这些宇宙间最轻盈曼妙的精灵正以我们不可想象的速度飞舞着。这不算什么,每个人都看到过光子的舞蹈,但是这一次不同,因为这些光子来自于很久以前,此刻,它们经过一扇神秘的大门从过去来到了现在。它们穿透的不仅是飘浮着薄雾的空气,还包括一百五十年的时间。

是的,它们穿透了亘古的时间魔障,它们飞舞着,我几乎听得到它们在歌唱,它们本该在百余年前悄无声息地湮灭掉,就像它们的亿万个同类。但是,它们循着一条奇异的道路挣脱了宿命,所以它们有理由歌唱,它们在大声呼喊"我们来了"。是的,它们来了,循着那条曲折艰难的道路,向今天的人们飞舞而来。

屏幕上的图像渐渐清晰,分为一左一右两幅画面,一边是年轻漂亮的少妇夏群芳抱着她刚满周岁的胖儿子何夕坐在公园的长椅上,脸上是幸福而憧憬的笑容;另一边是风烛残年的半文盲老妇人夏群芳,正专注地给她满脸胡须、目光痴呆的傻儿子何夕梳头,目光里充满爱怜。

尽管我想忍住,但还是流下了泪水。我觉得画面上的母亲和儿子是那样的亲密,他们都是那样的善良,而同时他们又是那样的——伤心。是的,他们真的很伤心。而现在,他们早已离开了那个他们一生都没能理解的世界,仿佛他们从来就没有来过。

"如果没有何夕,大统一理论的完成还将遥遥无期。"我接着说,"而纯粹是由于他母亲的缘故,《微连续原本》才得以保存到今天,当然这并非她的本意,当初她只是想哄骗自己的儿子,将他从痛苦中解脱出来。现在想来,当时她以一个母亲的直觉一定已经隐隐意识到悲剧就要发生,从母亲的角度,她是多么想阻止它。以她的文化水平,根本就不知道这里面究竟写的是什么,根本不知道这是怎样的一本著作,所以她才会将这部闪烁着不朽光芒的巨著偷偷放到一所小学的图书楼里。从局外人的观点看她的行为会觉得荒唐可笑,但她只是在顺应一个母亲的内心。自始至终她只知道一点,那就是她的孩子是好的,这是她的好孩子选择去做的事情。我不否认对何夕的那个时代来说,《微连续原本》的确没有任何意义,但我想说的是,对有些东西是不应该过多讲求回报的,你不应该要求它们长出漂亮的叶子和花来,因为它们是根。这是一位母亲教给我的。母亲对自己的孩子从来都不曾要求过回报,但是请相信,我们可爱的孩子终将报答他的母亲。"

我看着手里的半页纸,上面的每一个名字都是那样的伤心。"也许我们应该永远记住这样一些人。"我照着纸往下念,声音在静悄悄的大厅里回响。

"古希腊几何学家阿波洛尼乌斯总结了圆锥曲线理论,一千八百年后,德国天文学家开普勒将其应用于行星轨道理论。

"伽罗华在公元1831年创立群论,当时的科学大师们无人理解他的思想,以至论文得不到发表。伽罗华年仅二十一岁便英年早逝,一百多年后,群论获得具体应用。

"凯莱在公元1855年左右创立的矩阵理论在六十多年后应用于量子力学。

"数学家J.H.莱姆伯脱、高斯、黎曼、罗巴切夫斯基等人提出并发展了非欧几何。高斯一生都在探索非欧几何的实际应用,但他抱憾而终。非欧几何诞生一百七十年后,这种在当时毫无用处并广受嘲讽的理论以及由此发展而来的张量分析理论成为爱因斯坦广义相对论的核心基础。

"何夕独立提出并于公元1999年完成了微连续理论,一百五十年后,这一成果最终导致了大统一场理论方程式的诞生。"

在接下来长达十分钟的时间里,整个大厅里没有一丝声音,世界沉默了,为了这些伤心的名字,为了这些伤心的名字后面那千百年寂寞的时光。

我拿出一张光盘,"何夕在后来的二十年里一直都没有说过话,医生说他完全丧失了语言能力。但是我这里有一段录音,是后来何夕临死前由医院录制作为医案的,当时离他的母亲去世仅仅只有两天。我们永远无法知道那究竟是因为何夕在母亲去世之后失去了支撑呢,还是他虽然疯了,但却一直在潜意识里坚持着比母亲活得长久一点——这也许是他唯一能够报答母亲的方式了。还是让我们来听听吧。"

背景声很嘈杂,很多人在说话。似乎有几位医生在场。"放弃吧,"一个浑厚的声音说,"他没救了,现在是十点零七分,你把时间记下来。""好吧,"一个年轻的声音说,"我收拾一下。"年轻的声音突然提高了音量,"天哪,病人在说话,他在说话!""不可能,"浑厚的声音说,"他已经二十年没说过一句话了,再说他根本不可能有力气说话。"但是,浑厚的声音突然打住,像是有什么发现。周围安静下来,这时,可以听见一个已经锈蚀了很多年的带着潮气的声音在用力说着什么。

"妈——妈——"那个声音有些含糊地低喊道。

"妈——妈——"他又喊了一声,无比清晰。

(本文获2003年中国科幻银河奖)

小 雨

1.

"我最喜欢的景色便是浮着几缕薄云的蓝天,所以我很少去旅行。"韦雨那天这么说的时候就站在这棵白桦树下,她当时还抬头望着天空做了个深呼吸的动作,乌发因之在她的肩部掀起了一阵小小的波浪。白桦干爽地挺立着,秋天的黄叶纷纷扬扬。

应该承认,我完全听出了她在这种表达之中隐藏的拒绝,而我敢肯定一旁的棱冰也不会不懂。我于是说有许多地方都值得去看,并且开始生动地描述一些知名旅游区的风景。韦雨认真地听着,亮晶晶的眸子里蕴涵着温暖的笑意。她一直这么温暖地看着我,直到棱冰插入一句话为止。

棱冰说:"这些都是天下。"韦雨悚然回头望着他,一种朦胧的光芒令她的眸子幽深如潭。

现在想来,我的落败正是从那时开始的,我其实知道那句话绝不会是大大咧咧的棱冰的真实想法,但我将永远对他在那一刹那迸发的智慧表示敬佩,尽管当我看到韦雨眼中那充满深意的朦胧时,就已感到了某种坠入深渊般的绝望。不过,如果现在的棱冰再说出这样一句话,我会相信他是有感而发。因为我知道,棱冰现在的经历已使他无论怎样深沉都不会显得过分,但是我其实也没把握以后还能不能听到棱冰那带着点女声的尖嗓子了。

再后来的情形我已记得不很清楚了,总的印象是,我在那天的行为似乎是慢了一拍。当我沉默半晌后很想和人谈谈生命与死亡时(我敢说只要韦雨听我讲下去,她会发现我并不只是擅长旅行),我才发现韦雨和棱冰已经在快乐地说着旅行的事了。我于是恍然悟到为什么有很多人在提到"命运"这个词时总是一语不发,同时我也认识到我的错误只是命运的安排,我并没有做错什么。

但让我感到悻悻然的是,在那之前,韦雨只认得我而不认识棱冰,我们相识的原因很简单——当时同她在一起的人也正是我的朋友。见面后,那人介绍了她的名字,但我却脱口而出地叫了声"小雨"。初次见面就这么亲切地称呼对方肯定显得唐突,我也不知道处世一向拘谨的自己为何会一反常态这样做。当时,我注意到她的眼中掠过一丝雾样的神色,令我恍然有种被洞悉的感觉。不过一切都是稍纵即逝,眼前依然只是一片平庸的世界。很久以后,那位朋友还拿这个小插曲来开过我的玩笑,但只有我自己才知道,我并不像口头上表现的那样反对他这么做。

后来我常想,可能正是在那初见的一瞬里,世上便有了一条轻盈无质的丝带让我仓皇奔走却无从逃遁,实际上,为了躲开这条丝带的缠绕,我的确曾孤身前往一颗无人星球写生,在那里待了三个月后,我终于感到心绪完全平静。但在我返回地球走出飞船,看到来迎接我的韦雨(她的身边站着棱冰)的一刹那,我便立刻又面临一个难题:这种孤独行动是否该重来一次?

记得在我突然喊出"小雨"的当天下午,我竟非常偶然地在同一个地方又碰到了韦雨,当时她意外的样子真是动人极了。她说真没想到,然后她看着天空说这种晴朗的天气让人想起草原。而在她仰头向天的时候,我陡然感到了明显的震动,她那线条优美的脖颈在蓝天之下雪白如玉，让我产生出一种若即若离却终不可寻的情绪。后来在我回想那一刻的情形时，我把原因归结为那一刻的她具有某种可以入画的韵致，触动了我的专业习惯，不过这个理由始终让我觉得过于牵强。至为奇怪的是，后来当我把这种情绪酝酿成一幅名为《天下》的油画时，我竟然难以自持地在那雪白如玉的颈部缠上了一条大红色的<u>丝带</u>。也正是这条丝带，使我失去了不久后举行的当代世界画展的金奖，评委们一致认为这条丝带的出现让人觉得不可理喻。我也不太清楚自己为什么要这样做，但我却知道，我是那样偏执地要把这条丝带缠在那美丽的脖颈上，似乎唯有如此，我才能在画布上真正留住那一刻的一切。

我后来一直在想，我可能正是在那一刻的震动之后开始感受到孤独的，在那以前，我一直扛着画架追逐时间同时也被时间追逐。我之所以选择并喜爱绘画这个职业，就是因为我觉得这个时代只有画家是不会感到孤独和无所事事的。虽然人们现在已可以用三维成像技术活灵活现地表现任何事物，但却永远表现不出自然在人们的心灵里激起的感受，这种感受源于真实又超越真实。

韦雨谈到天空与草原所带给我的恍惚并未持续太久，我很快醒悟到了自己的失态并很大方地约她第二天还在这里见面。我说你来不来我都会来，并且我告诉她我真的有事。现在想来，我在第二天如果不叫上棱冰，或许事情会是另外一副样子，但我一直喜欢每件事都能有个纯净明朗的开始，而且对这种偏爱我至今都没有舍弃的理由。第二天，早到的韦雨看见我们俩时显出的那种惊讶实在有着非常浓的孩子气。

有一次，我突然心血来潮告诉韦雨说那幅《天下》是以她为蓝本的，韦雨咯咯地笑着摇头表示不信。过了一会儿，她仰起头煞有介事地抚摸着脖子说："你什么时候看见我缠着红<u>丝</u>带，上辈子？"

2.

沙漠在我的前面，沙漠在我的后面，我和我的白马在沙漠的中间……

每次我都在梦做到这个地方的时候醒来。这个梦我做过很多次了，在里面我似乎是个黑衣骑士，总在寻找那传说中的歌者。环境每次变化都非常恶劣，我在一片不明来由的琴音里朝着冥冥中的方向策马而行，风与沙在我耳边呼啸，如撕裂之帛。

但在我和韦雨谈到丝带后不久，我的梦意外地有了进展。我在一片空旷得仿佛天地尽头的荒原上看到了一架古琴，它正在一双充满灵性之手的抚弄下发出令我甘愿为之颠沛流离的声音。那一刻，我如同中魔般地向前冲去，但我很快发现了自己的徒劳，无论我如何努力，歌者与古琴都在咫尺外的天涯。大雾漫起，我心有不甘地大声呼喊，而正是此刻，我才赫然发现歌者那白如美玉的脖颈上缠着一条丝带——绯红如血。我悚然惊觉，想看清那人的容颜，但大雾吞噬了一切。

这是我最后一次做这个梦，实际上，从那之后我根本就摆脱了做梦这种生理现象，但每天早上起床后却仍感到极度疲惫。后来，我在棱冰的家里看到一本叫做《多梦年华》的诗集，里面爬满了描绘青春的句子，这个发现让我一连几天都心情黯然。

应该说，看着棱冰和韦雨站在一起是很让人感到赏心悦目的，我听见很多人都这么说。棱冰是我的同行，但他并不像我一样以此来摆脱空虚，他完全是执著于艺术本身。记得在美院求学时，教授让我们画一幅《生命》，我画的是汪洋中的半截朽木，上面长着一根开着小白花的枝丫。而凌冰则是在惨白的画布上重重地点染了红与黑两条滞重的DNA螺旋带，它们反复纠缠着，从画的底部一直贯穿着冲出整幅画面，凄厉得令人呼吸不畅。末了，我悄悄地把我的小白花付之一炬。

看得出棱冰对韦雨的真心。我当然不知道他对蓝天下美丽的脖颈是否有像我一样的执著,但我却知道他看着韦雨时的那种温柔眼神必定来自心灵深处。在此之前我从未见过一个男人会有那样的眼神,并且我想,韦雨对这眼光的感受自然比我要深刻得多。

很久之后,我对棱冰谈起这眼光,我看到有清清的泪水在他眼里汇集并且成行,然后,他握着我的手让我感受到了他全部的痛楚和悲伤。

3.

我曾突发奇想——如果世界上没有"偶然"这种东西的话,也许一切都会平静得多,但我立刻转而想到,如果真是那样的话,人们是否能习惯于这种平静。在很多事情都不能回头地发生之后的某一天,我独自在一片荒芜的花径里站立,并且尝试倒逆着理清事情的脉络,结果发现最早的异样其实在我向韦雨谈到那幅《天下》时已初现端倪。我一直没能忘记她当时的笑声,那种笑有着过于强烈的开放女人的味道,但我却深知韦雨有着最守旧的信条,而且她那样笑着的时候,我在她的眼睛里没有找到快乐。

应该说韦雨是个普通至极的女人,和这个世界上的大多数人一样,她无须为生存而工作。从这一点上,我时时觉得现在的人生就仿佛一束花,充满着自在、纯洁但却近于空白的意味。这不是我的颓废,而是现实。因为现在人类已经掌握了太阳的全部能量,按照公元1964年由苏联科学家卡尔达吉夫提出的方案,人类获取能量的程度已达Ⅱ型文明,但人类现在只能用掉这些能量的万分之一。按照科学家们的说法,我们已经生活在一个科学终于控制了一切的时代,所以,现代人的首要任务就是学会奢侈,起码几百年内是这样。我意识到这一点的时候还只有十四岁,之后不久我拥有了一个画架和一支笔。可以说在十四岁的时候,我便在脑海中为自己勾勒出了一个苍凉、劳顿因而不是那么"空白"的画家的形象。

棱冰也说到过韦雨的普通,他是在一次聚会后这么说的。当时,圈子里的一流画家差不多都到了,棱冰特意请韦雨来——我敢说他此举多少带有一点点向韦雨炫耀的意味。但韦雨刚一到便对我们说她只能待上半小时,因为她约了一位小有名气的裁缝给她试衣服。然后,韦雨就给我们俩谈起各种衣料的质地和颜色的搭配。其时,正好有一位美术界的激进人物在歇斯底里地叫嚷要发起"新美术运动",并且信誓旦旦地要用一种颜色表现全部的世界。韦雨的声音那天出奇地好听,那位仁兄的市场因而大为逊色。我第一次见到了韦雨的眼睛是那样的快乐,在那一瞬里,我完全相信她的这种快乐远远超过我在绘画上得到的,而且我也正是从那一刻开始思考一个问题,我在想,所谓幸福悲伤充实空虚等等会不会只是一种纯粹的个人感受?

棱冰在聚会散场之后对我说:"韦雨最不普通的地方就是她坦然地让人看见她的普通。"而后来他又告诉我,他正是从那个时候起才真正不能自拔地爱上了韦雨。

韦雨要回去试衣服的时候正轮到棱冰发言,我便很适时地去送她。夜空辽阔而深远,我闻到晚风中有淡淡的花香。韦雨深深地吸口气说:"真该感谢祖先们醒悟到了环境保护的重要,不然我们就白长了个鼻子。"我看着她那线条优美而微皱(她正深呼吸)的鼻子说,当心把鼻头吸进去了。她一愣,旋即调皮地问我:"要真是那样你肯不肯把鼻头移植给我?"我深深地在心里叹口气,嘴上却说:"为什么不?我巴不得你长个男人的大鼻头出出丑。"说完我哈哈大笑。

不过我只笑了几秒钟便戛然而止,因为我看见有几点光亮在韦雨的睫毛上闪动。我嗫嚅半响后说:"对不起。"韦雨极快地转过头来问:"干吗这样说?"这时,我看到她的睫毛上很干爽,刚才的光亮可能只是街灯制造的幻象,于是我淡淡地说:"没什么。"这时,我们的目光都不约而同地被天上的银河所吸引,韦雨指着天空说:"如果让你画一幅

《银河》会是怎样的？"我说："就跟你现在看见的一样，是条白色的河。"韦雨突然大声笑起来说："你知道棱冰怎么说的吗？他说要画成一颗颗的星球。"我沉默着，然后说："幸好我还没画，要不我又得把它烧了。"韦雨立刻显出惊讶的神色。于是我给她讲述了那幅《生命》。韦雨咬住下唇，然后她突然说："如果画了就别烧，送给我吧。"

那个晚上韦雨还谈起一件事，她说在很小的时候母亲总叫她"小雨"，但七八岁过后却又不叫了。

韦雨说起这件事的时候，我不知怎的竟有一种欲要流泪的感觉。然后我忍不住提到一件往事，我说在我十一二岁的时候常和邻居家一个叫小雨的女孩一块儿玩，后来一群男孩因此而嘲笑我。结果我赌气用鞭子抽了那个女孩，我记得是抽在脖子上的。不久，我们所在的城市发生了地震，她全家都死了。

"你的记性真好，这么久的事情还没忘。"韦雨说着便笑起来，笑出了眼泪。

4.

在这次谈话的第二天，我就起程到一颗小行星写生去了。几天后，我接到棱冰的电话，他说我走的当天韦雨也不见了，他还开玩笑说："如果不是凭着对多年老朋友的信任，我差点怀疑是你把韦雨拐跑了。"我叹口气说："有你们这两个朋友，我看来是没法清静的。"同时我告诉他自己立即返回。

回到地球我差点气疯，韦雨正好端端地倚在棱冰怀里。我刚要掉头而去，韦雨追上来说她的确因事离开过几天，我看着她明澈见底的双眸，在心中轻叹一声，然后摊开双手表示已经消气了。

但我万万没想到此后的时光是那样美好，韦雨几乎天天都陪伴着我，我们一起散步，一起聊天，一起看着秋风一点一点地把红叶点燃。有时我偷偷望着她，却发现她也正注视着我，眼中盛满让我心醉的柔情。终于，在一个非常清凉的黄昏我亲吻了她，那一刻，她的眼睛在夕阳的余晖里充满泪水。她说："带我走吧，到没有人的地方去。"

我陡然一震，想起了棱冰。我轻轻松开她的肩膀说："不知棱冰这段日子怎样了，真想见见他。"

韦雨一愣，然后突然抓住我的手，我感到她的躯体在剧烈地颤抖。她说："你别去见棱冰，带我走吧，我们会生活得很幸福的。"

现在想来，我当时实在是太固执了，如果听她的话，也许结果就不一样了。但我当时只觉得自己不能太自私，同时我自信可以把这件事处理好，所以我没有理会韦雨的话，而是匆忙离去。我听见韦雨在身后悲伤地呼喊，但我没有回头。

棱冰并没有如我想象中那样变得消瘦，相反倒胖了一些。他一见我就容光焕发地迎上来，问我这些日子都上哪儿去了，并说他和韦雨都很挂念。说着，他笑嘻嘻地递给我一张喜帖，上面赫然写着他和韦雨的名字。

棱冰后来又说了些什么我一点都没听进去，我在想一个问题，我是不是疯了。

当我失魂落魄地赶回与韦雨分手的地方时，却发现那里已空无一人，只有微风仍在不知疲倦地絮语。我跌跌撞撞地来回走动，感到头痛欲裂。终于我忍不住大声叫喊："这到底是怎么了？"忽然，我听见了韦雨的声音，细弱而低回，仿佛从很远的地方传来。

"你终于回来了，你为什么不听我的话带我走呢？你知道吗？我其实就是你鞭打过的那个小女孩，地震中我幸存了下来。刚见到你的时候，我也不知道你就是那个男孩，但我后来慢慢想起来了。有时我觉得自己太没主见了，我本来是爱着棱冰的，可为什么后来又要爱上你呢？我不知道这一切是怎样发生的，我不知道命运为什么会这样安排。我不是个坏女孩，我不想这样的，可事情的发展根本由不得我自己。你和棱冰是最好的朋友,我真不知道该怎么办。夜里我总梦见你们血淋淋地厮打,我吓坏了。"

我呆呆地望着天空,呓语般地问:"这个世上是不是有两个韦雨?"她沉默了一会儿说:"不,只有一个。你知道分时系统吗?"

我的脑中犹如一道电光划过。分时系统!这种系统是把计算机中央处理器的时间分为极短的时间片,轮流执行若干个不同的任务,由于时间片极短,以至每个终端的使用者都认为是自己独占计算机。难道……

韦雨的声音还在树林中飘荡:"我不想伤害你们之中的任何人,尤其不想伤害你。我知道如果棱冰伤心的话,你也不会快乐的。就在你去小行星写生的那些天里,我去找了一位专家,请原谅我不能说出他是谁,因为这个实验是不合情理的,我在他面前发誓要保守秘密。我当时也不知道自己究竟做得对不对,真像是一场赌博。在他的帮助下,我成为了一个以分时状态存在的人,时间片的长度是百万分之一秒,也就是说,你面前的我是以一微秒的时间间隔断续存在的,但你肯定无从察觉。如果你不去找棱冰,我们是可以永远生活在一起的,分时后的我已经成为了两个独立的个体,思维记忆也完全分化,多年以后,我和另一个我说不定也会彼此遗忘,最多不过是同时生老病死而已。我本以为事情就这样解决了,不是说我们这个时代没有科学解决不了的问题吗?可你为什么要去找棱冰呢?我真是弄不懂你们这些男人的心思。"

此时我已面如死灰,额上大汗淋漓。我想不到韦雨竟然用这种方式来成全我和棱冰。刹那间,我觉得自己的心痛极了,像是快要破碎掉。我忍不住想哭,我带着哭腔呼唤韦雨的名字,我说你回来吧,我们重新开始。

"太迟了,太迟了。你永远都不会忘记你的妻子有一半时间是躺在别人的怀里,我们不会有幸福的。为什么幸福离我总是那么远,让我怎么也够不着?我很累,我累极了……"

韦雨的声音渐渐渺不可闻。我无言地愣立着，心中麻木得没有任何感觉。我想象得出韦雨会做什么，但我阻止不了她。就算我能在第一个一微秒内阻止她，她也可以在第二个一微秒内做她想做的任何事情。这时，我看见一个人从一棵大树背后走了出来——是棱冰，他的表情让我知道他已经听见了一切。后来，当我回想那一刻的情形时，我已经不太记得我和他对望的那一眼有着怎样的内涵，其实就算记得，我也没有能力加以描述，我只记得我们俩无语地瘫坐在地上，直至夜幕降临，天地合围。

5.

起风了。风掠过我的面颊，让我知道自己正在流泪。白桦树在我面前干爽地挺立着，秋天的黄叶纷纷扬扬。昨天刚收到一封信，是棱冰写来的。想想已有两年没见到他了，信里他说自己仍在流浪。

风大了些，而且还飘起了几缕细弱的雨丝。我低头看手表上的天气预报，上面写着今日晴天，降雨概率为零。我无声地叹口气，原来科学的万里晴空也会飘起偶然的小雨。我竖起衣领，同时抬头看了眼天空，几丝薄云在蓝天上飘荡。这时，我便想起一个女孩曾经说过她最喜欢的景色就是这样的，同时，我还想起她站在一幅油画里望着天空的样子，一条红丝带在她的脖子上飘啊飘。

爱别离

1.

　　叶青衫正在写一封信。但是,差不多有两个小时的光景他只是呆呆地坐着,手里的铱金笔悬在离纸一两厘米的地方。叶青衫的目光一直愣愣地看着前方的桌面。桌子上摆着一束因许久没有换过水而已经蔫掉的花,还有一只薄薄的电子钟。不过,叶青衫的目光是落在另一件东西上,那是一幅相片。在相片里,叶青衫和一位长发姑娘快乐地并肩站立,身后是明媚的秋阳。

　　别跑,小心点。一个声音从遥远的地方传来。我才不管呢,除非你追上我。一个同样遥远的声音在说,伴着银铃般的笑声。秋天的太阳从已经变得有些稀疏的树梢上透下来,在干爽的地面上变成无数榆钱大小的光斑。空气带着微微的清冷,但是吸进肺里很舒服,有股好闻的味道。也许这就是秋天的气味。小菲我捉住你了,小菲。一个声音说。这不算,是我自己停下来让你捉的。另一个声音说。

　　叶青衫叹口气,将笔下的纸揉成一团。纸篓已经满了,都是像这样的纸团。我真的应该写这样一封信吗?叶青衫想,这能代表什么呢?能让我平静吗?能改变那些已经发生过的事情吗?能——留住小菲吗？一丝亮点从叶青衫的眼角闪过,他感到有股咸津津的东西滑下喉头。我已经失去哭泣的力量了,叶青衫接着想,但是想不到我还能流泪。叶青衫从座位上站起,慢慢朝门外挪动脚步。门外是客厅,有些拥挤地摆着些算得上不坏的家具。客厅里有七八个男人,但没有一个人坐着。他们紧张万分地注视着叶青衫。刚才当叶青衫将自己独自关在小屋里的时候,每个人的心都提到了嗓子眼儿。如果他有什么意外的话,这里每一个人都难脱干系。现在好了,叶青衫自己出来了,每个人都暗暗地吁出口气。"我们走吧。"一个人上前说,他小心地看着叶青衫的脸。叶青衫机械地点着头,他知道,此时在这栋普通公寓房的周围起码有上百人在担任着警戒。是该走了,要不邻居们会被吓坏的。他们不会明白发生了什么事。

叶青衫戴上墨镜,被几个人簇拥着出门。身边的人不断地用对讲机通着话,一副如临大敌的样子。道路已经被清理过了,除了他们再没有别的车辆。当小车开出很远之后,叶青衫仍然不住地回头望着七楼上拉着深红色窗帘的那个窗口。家,那就是家。但以后不再是了。一切都改变了,就从一年半以前的那个慌张的清晨。人生真像是一个梦,谁也不知道什么时候就会突然醒来。

……

2.

"有件事说出来吓你一跳。"林小菲一边收拾一边说,她赶着上班,急得不能再急的样子。叶青衫在一旁饶有兴致地看着她,他已经见惯了林小菲每天早上的慌张。林小菲要赶在八点钟之前到达单位,但她睡觉时是完全记不得这一点的。叶青衫以前还催她,但后来知道没用也就干脆不管了。

"什么事?"叶青衫懒懒地看着报,相比之下,当记者的他作息时间要宽松一些,"又是你们破医院里的那些破事儿?"

"什么破医院?"林小菲反诘,但口气有些软。她是区医院的护士,那里的确是个有点破烂的地方,"我是说正经的。我以前的一个同学调到市里的一家研究所当副所长,上个月底邀请我们几个老同学去玩儿了一下。"

"等等,"叶青衫来了警惕性,"哪个同学啊,是不是那个——老麦?"

林小菲忍不住笑,"你还猜得挺准。"她收住笑说,"都五六年了,你还把人家记得死死的,别人现在可是青年专家了。"

叶青衫放下报纸说:"我倒想忘了他呢,不过就怕人家还惦记着咱们。"他说着便盯着风姿绰约的林小菲死看。

"想哪儿去了!"林小菲没好气地说,"我是说正事呢。当时他们正好在和市防疫站搞一个小范围的检疫,我没事也查了。再过几天就能拿结果。"

叶青衫心里咯噔了一下,"查的什么?"

林小菲得意地偏着头朝门外走,"你准想不到。AIDS,听过吗?就是艾滋病。"

叶青衫脱口而出:"没事查那玩意儿干吗?听着就脏!快去撤了!"

林小菲退回来严肃地盯着叶青衫看,然后仿佛有大发现地说:"我的叶青衫同志,你是不是做过什么坏事情啊?是不是做贼心虚啊?"

叶青衫哑然失笑,"我哪儿做过什么坏事?算了,不跟你说,一点正经都没有。"他继续低头看报,但立刻补充道,"出门注意安全。"

林小菲应了一声,人都走出门了却又回头调皮地晃晃头,"别想老麦了,人家可没得罪你。还有,记得吃早饭。"

门关上了,屋子里立刻安静下来。叶青衫翻看着报纸,心里却想着上午要赶写的稿件。世界在窗外喧闹着,风掀动着窗帘。过了一会儿，他伸着懒腰起床，准备去上班。临到要出门时，却始终觉得似乎有什么事情没有做，在屋子里晃来晃去半天才想起是林小菲叫自己吃早饭的事。叶青衫不禁一笑，他当单身贵族时曾经长达十年没有吃过早饭，但这种根深蒂固的习惯居然被林小菲硬生生给纠正过来了。在三年前刚刚成家的那几个月里，他几乎每天都要半强制性地完成早餐定量，现在他就算想不吃早餐也不行了——已经惯坏了的肠胃根本就不答应。

叶青衫走进饭厅，餐桌上有一只干净的空碗，旁边是一袋剪开了口子的营养麦片和两个煮鸡蛋。叶青衫打开桌下的开水瓶，温暖的热气冒了出来。

电话铃响了。

3.

"我是叶青衫。请问你们通知我来有什么事？"叶青衫环视着眼前这间大屋子，由于赶路他有些喘。这时，他看见老麦走了过来。

"是我叫人通知你来的。"老麦还跟几年前一样没什么变化，只是眼镜的度数似乎加深了些，"到我办公室谈吧。有点小事。"

叶青衫刚进门便看到了满天的星星——那是老麦的书生之拳的力量。"你这个狗杂种王八蛋！"老麦粗俗地骂道，白净的脸庞变得扭曲，"是你害了林小菲！"

"小菲出了什么事？"叶青衫顾不得还手，他直觉地感到出事了。

"你还装糊涂！"老麦双眼瞪得老大，"林小菲上次在我这儿做了一个检查。她感染了HIV，就是艾滋病！"

叶青衫看不出老麦有开玩笑的意思，一时间他简直懵了。HIV，小菲感染了HIV，这怎么可能？！他求助地看着老麦，期待对方突然露出捉弄的笑脸来。但是他失望了。

"按规定,病人应该首先知道自己的病情。"老麦说,"但是我没勇气告诉她。如果你有这个勇气的话倒可以试试。"老麦仇恨地瞪着叶青衫,"你有什么可说的?"

"说……什么……"叶青衫语无伦次地重复着几个无意义的音节,过了一会儿,他稍稍镇定了些,"我现在应该怎么办?"他问。

老麦伸出戴着手套的双手说:"知道我为什么必须戴上手套才敢揍你吗?你是病人的丈夫,极有可能也感染上了HIV。你现在必须做检查。"老麦露出痛苦的神色,"我查过林小菲以前的病历,她从未有过输血史。我认定就是你把HIV传给林小菲的。我认定!"老麦仿佛失去了控制似的大吼道。

叶青衫的检验报告出来了。老麦拿着报告单一语不发,脸上是古怪的神情。叶青衫坐在老麦对面的凳子上,不知道什么样的命运在等着他。他突然觉得自己做这个检验根本是没有意义的行为。老麦说得对,小菲感染了HIV,除了是自己传染给她的,难道还会有别的原因吗?叶青衫有些无奈地望着窗外灰蒙蒙的天空,轻轻叹口气。只能是那次了,就那一次……

"先生,我们别唱了。你看他们几个都上楼去了。"圆脸小姐猩红的嘴几乎碰着叶青衫的脸,一股热气在他的耳边扫来扫去。面前的桌子上摆着空的啤酒瓶和乱七八糟的小零食,电视里有一大群人不断地晃来晃去,有一个穿白衣服的家伙正拼命嘶吼着。

叶青衫的头晕乎乎的,记忆中他从没喝过这么多酒,也许是今天太高兴了。没想到第一次出来拉广告,就正好遇上老同学在对方单位里管事,结果轻轻松松就谈成了。当然,在接下来的酒宴上,叶青衫也就多喝了几杯。在叶青衫的记忆里,自己是不胜酒力的,记得十岁的时候他偷了大人的酒来喝,结果一杯下肚便晕乎乎地不敢再饮。一直到十来年后,他才在大学里喝了平生第二杯酒,结果又是晕乎乎的,从此叶青衫便滴酒不沾了。今天他一上桌便大义凛然地说自己一定舍命陪君子,然后便仰脖子倒下一杯酒说:"好了,我已经说到做到了。"桌上的人全都起哄说不算不算,但叶青衫坚决不再端杯。这时,老同学说了句"我敬你一杯,一杯就行"。叶青衫推了半天终于拗不过喝了,头还是一阵阵发晕。这下算是开了头,叶青衫便看见一只只酒杯仿佛风车般在自己眼前轮番上场。几圈下来,他也不知道自己喝了多少杯。头晕,他每喝下一杯酒都指着太阳穴的位置说一声:"我不能再喝了。"但是风车丝毫没有停下来的意思。"头晕,晕得厉害,我说过我不会喝酒的。"叶青衫又说了一句,然后又是一杯酒。桌子上已经有些乱了,一些人开始频频地起身上洗手间。老同学眼睛已经红了,他有些惊奇地看着稳如泰山的叶青衫。"你光是头晕吗?"他问。叶青衫想了想,然后点头。"原来你光头晕。"老同学把玩着手里的杯子,但是没有敬酒的意思,"我们找地方玩玩儿吧。"老同学说。

　　圆脸小姐见叶青衫没做声,起身到门边摁下反锁。不知怎么搞的,电视里换了画面,白花花的肉团充斥了屏幕,伴音撩人不已。叶青衫觉得自己呼吸不畅起来,他还没想好该怎么办的时候,圆脸小姐的嘴已经凑了上来。"我想……"圆脸小姐在叶青衫的耳根子旁喘着粗气说,"先生你好帅。"同时,她的手牵着叶青衫在自己身上四处游走,口里呻吟着。叶青衫感觉半边身子都麻了,他心里知道这一切只是圆脸小姐的生意经,但是……似乎从来没有人说过他帅。小菲到外地出差已经走了一个月,而且还要十多天才回得来。叶青衫的头真是晕极了……

　　老麦放下报告。他的眼神变得更古怪了。他一语不发地盯着叶青衫看。

　　"告诉我实情吧。"叶青衫说。

　　"你的检测结果是阴性,也就是说你没有被感染。"老麦语气平静地说,"明天带林小菲来一趟,我们打算给她复查一下。"

4.

"明天？明天可不行。"林小菲拨浪鼓般地摇头，短发轻快地飘动，她正忙着刷碗，"上星期我们就说好明天上街买那套衣服的！"

叶青衫知道林小菲说的是那套淡紫色貂毛领短大衣，她已经去看过好几回了。每次试完总说有地方不满意，要么是腰大，要么是领子样式不好看。但叶青衫知道衣服其实很好，简直就像是为林小菲定做的。林小菲每次脱下它只是由于价格，他们心里都明白这点，但谁也没说出来。到后来店主也看出这一点了，价格更是铁口钢牙分文不让。但是，林小菲配上那套衣服的美妙身姿具有强大的说服力，叶青衫最终还是下定了决心，已经说好明天去买下来。

灯光下，叶青衫的脸色有些灰白，像是没有休息好。电视里放着林小菲爱看的都市言情片，几个人在里面热闹地哭哭笑笑。"他们说你的白细胞指标有些高，我已经给你办了住院手续。"叶青衫说。

"住院？"林小菲有些意外地转过头来盯着叶青衫看，过了好一会儿才接着说，"你是不是有事情瞒着我？别忘了我还算半个医生，白细胞稍稍高一些很常见，只是点小炎症，用不着住院。"

叶青衫的目光有些躲闪，"小心点儿总是没错。"他的声音变得有些低。

林小菲像是明白了什么，她倒吸一口气说："难道是在老麦那里做的那次检查的问题？"她的脸色开始发白，"你告诉我实情！"林小菲大声说。

叶青衫很努力地想露出轻松的笑脸，但他实在做不到。他深埋下头，但这个举动等于承认了林小菲的猜测。

一只碗掉落在地，发出清脆的声音。叶青衫觉得这个声音就像是打在他的心上。这套青花瓷碗是结婚时别人送的，这么久以来，这是第一次事故。当然，碗总有打碎的一天，但是，叶青衫想，为什么偏偏是在今天？巧得让人害怕，就像是预示着什么。

"我也查过了，我没有事。"叶青衫突然补上一句，话一出口他就觉得后悔。这么说是什么意思？是表示问题与己无关吗？是表示对林小菲的诘难吗？或者，是暗示一种追究？

林小菲愣愣地站立着，无暇顾及脚下的碎碗，沾满油腻的双手悬垂在胸前微微颤抖。过了好半天，她才转头看着叶青衫说："我没有做过什么，我不知道怎么会出这种事。你相信我。"

叶青衫上前扶着林小菲的肩膀说："你不要乱想，我怎么会不相信你？我们明天就找老麦复查，准是有什么地方弄错了。你不会有事的。"

直到这时，才有一滴眼泪从林小菲眼眶里滑落，她突然号啕大哭起来，"你相信我，"她用很大的声音说，"我没有做过对不起这个家的事！"

"我知道。"叶青衫扶住她抖动的肩膀，"不要急，明天会查清楚的。"

明天，谁知道明天会发生什么事情呢。

5.

"血，就因为你的血。"老麦的声音就像是在宣判着什么。

"什么意思？"叶青衫喃喃地说。房间里只有他们两个人，林小菲这会儿已经住进了楼上的特护病房。

"上次我们查出来你没有被感染，当时我们采用的是通行的墨点法。但是，后来在我的要求下对你的血样做了更深入的检查。"老麦看了眼叶青衫，"我一直认为是你传染林小菲的，我一直这么想。结果这次检查证实了我的怀疑。你做过些什么事自己心里有数。你敢说你没做过对不起小菲的事情吗？只要你摇摇头我就相信你。"

"你是说——我也被感染了？"叶青衫的声音很低，"我也染上了绝症？"他听懂了老麦的话，但他没有摇头。

老麦的神情变得相当古怪，他死死盯着叶青衫看，就像是看着一个他所仇恨的人。老麦一直过着单身生活，而且他也打算就这么过下去了。当年林小菲选择了叶青衫时，他忌恨过叶青衫，但那种恨与今日他对叶青衫的恨比起来简直就只能算是爱了。如果不是他一直拼命控制住自己的情绪，叶青衫早就躺到地上去了。

但是叶青衫突然长出了一口气，他的神色有些迷蒙了。事情现在反倒有了合情合理的解释，有了原因，有了过程，也有了结果。小菲是清白的，医学是正确的，世界是公平的，一切都是我自己造成的，叶青衫想，只是连累了小菲。叶青衫心里涌起一阵绞痛。

老麦咬咬牙说："知道我为什么没有一拳打掉你的鼻子吗？不是我不想，是我的上司要我们必须保障你的绝对安全。马上会有几位顶级专家来见你，就因为你的血。"

"血？"叶青衫疑惑地说，老麦已经是第二次提起这个字眼了，"我的血有什么问题？"

老麦露出惨淡的笑容，"我不知道为什么会发生这种事情，但是你的血的确与众不同。也许是先天的基因突变，也许是由于某些我们还不知道的原因，总之你是世界上首例对'人类免疫缺陷病毒'HIV具有免疫性的人，你有可能携带病毒但终身都不会发病。"老麦怪笑出声，脸色白得像纸，"也就是说你没有任何事，但无辜的小菲却会死去。我现在才知道，这个世界根本就没有公道可言！"

叶青衫惊呆了，他明白了老麦的意思。想不到这种事情发生在了自己身上。一丝亮光自叶青衫眼底划过，他想起一个问题，"那能不能把我的血输给她？"叶青衫急切地说，"或者提取其中的有效成分来给她治疗？"

老麦的神色镇定了些，"你体内共有五千毫升左右的血，里面的成分的确对艾滋病人有很大帮助,如果马上把你抽成一具干尸的话,可以让林小菲多活八到十年。"老麦的口气变得有几分残酷。

"能不能每次抽取几百毫升的血?"叶青衫设想道,"我知道人每两三个月抽次血没什么问题。我可以一直抽下去,那样就不止八到十年了。"

"那样更不济事。"老麦说,"现在林小菲的体液里充满了病毒,每几个月换几百毫升血根本就起不了什么作用。"老麦的目光看向叶青衫的身后,门被推开了。

"我是研究员何夕。"先进门的一位个子高大的先生开口道,接着他指着身后的年轻人说,"这位是肖野,我的助手。"随即他转头看着老麦问,"你是麦小哲医生吧?"

老麦点点头。何夕接着说:"那你应该接到通知了,你们俩都跟我们走吧。"

"我们去哪儿?"叶青衫插话道,"小菲同我们一起走吗?"

"你是说你的妻子?"何夕沉吟着,"她留在这儿继续接受治疗。这里的条件对于治疗而言已经足够了。"

"我哪儿也不去。"叶青衫说,"我要守着小菲,是我害了她。"他倔强地朝后挪动着身子。

何夕脸上没有任何表情,"不错,是你害了她。但是只要你同我们合作的话就可以救她。你的血能帮助我们试制出疫苗,我保证到时候第一个获救的人就是你的妻子。所以你现在的正确做法就是马上跟我们走。"

叶青衫眼中一亮,就像是突然打了一针兴奋剂。他有点怀疑地盯着何夕看,但后者睿智而自信的目光显然让他放心了许多。叶青衫急迫地站起来,有些手忙脚乱地开始整理行头。过了一会儿,他开口说:"你们能不能告诉我的妻子说上次检查是一次误诊? 我一定会好好同你们配合。"叶青衫看上去就仿佛一个溺水的人突然抓住了一截木头,像是换了一个人,"我一定要救小菲,一定要救她。"他反复地说着这句话,好像只会说这一句话了。

6.

……

一阵剧烈的颠簸将叶青衫从回忆中惊醒,他这才发觉脸颊上一片冰凉。研究所的大楼已经遥遥在望。

何夕研究员在研究所门口张望着,直到载着叶青衫的车子进入他的视线才稍稍变得轻松一些。叶青衫知道何夕反对自己走出研究所一步,他知道这个面色阴鸷的中年人巴不得自己整天都待在他眼皮底下。这次也是叶青衫反复请求之后,何夕才答应他回家看一看。不过,叶青衫也明白何夕是对的,这些日子的经历让他知道自己随时都处于危险之中。

叶青衫下车,机械地迈着脚步,何夕的助手肖野在前面引领着他。看到叶青衫平安回来,何夕显得非常满意,他的步履很轻快。叶青衫知道,在何夕眼里自己是一座金矿,不过对叶青衫来说,他只是在履行一个约定,只是为了保住他想要保住的东西。保安人员并不知道他们奉命保护的到底是个什么人,在他们的记忆中,就算政府高官来视察,也不过就是这个标准了,但眼前这个人怎么看都不像是一名政要。他们只知道上边要求他们不惜一切代价保护这个人的生命安全,而且从后来的事情来看,这并非小题大做。这段时间发生的事情证明了这一点,老天,那个叫裴运山的人准是个疯子,三番五次地让那么多人来送死。

保安只跟到三楼便止住了脚步,再往上已用不着他们。何夕和叶青衫换上全密封工作服通过消毒通道,厚重的大门在他们身后关闭,向外隔绝了一切。门上是一行红色的字:

病毒实验区：第三级（level-3virus）

研究人员穿上全密封工作服后变得千人一面，只能透过头部的玻璃罩见到人脸部的一小部分。但这并不妨碍叶青衫一眼认出老麦，因为他的眼神与众不同。老麦的眼睛里有一股火，仇恨之火。老麦毫不掩饰这种眼神，只要有可能，他总是死死地盯着叶青衫看，直到后者每一次都抵受不住而深埋下头。叶青衫读得懂他眼神里的意思，读得懂那种刻骨的仇恨，但他却很奇怪地希望那眼神能够再锋利一些，能够变成一把刀子，刺穿自己的心肝肺腑。他止不住地想，也许那样自己还能好受点儿。

殷红的血顺着玻璃管道涌进自动采血器，采血器的刻度定在两百毫升处，到点后会自行停止。叶青衫独自躺在矮床上操作着，他现在干这事已经是轻车熟路了。他感到臂弯处隐隐作痛，头部也有些发晕。这段时间差不多每隔一个月，就会采一次血。实际上，这样密集的采血频度已经有些超限了，但这是他自己要求的。也许他是最迫切地希望这些血流出身体的人。叶青衫不知道这些血在离开自己的身体后又流向了什么地方，他只见何夕看到那些暗红色的液体时两眼放光频频舔动嘴唇的模样，那个时候的何夕看上去就像是一只嗜血的狼。不仅是何夕，实际上几乎每一个研究人员见到那些血样时都像是换了一个人，他们小心翼翼地拿着试管仔细端详，目光贼亮贼亮的。

采血器发出一阵短促的蜂鸣声后，停止了工作。叶青衫有些疲倦地撑起身体。何夕从试管的丛林里踱过来，咂着嘴取下采血器。"好了，你去休息吧。"何夕说，目光只看着暗红色的液体，"记得多吃补充铁质的那几样药物。"他补充道，由于穿着工作服，他的声音有些发瓮。

"我知道。"叶青衫答应着。他想了一下又说，"你们的工作还能加快些吗？"

何夕转过头来说："你不用担心，我们的工作已经足够快了。"

叶青衫说:"我的意思是,你们如果需要更多的血的话我能提供,我的身体很好。你们千万不要因为这个影响进度。"

何夕稍愣了一下,然后淡淡地点头说:"知道了。眼下,我们的血已经够用了。"

7.

放射免疫沉淀法检验的是病人的血清功能,主要看血清能不能沉淀病毒中某些种类的蛋白质。病毒都用放射性示踪标记标明,附有放射性示踪器。放射性信号的强弱同接受试验的血清中的抗体量成正比。这种方法比通常的西方墨点法烦琐,但却更准确。叶青衫后来又做了两次这种检测,结果都表明他的确是一个感染者。而问题的关键在于,他是一个不会发病的感染者。

何夕正在观察一份淋巴培养液对血样的反应,他看上去很兴奋。这些日子以来,他就像是一个无意中发现了大金矿的淘金者。上天对他真是太好了,让他遇到了叶青衫。攻克AIDS是每一个医生的梦想,其意义无论怎样评估都不为过。医学是充满最多未知同时也是最能让人感到失意的一门学科。很多时候你有可能默默探索数十年,最终却一无所获,因为除了努力之外,还需要命运女神的青睐才行。比方说,你能够遇见合适的病例,而且你没有走过多的弯路。比如当初获得诺贝尔生理医学奖的斯佩里医生正是通过一个被切除了胼胝体的罕见病例,才发现了人脑左右半球的不同功能及联系。从发现叶青衫的那一刻起,何夕就知道什么事情发生了,他知道自己默默无闻的日子终于要结束了。何夕已经看见了事业巅峰的光辉遥遥在望。

这是一套何夕自己设计的组织培养系统,他在这套系统里养育叶青衫的血清。第一步是从新鲜血液中培养出淋巴细胞,也就是从淋巴组织中把细胞分离出来。所谓淋巴组织,是指淋巴结、脾、扁桃体等等,都是人体免疫系统的组成部分。只要病毒一露头,淋巴细胞必定第一个做出剧烈的反应。试验促生和繁殖这些淋巴细胞,然后把它们与存在病毒嫌疑的血样混在一起,并且作定时观测,察看有没有逆转录酶出现。这种酶正是艾滋病病毒的名片。正是通过这种酶,核糖核酸才能复制成去氧核糖核酸,而这就是艾滋病病毒的遗传物质,核糖核酸复制去氧核糖核酸不属于人体细胞的行为。所以在正常情况下,人体组织或体液中找不到这种酶。要是有逆转录酶出现的话,就必定有病毒混在其中。

何夕现在做这个实验,主要是想分离并活捉叶青衫体内的病毒,同时确认它的毒株类型。何夕当然希望这就是以前曾有的毒株类型,因为这样才能证明叶青衫保持健康的确是由于能够对HIV免疫,而并非由于这是一种具有新特性的毒株。现在一切都很顺利。

何夕同HIV之间的搏斗已经持续很久了,虽然他并不愿意承认,但他有时候的确感到过绝望。这种攻击人体免疫系统的奇特病毒简直就像是专门针对人类的,它们对人类的了解甚至超过了人类自身。它们在前期有选择地杀死T4细胞而留下同属于免疫系统的T8细胞,从而达到长期潜藏的目的,其行为简直可称得上智慧。从某种意义上讲,它们比一些列入更危险的第四级的病毒更具有杀伤力。比如说,当人感染第四级病毒埃波拉后将立即发病,是死是活不超过十五天便见分晓,而这正好说明它不适合寄生于人体。当埃波拉这种病毒寄生于它的自然宿主——比如说某些种类的野兽时,其宿主是可以存活相当长时间的。因为病毒感染宿主只是为了求生存,宿主很快死去对病毒绝对是相当糟糕的事情。而HIV对人体的感染过程则说明它已经彻底地研究透了人类的全部生物特性并且完全适合寄生于人体,不到实在掩藏不住的地步,它是绝不会露出本来面目的。何夕工作台的正面墙上挂着一幅照片,那是在电子显微镜下被放大了十万倍的某种HIV毒株——看上去像极了中国古代一种叫做狼牙棒的武器,那也许是所有杀人武器里最残酷的一种。何夕常常不无遗憾地想起已经在公元1999年6月30日那天被人类全部销毁了的天花病毒,在何夕看来,那也是一种对人类极其了解的病毒。当初人类在还没有研究透彻的情况下就将其销毁未必是智慧的行为,尽管那是投票的结果。也许人们有无数个理由这样做,但在何夕看来,这的确是毁掉了一座宝藏。实际上,天花病毒的某些攻击方式与HIV非常相似,但是人们已经无法对它进行研究了。何夕每每想到这一点,就感到心痛。

叶青衫相当合作,实际上再没有比他更合作的实验对象了。他总是主动地抽血,主动地要求增加实验频度,甚至主动地做能做的一切杂事。何夕当然了解叶青衫的心情,但这让他觉得有些可笑。何夕也知道,常人是不可能像专业医生那样看待死亡的,他们总认为死亡是件不得了的大事情。其实在何夕看来,死亡再常见不过了,人们又何必要为死亡难过呢?因为这根本就没有任何作用。

不过现在,何夕倒是真心希望林小菲能够坚持再久一些,否则叶青衫可能会不合作。何夕已经关照过医院,无论如何都要让林小菲活着。当时,他还意味深长地补上一句说,至少,这个女人看上去必须是活着的。

8.

"我想去看看小菲。"叶青衫突然说,"我已经很久没见过她了。"

"你现在不能出去。"何夕的口气不容置疑,"你要服从我们的安排。"

叶青衫颓然坐倒在椅子上。何夕的回答在他意料之中,但他不死心地说:"就半小时,我就去半小时。我看一眼就回来,就一眼。"他求助地看着一旁的肖野。肖野自然明白叶青衫眼里的意思,他嗫嚅着想开口说话,但何夕用严厉的目光制止了他想帮助叶青衫的念头。

"就因为你想回家,看看我们派出了多少人保护你。"何夕没好气地说,"你该明白我的担心不是多余的,现在外边有人出上亿的价码来抓你。想想那个叫裴运山的家伙,上几回要不是你运气好,这会儿早变成死人了。"

"我不管。"叶青衫突然流出了眼泪,"我要去看她。我要去守着她。"他冲动地朝外奔去。

何夕不动声色地看着这一切,直到叶青衫快要冲出门时,才冷不丁地开口说:"你可别忘了我们的约定。"

叶青衫闻声像是被重物击中了般立刻僵立当场。他转头看着何夕说:"你们不能那样做。"

何夕咧嘴一笑,"我们也不想那样做,不过要是你不遵守约定的话,我们就会宣布林小菲到底得的是什么病。到时候,包括她的父母以及朋友在内的所有人都会知道,他们眼里纯洁可爱的林小菲原来并不是得的什么普通的传染病,而是让常人难以接受的艾滋病。"

"我们不能那样做!"肖野脱口而出,"我们有责任为病人保密。"他看上去很吃惊,似乎想不到何夕会这样说。

何夕的眼珠猛地一横,"你懂什么?"他恼怒地说,"什么是责任?我就是要说!林小菲得的是艾滋病,是获得性免疫缺陷综合征,是AIDS。我说的是实话。"

"不,求你不要说那个词,不要。"叶青衫抱住头蹲下,他的肩膀不可抑止地颤动着,眼泪滴落在了他面前的地上。

"所以你必须听从我们的安排。"何夕满意地点头,"我已经安排医院给林小菲最好的治疗,她的情况相当不错。你唯一正确的做法就是同我们配合,其他的事都不要去想。相信我吧,一切都在我们的掌握之中。你好好考虑吧。"

何夕说完便丢下叶青衫独自朝办公室走去,三三两两的工作人员正在实验室的各个角落里忙碌着。何夕脸上带着温和的笑容走进办公室,但是刚一进门笑容便消失了。他打开电脑输入密码,几秒钟后,一张照片出现在屏幕上。看上去是一个躺在病床上的人。病人的头发已经半秃,面色蜡黄,眼眶深陷,嘴唇溃烂,长满酵菌泡泡,皮肤紧绷在骨头上,像一把收起来的伞;身体上面分布着许多铅灰色肿胀的卡普西氏肉瘤疙瘩,那是一种皮肤血管癌。病人身上许多地方长着褥疮,有些已经变成了流脓的小洞。病人身材中等,但体重绝对不超过三十公斤。

照片下面是一段说明:

……病人嘴和舌头常常发生剧痛,已经不能进食。今晨突然发生急性腹痛,吐出大量腹液。皮肤出现的大面积皮疹正在加剧。在其身体的内部和外部都出现大面积感染的真菌团块。上周脊椎抽液检测结果已经出来,病人脊液里有少量囊球菌。现在暂时还未影响到思维,但发展下去将成为致命的囊球菌脑膜炎。

外面传来敲门声。

何夕猛地关掉屏幕。

"部长要来参观。"肖野在门外说。

9.

何夕毕恭毕敬地站在门口,目送车队离去,肖野陪在他身旁。叶青衫不动声色地看着这一幕,他真想朝车队扔颗炸弹。刚才那位侧面体形已经胖得像只梨子的部长和大家告别时出了点问题,当时,他向在场的每个人伸出手表示勉励,"希望你们继续努力,艾滋病也不过是纸老虎嘛,没有什么可怕的。我们在这项研究上一定要走在世界前列。"他热情地重复着这句话。但到了叶青衫面前时,却突然想起什么似的止住了。他的手尴尬地悬在了半空,嘴大张着却吐不出字来,只剩下一个定格的笑容。叶青衫当然知道对方顾忌着什么,但他不知道应该怎么办。肖野最先反应过来,他机敏地伸出手去同那只失去了目标的手相握。部长紧紧抓住肖野的手,就像捞着根救命的稻草。车队已开出很远了,肖野侧头在叶青衫耳边说:"这很正常,部长不是内行出身,外行都是这样。"叶青衫感激地朝他笑了笑。

紧急事件是在大家准备返回时发生的。一队武装分子突然包抄过来,他们的目标相当明确地指向叶青衫。保安和他们交上了火,血光和惨叫交织在一起,只几秒钟,地上便丢下了几具尸体。对方的力量相当强,像是训练有素的雇佣军人,但是保安占了地利,对方的死伤占了大头。看得出有人出了大价钱,否则他们不会表现得这样卖命——他们简直就像是忘记了死亡。

叶青衫跟着何夕飞快地朝研究所里面跑,肖野跟在他们身后。只要进了门他们就安全了。但是肖野突然摔倒了。叶青衫想也没想便返回到肖野身边,何夕在门里万分焦急地嘶喊着:"快过来,他们要的是你,不用管肖野!"叶青衫没有理他。这时,一颗子弹擦着叶青衫的额头飞过,打在他面前不远的地上,激起一溜灰尘。

"他妈的,你小子在干什么?"一个粗嗓子男人吼道,"老板说过不准伤那个人一根毫毛,要是他流了一滴血,你小子就别想要脑袋了!"

叶青衫突然大笑起来,他觉得这一切真是太荒唐了。他一边大笑,一边拖着肖野冲进了门。

血,一切都是因为他的血。

10.

肖野只受了点皮外伤,是叶青衫拖着他走时在地上蹭的。何夕对肖野的伤势没有在意,对并没有一点伤的叶青衫却反复询问,并且要求医生做详细检查。老麦在一旁平静地注视着这一切,看不出他在想些什么。

叶青衫对何夕的啰唆感到既心烦又反感。"你应该关心的是肖野。"叶青衫大声说,"他才是受伤的人。"何夕稍愣,有些高兴地说:"从你的声音听起来,你的确没事,我放心了。"他这才转身拍拍肖野的肩说:"以后小心点。"说完,他转身上楼,老麦跟着他离去。

"别怪他,他是一个对工作关心胜过一切的人。"是肖野的声音,他感激地看着叶青衫。"我没什么事,谢谢你。"肖野低头想了一下,想说什么但却止住了。过了一会儿,他还是忍不住开口说:"有件事我想告诉你。"肖野警惕地看了看四周,"是关于你的妻子。"

"她怎么啦?"叶青衫差点叫出声来。

"她的情况很糟。"肖野低声说,"何夕对你封锁了消息,他怕你知道这个情况之后会不再配合研究。她现在已经开始发病,病毒全面侵袭了她的身体。现在,她的身体已经成了一团全无防御力的原生质,成了细菌和肿瘤的乐园。"

"怎么会这样?"叶青衫痛苦地埋下头,"我们不是已经取得了一些成果吗?疫苗试制不是很顺利吗?何夕说过他保证第一个获救的人就是小菲,他是一流的专家,他不会错的!"

肖野洞若观火地摇摇头说:"其实我的老师一直在欺骗你。你应该知道我们研究的是疫苗,所谓疫苗只能使未感染病毒的人群获得免疫,根本不可能治疗已经感染发病的人。这么明白的道理你居然一直没弄懂。"肖野叹了口气,"也许只是因为你太想救她了,所以才会失去正常的判断力。"

冷汗从叶青衫的额头上沁出来,他几乎站立不稳。长久以来的希望一下子破灭了,而这已经是他最后的希望了。"小菲。"叶青衫面无人色地念叨着,眼前晃着林小菲娇好的面容,"你要帮帮我。"叶青衫用力握住肖野的手,"求求你,让我去见见小菲!"豆大的汗珠顺着叶青衫的面颊流下来,滴落在地,"我只有这个愿望,请你帮帮我。"

肖野为难地盯着地面默不作声。

……

院子里很安静，出于安全考虑砍得很矮的灌木丛在地上投下片片阴影。叶青衫警惕地注视着四周，月光下，他的眼睛闪着机敏的光。两个保安低声交谈着走过，叶青衫急忙闪避到一根柱子后面。

叶青衫摸了摸口袋里的金属牌，那是肖野给他的出入卡。那东西还在，这让他感到踏实。只要逃出第二道警戒圈，他就自由了，就可以见到小菲了，尽管那绝不会是令人高兴的见面。他只想着见小菲，都快想疯了。

请插入出入卡。液晶屏上面的字闪动着。叶青衫插入金属牌，片刻之后，合金门缓缓打开。小菲，叶青衫又念叨了一声，他急速地朝外奔去，身影立刻融入了无边的夜色。

但是，叶青衫立刻看到了一张网，一张无处不柔软却让人无处可逃的大网张开着向他罩了过来。透过网上的缝隙，他看到了一张兴奋得极度扭曲以至于显得很可怕的脸。那个人他认识，那就是裴运山。叶青衫陡然堕入了绝望的深渊，他的血液几乎立刻凝成了冰。他宁愿落在魔鬼手里也不愿意落在裴运山手里，因为他知道裴运山是怎样的一个人。

裴运山很富有，裴运山感染了艾滋病病毒，裴运山想多活八到十年。

麻醉剂的作用袭来，叶青衫陷入昏沉。

11.

"要找你可真是不容易，上两次都让你逃脱了，我这次亲自出马才大功告成。"裴运山阴恻恻地笑着说，他看上去不到四十，比实际年龄要小。他的肤色很白,但眼圈却发黑。裴运山身家亿万,是与时代相契合的风云人物。几名身穿白大褂的医生正在做准备,复杂的血液处理装置冷酷地蜷伏在地上,就像是一只等待美食的猎犬。叶青衫知道他们要做什么,但很奇怪,他心里并没有害怕的感觉。其实从他知道小菲的真实情况之后,就已经对任何事情都无所谓了。他上几次也是差点被这个人抓走,不知道他从何得来的消息。其实想来应该很简单,是从钱那里。

"我没想到肖野竟然会是你的人。"叶青衫说。

"他并不是我的人,他只是为钱。"裴运山显得很得意,"反正你活不了多久了,我也不用瞒你。其实你应当有所察觉的,他总是在给我们提供抓你的机会,包括上回他故意摔倒在地拖延时间。当初我们找到他时,他一口就回绝了,但我从来就只用一个办法,"裴运山顿了一下接着说,"那就是不断地加钱。只要他一摇头我就加钱。后来他摇头时越来越犹豫,再后来终于变成了点头。"

裴运山仍在止不住地笑,他一直兴奋得发抖。他贪婪地盯着叶青衫看,目光就像是一头盯着猎物的野兽,不时伸出舌头舔舔嘴唇。

"这么说真的是他。"叶青衫叹口气,他其实只是试探,不想一语中的。叶青衫眼前晃过肖野亲切的笑容,但现在那笑容却让他一阵阵地从骨子里感到发冷。

"你真的想抽干我的血来让自己多活几年?"叶青衫这时反倒冷静下来了,他有一种想要知道这个世界到底有多么荒谬的冲动,"你应该知道我的血对这个世上的无数人有多么重要,我可以拯救数以亿计的人的生命。而你只为了自己多活几年就要毁掉无数人的希望。"

"你是在求饶吗?"裴运山咧开嘴,现出了然的表情,"一个没有了我的世界对于我有什么意义呢?我怎么会去管这种事情?世界的好坏同我有什么关系呢?别人的生死同我又有什么关系呢?人到世上来只是短短的一辈子,活着时以为自己什么都明白,临到死了才发觉一切都是虚空,什么都是假的,只有自己是真的。这个世界对我一直很好,让我很有钱,让我有很多女人,让我过着很舒服的日子。不过这个世界不该生出HIV来,差点断送我的快乐。不过现在好了,世界又把你带来了。我早知道这个世界上钱是无所不能的,只要我出钱,便会有人替我找到你。你既然可以把自己的血布施给何夕搞研究,自然也可以把血布施给我。这没有什么不同,都是治病救人。"

"同你相比,世上没有几个人敢称无耻。"叶青衫发出惨笑,声音干涩,"我不想再说什么了,我知道这没有用。不过我想请求你允许我见我的妻子一面。她快死了。"

裴运山似笑非笑地看着叶青衫说:"你认为我会答应这种与我自己没有任何关系的请求吗?"他转头去看几名正在忙碌的医生,"我已经过了潜伏期,就要转入发病期了。医生说我最多还能挨一年半载。不过,你的血能够让我多活八年十年,也许更久,到时候肯定会有新的治疗药物出来。我不会忘记你的,至少你算是我的救命恩人,虽说不大情愿。"

叶青衫的脸变得像纸一样白,在裴运山面前,他实在太嫩了,根本不堪一击。直到现在,他才发觉像裴运山这样的人有多么可怕,因为他们根本不相信有神,也不相信有报应,他们只相信自己,所以世界上没有他们不敢做的事。叶青衫突然想到,也许正是因为世上有裴运山这样的人,所以上苍才会降下HIV这样的灾难。

叶青衫大笑起来,笑出了眼泪。裴运山有点意外地看着这一幕,不知道叶青衫是怎么了。"你做错了一件事。"叶青衫突然说,"你不应该让我醒来,也不应该同我说这些话。知道我打算做什么吗?"叶青衫的舌头动了一下,片刻之后,他的双唇间含着一粒白色的胶囊,"这里面含有剧毒,是我专门用来对付你这种人的。如果你再逼我的话,我就咬破它,几秒钟内,我的血液就会变得没有一点用处。"

裴运山的眉毛跳了一下。"你不会那样做的。"他说,但是语气已经很软。他看上去就像是一个眨眼间输得精光的赌徒。

"你可以试试。"叶青衫口气很坚定,"马上让我离开。你应该知道,死亡对我而言并不可怕。"叶青衫说完这句话之后,便闭口注视着裴运山。

裴运山沉默了几秒钟,终于还是摆摆手说:"好吧,你可以走了。只要你活着我就还有机会。这一回我的确犯了错,下次你不会这么走运了。你走吧,你该知道我的哲学。我不会杀你,这对我没有任何好处。我要的是对我有用的你。我不会放弃的,你逃不出我的掌心,总有一天我会抽光你的血。"裴运山这样说着的时候,已经变得咬牙切齿,他的整个脸庞都扭曲了。

不远处传来器皿打碎的声音。一名面无人色的医生慌忙收拾着地上的碎片。

12.

周围很安静,没有危险的征兆。叶青衫翻过墙,他的手掌蹭得发红。但是,他的脚刚一着地就被一只手抓住了。他悚然回头,是老麦。

"你太傻了。"老麦摘下脸上的口罩说,"谁都能想到你会上这儿来。何夕他们早来了,而且我敢打赌那个叫裴运山的家伙也在附近等着你自投罗网。"

"我刚从裴运山那里逃出来。我只想见小菲。别的事我没有去想。"叶青衫说,"就算死,我也要先见小菲一面。"

老麦垂下眼帘,过了几秒钟后开口说:"当初我知道你连累了小菲时,第一个反应真想一刀杀了你。不过现在我没那么恨你了,你并不像我原先认为的那么坏。我现在相信你是爱小菲的,也许在程度上还远胜于我。"

"是我害了她。"叶青衫摇摇头,神情惨淡,"是我一手造成的,我不能原谅自己。帮帮我,让我去见小菲一面。"

老麦开始脱衣服，"你换上我的衣服，再带上我的证件。我在这里有些熟人，我打电话让他们替你作掩护。小菲在714特护病房。"老麦的语气变得有些苍凉，"想不到有朝一日我会帮你。不过这并不代表我不恨你，我只是因为小菲才这么做。她已经知道了自己的病情。我们没能骗她多久。她需要你，虽然她亲口对我说过不想见你。"

"她真这样说？"叶青衫几乎有些站立不稳，"她——恨我？"

老麦低头看着地下，过了半晌才摇摇头，"不，她自始至终都没有恨过你。她不想见你，只是因为她觉得自己现在的样子很丑。所以，你待会儿最好只是从远处看看她，不要表明自己的身份，否则她一定很伤心。"

泪水立时漫过了叶青衫的眼睑，使得所有的东西都变得模糊起来，即使戴着口罩，他仍然感到一丝苦涩的味道进入了口腔，"我知道。"叶青衫用力点头，"我只要看看她就行。"

……

走廊里有两三个人在转来转去，叶青衫认出其中有裴运山的手下，他不禁拉了下口罩。714病房的门虚掩着，叶青衫小心地朝前走去。他正在想应该怎么做的时候，一只手突然从710的门里伸出来抓住了他，将他拖进门去。

"你是叶青衫吧？"一个高个男人除下口罩，"老麦跟我说了你要来。"他指了指窗台，"我们只能从窗外翻到714去，过道上全是埋伏。"

一跳下714的窗台，叶青衫便焦急地环顾着这间很大的病房，各种设备应有尽有，看来医院还是尽了力的。"小菲在哪儿？"叶青衫急切地问。

"她在里间。"高个男人指着某个方向，"按老麦的安排，我给她注射了镇静剂，她睡着了，否则她是不会让你见到她的。"

叶青衫已经冲进去了，然后，他便见到了病榻上的林小菲。尽管事前有心理准备，但叶青衫还是僵立在了当场。这是小菲吗？这是那个长着一双会说话的眼睛、笑起来声音很好听并且总露出两只酒窝的小菲吗？这就是曾经爱着他也被他爱着的小菲吗？叶青衫不禁掩面唏嘘。

高个男人有些紧张地走过来,"你该走了。"但他没想到的是,叶青衫突然掏出一把枪指住他。"你干吗?"高个男人惊恐地问,"你要做什么？我可没做什么对不起你的事情。"

叶青衫止住眼泪,"我只要你帮我做一件事。如果你敢反抗的话,我是不会手软的。"

……

"都接好了?"叶青衫有点不放心地看着仪器上复杂的管线。

"都……好了。"高个男人神情紧张地看着叶青衫,他觉得这人肯定是疯了。换血,而且是全部。上帝,除了疯子还有谁能想出这么疯狂的主意？

"那好,你来操作。"叶青衫伸出针孔累累的手臂,"像扎静脉这种初级活儿不用我教你吧。等等,"叶青衫加上一句,"她不会有危险吧,我是说比如由于血型不合导致血液凝固之类的?"

高个男人的双手剧烈地颤抖着,"不……不会,仪器对抽出的血液能自动进行处理,但是,你会失血而死的!"

"这不用你管。"叶青衫露出满意的笑容,"你继续吧,我准备好了。"叶青衫毫不放松地拿枪指着高个男人。我只想救小菲,叶青衫想,他的眼前晃过何夕的脸,他一定会很失望的,不仅是他,世上很多人都会很失望的。但是,我管不了那么多了。

"我……正在做。"高个男人已经汗流浃背,他在心里咒骂着老麦。做这种事情会让人一辈子都做噩梦的。

"你一直都在负责治疗小菲吗?"叶青衫突然问。

"是的。"高个男人停下来,"一直是我。"

"那你能不能告诉我她平时都在做些什么?"叶青衫急迫地问,"无论是什么事情。"

高个男人想了想说:"她清醒的时候并不很多,但只要一清醒过来,好像总是在写信。她写得很吃力,一天写不了几个字。"

"写信?"叶青衫疑惑地说,"信寄给谁了?"

"她没有寄过信,好像给什么人留着。"

"信还在吗?"

"在病人带来的装随身物品的小箱子里。我们没有钥匙。"

"是一只粉红色的小箱子吗?"叶青衫摸了摸身上说,"我有钥匙。"

13.

亲爱的,当你看到这封信的时候,我也许已经不在人世了。我不清楚自己还能活多久。我已经完全知道了自己的病情,尽管你曾经打算对我隐瞒。而且老麦也没能拗过我的坚持,告诉了我关于你的事。知道我怎么想的吗?我恨过你,但是这段日子我仔细地想过了,我不怪你,真的,我知道你只是一时糊涂。就算你曾经背叛过我,但我知道你始终是爱我的。也许有人会说我傻,说我是自欺欺人,但如果说我们曾经拥有过的那么多快乐时光都是虚假的,如果说你对我说过的那些世界上最动听的话语都是虚假的,如果说当我成为你的妻子时内心里涌起的巨大幸福感都是虚假的,如果说你看着我的那种深情目光都是虚假的,那么我宁愿马上去死。

我不后悔嫁给你。真的。尽管我差不多为此付出了生命的代价。但是,我不后悔。你后悔娶我吗,亲爱的?我知道你不会。

有件事我想委托你替我完成。我知道这种病到了晚期会很可怕,会失去知觉和思维,整个人都会变形。我害怕那一天到来。所以我想请你帮助我,让我有尊严地死去。这是我求你办的第一件事情,请一定要答应我,亲爱的。

还有更重要的一件事情,也是我之所以写这封信的最主要原因。

老麦告诉过我,如果把你的血一次性地全部输给我的话,能够让我多活八到十年,到时很可能会有新的治疗方法问世。亲爱的,这正是我最担心的事。我知道爱我的你有可能会做出这种荒唐的事情。我了解你,我是凭我们之间的感情做出这个判断的。因为我知道,如果我是你的话也会毫不犹豫地这样做。但是,亲爱的,你不能这样做。你没有这个权利。我们只是人海中微不足道的两个人,我们的故事无论对自己而言多么重要,那也只是我们两个人的事。但是,你的生命现在已经关系到无数人的幸福,你可以为我牺牲,就如同我也可以为你牺牲自己一样,但我们无权将无数人的希望拿来殉葬。这是我绝对无法接受的,我的良心将永难安宁。所以,无论如何请不要陷我于那样的境地。

你懂我的意思吗,亲爱的?死亡并不是最可怕的,最可怕的是活着进地狱。如果我活着,而你连同世上的无数人却因为我而死去,那我活着又有什么快乐可言?

我不知道我们是否还能见面。如果不能的话,这就算是我的遗言了。我永远都不会忘记我们共度的那些美好时光,尽管那真是短暂得让人想起来就感到心痛。

永别了。

——永远属于你的小菲

手枪"当"的一声掉落在地。叶青衫撑住额头,大滴大滴的泪水从他的脸上淌落下来,打湿了手里的信笺。高个男人不知所措地看着这一幕,他想跑但终是不敢。

"你给老麦带个口信,请他告诉何夕我在这儿。"过了半天,叶青衫终于开口说话,他小心地将信折好放进贴身的口袋,使劲地按了按。

林小菲依然沉睡着,她已经没有多少头发,嘴唇同面色一样苍白。由于喉部感染真菌,她呼吸时发出难听的声音。是的,她已经不再是巧笑倩兮美目盼兮的林小菲了,不再是当初让叶青衫和老麦辗转反侧反目成仇的林小菲了。但是——在叶青衫的眼里，此时却是她一生当中最美丽的时刻，她看上去就像是一尊放出圣洁之光的女神。

叶青衫虔诚地俯下身，以面对女神的心情在林小菲苍白变形的散布着黑褐色真菌的唇上印下了一个吻。

14.

何夕还没有从上午的新闻发布会带来的巨大喜悦中清醒过来，显得有些神不守舍。还有比在努力之后看到成功的曙光更让人高兴的吗？下属们也和他一样兴高采烈，整个研究所都沉浸在欢乐之中。何夕知道这种情绪并不利于工作，但是偶尔为之也不为过。"肖野，看到叶青衫没有？"何夕随口问了一声，话一出口，他才想起肖野已经在两个月前被捕入狱了。何夕呼出口气，叹息自己最得意的弟子竟然走错了路。不过，自己当时也许是太气愤了，竟然一拳打碎了肖野的下颌……何夕用力摆摆头，甩掉这些让人不愉快的事。这些不算什么，我总算成功了，这真让人高兴。尽管还要等上一年多才能有实际的应用。不错，这一年多里还会有很多人因为无法享受这个成果而感染上HIV最终死去，但这也是没有办法的事情。这丝毫无损于我的成功。何夕的嘴角露出满意的笑容。

叶青衫静静地躺在采血器的支架上，所有人都在外面的大厅里欢庆，这间屋子里只有他一个人。叶青衫给自己接上了采血针。叶青衫环顾四周，目光平静，看不出他在想些什么。过了差不多十分钟，他终于缓缓闭上了双眼。

采血器发出了轻微的声音。叶青衫悄无声息地躺在那里，刮净胡须的脸上一片安宁，一滴细小的泪水正缓缓自他的眼角滑落。叶青衫的双手叠放在胸前，手里拿着一朵初露芬芳的玫瑰。在他的上衣口袋里,露出一角白色信纸。

那是一封信。一封叶青衫写给这个世界的信。

……

当你们看到这封信的时候,一切都已经发生了,我终于可以让自己解脱出来。现在回过头来看这段日子里发生的事情,就像是一场梦。我看清了很多东西,也明白了很多事情。我不知道为何上苍会选中我,让我拥有这些令人永生难忘的经历。我不知道后来的人会怎样评价我这个人,老实说我也并不关心这个。

人们告诉我说,我之所以能够对HIV免疫,是因为我的血液系统产生了突变。尽管我不会发病,但我的血液里满是病毒,我的血变脏了。但是,仅仅是我的血变了吗,你们的血难道就没有变吗?肖野的血难道不是变黑了吗?裴运山的血难道不是变臭了吗?而何夕的血则是变冷了——尽管他的学识无人能比。这段时间,我常常会想到上帝,《圣经》里的这位脾气暴躁的全知者常常给世人降下灾难。以前我觉得他是一个暴君,可现在我却觉得上帝真是很公正。一切都是我们自己造成的,血变的世界应该受到惩罚。不过,我终究没有失掉希望,是的,希望——这真是一个让人感到温暖的词。这都是因为我的妻子林小菲,是她让我明白死亡并不是最可怕的,最可怕的是活着进地狱。她虽然也感染了HIV,但我敢以自己的生命起誓,她体内流淌的血是世界上最干净的。

小菲,当我写下你名字的时候,眼前浮现出了你美好的面庞。我常常在想命运待我真是太好,让我遇见了你。而你成为我的妻子更是我生命中的奇迹。今天清晨我去看望了你,你已经一连昏睡几天了。我知道,可憎的病毒正在吞噬你的生命,它已经完全露出了狰狞的面目。你要求的事情我会照办。我已经签了委托书,今天就会有医生来执行安乐死。你将会如你所愿有尊严地离开这个世界。

小菲,现在第一支疫苗已经试制成功,人类征服艾滋病这个可怕恶魔的日子指日可待。HIV毁了我的生活,但是我最终扼住了它的咽喉。人们打算在今后的一年多时间里再陆续从我身上抽取三千毫升左右的血液,然后以此为基础开始规模化的疫苗生产。但是他们不知道,今天是我最后一次抽血了,我已经安排好了一切。到时我会将采血器的刻度定在六千毫升的位置上。是的,这将是我全部的血液,我会同你一道离开这个世界。

别为我担心,小菲,其实现在正是我这么久以来最开心的一刻。很久以来,我一直生活在无法摆脱的阴影里,而直到现在我才感到了轻松。不能同年同月同日生,但愿同年同月同日死,没想到我们初恋时的这句话竟然真的成为了谶语。现在我想起这句话的时候流出了眼泪,可我记得当初我们俩说这句话的时候,却笑得像两个小傻瓜。如果我没有感染上HIV,也就不会有我们的悲剧,但也就无法发现我是一个血变的人从而减少无数另外的悲剧。也许一切都是命运的安排,但让我永远都无法释怀的是,我让我的妻子成了这出悲剧里最无辜的女主角。对爱情的不忠是我身体上的毒瘤,现在我终于可以勇敢地挑破它了,可以去除掉里面的脓液。只有这样我才敢来见你,因为你是那样的纯洁而善良。亲爱的,你明白我的意思吗?我的血已经脏了——尽管对裴运山那样的人来说它是无价之宝——我要流尽它。我将重新找回昔日的干净之躯,我将如释重负地带着新生的喜悦,带着玫瑰花,与你相约。

爱你,小菲。

天堂再见——

(本文获2000年中国科幻银河奖)

审 判 日

我今日呼天唤地与你作证,我将生死祸福陈明在你面前。所以你要选择生命啊,让你和你的后裔得以留存。

——《旧约全书·申命记》

1.

何夕不知道蓝一光是什么时候变得这么会调动气氛的,印象中,他的这个助手并不能言善道。何夕缓缓走上前台,恍惚间,他觉得这几米的距离长得就像是人的一生。

"女士们先生们,今天我站在这里首先想起了一个人,那就是我的母亲。关于她,我最不能忘记的是她离开这个世界的时候,甚至可以说我一直都在赞美那一刻。"何夕停顿一下,一阵意料中的嘈杂声响了起来,"请原谅我这么说,但这是真话。那无疑是我一生中最重要的一刻,其重要性肯定超过了我的诞生。在那之前,我和无数生活在这个科技时代的人过着几乎一样的生活,我知道地球是圆的,宇宙里有无数的星球,科学还告诉我生命是由遗传密码控制的大分子序列,是由那些冰冷的元素在亿万年的亿万次碰撞中偶然聚合出来的。我也相信这一切,即使在今天谁都不能说这一切是错的,但我觉得我可以说这一切也许是不应该的。

"我丝毫没有跟各位开文字玩笑的意思。我想问各位一个问题：从这些正确的科学理论出发，我们应该怎样生存呢？很显然，我们可以得出最重要的一点就是，生命的两极是生与死，生前死后对生命而言没有意义。这听起来像是废话，但我倒觉得，这人人皆知的道理恰恰是我们这个世界多灾多难的最大根源。当年，法国国王路易十五曾说过，'在我死后哪管洪水滔天'——从这点上讲，他是一位绝对正确的科学的无神论者；可是如果一个人多读几遍历史，就会发现这个世界上最可怕的事情正是由无神论者干出来的。当一个国王像路易十五那样思考时，他唯一的可能便是成为恶魔一般的暴君，历史也正是如此。而如果一个普通人也这么想，那么他就会毫不犹豫地把糖水当成奶粉卖给那些贫穷的母亲，然后心安理得地看着婴儿死去。说到我的母亲，她只是一个普通的基督徒。我永远记得母亲去世时的情形，她从连续几日的昏迷里突然苏醒，吩咐我们去找牧师来。但牧师来了之后她却又拒绝忏悔，她说这一生没有做过需要忏悔的事情，天堂里早已安排有她的地方。直到今天，我仍无法形容当时的感受，只觉得母亲的脸庞四周笼罩着一层淡淡的光芒，也许是幻觉，我觉得她的脸庞白净得已经透明，让人感到必须要仰视。除去那些在昏迷中告别人世的人以外，母亲的去世是我所见过的死亡里最宁静祥和的。很奇怪，我心中没有一丝面对死亡的感觉，倒像是送母亲到一个美好的去处，也许就是她说的天堂。后来我常想，也许人的死亡本该就是那样。也正是从那一天起，我不再是一个无神论者了。我开始相信，在我们的智慧以外的某个地方存在着我们永远也无法了解的力量，这种力量才是这个世界上真正的智慧者和审判者。或者说应该存在这样一种力量，因为丧失了最终审判的世界不是一个公正的世界。在此申明一点，我不是要请回基督，实际上也做不到这一点，但我们将请回基督的末日审判台，我们要让好人享受福报，让坏人堕入地狱，让死者开口，让沉冤昭雪。当审判日到来的时候，人们将亲耳听到来自天国的声音,所有过往的一切都会如同重放的电影般洞悉于眼前。而仁慈的主会用他公正的力量对人世间的一切做出宣判。"

何夕停顿下来,四周安静极了。他挥挥手,示意助手协助,大厅正前方的半空中立刻出现了何夕的一个三维头像。听众席上传出了一些议论的声音。

何夕笑了笑,"现在,我要在这里演示一下我们多年来的工作成果。这是一套叫做'审判者'的系统。它的原理非常简单,谁都能听懂。现在各位看到的这个人并不像通常我们所认为的只是一个虚像,严格地说,那就是我本人,因为在这个人像后面起支撑作用的计算机里储存着我全部的记忆。"

何夕捋起额前的头发,一根黑色的细管显现出来,"这是一根天线。我想先阐明的一点是,大约在20世纪的时候人们就已经知道,思维和记忆活动作为精神运动,其实总是伴随着脑电波以及细胞间物质交换等物质运动的。换言之,我们能够通过分析可以定性定量的物质运动来达到洞察精神活动的目的。当时的人们已经通过脑电波的形状来分析人的精神状态的好坏,比如认为阿尔法波形表示人精神状态最佳。简单扼要地讲,这实际上是个解码的过程,只不过现在我找到了一些更完善的方法,可以精确解释每一次物质运动之后对应的精神运动。我的脑中植入了一块叫做'私语'的生物芯片,它能截取我脑中每时每刻的记忆,并通过这根天线实时地发送到当代功能最为强大的电脑中储存起来。"

听众席再度传出低低的议论声,何夕不得不停下来。这时,一个年龄很小的记者模样的人突然站起来说:"你是说这是一台读心器?"

"大致是这样——如果你愿意这么说的话。"

小记者走上前凑到何夕耳边低声说:"何夕是个骗子。"然后他走到头像跟前问道,"说吧,刚才我最后一句说的什么?"

"何夕是个骗子。"头像的声音由电脑合成,显得有些瓮声瓮气。

四周传来一阵意料之中的讪笑,小记者已经有了十分的得意。

何夕平静地问道:"你是说的这句话吧?"

小记者胸有成竹地说:"这句话没错。不过,这种把戏几十年前就有人玩儿过了。我打赌在你的身上藏有微型窃听器,头像的话只不过是你的同伙所做的配合罢了。"

人们的笑声变得有些肆无忌惮了。

但是,一个声音很快结束了这种混乱场面。头像瓮声瓮气地说:"你一定喜欢吃大蒜,刚才我闻到你的嘴里有高浓度的臭味。"

周围立刻安静了下来,小记者不自觉地捂住了嘴,这次他的脸真的红了。

众目睽睽之下,头像的这种感受除了直接从何夕的大脑中取得外别无他途。一丝很浅的笑意自何夕的嘴角漾起,他在想,小记者口中的大蒜味的确难闻,头像的抱怨一点也不夸张。

于是,接下来的一切自然而然地变成了喜剧。观众沸腾了,他们对头像提出一个个稀奇古怪的问题,诸如"何夕有多少钱""何夕是不是处男""何夕睡觉磨牙吗"等等,不过,对这样的问题他们得到的回答一般都是一句"无可奉告"。何夕不得不站出来解释道:"不要说是一个活着的人了,即便是一个死去的人,内心世界都应该得到保护。如果没有得到法律的许可,我认为谁都无权公布他人的内心世界。今天为了这个发布会,我们特意开放了部分数据,但只限于一些很平常的记忆,请大家不要再询问刚才那些问题了,那都是些没有开放的数据。不过,不管政府以后制定什么样的法律,反正等到我离开这个世界的那一天,我都不反对解答各位的所有类似问题。"

2.

走道被挤得水泄不通,闹哄哄的人群始终不肯散去,组织者不得不动用警卫才将何夕护送回六十公里外的实验室——其实也算是何夕多年来的家。何夕刚走进办公室,政府方面的代表马维康参议员就走过来和他握手。马维康大约六十出头,头发花白但精神矍铄,眼睛看人的时候常眯成一条刀样的缝。在政坛上的多年沉浮,使得他脸上的表情没有任何可供参考的东西。何夕知道这都是表象,说起来他们是患难之交,马维康是政府方面少数几个对"审判者"系统持支持态度的人,并且因此还受到不少非难。他一直会同几名议员游说政府要求批给研究经费,几年前何夕处境最艰苦的时候,甚至还让自己的女儿马琳中断了医学博士的学业,将她推荐给何夕当助手。

"欢迎我们的上帝先生。"马维康半开玩笑地说,"在你面前,我感到自己就像是真理,我的意思是说,赤裸裸的。"

何夕捋起自己额前的头发,指着那根黑管说:"那得等到你们批准给所有人都装上这个东西才行,至少到目前为止,你还是穿着衣服的。"他顿了一下,"到时候给你选根花白颜色的天线,跟头发匹配。"

马维康议员想了一下,"但愿人们能理解这一切。"

"没有人会理解。"何夕说,"没有几个人会喜欢把自己脑子里的东西翻出来晒太阳,即使里面早就长满了霉菌。这也是我愿意同政府合作的原因。如果政府不通过立法来推行,我是毫无办法的。"

"你想把我们拉进来做你的挡箭牌?"

"我敢肯定,只要实施这个计划,我马上就会成为众矢之的,搞不好会被说成是法西斯和希魔第二。但我是不会后悔的。'审判者'虽然防不了天灾,但绝对可以避免给人类带来巨大灾难的人祸。实际上,人类到现在为止的历史完全就是一本糊涂账,我以为仅仅依靠像中国古代的司马迁一样的几位敢于拼命的史学家是无法还历史以真面目的。脆弱的真相常常无法得到保留。"

"我懂你的意思。不过,政府内部对这套系统持反对意见的人占大多数。另外还有一件事,"马维康耸了耸肩,"的确有人说你是希特勒第二。"

何夕冷笑出声，情绪有些激动，"如果当年有'审判者'系统的话，希特勒根本就上不了台，他脑子里的那些东西如果事先让德国人民见到的话，又哪儿来的第二次世界大战？"

这时，马琳从门外走了进来，她大约二十八九岁的样子，明眸皓齿，长发飘飘，一身得体的衣服将身材的娇美衬托得恰到好处。看到何夕正在父亲面前发火，她有点不知所措，"怎么吵上了？好像你们俩一见面就没有清静的时候。"

当何夕情绪激动的时候，马琳是少数几个能令他平静下来的人之一。马琳是何夕见过的女性中称得上"美丽"的少数人之一。何夕一向认为，漂亮女性不少，但"美丽"的女性则很罕见。漂亮只涉及外表，而美丽与否却关乎整体。

"我已经说服政府给你追加了一些经费，不过我不能向你保证什么。政府方面由我去努力，你们专心搞好自己的研究就可以了。"马维康说到"专心"两个字的时候，颇有深意地瞪了马琳一眼，让何夕不由得感到一阵心跳。

马维康走后，屋子里就只剩下何夕和马琳，马琳看了他一眼说："如果没有别的事我先出去了。明天上午实验室见。"

何夕按捺住心中的失望点点头，然后便听到了她出门后碰上门锁的声音。他掏出香烟准备点上，但却又犹豫了，因为屋子里还残留着一股好闻的气息，何夕知道那是马琳最爱用的香奈尔香水。十年前，他在事业上放逐自己的同时，也将自己放逐到了感情的荒漠地带，但是十年后的今天，在这个值得纪念的夜晚，一些久远的东西却在他的心中不可抑制地泛起，让他深深体会到，三十六岁的自己身上其实还蕴藏着另一种让人无法抵抗的激情。

突然，门铃响了，何夕满怀期待地跑去打开门，然后他看到了马琳如花的笑靥，她手里拿着一壶新鲜的咖啡。

3.

上午八点十分,何夕进入位于基地主楼的一号实验室。在过道里,他听到窗外传来一阵喧哗,中间夹杂着蓝一光的声音。何夕好奇地向窗外望去。警卫正在阻止一群人进入基地,他们手里都举着抗议条幅,上面出现最多的几个字是"神圣思权阵线"。这好像是一个新近成立的组织,目标正是针对着"审判者"。

对方的领导者是一个叫崔文的年轻人,何夕知道,以现在人类的心智水平,没有谁会愿意他人探知自己的内心世界。但常人的隐私无非两种,一种是于人无害但却于己有羞,一种则于人有害。后一种无疑是正义社会本来就要千方百计调查清楚并提早预防的,前一种则完全受社会进步程度的影响。何夕认为,当"审判者"系统获得广泛应用之后,人们的思想将随之发生极大的改变,届时,人们对他人一些闪念之间的恶念将持比现在宽容得多的态度。

单从相貌上看,崔文可以说是相当吸引人:三十刚出头的样子,蓄着顺眼的络腮胡。"性感男人",不知为什么,何夕脑海里突然闪过这样一个词,一丝按捺不住的笑意从何夕的嘴角漾出来。他说:"我觉得你们并不清楚什么是'审判者'。"

崔文摆摆手,"请不要用这种居高临下的态度和我们讲话,在这个问题上,我并不认为你比我懂得多。我曾经在政府科研部门工作过,和你的研究方向是一样的。"

何夕来了兴致,"我知道政府以前开发过一个类似的系统,后来因故停止。你怎么会和自己曾经努力的目标过不去?"

"我只认定一点,那就是任何人都无权透视他人内心所想。"

看着崔文,何夕心里居然很奇怪地有种面对老友的感觉。何夕知道个中缘由很简单,因为崔文真是像极了十年前的自己。那种语气,那种自以为只要手中持有真理就敢于向整个世界挑战的激情,让人想笑却又有几分感动,还有那脸红的样子和飞扬的眼神。何夕几乎是目不转睛地盯着崔文的脸看,他觉得自己简直是喜欢上这个"持不同政见者"了。

崔文真的感到愤怒了,何夕莫名其妙的态度让他无法平静下来,他大声说道:"尽管你现在是一个名人,可是在我看来,你表现得又狂妄又虚伪。我们来这里是想告诉你,也许你认为自己可以扮演一个救世主的角色,但那不过是一相情愿罢了。将你的系统投入使用只会禁锢人类的思想,把所有人都变成头脑空白的伪君子和卫道士,后果比中国古代的文字狱要严重百倍!你的失败只是迟早的事情。"说完,他转身离去,背影竟然潇洒得令人难忘。

何夕还在愣立着,过了几秒钟,他突然大声对那个潇洒的背影说道:"那你为什么不留下来亲眼看看狂人的覆灭?"

4.

墙上的大屏幕正在演示记忆的物质过程。实验的样本采自两天以前,受试对象同以前一样,也就是何夕自己。何夕愿意看到自己内心不可见的记忆被"审判者"系统通过可观测的物质运动抽取,并归纳成条理清晰的内容。

何夕曾经花时间考证过人类对自身思维的认识,结果发现一个有趣的现象,那就是世界许多民族的人最早都把心脏当成思维器官。像中国古代的大哲学家孟轲就曾说过:"心之官则思,思则得之,不思则不得也。"而古希腊哲学家亚里士多德也认为心脏是思想和感觉的器官,而大脑的作用只是让来自心脏的血液冷却而已。直到公元2世纪时,希腊一位名叫盖伦的著名医生才开始认识到大脑是思维的器官,但对他而言,大脑究竟如何产生思维的记忆还是一个未解之谜。直到

19世纪之后,对大脑功能的研究才真正走上正轨,通过法国医生布罗卡及俄国生理学家贝兹、谢切诺夫、巴甫洛夫等人的深入研究,才使得大脑的神秘面纱初步被掀起。每当何夕想到这些先行者的名字时,他的心里都会油然地升起敬慕之情,因为他现在就站在这些巨人的肩膀上。但同时他也不无自信地想到,自己很可能将成为这场旷日持久的奋斗历程的终结者,因为何夕毫不怀疑自己将要揭开大脑思维记忆这一千古之谜。

屏幕上是部分脑细胞的三维显微图像,可以作任意角度的旋转、任意比例的放大以及任意比例的时延。如果何夕愿意的话,他甚至可以把镜头推到其中的某个大分子内部去作一番游历。实际上,何夕之所以能取得目前的成果,与眼前这种分辨率达到原子级别的计算机仿真显微技术是分不开的。经过几代人的努力,人们已经知道人的思维和记忆都是由大脑的多个部位共同负责的。就记忆而言,大脑皮层的颞叶、额叶以及海马体都与记忆的产生有关,也就是说,当这些部位受损后,人将无法记住刚刚发生的任何事情,但不一定会遗忘以前记住的事。研究发现,长期的记忆对应着神经元细胞的结构性改变,正是这一点成为了"审判者"系统的理论基础。"审判者"正是通过分析神经元细胞的这种结构性改变来抽取人的记忆。

几年来,何夕领导这个实验小组记录并分析了几十亿个神经元细胞的结构图谱,包括它们之间相互组合所形成的更为复杂的网络,并从中破译出了各种不同结构所对应的记忆内容。任何人都可以想象出这是一项多么庞大的工程。他们终于走上了正轨。正如演示的那样,"审判者"已经是一个接近实用的系统了,现在剩下的都是些完善工作。

在充满了整个屏幕的细胞内,可以看到棒状的线粒体正在剧烈地"燃烧",由葡萄糖酵解而来的丙酮酸在三羧酸循环中释放出大量的三磷酸腺苷,这是一切生理活动的能量来源;可以看到长有几千到上万个突触的神经元细胞相互纠结着,如果仔细观察,会发现没有任何两个神经元细胞之间有原生质联系，也就是说，它们都只是通过触突"碰"在一起。每一个神经元细胞内都布满了无数钾离子、有机大分子及少量钠离子和氯离子，而细胞外则布满了无数的钠离子和氯离子，离子间保持着动态的电化学平衡。何夕知道，此时在细胞膜上的电压是负七十毫伏，正是这个电压维持着离子间的平衡。忽然，从某个树突传来刺激，导致神经元细胞膜上某个局部的电压骤然减小到了临界值，细胞外的钠离子开始向细胞膜内扩散，膜电位也由负变正。随着膜电位的升高，细胞膜对钠离子的通透性又急速下降，对钾离子的通透性却有所增加，最终又恢复到了最初的平衡状态，整个过程会在一毫秒内完成。虽然一切已经还原，但并不意味着什么事情都没有发生过，因为刚才的那个电位倒转将造成毗邻的细胞膜发生相同的过程，从效果上看，就是刺激导致的电信号会沿着神经纤维以每秒九十米的速度不衰减地传输出去，直至下一个相邻的神经元细胞，并最终到达神经中枢。就在这个瞬间里，最原始的记忆已经产生了，由于神经细胞的惰性作用，电信号实际上已经轻微地改变了神经元细胞突触的结构，其原理非常类似于眼睛的视觉暂留现象。当然，如果事情到此就结束的话，这种结构变化会很快消失，如同一根被外力压弯的树枝会逐渐复原一样，结果表现为记忆消失了，比如人们并不会记得自己眼里看到的每一幅图像。但如果这种改变因为某种原因得到强化的话，就可能发展成长期的记忆。这时的神经元细胞突触将形成复杂网络，如果日后感受到某些相关刺激，就会激发复杂网络的活动，重现过去的经验，这也就是所谓的"想起"的机制。

大约又过了二十分钟才演示完了那个片段，而这实际上只是发生在神经元细胞里的不足零点一秒的过程。同时，计算机的分析结果也出来了，电子合成的声音听起来有点发嗡："高温，灼烧，肘部皮肤，132℃，时间持续零点二秒。"何夕满意地点点头，实验样本正是采集了他被一个高温物体短时灼烧的过程。当然，他自己不可能知道物体的准确温度以及持续的准确时间，但计算机可以根据刺激的强弱程度测出这个温度和时间。何夕想,这也不能算是什么缺陷,最多可说是"审判者"系统在对人的记忆描述上拟真度还不够高而已,看来马琳还应该在模糊计算模块上再多做些改进。

这时,一名警卫走进来低声对何夕说:"马议员打电话说他马上要来,另外——"他转头看了眼不远处的崔文——他正目不转睛地盯着屏幕——欲言又止。

何夕有些不悦地皱了下眉,"这里没有外人,你尽管说。"

警卫踌躇了一下,还是凑到何夕耳边用很低的声音说:"总统先生和他在一起。"

5.

坐在面前的总统看上去比媒体中的形象要疲倦些,一丝忧虑的神色在他的眉宇间浮现。这是何夕第一次在这样近的距离看到这位拥有巨大权力的人。

"听说你们搞出了一样新奇的东西,可以读出别人的思想。"总统温和地微笑着,"我觉得这很有趣。"

何夕觉得总统的话里有一个他很想提出异议的地方,他犹豫了一下,还是开口道:"请原谅,总统先生,我以为'审判者'不应该只用来读'别人'的思想,我的意思是说,如果政府在最后的立法里使得任何一个人享有审判豁免权的话,那将是不公正的。如果是那样,我不介意亲手毁掉这个我为之努力了十年的系统。"

总统很明显有些吃惊,面前这个目光坚定的科学家让他颇感意外。本来他没有到这个实验室来的计划,只不过因为马维康议员竭力建议而且正好顺路罢了,但他现在倒是来了兴趣,而且是很有兴趣。他直视着何夕说:"你真的认为我们有必要去审判每个人的内心世界？我是说,以前我们没有这样做不也过来了嘛,让每个人独享自己的心灵不好吗?"

"问题在于,这个世界上的每一颗心灵并非都是无害的,其中一些肮脏、龌龊甚至剧毒的东西是需要用审判的形式来彻底荡涤干净的。想想古往今来的那些欺世盗名者,那些自诩人民大救星背地里却男盗女娼丧心病狂的独裁者,那些创立邪教危害世人的骗子,那些丑恶的心灵都应该受到审判。"

总统的脸上闪过一丝尴尬的笑容,"你说的这些我也有同感,问题在于,严格地讲,这个世界上可能没有一个人经得住审判。有谁一辈子没做过亏心事呢?"

何夕点点头,"我承认你的说法。但你用了'亏心事'这个词,如果一个人在记忆里对某件错事有亏心的感觉,那么起码来说他还是有良知的。而如果这件事并非十恶不赦的话,那么我想,'审判者'系统把这件事情从他的记忆里挖掘出来,对他而言也不纯粹是一件坏事。我不同意这个世界上没有人可以经得住审判的说法。对真正虔诚的宗教徒而言,审判本来就是他们盼望已久的事情。无神论者用各种手段甚至动用国家机器打碎了人们心中曾有的天堂与地狱,自以为这才是科学的态度,但无数事例已经证明,世界上最可怕的事情正是那些心中没有信仰、从不相信报应的人干出来的。宗教里的天堂和地狱也许是荒诞不经的,但是,如果承认它们的存在能够让人们的心灵得到寄托、行为受到向善的约束,那又有什么不好呢?还有人曾经问我为什么在宗教最盛行的中世纪恰恰是欧洲最黑暗的时刻,我的看法是,正是由于没有一个现实的终极审判存在,所以不排除宗教里的某些掌权者根本就不是真正的信徒。其实所有正大宗教最重要的意义就是终极审判和彼岸世界,而别的一些东西,比如唯心的认识论、自虐式的禁欲等等,基本上是无用而有害的,正是这些东西导致了中世纪的黑暗。"

总统很认真地听着,没有插一句话,这在日理万机的他来说是很罕见的事情。许久之后,他才有些不舍地站起身,对马维康说:"我看可以给这个系统追加一些经费,你叫人写一份报告给我。"他转过头看着何夕,"我必须要说的是,你让我想到了以前不曾注意的一些东西,改变了我对某些事情的看法。"

何夕淡淡地笑了笑,握住总统伸过来的手,"你也改变了我的一些看法,原来世界上还是有可以理喻的政治家。"

总统用力握了握何夕的手,"如果这算是恭维的话,我接受它。当然,如果那个叫做'审判者'的系统能证明这番话是出自你的真心,我将更加高兴。"

6.

蓝一光冲进办公室,脸上的神色很焦急,"这段时间我调查了一下崔文的背景,发现他很不简单:他曾经是'深思'系统的一名助理研究员。"

"'深思'。"何夕念叨着这个词,他知道这是政府在几年前资助过的一个项目,后来因故停止,"崔文曾说他从事过与我们类似的工作,这么说他很诚实,没有撒谎。"

蓝一光不想掩饰自己的不满,他实在想不通何夕为什么信任崔文,那个大胡子崔文根本就是一个危险人物。

"问题在于,"蓝一光不自觉地提高了音量,"有报告称,崔文可能就是最终导致'深思'系统失败的人。我们还是赶他走吧。"

"可并不能确定他就是破坏者。有一点你们想过没有,现在'审判者'系统面临的最大难题已经不在技术上,而在于人们接受与否?这个视'审判者'系统为洪水猛兽的崔文正好可以作为一个代表。我正是因此才留下他的,我希望说服他。"

这时,突然从门外传来一阵异样的响动,何夕警觉地走过去拉开房门,他看到崔文慌张的背影正飞快地离去。

今天是《世界新论坛报》预约采访的日子,何夕简单地准备了一下,便同两名警卫一道前往报社。快要出门的时候,何夕想了一下,然后朝着正在不远处闲逛的崔文招了招手说:"和我一起去吧。"

崔文稍稍犹豫了一下,似乎不明白何夕何以叫上自己,但他并没有问什么。

汽车在海滨公路上飞驰着,一名警卫负责驾驶,另一名则警惕地注视着周围一切可疑的情况。道路两旁秀丽的景色不断向后退却,湿润的空气中充满了海边特有的清新味道。何夕发现坐在身边的崔文身体坐得笔直,与自己保持着相当的距离,他不禁哑然失笑,觉得这个年轻人实在有趣得很。

"你是不是觉得我是一个偏执狂之类的角色?"何夕饶有兴致地看着崔文。

崔文没有回答,目光仍然直视着前方,但这种态度等于默认了何夕的问题。

"我们有麻烦了。"这时,坐在前排副驾位置的警卫突然说道,他拔出了腰上的手枪,"后边有辆白色轿车已经跟了我们足有十分钟了。"

何夕回头看去,的确有辆车跟在后面。当前正是最荒僻的路段,警卫的担心不无道理。何夕还在犹疑,随即听到耳边响起了震耳的枪声,在本能的驱使下,他伏下了身体。

警卫开启了卫星定位紧急报警系统。枪战仍在继续,汽车在公路上剧烈地扭动着前进,有几次何夕的头都撞到了坚硬的车身,差点晕倒。他听到其中一个警卫发出了惨叫,鲜血溅湿了何夕的手,感觉滑腻腻的,空气中弥漫着甜腥的气味。就在何夕以为这次自己在劫难逃的时候,他听到了直升机的轰鸣声。

一切都过去了。何夕站在道路旁,面对着山崖下犹自冒着浓烟的白色轿车残骸。荷枪实弹的士兵还在作最后的检查,听他们说车里共有四个人,但都已经死了。两名警卫一死一伤;崔文额上被擦了一道口子,并不碍事,但显然惊魂未定。

7.

《世界新论坛报》的资深专栏记者廖晨星快人快语地说:"我主要想知道'审判者'系统的实用性。我听说你似乎很热衷于审判我们的政治家。恕我直言,我总觉得'审判者'系统像是把双刃剑,一方面它可以像你说的那样惩恶扬善,但另一方面,如果它被人利用的话,又会带来更大的恶行。不知道我是否准确表达出了我的意思。"

何夕一怔,但他马上就明白了廖晨星的意思,同时他也意识到廖晨星之所以能够成为资深记者,的确有其过人之处,"你是说当有朝一日'审判者'成为了我们这个世界上评判善恶的唯一标准之后……"

廖晨星目光中含有深意,"你能保证'审判者'系统会毫无错误地行使它至高无上的审判权吗?"

何夕神情自若地说:"虽然我想不出你担心的情况会如何发生,但在技术上,我认为'审判者'系统是无懈可击的。同时我可以肯定的是,如果有朝一日'审判者'系统有愧于它的名字,我愿意亲手毁掉它。"

廖晨星有点意外地抬头看着何夕,他听出了何夕这番话里的诚意。

何夕接着说:"我们最终的目的是让每一个人都接受审判。在我们先民的时代,这并不是必需的,那时人类的灵魂里还没有这么多的罪恶需要用审判这种最为极端的方式来荡涤。而到了今天,我觉得除了审判之外,没有任何事情能让这个世界有所改观了。在大街上,在世界的各个角落,你能看到什么呢?反正我总是看到无数末世浮华的东西,无神论消灭了两端的天堂和地狱,只给人们剩下没有过去也没有未来的俗世。我只想大声赞叹上帝的智慧,他竟然在人类诞生之初就看到审判将是人类最终的宿命。"

尽管整个采访过程都录了音,但廖晨星还是飞快地在小本上写着什么。以廖晨星多年的经验,他觉得何夕这个人是足以信赖的。在他看来,何夕也许应该算是一个愤世嫉俗者,不过却是那种希望这个世界变好的愤世嫉俗者,这就和另外那些站在世界的边缘诅咒这个世界的人有了天壤之别。

8.

这段时间,何夕感到蓝一光对自己有点冷淡,几乎到了他不主动询问就无话可说的地步。何夕心知自己的这个助手脾气十分倔强,但他想也许过几天就会没事了。今天是休息日,马琳说她打算趁这个机会陪蓝一光出去散散心,顺便劝劝他。何夕当时毫不犹豫地表示同意,因为这正是他的想法。

蓝一光和马琳离开后,何夕突然感到有股想要立刻工作的冲动。实际上,何夕很少在休息日会这样想,但今天他不想浪费这种热情。与一般的计算中心不同,"审判者"并没有一个统一的主机系统,环绕在控制台四周的几百台计算机共同构成了"审判者"系统的神经中枢。它们都是平权的,也就是说,它们之间是合作而非从属的关系。它们的这个特征类似于脑细胞之间的关系。"审判者"系统的全部信息资料以及用于分析破译人类记忆行为的电脑软件,就储存在这个机群里。平时何夕很少过问程式细节,因为自从马琳加入"审判者"系统的开发并且表现出了极高的计算机水平之后,何夕就很少有机会展现他在电脑方面那略低于马琳的才能了。

何夕随意打开了一段程式快速地浏览,马琳行云流水般的编程风格令他赞赏不已。电脑屏幕上不断滚过一行行的代码,在何夕看来,那简直就是一串串悦耳的音符。何夕突然停了下来,他的目光盯住了屏幕。有一个地方有被改动的痕迹,记忆非真实性的判断阈值从九十四变成了八十九。应该说这只是一个极小的改变,带来的结果在于对受试对象的记忆非真实性的判断要求降低了五个百分点。当阈值为一百的时候,受试者全部的记忆都将受到最严格的检验,即便有百分之九十九的可能性是想象或梦境的记忆都会被认为是有效的必须予以注意的记忆,也就是说,每个人的每一丝记忆都不会被放过。由于这个世界从本质上讲是一种概率性的存在,所以引入阈值是绝对必要的措施。何夕主张尽可能高地设立阈值,他曾一度将判断阈值设成了九十九,但他很快发现这样做的结果是"审判者"系统变得极端幼稚,在实验中记录下了无数莫名其妙的东西,全都是无效信息——比方说,将何夕从小到大所做过的梦全部写进了实验报告,即使它们荒诞离奇到无以复加的地步。

在阈值这个问题上,何夕还与蓝一光有过一次不大不小的争论,蓝一光认为应该设定较低的阈值,比如说九十出头或者八十几就能够达到审判的要求了,这样可以剔除掉受试者那些毫无意义的记忆内容。结果最后大家都作了让步,何夕放弃了他曾坚持的九十六,蓝一光也同意采取一个相对较高的阈值,这也是后来采取的九十四这个阈值的由来。

但是现在这个阈值被更改了。进入计算中心大门的密码是由一个精心设计的密码公式产生的,每天都不一样。知道这个公式的人只有三个,除了何夕,就是蓝一光和马琳。看来更改者应该是他们中的一个。不过,何夕想不明白他们有何必要瞒着他作这样的修改。何夕不禁摇摇头,心想也许因为崔文的事情,使得马琳和蓝一光变得有点害怕与自己商量了。想到这里,何夕不禁感到微微汗颜,他想自己是不是应该找时间与他们俩心平气和地谈一谈。

这时,突然从合金门的方向传来开启的声音,何夕有些吃惊地回过头去。当走进门来的人看到何夕时,脸上的惊讶程度丝毫也不亚于何夕。

那个人是崔文。

"怎么——你会在这里?"崔文有点语无伦次,由于事出仓促,他有些脸红。

"你是说我不该在这里?"何夕保持着平静,他觉得今天崔文脸上的络腮胡看上去没有以前那样顺眼了,"你的确很善于观察,知道我在休息日都是不工作的。"

"噢,我不是这个意思。"崔文挠挠头皮,似乎也觉得此情此景不好解释,不过他很快就恢复了平静,"我是无意中知道计算中心的密码公式的,当然,没经过你的允许我不该使用这个密码。可是,谁都会有点好奇心的。"

"无意中知道的……"何夕重复着崔文的话,意味深长地说,"如果无意地试探差不多七百万亿次的话,你的确可以找出这个密码公式。"

崔文脸上仍是一副无辜的样子,凭何夕的阅历,竟然无法看出他的这副表情是真的还是装出来的,而他越这样,就越让何夕感到他有些可怕。

"好吧。"过了一会儿之后,崔文缓缓开口道,"现在我要走,你总不会再拦着我了吧。"崔文顿了一下,语气变得幽微,"不过说实话,你令我难忘。"

9.

和心仪的恋人在海滨漫步总是令人感到惬意,即便在你身后不远处牢牢跟着两名身形彪悍、荷枪实弹的警卫人员。夕阳的余晖把沙滩染成了金黄色,海浪一波波地涌上来,又一波波地退下去,在沙滩上留下道道鱼尾样的花纹。

何夕斟酌着开口,他的眼光扫过马琳光滑的手臂,停在她娇美的脸庞上,"以前为了工作,我曾经放弃了家这样东西,并且自以为这样做非常正确。但是现在我不这样想了。"何夕轻轻托起马琳的手说,"嫁给我吧。"

马琳低下头,过了许久才轻声地说道:"就在前天,也是在这个地方,蓝一光说了跟你几乎完全一样的话。"

何夕有些颓然地坐倒在沙滩上。蓝一光,怎么会是蓝一光?尽管已经是好几年前的事情了,但何夕还记得自己最初见到蓝一光时的情景。那时,何夕的实验室还只是一间租住的狭小公寓,刚从一所名牌院校毕业的蓝一光从朋友那里听到了何夕的一些事情,然后,这个本来不用为前程担忧的年轻人便鬼使神差地找到何夕,要求参与他的研究。用蓝一光自己的话来说就是,"这件充满风险的工作听起来让人着迷"。当然,因为这句话,蓝一光后来陪着何夕吃了相当多的苦头,但他从没有动摇过。在何夕看来,蓝一光无疑是一个好助手,他也知道,蓝一光的智力水平虽然不算低,但对于从事"审判者"系统的研究却还显得不够,比如说,马琳或是崔文都在他之上。但何夕在心里是非常喜爱这个助手的,他虽然不够聪明,但却既专一又踏实。

"算了。"何夕洒脱地站起身,"这个问题太复杂了,超出了我的控制范围,还是把它放到最后来解决吧。现在我想到一个问题,从你的角度看,'审判者'系统对于记忆真伪判定的那个阈值应该定为多少?"何夕说到这里停顿了一下,"这段时间我一直在想这个问题,我的意思是,可能我这个人有时会显得太偏激了,那个九十四的值会不会高了点?"

"那个值的确太高了。其实根据我们的实验,取值八十六或八十七是最恰当的。那些实验都是你亲自参与的。我承认世界上有你所说的那些工于心计的人,就像以前在测谎仪下也有少数逃脱者一样。但是,'审判者'系统远非当年的测谎仪可比,如果有什么人能够凭借心智的力量逃脱审判的话,"马琳轻轻叹口气,"他根本就不是人,而是神。"

何夕望着天边,沉默了半晌之后说:"也许我这个人的最大缺点就是刚愎自用。好吧,等回去后我们就把阈值定到八十六。"

这时,有一个稍大的浪头涌来,打湿了他们的鞋和裤角。浪头退去的时候,意外地留下了一条镶着淡蓝色花纹的小鱼,它在沙滩上痛苦地挣扎着。何夕轻轻捏住它的尾巴提到眼前,注视着它半透明的身体,然后在第二个浪头涌来的时候把它放回了广阔无垠的大海。

10.

何夕特立独行的思想与廖晨星犀利无匹的文字凝结而成的报道获得了极大的反响,在一片毁誉声里,"审判"这个并不让人愉快的字眼立即成为了这个世界最为流行的词汇。人们已经开始猜度审判将会在什么时候、什么情况下来临,某种既紧张又热切的情绪渐渐蔓延开来,像一场快速传播的疾病。有个别政府官员甚至惶惶不安地递交了辞呈。

是的,也许那个日子就要来临了,那个审判日。

但无论是谁,都没有料到第一个接受审判的人竟然会是总统。当马维康议员向何夕转达了总统的这一意愿时,何夕简直不敢相信自己的耳朵。

"总统先生说,如果审判不可避免的话,不妨由他来带这个头。当然,我的建议也起了一些作用。"马维康语气平静地说着话,何夕没有掩饰自己的意外,"这样是不是风险太大了?毕竟他的身份过于特殊,如果因此造成社会动荡不安,岂不是得不偿失?"

马维康突然很少有地笑了,"我记得你是最热衷于把政治家们都押上你的审判台的,怎么现在机会来了反而又退缩了？是不是有什么顾虑？或者是不忍心对总统先生第一个下手？我不想对你隐瞒什么,新一届总统大选就要开始了,现在的民意测验对执政党不大有利。总统先生自认为这辈子没有做过什么该下地狱的坏事,如果能通过'审判者'系统让人们知道,总统先生是个表里如一的人,形势将会朝着对我们有利的方向发展。"

何夕本能地大叫道:"我不会让'审判者'成为你们的工具！怪不得你们一直向我们提供经费,原来都是为了达到你们的目的！"

马维康毫不见怪地等着何夕平静下来,"你太激动了。总统先生所做的不正是你一向期望的事情吗？这件事对'审判者'来说正是一次难得的契机。总统这样做其实是需要极大勇气的,如果有人觉得不公平的话,他们也可以来试试审判的滋味。"

何夕回想着马维康的话。然后,他不得不承认马维康说出了真相,"'审判者'系统已经具备了足够的实用性,总统先生只需接受一次脑部手术以植入记忆采集芯片,然后……"

马维康摆摆手说:"你不用对牛弹琴了,这些我都听不懂。"

11.

威廉姆博士是何夕长期的合作伙伴,不过这并不意味着他了解"审判者"系统,实际上,他只是一位著名的显微手术大夫,在"审判者"里充当着实践者的角色。威廉姆其实并不清楚他的工作有什么作用,他只是严格遵照何夕的要求,将那种叫做"私语"的生物计算机芯片植入到受试者的脑部。这种奇特的芯片看上去有点像蜘蛛——当然,自然界里不会有任何一只蜘蛛能长有这么多只脚。对任何一位大夫来说,要将"私语"芯片的三百二十七条细丝一样的引脚与人的神经系统天衣无缝地连接起来，都无疑是一件非常有挑战性的工作，即使他有最为先进的仪器作为辅助。

如果一个不明就里的人突然见到威廉姆博士的话，他一定会以为这位头发花白、服饰整洁的大夫正在打太极拳，因为威廉姆博士面前很宽敞，也没有病人，而且他一直就那么站立着，两只手伸到面前的虚空之中，一动一动的，就像是在理一团线。不过这些只是表象，实际上，威廉姆博士正在进行最为复杂的虚拟现实脑部显微手术。从病人脑部拍摄的三维图像被送到数字眼罩里，同时，他手部的每一个动作也通过数字手套传送到真正位于病人脑部的微型机械手。每次手术完毕后，威廉姆博士满意地取下头盔时，他总会从心中升起一股感念之情——他庆幸上帝让他出生在这个伟大的时代，并让他成为了医生。

手术进入到了关键的环节，威廉姆博士的表情看上去让人害怕，他一会儿龇牙咧嘴，一会儿又露出呆滞的笑容，汗水不断地从他的额头上沁出来，他身边的助手不停地给他擦拭。看样子，威廉姆博士已经完全沉浸在了那个由三维摄影机和计算机共同构筑的亦真亦幻的世界里。手术漫长得似乎没有尽头，当威廉姆博士终于成功缝合了最后一根引脚的图像传来时，蓝一光兴奋地打了一个响指。是的，手术成功了。现在，"私语"芯片的每一根引脚都天衣无缝地同总统的神经系统连接到了一起。从这个时刻起，总统成为了世界上第二个与"审判者"系统相连的人。

总统从手术台上坐起，在最初的十几秒钟里，他的表情看上去显得有些呆滞。何夕走上前去握住他的手说："从今天起，我和你就是同类了。"

总统想了一下说："你知不知道，在手术进行的过程中，我时时感到眼前飞过一些很奇怪的亮点，耳边也听到了某种非常空灵而神秘的声音。也许站在你们科学家的立场上，会认为这只是神经系统受到刺激之后的正常反应，但是从我的角度，却无法这样理性地去看。

作为普通人，我只会相信自己的亲身体验。我觉得那些影像和声音都仿佛有所暗示，它们在告诉我，从今往后我就不再是以前的那个我了，现在，我的全部内心都不再专属于我一个人，而是——"总统停了一下，似乎想找到一个恰当的词汇来形容他此时的感受，"怎么说呢？中国古代的圣人曾经说过，当一人独处或是处在一个谁也不认识自己的陌生环境时，尤其需要注意自己的行为举止，因为在这种情况下的人很容易做出可怕的事情来。他们用了一个词叫做'慎独'，并且说如果能做到这一点的话，就离圣人的标准不远了。现在的我再也不可能有所谓的人前人后的区别了，当我意识到这一点时的第一感觉是害怕，但与此同时，我又觉得这种'举头三尺有神明'的真实感觉正是让我远离一切邪恶的力量。"

12.

"你如果后悔现在还来得及。"何夕向总统提醒道，与此同时，他瞟了眼正在进场的人们。

"我早上起床的时候的确感到有些后悔。"总统笑了笑，脸上现出刀削样的皱纹，"不过有一点你肯定弄错了，现在后悔已经来不及了。如果我此时拒绝审判的话，各大媒体马上就会以最大篇幅发表这一新闻，同时还会发布不知多少有关我的轶事——肯定会比'审判者'以及我自己知道的都要多得多。"

何夕伸出手同总统握别，然后他立刻赶往实验室。蓝一光和马琳已经就位，过一会儿一个三维的头像将代表总统回答人们的提问。由于总统身份特殊，其记忆中有大量的国家机密，所有获准前来旁听的人都被禁止提出涉及机密方面的问题。

大厅里的灯光暗了，虚空中浮现出一张脸孔。

马维康拿过麦克风,"请允许我成为第一个提问的人。"他说,"你是谁?"

头像瓮声瓮气地说:"我是总统。"

……

很久之后,何夕都难以忘却发生在议会大厅里的那一幕。那天开始的时候一切正常,头像坦然地回答了人们写在纸条上的各种问题,包括他的生活、童年、学生时代,还有工作。其中有些事情听起来温馨可人,让人觉得总统也是一个普通的人;而有些事情听起来令人不快,比如少年的任性,以及成人之间的激烈竞争与钩心斗角。不过在何夕看来,这些都是人们可以理解的,算不得什么恶行。更多的时候,人们通过头像的回答看到是一个心中充满理想的有责任感的人。但是后来出了点问题,有一位记者问到了总统的私人生活。关于一个女人——是的,似乎在总统的生活中曾经有过对婚姻不忠的行为,那是很多年前的事情,当时他还很年轻。提出问题的记者简直兴奋到了极点,以至于声音都有些变调。快点讲,他急促地说,都在什么地方,有多少次。

何夕记不起那天的审判是什么时候结束的,他只记得记者们狂热而兴奋的欢呼,以及当头像回答了某次幽会的过程之后全场那充满淫邪意味的哄笑。有些人跳上了桌子,有些人刚刚向报社传完稿件就开始畅饮啤酒,有些人则露出了幸灾乐祸的表情。当然,还有一些人感到了失意,政府官员们有的黯然退场,有的则对总统怒目相向。他们并不介意总统的那些风流韵事,而是认为总统不该接受这次莫名其妙的实验。

不知不觉间,人群渐渐分开,一个孤独的身影凸现出来。那是总统,他一直站在原地。从他的表情,谁也看不出他在想些什么,这是多年政治生涯锻炼的结果。但是现在这种无表情的脸庞再也无法保护他了,因为"审判者"正在忠实地向所有人讲述他的内心世界。尽管如此,此时他的身躯仍然挺得笔直,神态仍然显得高贵而庄重,即便是那些肆意大笑的人从他面前经过,仍然会有仰视的感觉。

但那些人并不打算放过他,有一名记者带着捉弄的口气向头像提问道:"现在你在想些什么？是的,就是现在。是不是想故作镇静啊？你脸上那种清高的神情是不是故意装出来给大家看的呀？啊哈哈哈!"

何夕在监视器里看到了这一幕,他立刻伸出手去关掉了开关。头像消失了,"系统出现故障,预计短时间内无法修复。"他说。

13.

议会大厅里已是人去楼空。没有了辉煌明亮的灯光,这间巨大的厅堂显得空旷而荒凉。

而那个人仍然站在那个地方,一动不动。何夕清楚地从那个人略显佝偻的背影里读出了他此时的心境。他的背影显得苍老而无奈,就像是突然之间——垮掉了。

何夕走近了些,轻轻地咳了一下。那个人仿佛吃了一惊,第一瞬间的反应是挺直了自己的身躯,如同他平日里的样子。不知为何,他的这个举动竟然差点让何夕落下眼泪。

"今天的事我感到抱歉。"何夕缓缓开口,"我不知道事情会变成这样。"

总统回过头来,"你不用抱歉,你没有什么过错。"他一边说,一边用手在衣兜里搜索,何夕理解地递过去一支香烟。这时,他们听到不远处的一名警卫高喊道:"总统先生,这支烟没有经过安全检查。"总统苦笑着点燃香烟说:"就让我相信一次自己的判断吧。

"他们仍然忠于自己的职守,仍然把我管得死死的。"总统接着说道,"只不过我不知道他们还能管我多久。"

何夕听出了总统话里的意思，他摆摆手说："今天的事情未必就无可挽回。如果人们是理智的，他们应当多看看你的政绩，而不是那些与他们无关的事情。"

总统叹口气，"你不用安慰我。有些事情一旦发生就不可更改了，今天'审判者'挖出了我内心深藏的秘密，我反而有种解脱感。我早已从那件事情里挣脱出来，就连我自己都基本上忘记这件事了。"总统停了一下，语气变得低沉而虚弱，"现在我觉得最对不起的人是我的妻子，我现在感到后悔不是为别的，就是因为她。"说到这里，这个到目前为止仍是这个国家最有权力的人突然用手蒙住了自己的眼睛。

这时，马维康议员走了过来，他看上去显得疲惫而苍老。他低声对总统说："我们应该回去了。按照今天的日程安排，你和企业界人士还有个会晤。"

总统立即挺了下身板，就像是换了一个人似的，他再次握了握何夕的手说："不管怎么说你都令我敬佩。我真想知道你们是怎样做到的，这一切太神奇了。"

第二天，几乎所有的报纸都用极大篇幅报道了一则新闻："总统宣布退出下届竞选"。何夕看到报纸之后，第一个反应便是接通了马维康议员的电话，他说："我想见总统。"

……

从总统官邸出来之后，何夕感到了深深的失落，因为他没能劝说总统回心转意。总统回绝了何夕的建议，他的神情就如同一个看破了红尘的人。

"就让这一切成为我的结局吧。"总统说，"你可以认为我懦弱，但我觉得这是正确的做法。"

何夕感到自己无力说服眼前的这个人了，"但是你有没有为你的政府想过？"

总统慢吞吞地说："我退出竞选之后，将会有新的人选代表执政党参选——你的老朋友，马维康议员。有件事我想提前告诉你，马维康议员提出他准备接受审判。"

"不——"令何夕想不到的是自己竟然惊呼起来,"这不行!"

14.

后来的事情证明何夕错了。在同样的地方,几乎同样的观众,但是结果却完全不同。个中原因相当简单——马维康是一个品行高尚的人。

是的,就是这个原因。"审判者"系统忠实地表明了这一点。从马维康出生至今的记忆也都清楚地证明了这一点。继总统的事件之后,马维康还有勇气走上审判台,单凭这一点他就已经通过了一半的审判,除了内心无畏的人还有谁敢这样做?没有让人不能接受的恶行,除了年轻时的青春幻想之外也没有什么绯闻;有的是对民生的关注,对清明政治的向往,当然,还有对世界没能变得更好的遗憾。那些花尽心思刁钻提问的记者最后都自取其辱,除了暴露自己的小人之心外,他们别无所获。

现场安静得能听到人们的呼吸,所有人都在这一刻沉浸到了另一个人的心灵当中,感受他的温和、正义,以及面对不公不义时的愤懑。马维康面色如常地坐在头像旁边,同所有人一道聆听自己的内心世界。他看上去平静而自信,就像是在听别人的故事,甚至不时露出着迷的神色。

最后一个被允许提问的人站起来,因为激动,他的声音有些颤抖,他仰视着的神情就像是面对一位圣人。

"请问,如果你成为总统,你最想说的一句话是什么?"

"我将效忠于我的国家和人民。"头像和马维康同时说出了这句话。

掌声的海洋淹没了整个大厅。

……

"以审判的名义,"电视屏幕上,马维康一字一顿地说,"我宣誓永远效忠于我的国家和人民。"

马维康议员以从未有过的巨大优势当选为下任总统,他最后的得票率超过了百分之九十九。在大选结果公布后的第五天,总统递交的辞呈获得通过。而与此同时,为了保证政府的连贯性,马维康宣誓就职。也就是说,本届总统的任期比以往提前了一些。

总统的离去多少影响了何夕的心情,所以他只是委托蓝一光和马琳前去观礼。电视里闪过不少熟悉的面孔,包括蓝一光、马琳、廖晨星,还有威廉姆博士。马维康的"私语"芯片植入手术也是由威廉姆做的,他的技术的确已经到了炉火纯青的地步。这时,镜头重又对准了马维康,他还在宣誓。

这时,何夕突然有种奇异的感觉,他觉得马维康的样子和威廉姆博士看上去有几分相像,但他又说不出是什么地方。响彻大厅的掌声经久不息,记者们手里的闪光灯几乎亮成了连续的一片。马维康容光焕发地走下台来,接受着人们的祝贺。他所经之处,人们都以面对圣人般的崇敬目光注视着他,有些人甚至流出了热泪。

电话突然响了起来,何夕拿起听筒,他立刻听出了是崔文的声音。

"很早就想同你联系。"崔文说,语气竟然有些害羞,"但每一次都觉得下不了决心。通过这两次事件,我想了很多,也许你是对的。有一件事情要告诉你,"崔文犹疑了一下,"当天在海滨公路上发生的事情是我一手安排的。"

何夕愣了一下,他想起了那天自己邀请崔文时他的迟疑,以及一路上他坐立不安的情形。何夕突然大笑起来,而且是那种非常彻底的足以舒筋活血的笑。

崔文大惑不解地问道:"你笑什么?这有什么好笑的?"

过了好一会儿,何夕才平静下来说:"这么说来,那次你本来打算陪我一块儿死?"

"当时情况紧急,我怕如果不陪你去会让你怀疑。当时,你在我心中是——"崔文斟酌着用词说,"一个将要危害世界的狂人。"

何夕沉默了半晌之后叹口气说:"这个世界上像你这样的人已经很少见了。一个人只要能忠于自己的原则就是可敬的,相比之下,他的原则是否正确我看倒在其次。我佩服这样的人。现在我倒是有一个请求,我想请你加入'审判者'系统的研究。"

崔文在电话那头几乎没有任何犹豫地说:"我明天就过来。"

何夕稍稍感慨了一番,然后他出门朝计算中心走去,准备在计算机里给崔文建一个用户。

15.

"口令错。"

"口令错。"

何夕有点不相信地看着屏幕上的几排字。他没想到自己作为"审判者"系统的缔造者,居然会被拒绝访问。何夕觉得脑子有些乱,他怔怔地坐了一会儿,像是在想什么问题。末了,他抬起头来俯身到键盘前,坚定地敲出了一个字符。

大约四十分钟之后,何夕取得了突破,他破解出了系统的根用户口令,尽管这几乎令他绞尽脑汁。然后,他简直迫不及待地朝系统隐藏最深的地方寻找起来。

"审判者"系统核心程式代码、阈值维护、"私语"生物芯片构造、神经元细胞突触结构图谱……一个个重要的模块资料自何夕眼前掠过,他目不斜视地搜寻着一切可疑的地方。现在到了受试者记忆存储区,一号受试者——何夕自己的资料一晃而过,然后是二号受试者——也就是总统的资料,何夕没有发现什么值得注意的地方。接下来便是马维康,何夕放慢了浏览的速度。资料按照阈值分为两大部分。一部分是按阈值被判断为有效记忆的部分,大约占了十分之九。何夕看了一下,基本上是在上次审判中都见到过的东西。他把注意力集中到剩余的那十分之一,这些都是按照阈值被判定为无效记忆的部分。

时间一分一秒地过去,何夕不知道自己是什么时候才又回到这个世界上来的。他擦了擦满头的汗水,身体像是虚脱了一般。是的,就是这种感觉,就像是一个人刚刚从一场可怕的梦魇里拼命挣脱出来。我的上帝,何夕几乎听得到自己内心深处发出的惊悚叫声,那都是一些什么样的记忆啊。

死尸遍布的荒园,腐烂的面孔露出森森白骨和血丝密布的眼球。黑黢黢的树林,灰尘满布的老宅。面色苍白的少年,灰色的天空,黑色的大鸟怪叫着飞远。镜子里古怪扭曲的笑容,杀手冷酷的脸,政敌在刀光里身首异处。巨大的蘑菇云,异教徒横陈的尸身。恶毒的诅咒,对世界极度的绝望与仇恨……

……百分之八十九的可能性为梦境等非真实记忆。

……百分之八十七的可能性为梦境等非真实记忆。

……百分之九十一的可能性为梦境等非真实记忆。

……百分之八十七的可能性为梦境等非真实记忆。

……

在每一个单元的后面,都跟着这么一段说明文字。按照现在的八十六这个阈值取值来讲,这些记忆都是无效的。但是何夕感到了极度的恐惧,尽管他知道这个阈值是足够高的,他的身体却仍然一阵阵地发抖。那些地狱般的场景就像是无数只鬼爪般攫住了何夕的心脏,令他感到喘不过气来。太可怕了,他知道那些情形应该只是梦境或想象中的场景,可是什么样的人才会做这样的梦和想象出这样的场景呢?

这时,何夕突然注意到有一个黑色的影子出现在面前,看起来这个影子已经在那里站立了很长的时间,过度的投入使他没有听到这个人进门的声音。从眼睛的余光里,何夕看出那是一个身着白衣的人。

何夕缓缓抬起头来,然后他便看到了掩藏在头发里的一张苍白的脸和一双失神的眼睛。

那是马琳。

16.

亿万年过去了,地球停止了转动,世界化为了乌有,静谧的荒园成为了万物的归宿。赞美诗高扬的旋律充斥了何夕的耳孔,灯光在他眼前旋转,幻化成无数闪烁的亮点。天堂的轻风与地狱的烈焰同时向他袭来,一切都变得那么不真实,就像是在梦里。

不,只是一瞬间。何夕定了定神,前因后果开始在他的脑海里急速地翻转。

"那个值的确太高了,"马琳的声音在回响,"如果还有什么人能够凭借心智的力量逃避审判的话,那么他根本就不是人,而是神。"是的,马琳是这么说的,"取值为八十六或八十七是最为恰当的。"回忆中,马琳的声音如银铃般悦耳。

何夕痛苦地摇摇头,他的心正在往无尽深渊的最深处坠落。是的,他竟然忘记除了神之外,还有魔鬼也是可以做到这一点的。他遇见的是魔鬼,那个人竟然骗过了"审判者"。老天,何夕在内心里哀叹一声,我竟然亲手给魔鬼装上了天使的翅膀,并且将他送上了亿万人顶礼膜拜的神坛。

"这是为什么?"何夕喃喃地说,他的眼睛直视着马琳,仿佛要用目光从她的脸上剜下肉来。现在一切都可以解释了,包括阈值,包括她在何夕与蓝一光之间制造的芥蒂。现在想来,从一开始她就是抱着不可告人的目的进入到"审判者"系统中来的。白嫩的肌肤,艳丽的红唇,雾蒙蒙的像是会说话的双眼,飘飞的长发,让人热血沸腾的娇媚体态,她依然是那样美丽动人。但此刻马琳看上去越是美丽,就越让何夕感到可怕。他的心脏一阵阵地痉挛着收缩,像是要收缩成一个点。

"你不要再难为马琳了,她只是按我的安排在做。"马维康突然从门口走了进来,他的手里拿着一把乌黑的手枪。同时,他反手关上了中心的密码门。

"马维康议员……"何夕微微一惊。

"怎么不称我为总统先生?"马维康有几分揶揄地开口道,他的脸上写满得意,"我能有今天,可以说有大半功劳都是你的。"

"这是为什么?"何夕直视着马维康,"怎么会这样?你到底是个什么人?你内心的那些东西……"

马维康大笑道:"我当然就是我自己。是的,我的内心世界绝不是审判中表现出来的那样。可我要说,这世界上真有什么圣人吗?我只知道这个世界已经无可救药了,你选择的道路是当医生,而我只想顺时势而动。"

何夕反而平静了下来,他觉得自己又能思考问题了,"有一点我能确定,你不可能凭意志来骗过'审判者'——即便你真的具有神或者魔鬼的意志力。这倒不是在为我自己的成果辩护,我只是从理智出发认为那是不可能的事情。告诉我吧,你们是怎么做到的?反正,"何夕看了一下马维康手里的枪,"我也活不了多久了,就算是让我死得瞑目。"

17.

马维康露出得意的神色,"其实答案很简单。你只要多想想你的老朋友威廉姆博士做的那些手术,就能知道真相了。"

"手术？"何夕喃喃地重复道，他的眼前浮现出威廉姆博士奇异的表情和古怪的动作，他的手伸向虚空，一动一动地就像在理一团不可见的线，脸上是呆滞的笑容。刹那间，一道亮光有如电光石火般自何夕脑海里掠过。"虚拟现实！"他脱口而出。难怪当初他会觉得马维康和威廉姆博士有几分相像，其实相像的不是他们的相貌，而是他们不经意间流露的那种神情。

"不错。"马维康抚弄着手枪的枪把，"差不多有四个月的时间，我每天都要花将近七个小时在一套精心设计的虚拟现实环境里生活。那真是一套了不起的系统，它将'审判者'和虚拟现实技术结合在了一起。我让女儿加入你的研究，目的之一也在于此。"马维康拍拍头，神色十分得意，"我早就由另外的医生植入了一套'私语'芯片，我脑子里的记忆被抽取出来作为搭建虚拟环境的素材，我的脑神经与系统沟通后，那个世界和真正的现实没有任何区别。我以前经历过的所有事情都在这套系统里得以重演。而我就如同一个可以反复出场的演员般生活在其中。在那个世界里畅游真是一种妙不可言的体验。"

"并且，你还可以扮演编剧的角色，按照意愿改变事情的本来面目。"何夕倒吸一口凉气，他全身都在不可抑制地发抖，"重新设计人生的剧情，可以让自己的全部恶行都得到纠正，还可以虚构本来并不存在的善举！你就是凭这些欺骗了全世界，原来这一切都早在你的安排之中，甚至连总统也被你算计了——你居然有脸说你是他的朋友！你真是一个伟大的天才，相比之下我们简直就是一堆白痴。"

马维康并未因何夕的讽刺而脸红，"老实说，我自己也是这样认为的，不知道我这种坦率算不算你所说的善举。不过假的总归是假的，用虚拟现实技术造就的记忆不管怎么说总是有漏洞的，所以后来才会有那个阈值之争。比方说'制造记忆'这件事情本身也是我的记忆之一，但是不可以让人知道。为了掩盖这一事实，我们便在后来的实验里设计了一些场面来消解它，比如将其设计为一场梦境等等。

多做几次之后,这就成了一件半真半假的事情,然后我们便可以通过设定阈值来控制它了。唯一麻烦的地方是我总共做了三次手术,一次植入一次取出,再加上后来的这一次植入。"

何夕现在才知道当初自己的确是冤枉崔文了,当然,他也知道自己永远无法当面向崔文道歉了,除非能出现奇迹——何夕下意识地看了眼不远处的密码门。

何夕的这个小动作没能逃过马维康的眼睛,他举起了枪,"不要枉费心机了。现在蓝一光身边至少有十个警卫一眼不眨地盯着他。告诉你,我会让所有人一个个地走上审判台,他们其实是接受我的审判——感谢你给予了我这个权力。所有人都不可能对我的权力提出异议,因为我是圣人。到时候,我可以随心所欲地主宰这个世界。"马维康说到这里,忍不住大笑起来,他的手指用上了力气,"好了,说再见吧,以你的品行一定可以上天堂的,我的上帝先生。"

何夕听出了马维康最后一句话的意思,他叹口气闭上了眼睛。其实,真正让何夕坠入深渊的并不是马维康手里的枪,而是他描述的未来世界的可怕情形。但愿这只是一场噩梦,但愿我此时不在此地。何夕想,与此同时,他的眼中淌出了绝望的泪水。万劫不复,这是何夕听到枪响前的最后一个闪念,是的,这将是他最后的归宿。何夕知道马维康说得并不对,他根本上不了天堂,因为他是魔鬼的帮凶,等待他的只能是永无超脱的地狱。

18.

荒园,陵墓,晦暗的树影,天空中飘荡的生者与死者。
芙蓉白面之下隐隐显露的骷髅,温柔之乡里闪动的嗜血嘴脸。
可怖的笑声,青紫色的脸,沾着腐肉的利齿,腥臭的气味。

绿色的火焰环绕四周，发出炙人的热度。滚烫的红色岩浆遍地横流，吞噬着经过的一切。

还有似乎永不停止的颠簸，颠簸。

……

何夕大叫一声，从梦魇里醒来，一时间竟不知身之所在。他匆忙看向四周，这才发现自己躺在一辆熄火汽车的后排座位上，右肩散乱地缠着从衣服上撕下的布条，一些滑腻的液体正慢慢地从布条里渗透出来。何夕撑起身体，他看见前排方向盘上趴着一个男人，那是崔文。

崔文的下腹部有一个很大的伤口，直贯后背，完全没有经过包扎。何夕想起了发生的事情，枪响的时候正是崔文冲进来救了自己。

"崔文，是你吗？"说话间，何夕从衣服上撕下布条给崔文包扎，右肩的疼痛使得他的动作很不协调，"啊，你先不要讲话。"

崔文慢慢睁开了眼，用力地摇摇头，他的脸色白得吓人，"我本打算明天才到基地去的，但我放下电话想早点和你见面……没想到会发生这样的事情。"崔文艰难地露出一丝笑容，"那个密码公式居然还能用，你真是太信任我了，否则，我也救不了你。这真是天意。"

何夕难过地埋下头，他知道眼前这个昔日的"持不同政见者"的伤势已经难以救治，当初那个神采飞扬的崔文又浮现在何夕眼前，一切就仿佛发生在昨天。

"你是对的。"何夕说，"我不应该研究'审判者'，事情到了现在的地步，我真的很难过。"

"这不是你的错。"崔文吃力地喘了口气，"马维康不会得逞的。"

"可是他已经得逞了。"何夕悲伤地说，"现在还有谁能阻止他？我恨我自己，是我亲手把世界推向了深渊。"

"你能阻止他。"崔文一字一顿地说，"你必须阻止他。我们不能让披着天使外衣的魔鬼主宰这个世界，如果是那样的话，我会死不瞑目！"

何夕还没有想清楚应该怎样回答这个请求，崔文的身体已经软了下去,他的眼睛直视着虚空,从他的口腔里和着血水吐出了最后两个字:"审……判……"

何夕给廖晨星打了一个电话,他几乎是本能地认为廖晨星可以信赖,而实际上他们才仅仅见过一次面而已。这也是何夕决定和他联系的原因之一,因为他知道,自己平日里的社会关系已经无一不在政府监控之中。电话里,廖晨星一个劲儿地问到底发生了什么事情,但何夕只约了一个见面的时间地点便放下了电话,他知道时间稍长就可能暴露自己的行踪,甚至还会祸及朋友。

这是家名叫"雨栏"的小酒吧,生意很冷清。何夕进门后稍稍闭了一会儿眼,才适应了光线的变化。廖晨星坐在深处角落里的一个小间等他。何夕伸手摸了摸唇上的假胡须,走到廖晨星身边落座。

"……原来是这样。"廖晨星听完何夕的讲述后,倒吸了一口凉气,"想不到马维康会这样可怕。这不是帮不帮你的问题,这是我的天职。"廖晨星想了一下,"这里面肯定会涉及很多技术性问题,我怕自己讲不清楚,要不然到我家里说?"

何夕知道廖晨星说的是实情,但他还是摇摇头,"如果你有地方不明白,就在这里问吧,我尽量说得浅一些。那样做对你来说太危险了。我已经失去一个朋友了。"

廖晨星有几秒钟没有说话,然后,他低头从随身带来的提包里找出采访录音设备和纸笔。廖晨星有条不紊地做着这一切,当他郑重其事地将纸笔铺开时,一丝近乎虔诚的光在他瘦削的脸庞上浮动着。正是这种光泽,将他与那些平庸的同行区别开来。何夕完全相信对廖晨星来说,新闻就是他生存的意义所在,如同"审判者"在何夕心中的位置一样。但不同之处在于,廖晨星的新闻此时仍然是他手里的长剑,可以掷向敌人,而"审判者"此刻却已成为了魔鬼手里的刀叉。这样想着的时候,何夕的心不禁如坠深渊。

出于安全的考虑,何夕叫廖晨星比自己晚五分钟离开。出门之前,何夕习惯性地摸了摸唇上的假胡须,同时回头与仍坐在原位的廖晨星相视一笑。天已经黑了,但路灯正将金黄色的光线洒在热闹的街道上,整个世界显出温暖的色调。何夕看了下表,再过不到十个小时早报就会上市了。邪恶终究压不过正义,廖晨星是这样说的吧。何夕感到自己的心情已经同几个小时之前判若两样。

何夕刚走到街道拐角处,就听到了一阵惊天动地的爆炸声,他几乎是本能地匍匐倒地。几秒钟后,何夕慢慢地挣扎着起身,同时,他下意识地朝自己的来处看去。

"雨栏"酒吧已是一片火海。

何夕的嘴里满是苦涩的咸味,在巨大的悲伤冲击之下,他完全没注意到有几个黑色的身影正从不同方向朝他逼近,他们手里的杀人武器在火焰的映照下闪烁着森冷的光芒。

……

19.

小车在公路上一路狂飙,公路两侧夜色笼罩下的景物飞一般地向后退去。

何夕坐在车子的后排,自责的心情如同一条毒蛇般缠住了他的心,使得他完全没有去想此时自己何以会身处这样一辆汽车上。

车子突然停在了路边。速度的变化让何夕从沉思里惊醒过来,他有些发怔地看着蓝一光的背影——爆炸,火光,呛人的烟雾,杀手冷酷的脸,然后蓝一光赶到拖他上车。

"你只能在这里下车。"蓝一光没有回头。车内没有开灯,虽然月光从车窗外投射进来,但何夕仍然看不清他的脸,"警察在公路的出口处设了卡,你只能翻过公路护栏,然后步行到下一个小镇。"蓝一光递过来一张卡片,"这是信用卡,你可以在小镇里提取现金。"

何夕没有伸手去接，"你是叫我逃亡？"

蓝一光点点头，"只能如此。这是为你好。也许你还应该考虑整容。世界这么大，马维康想找到你也不是很容易的事情。"

何夕冷笑，"那你呢？现在想来，你应该早就知道其中的秘密了，却一直瞒着我。"他的脸痛苦地抽搐了一下，"我们合作了这么多年。"

蓝一光的肩头轻微地抖动了一下，他的头埋了下去，"对不起。我并不知道事情会发展到今天这个地步，如果知道的话，我早就对你讲了。马琳当初只是对我说那个阈值太高了，而你又不可理喻，所以让我私下里和她一起做些改动。又说你只信任崔文，眼睛里根本没有我和她，我们跟着你是没有前途的。"

"马琳——"何夕轻叹口气，"她还对你说过些什么？"

蓝一光犹豫了一下说："她还说，她喜欢我。"蓝一光的神色渐渐有些痴了，"她的眼睛那么迷人那么深邃，她离我那么近，她的头发散发出阵阵幽香……"

何夕再次叹口气，他感觉自己已经原谅了蓝一光。一个人在名利和情欲的双重诱惑之下，要想摆脱实在是难之又难，就连他自己也曾经陷入对马琳的迷恋之中差点不能自拔。何夕直视着蓝一光说："你是不是打算永远和马维康待在一起？永远把自己的灵魂出卖给魔鬼？"

蓝一光全身剧烈地颤抖了一下，"我该怎么做？现在还有谁能和马维康对抗？马维康已经控制了一切，他现在是总统，是所有人心中的圣人。凭借'审判者'，他拥有了对任何人、任何事的最终评判权，和他对抗的人只能是失败的结局。"他神经质地大叫，"想想廖晨星的下场吧。当我看到廖晨星死去的时候简直快疯了，我当时觉得在火海里哀号着死去的人好像就是我自己。太可怕了。"

何夕仿佛没有听到蓝一光在说些什么，他的目光转向车窗外面。那里是黑黢黢的田野，树木的影子在薄纱般的月色笼罩下犹如一张张剪纸。不知名的夜鸟啾啾地掠过天空，道路上不时有几辆车疾驰而过。

"你是不是对'审判者'系统很失望?"何夕突然开口道,他的目光仍然看着窗外,就像是在自言自语,"你是否后悔和我一起缔造了它?"

"'审判'。"蓝一光下意识地念叨着这个他一度以为相当熟悉但在经过许多事情之后却变得有些陌生了的词汇,一种不曾有过的感觉自他的胸臆间升起,但更多的却只是茫然。

20.

今天是政府组阁后的第一次新闻发布会。

马维康站在前台,按照惯例向人们介绍他身旁的几位高级官员。他的脸色略显苍白。在半个月前的术后例检中,威廉姆博士查出他当初植入的"私语"芯片产生了轻微的免疫排异反应,所以两天前刚刚做完一次修补手术,现在还处于恢复期。当人们得知他抱病来到现场时,掌声变得更加热烈而真挚。

记者招待会有条不紊地进行着,气氛非常活跃。看得出马维康及其下属们得体的回答让大多数人都感到满意。

"总统先生,"这时,坐在后排的一名年轻记者站了起来,"你如何保证政府能够秉公办事?我是说,无论如何,是我们这些纳税人出钱养活了你们。"

"这点不成问题。"马维康脸上带着慈祥的微笑,"我和我的部属都经历过最严格的审判,一定可以忠诚地履行职责——我尤其欢迎新闻界能够对我们的工作实行全面的监督。请相信,纳税人的每一分钱都会物超所值。"

台下响起愉快的轻笑,年轻记者坐下来开始往本子上记东西。

"你这个猪猡！没见识的家伙！"扩音器里突然传出一个高亢的声音，虽然有些变调，但仍然能听出是马维康，"政府是我的，连这个国家都是我的，用得着你来操心吗？"

全场所有人立时惊呆了，谁也想不到这样不可思议的话竟然会从总统口中说出。每个人的目光都朝台上看去，马维康惊慌地捂住了嘴。

"有人搞破坏。这不是我说的。"马维康紧张地辩解道。

马维康的嘴刚刚闭上，那个声音又来了："他妈的，是谁在搞鬼？等我查清了，我要让他全家死得和那个叫廖晨星的记者一样惨！"

这回人们不仅听得相当清楚，而且也看得相当清楚，这些话的的确确是从马维康嘴里说出来的。只不过似乎不是他自己想说出来的，而是好像有一个力量控制了他——一旦他停止说话，这个力量就会操纵他的嘴说话，而且专说内心里的真话。这一回，马维康显然惊呆了，他甚至忘了捂嘴。

"各位，这是有人恶意破坏。请相信我，这不是我在说话。一定有人控制了音响系统。"

马维康面色苍白地解释着。

高亢的声音："糟了，这件事情如果传出去怎么办？干脆让卫兵把他们全抓起来，一个都不放过！"

全场立时炸了锅，所有人都蜂拥着朝外面跑去。

"噢，这不是我的意思。我怎么会这样想？我是一个品德高尚的人！"马维康用力摆着手，声嘶力竭地大叫道。

高亢的声音："事到如今，只有一不做二不休，宁可我负天下人，不可天下人负我！"

"快叫卫兵，快把所有人都抓起来！一个都不能放走！"马维康大汗淋漓地对身旁的人嚷道。荷枪实弹的卫兵冲进屋来，他们手里乌黑的枪管起到了强大的威慑作用。所有人都安静下来了。局面很快被控制住了，人们惊恐地缩成一团，面面相觑，不知什么样的命运在等待着他们。

"都在这里了。"一名卫兵报告道,"没有一个跑掉。"

马维康如释重负地擦了擦汗,"很好,这些人都涉嫌危害国家安全,现在把他们都带走,路上不准他们讲话。"

卫兵们开始押着人们朝室外走去,外面已经清场。哭丧着脸的人们开始一个接一个地上车,有些人刚刚哭出声便被卫兵们粗暴地呵斥住了。马维康呼出口气,脸上露出了笑意。现在好了,他想,一切都在掌握之中了。那些人正一个个地被带出大厅,押上车,他们将终生保持沉默。是的,终生,直到他们死去。当然,他们都会死得很快。马维康的脸上露出得意的笑,面容在灯光下竟然显得有几分狰狞。

我控制住了形势,我还是胜利者。马维康想,他的笑意加深了。

21.

人群还在移动着,朝着马维康指示的方向。

高亢的声音:"对了,还有这些士兵怎么办?他们也都听到了。等事情完了之后另外找人把他们也干掉。这不算什么,自古以来的政治家都是这么做的。"

士兵们停下了脚步,一个个转过身来,连同他们手里乌黑的枪口,就像是突然被一阵风吹过来的一样。马维康这次是真的感到了惊恐,他面色惨白地捂住嘴,但是已经迟了。所有人都目不转睛地看着台上,悄无声息地盯着马维康惨白的脸,空气里充满了紧张的气氛,沉闷得令人感到窒息。

"我是总统……"马维康语无伦次地说,看得出他的双腿在不住地发抖,"我是你们的总统……"

但不知是谁首先发出了一声呐喊,然后,愤怒的士兵连同人群开始向前冲去。马维康惊慌地挣扎躲藏,但很快便被人潮淹没了。

"揍他!"

"打死这个魔鬼!"

"别打了,饶命啊!……他妈的,我不会放过你们的……不,这不是我在说……饶命啊!"

"天哪,你们听听,他一边求饶一边还在心里诅咒我们。"

"撕烂他的嘴!"

"把他的心挖出来看看到底有多黑。"

"……我不敢了……我不会放过你们的……哎哟……"

"打死魔鬼!"

……

有一个人没有动,他远远地站在大门边上,面无表情地看着这一切,就像是一尊石像。过了一会儿,他伸手撕去了嘴上的假胡须。他是何夕。

是的,这一切都是何夕的安排。他在那次故意安排的修补手术里对马维康脑子里的"私语"芯片做了改动,蓝一光和威廉姆博士帮助了他。公道自在人心,一个人的内心世界便是他自己的终极审判台。何夕所做的只是在十分钟前启动了这个新增的功能。当然,这个功能只会用来对付这个世界上那些特殊的人。

不知过了多久,人群终于慢慢散去了,他们一边离去一边回过头来吐着唾沫发泄心里的余恨。在何夕面前的平地上蜷伏着一个黑色的躯体,那是马维康。马维康双手抱头蜷曲在地上,血污和着灰尘糊满了他的脸,看上去他的伤势并不致命。"救命,饶了我吧……"他有气无力地喊叫着,就像是一只丧家犬。何夕皱了下眉,然后拿出电话拨通了急救中心的号码。

天作孽犹可恕,人作孽不可活。何夕心里滚过一句感叹。他摇摇头,最后看了眼脚下瘫软如泥的马维康,便头也不回地朝门外走

去。走出几步远之后,何夕突然听见马维康在身后念叨着什么,仔细听去却是一些非常古怪的句子:

"……今天天气好……晴天……我吃过了吃过了……杀死他杀死他……不,这不是我在说……天气好……吃过了……我叫马维康……男……六十二岁……我要你们都不得好死……噢不敢不敢……从前有座山……山上有座庙……吃过了吃过了……啊鬼,你们不要找我,别过来……救救我……吃葡萄不吐葡萄皮不吃葡萄倒吐葡萄皮……天气好天气好……山上有座庙庙里有个老和尚老和尚说从前有座山……"

何夕有些纳闷儿地放慢了脚步,但他立刻又大步朝前走去。何夕知道这是怎么一回事了,因为只要马维康的嘴稍有空闲,他内心里那些令所有人——也许连他自己也包括在内——都感到作呕和恐惧的脏东西就会不可遏止地通过他的嘴冒出来,于是,马维康想到的唯一办法便是强迫自己不断说话,以此来摆脱这种地狱般的精神折磨。看来,马维康这辈子都将在这种令人发疯的无休止的唠叨中生活下去了,一直到死。何夕深深地叹了口气。

何夕没有看到后来发生的事情。他离开之后不久,有一个身影缓缓走进了大厅。马维康害怕地捂住头低声地呻吟道:"饶了我吧……从前有座山山上有座庙……"来人的身形颤抖了一下,然后便有几滴水珠样的东西落在了马维康面前的地上。马维康若有所思地想要抬头看清来人的面孔,但等他抬起头来时,大厅里已经是空无一人。只有地上的几滴水渍表明刚才的事并不是他的幻觉。

"你下一步打算怎么办?"大厅外隐隐约约传来一个男人的声音。

"我已经心灰意冷。"是一个女人的声音,"这是我咎由自取,世界之大,不知何处可以容下我这有罪之身。"

"不管你相不相信,我会一直陪着你。"

"你不该这么做,你还这么年轻,前程不可限量。何必为我做出这样大的牺牲?何况,我算不上是一个好女人。"

"我知道你心里也充满无奈。老实说,就算你是一个十恶不赦的人,我也会陪着你。这对我而言也是无可奈何的事情,因为这就是我的命运。"

"你以后终究会后悔的。"

"也许吧。但我知道,如果不陪你走的话,我现在就会后悔。"

声音渐渐远去,大厅里只剩下马维康在永无休止地絮语:

"……今天天气好……晴天……我吃过了吃过了……吃葡萄不吐葡萄皮不吃葡萄倒吐葡萄皮……天气好天气好……山上有座庙庙里有个老和尚老和尚说从前有座山……"

尾 声

这是一座位于城市近郊的小公墓,很冷清的样子。一根石柱上钉着一块小小的塑料牌,上面写着:"南山公墓"。一圈不大整齐的石头墙把公墓围绕起来,地上打扫得还算干净。一些墓前放置的鲜花已经凋谢,瑟瑟地在风里颤抖着。下一场雨水到来的时候,这一切都会被冲刷掉。这时,从城市的方向驶来一辆白色的汽车,停在了道路旁。然后,有一个人从车上下来,手里拿着一束花。

何夕慢慢走着,风吹乱了他已经很久没有理过的头发,有几次还遮住了视线。在公墓的一角,何夕找到了他的目标。这是两块并列着的新墓碑,上面刻着两个名字:崔文,廖晨星。这时,故人的面庞浮现在了何夕的眼前,带着他曾经熟悉的笑容。何夕环视四周,到处充满着宁静,只有树叶在微风里沙沙作响。

"你们好吗,我的朋友?"他低声对着墓碑说道,"你们知道吗?经过这么多事情之后,人们终于认识到为何要进行审判。新一届政府刚刚通过了一项提案,从明天起,我们将开始实施我和你们都盼望已久的审判——不是对某一个人或者某些人,而是对所有人。理想社会的光芒终于要照亮这个世界了。明天,明天就是审判日。"何夕的目光变得有些幽远,"现在想起来真是可怕,差一点我们就把自己出卖给了魔鬼。好在这一切都已成为了过去,你们终于能够上天堂了。"说完,他轻轻地把手中的花儿放到墓碑前,对着两位昔日的战友深深鞠了一躬,然后慢慢地站起身,恋恋不舍地朝车子的方向走去。"还有我。"他继续低声说道,"我的灵魂终于可以安宁了。"

何夕启动了汽车,朝来时的方向驶去。这时,他眼睛的余光看到有两个人在后视镜里一脸祥和地向他缓缓挥手,一如他们生前,何夕的眼泪立时就流了下来。他们静默无言地站在那里,好像很柔弱的样子,但何夕知道,他们才是这个世界上最为强大的力量,同时,这种力量也正是这个世界得以留存至今的唯一理由。

何夕有意把车开得很慢,欣赏着沿途的风景。今天是个艳阳高照的好天气。高大的行道树自由自在地舒展着繁茂的枝叶,阳光从树叶的缝隙里投射下圆圆的斑点,平坦的草地绿得发亮,空气里弥漫着清新的味道。快乐的人们与何夕擦身而过,他们脸上的笑容感染着何夕的心情。所有男人和女人都健康而富有活力,老人爱怜地牵着孩子们的手,他们的眼光里充满着对生命与生活的信任。一切都会变得美好,谁也不能破坏它,何夕想。

这时,有一个两三岁模样的小女孩蹒跚着走过,吸引了何夕的目光。女孩伸出粉嘟嘟的手一晃一晃地指点着明媚动人的天空,高低远近的山峦,错落有致的楼宇,以及熙熙攘攘的人群,稚嫩的语气里充满骄傲:看,丫丫的家。

(本文获2004年中国科幻银河奖读者提名奖)

我 是 谁

1.

我是谁？那天，当何夕生平第一次想到这个问题的时候，事情已经很糟糕了。当时，他坐在一只样子乖巧的小圆凳上，两手并拢放在膝上随着膝盖一起颤抖。只要他仰起头来，就能够见到四五张凶神恶煞的脸，他们都是保安人员。这些人从头到尾就问何夕一句话：你是谁？

"我是何夕，身份代码015123711207。"何夕从头到尾也只会说这一句话。他不仅这样说，同时还把衣兜里所有的物品都翻了个底朝天，以此来证明自己的身份。里面有他的名片、公司发的员工证、他的手绢，甚至还有他的手纸，所有能找到的东西何夕都一股脑儿地把它们掏了出来，满满当当地摆了一桌子，仿佛是办一个杂物展览。

尽管何夕忙了半天才搜出这些东西，但是保安们连看都懒得看一眼。其中一个胖子摆摆手说："别找啦，这些没用，我问你，你的'号'到哪儿去了？"

于是，何夕立刻便像一只泄了气的皮球般瘫软下来。

是的，何夕的"号"丢了。不知道是什么原因，也不知道在什么时候,总之他把它弄丢了,现在想来他倒宁愿把自己弄丢。不过这实际上差不多,因为没有了"号"也就等于把自己弄丢了,甚至于还要糟糕得多。

何夕不知道从什么时候人们开始启用现在的身份制度,听说那是一套叫做"谛听"的人类身份识别系统。总之,打他记事起,他就知道那个看不见也摸不着的"号"可是件了不得的东西,其重要性绝对超过贾宝玉的通灵宝玉,说它是命根子一点都不为过——因为这是一个人在世界上唯一可以用来证明自己身份的东西。

当一个孩子不小心降临到这个吵吵嚷嚷的世界上来的第一刻起,他或她就面临着这个时代的难题,即要怎么证明自己就是自己。这并不是一句有意饶舌的话,因为这是个伟大的时代,技术的进步使得人们已经可以近于随心所欲地创制出任何事物来。这样讲抽象了点,有些难以理解,其实意思很简单。比方说,千百年以来,我们总是靠一个人的容貌来辨认他,后来我们又会通过查证一个人的指纹来指认他,而在一百年前的亚科技时代,我们还常常通过声音分析或是DNA鉴定等方法来确定某人的身份。问题在于,这些方法在现今的时代里统统失去了用场:容貌自不消说,可以通过手术变更,而只需戴上一双定做的手套便能改变指纹;声音可以通过在喉部加装微型处理设备加以改变,而DNA鉴定法在这个克隆术普及的时代已经全面失效(实际上,对于同卵孪生子来说,DNA鉴定法早就无用了)。于是问题也就来了,在这种情况下,一个人又该如何证明自己是谁呢?谁能证明自己就是自己而不是别的什么人,并且还得让别人相信这一点?不过有句话说得好,伟大时代造就的问题只能由伟大的时代来解决。几乎在人们表现出这种担心的同时,新一代人类身份识别系统启用了,这就是"号"。

"号"其实是一组对应着每个人的密码。有一个事实也许表明,当初造物主将人类带到这个世界上来的时候就已经想到了这一天,那就是人类的DNA双螺旋链并不是全连续的,上面有大段无意义的空白碱基对，而这正好可以被用作"号"。大约在三十年前，"谛听"系统开始启用，当时，上自九十九下至刚会走的每一个人都接受了一次手术。过程相当简单，即从每个人体内取出少量造血干细胞，将此人独有的识别码以加密的形式修补到这些细胞中的DNA链上的无意义段中，然后再将其送回人体。由于干细胞具有造血机能，一段时间之后，大量具有这一识别码的血细胞遍布全身。剩下的事情就简单多了，比方说，两人见面握手的动作就可以让各人身上与神经相连的超微型识别器获得足够多的信息识别出对方的身份。政府每过三年就将密码及算法升级——据称这种频度其实是不必要的，这使得想要冒充他人身份的意图从理论上也成为不可能了。

就拿何夕来说，他的名字是父母起的，但细想起来，这个名字根本就没有用，谁都能够叫这个名字。这个世界上叫何夕的人何止万千，就算加上一些附带的描述性词语，也仍然是一笔糊涂账。在何夕心中，对自己的详细说明大致是以下的样子：一位有几分帅气的名叫何夕的中国血统男士。但是这能够说明什么问题呢？而015123711207这个数字就不同了，它是全球唯一的代码，在这个生活着几十亿人的星球上，这个数字只属于何夕一个人。当然，别人也可以宣称自己就是015123711207，但身份识别器能够在零点一秒内就戳穿他的谎言。说到底，所谓姓名之类只是人类原始的身份识别手段，何夕一向认为它应该被淘汰，而现在已经到了淘汰它的时候了。现在绝大多数人同何夕的主张一样，不过，也有少数人还在留恋名字这种无用的玩意儿。前一种通常被称作革新派，以便与被称作保守派的后一种人相对应。两派遇到一块儿的时候常常为此发生争论，性子烈的还会动动老拳。不过，这是一场力量悬殊并且注定会越来越悬殊的比赛，革新派几乎每一次都占尽上风，普遍的意见是，本次系统升级之后便会永久性地取缔个人原始名。这件事一直让何夕感到挺得意，因为他显然站对了立场。

现在何夕回想起来，一切都发生得太突然了。当时，他抽空到常去的那家店里想吃点东西。开始一切都是好好的,刚一推门(这个动作足以让门上的微型识别器辨认出何夕的身份),热情的侍者便打招呼说"下午好,何夕先生",片刻之后,何夕便一边享受他最喜欢的重度烘焙的炭烧咖啡,一边看新闻了。整个过程中,何夕根本不用说一句话,身份一经识别,包括他的口味习惯、对器具的要求以及资信程度等信息都能够从全球个人数据库中获得,需要他做的事情只是舒舒服服地坐下来享受,所有的花费都将自动记入他的账户。电视里正在播放对商维梓博士的专访,他是"谛听"系统的本地区节点负责人之一。从画面上来看,他四十出头,目光睿智,对记者的提问对答如流。今年又轮到三年一次的密码升级年,每到这种时候,电视里就会报道一些相关的新闻。不过已经没什么人会对此感兴趣了,因为几十年来,大家对这件事情早已经见惯不惊,对商维梓的采访差不多只能算是例行公事地发布一则消息罢了。何夕不想看新闻了,他开始拨打楚琴的电话想商量一下婚期的事。电话号码是02492721029,这也正是楚琴的身份码。现在标准的做法是,人们生活中用到的各种数字都和自己的身份码相同,比如说社会福利号以及个人银行账户号码等等,又方便又省事。这听起来好像没什么,可你知道这意味着什么吗?正是到了这一步,每个人才终于成为了这个世界上独一无二并且绝对不会被混淆的个体!即使一个人死了,他的身份码也仍然属于他,以便让后世的人们很准确地提起他,避免以前那些小仲马大仲马之类的疑难。而就在何夕刚同楚琴说了几句话之后,那件事情发生了。先是电话突然断线,接着,座椅右侧闪起了红灯,刺耳的警报声响了起来。

那位衣饰整洁、态度可人的侍者立刻走了过来,他惊诧莫名地盯着何夕,就像是看到了世界上最可怕的怪物。"你是谁?"他厉声问道。

何夕被座椅的尖叫声吓得跳了起来,而就在他的身体离开座椅的一刹那,警报声便停了下来。"我是谁? 我当然是何夕。"他有些语无伦次地对侍者说道,"我每天都来,你认识我的。"

侍者满脸狐疑地握了下何夕的手,然后他就像是被火烧一样缩了回去。"不,你不是何夕,你是个冒牌货!"侍者果断地朝总台挥了挥手,"保安,请过来一下。"

"我真的是何夕,身份代码015123711207。"何夕脸色煞白地辩解道。他环视着四周,看到公司里一位同事碰巧也在场。"老刘!"何夕像是捞着救命稻草般喊道,"你来告诉他们我是谁。"

老刘迟疑地走过来,怯生生地将手伸给何夕,仿佛何夕不是共事了几年的知根知底的同事,而是一个陌生人。他接下来的反应同那位侍者一模一样——惊叫,缩手。

何夕这才觉得事情有点麻烦了,然而还没等到他想出办法来,全副武装的保安已经围拢来捉住了他。

2.

我不能待在这儿。何夕暗暗想着。他环视着这间临时用来拘禁他的办公室。保安守在外面,他们已经报了警,再过一会儿警察就会到来。何夕想,自己这次麻烦大了,天知道是怎么回事。警察对冒名者可是不会客气的,说不定还会让他受皮肉之苦。准是有人陷害自己,如果不洗清冤屈的话,搞不好会当屈死鬼的。何夕朝窗户看过去,窗户很大,人过去是没有问题的,但这是在二楼。何夕的目光停在了窗帘布上。

……

楚琴刚进汽车,一道人影便冲过来挡在了前面。是何夕。

"你下来,我有事找你。"何夕使劲挥手。

"你干吗不上车来说?"楚琴有些奇怪地问,她记得半小时前何夕跟她通电话时突然断了线,这是从来没有过的事情。

何夕的表情有些古怪,"我不能上来,车座上的识别器会报警的。

还有,你暂时别碰我。"

"你说什么?"楚琴如坠迷雾。她从车窗伸出手去,但何夕立即朝后退去,与她保持一定的距离。

"到底发生了什么事?"楚琴意识到何夕不像是在开玩笑。

"我不知道。"何夕的额头汗津津的,"就在我跟你通电话的时候,突然发生了奇怪的事情。"何夕咽了口唾沫,"总之我现在被认为是一个冒牌货。"

楚琴这才注意到何夕身上披着一张奇怪的薄膜,连双手也包在里面,模样显得很滑稽。"别开玩笑了。"楚琴没好气地摇摇头,记忆中,何夕常常都会玩些新花样,"我正准备回家,一起走吧。"

"我不是开玩笑。"何夕着急地说,"一定是有人害我,毁了我的身份识别码。我现在回不了家了,碰什么都报警。"

楚琴有些发愣,她觉得何夕不像是在说笑。她迟疑地揭起薄膜握住何夕的手。刹那间,她的面色变得惨白,口里蓦地发出惊叫。"你是谁?"她尖声问道,手闪电般地回缩,就像是碰到了一条蛇。

何夕的脸色比楚琴更加苍白。"连你也这样问……"他喃喃地道,"你难道也不能确定我是谁吗?我们已经交往了两年多,而且还计划下个月四号就举行婚礼。"

"你怎么知道我的婚期?"楚琴稍稍镇定了些,"这是刚刚才商量好的事。"

何夕只有苦笑,"不仅如此,还有很多事都是只有你和我才知道的。这还不能说明我就是何夕吗?不信的话,你可以拿这些问题来验证我的话。"

楚琴紧张地转动着眼珠,"我来问你,我们计划到哪里去度蜜月?"

何夕想都不想便开口道:"复活节岛,这是我先提议的。"

楚琴轻轻地呼出口气,"可是怎么会出这种事?我同你握手时,只感觉到一片空白,我得不到你的身份号,也得不到密码确认。那种感觉——"楚琴的神情变得古怪,"让人觉得害怕。这辈子我还从来没有碰到过这种事。"

"我也不知道是怎么回事。"何夕摇摇头,"不过我只想说一点,我真的就是何夕,这一点你该相信吧?"

楚琴还没有回答,车载收音机里的音乐播放突然中断了,一个急促的男中音传了出来:"现在插播新闻:现有一男子冒充联邦公民015123711207,原始名何夕。此人长相与声音均酷似何夕本人,并且盗用了何夕的一些证件。唯一可供识别之处在于,此人不具有何夕的身份密码。警方分析何夕本人可能已被此人藏匿。此人曾被抓获,但之后又脱逃,现下落不明。请市民们小心防范。"

何夕绝望地看着楚琴变得恐惧的双眼,看着自己如何成为她眼里的陌生人。他纵身想抓住门上车再作解释,但这个动作起了适得其反的效果——他只抓到了小车卷起的一溜灰尘。"你听我说——"何夕边跑边嚷,"我真的就是何夕啊!"何夕身上的那层薄膜绊住了他的脚,他的身体平飞起来,然后重重地跌在了路上。

3.

一阵痒痒的感觉将何夕从短暂的黑暗中唤醒,那是一股温热的气息。何夕睁开眼,映入视线的是一双充满友好的又大又黑的眼睛。

"原来是你,贼胖。"何夕一边挠挠隐隐作痛的头,一边撑起身。一只胖乎乎、圆滚滚的黑色小狗惬意地在他脚下撒着欢儿,这正是楚琴的宠物,看来是刚才从车里跑出来的。

"总算还有你能认得我,不枉我以前喂了你那么多骨头。"何夕喃喃地说道,心里说不出是什么样的滋味。何夕俯下身,贼胖温顺地任由他抱起,并且很亲热地舔着他的大拇指。何夕有些凄凉地将脸偎到贼胖那浓密的毛上,一滴泪水从他的眼角沁了出来。

"我是何夕！我就是何夕！"何夕突然神经质地朝着天空大吼几声，吓得贼胖一个翻身从他怀里跳到了地上。这时，一个大胆的想法从何夕的脑海里冒了出来，他想会不会真的有人打算冒充他，从而侵入"谛听"系统进行破坏呢？说不定过几天就会有一个同他长得一模一样的人冒出来，凭着篡改的身份密码占有原本属于他的一切。到时候，那个人就会代替何夕在这个世界上存在，而真正的何夕却失去了一切，成为一只丧家狗到处流浪。这个突然冒出来的念头如同一只鬼手般攫住了何夕的心脏，令他透不过气来。这个时候，何夕突然想起了他慈爱的母亲，这样的情形下，也许只有母亲还认得自己，但是她已经离开了人世。那是多久以前的事情了？七年，也许八年。当时，他正在一座陌生的城市里出差，突然收到信息称00132819014去世了，何夕对着这个数字看了半天才想起这是母亲的身份代码，而他的泪水这才不受抑制地流了下来。母亲的归宿同其他人一样都是电子公墓，在那里，她的编号仍然是00132819014，只要输入这个号码，关于她的一切资料便会显现在屏幕上，供人瞻仰。但何夕很肯定，如果母亲地下有知，对此定不会高兴，就如同她在世时并不喜欢那个加在她身上的号码一样。她的这种观点并不奇怪，因为与何夕不同的是，那一代人是在人生过了一小段的时候才有了那个号。而何夕就不一样了，从他记事时起，身份代码已经完全普及，从小的经验便是对一个人的判断必须以身份代码确认为准。

何夕至今还记得在他四岁时发生的一件事情。那是一个雨天的傍晚，何夕在幼儿园里等待着母亲。后来，他见到母亲笑容满面地朝自己走来，他奔跑着朝母亲扑过去，带着满脸的委屈。但当他扑进母亲温暖的怀抱时，却突然觉得自己触摸到的是一块冰凉滑腻的石头，带着难以言说的空洞。他惊恐地抬起头，却看到一丝诡异的神色在母亲脸上掠过。几乎在一刹那间，何夕幼小的心灵就明白了这是一个阴谋，这不是他的母亲。后来的事实证明何夕是正确的，这只是一个精于易容术的试图拐骗儿童的惯犯。这件事给何夕的印象是如此之深，以至于二十多年后的今天,他仍然能够回想起那一天的雨声,空气里那种潮湿的味道,以及那种让人脊背发凉的空洞感觉。从这个意义出发,何夕完全理解楚琴的反应,如果是他处于那样的位置,也只会那样做,因为那是来源于人生最真实可靠的经验。

可问题的关键在于何夕居然弄丢了号,这个号越重要,何夕现在的处境就越糟糕。何夕弯下腰重新抱起贼胖——它是这个世界上唯一认得他的生灵了。何夕不知道自己下一步该去哪儿,他现在甚至不能回到自己位于檀木街十号的家,他根本就进不了门。

"我们去哪儿?"何夕望着贼胖说,他的语气里满是无奈。贼胖友好地看着何夕,目光里的信任一如从前,湿热的小舌头一伸一伸的。

"要不我们去找你的主人?"何夕建议道,他立刻便被这个提议所鼓动,是的,他应该去找楚琴,她说不定会给他一个解释的机会。再说,他首要的任务便是取得楚琴的认可,相对来说,这应该算是容易一点的,毕竟他们相处过那么长的时间。不过,楚琴刚才的反应无法让何夕感到乐观,因为他知道这实际上是在向楚琴与生俱来的世界观挑战。

4.

下午的太阳依然保持了相当的热度。

何夕擦着汗,他的衣服已经湿透了。贼胖赖在他的怀里不肯下地,如果强行这样做的话,它便委屈地在地上呜咽着,蜷缩成一团。也难怪,过去的一个小时它已经走了很长的路。何夕不敢坐车,幸好路面上没有装微型识别器(当初这种无处不在的令他生活舒适的东西正是他现在最大的敌人),否则他连路都没法走。

何夕的目的地是楚琴的家。他其实也没把握一定能在那里见到楚琴,但是他没有别的办法,他甚至无法预先打个电话了解楚琴的行踪。现在的情况是,他认得这个世界,但这个世界却压根儿不认得他。一句话,除了一双手两只脚之外,何夕此时没有任何可以仰仗的东西。

大约步行了一个半小时之后,何夕见到了楚琴,但何夕只能远远地站在对面墙边从窗外望着她,因为她身旁一直跟着一名高个子的女警,看来她报了警,这个发现让何夕感到泄气——楚琴真的将他当成了歹徒。这个发现让何夕有些不满,但他无法发泄这种情绪。

何夕苦恼地谋划着下一步的行动,他突然想起贼胖就在自己怀里,这下他有主意了。何夕拿出纸笔飞快地写下几行字,然后将纸条塞在贼胖的耳朵里将它放下地。贼胖高兴地吠了一声便蹿了出去。

太阳已经落山了,随之而来的黑暗正在逐渐笼罩这个世界。何夕这才觉得置身黑暗居然会带给人一种安全感,但他马上想到,这正是古往今来的诸如盗贼之类的人的感受。现在何夕一身臭汗,肚子里更是饥肠辘辘。但是他没有任何办法可以改变这种处境,他有生以来的全部人生经验都无法应付此时的状况。不远之外的街灯亮处,几家餐馆飘来阵阵诱人的香味,这更加深了何夕的饥饿感。现金钞票早就被淘汰了,所有的消费都依赖于个人信用度,而何夕现在的信用度就算还存在,也肯定接近于零。何夕咽了口唾沫,强行将目光从那个方向收回来。这时,浓浓的倦意逐渐袭上来,他倚着墙壁蹲下,头慢慢地垂了下去。

……

"何夕,是你吗?"

一个声音将何夕从短寐中惊醒,他本能地朝声音的来处望去。楚琴就站在离他三米开外的地方,怀里抱着贼胖。

"我知道你一定会来的。"何夕高兴地低呼,他撑起身,由于动作过快加上饥饿,竟然两眼发黑险些栽倒在地,他连忙扶住墙壁稳住身体。

楚琴关切地看着何夕,脚挪动了一下,但很快止住了,仍然站在三米开外。

何夕禁不住苦笑一声,"看来你还是信不过我。"他的目光瞟了眼楚琴的身后,"不过你总算没有带警察来。"

楚琴怔怔地看着何夕,声音小而颤抖:"我报了警,我实在不知道应该怎么办才好。你根本不知道当我碰到你的手时是一种什么样的感觉。"

何夕哼了一声,"感觉?我的手上有刺还是有毒?"

楚琴摇摇头,"不是那样的,比那更让人害怕。"她想了想,似乎在找一个词来形容,"就像是摸到了一团虚空,不知道那是什么。没有响应,没有任何可知的东西。我不知道为什么会这样。"

"你不会是说在你面前我就像一个幽灵吧?"何夕有些自嘲地说。

但是楚琴却立时僵住了,她的表情有些发呆,"幽灵……"她重复着这个词,"是的,就是这种感觉。"

何夕彻底愣住了。他不相信地看着自己的双手。它们很红润,肌肤也挺柔滑,而且很温暖。但现在有人却说它们摸上去就像是幽灵的双手,而且说这话的人是自己的未婚妻。

5.

"这不是真的。"何夕痛苦地叹口气,"我真的是何夕,我不知道发生了什么事,但我的的确确是你认识的那个何夕。我记得我们之间发生的每一件事,你可以问我,我能证明给你看。"

"本来我也是这么想的。"楚琴说,"我对警察说,你似乎对我与何夕之间的一些秘密知道得很清楚,但他们说那可能都是你逼迫何夕告诉你的。"

何夕沉默了几秒钟。这时,贼胖急切地从楚琴的怀中挣脱下地,蹦跳着跑到何夕跟前热切地吠着,乐此不疲地朝何夕的膝头上一扑一扑地蹿动。何夕抱起贼胖,听任它湿漉漉的舌头舔着自己的手背。"只有它认得我。"何夕自嘲地笑了笑说,"幸好上帝没有让世上的狗学会数学。"

楚琴轻轻拢了拢长发,俏丽的脸庞显得镇定了许多。她看着贼胖在何夕身上嗅来嗅去,这曾经熟悉的场面让她觉得心里踏实了不少。这时,她才想起自己一直都忘了一件事。她拿出一个纸袋,一阵诱人的食物香味从中散发出来。"我给你带了吃的,吃吧。"她柔声道。

何夕一把接过,动作之粗鲁就像是抢劫。何夕整个头都埋进了纸袋里,大口咀嚼吞咽着,喉结一上一下就像是开足了马力的机器,而那种呼哧呼哧的不雅声音足以让贼胖也生出些优越感来的。

吃完这顿有生以来最香的晚餐,何夕的精神明显好了些。他这才发现楚琴的双眼竟然有些湿润了。何夕抹抹嘴,这才感到几分害臊。不过,楚琴的目光已经变了许多,不再像刚才那样充满了警惕和提防。两人的距离也从三米开外不知不觉地缩短到了一米左右。

楚琴摇摇头,仿佛做了决定般地说道:"你真的很像何夕。"

"你到底要怎样才能百分之百地相信我就是何夕?"何夕带点怨气地说。

"百分之百?除非……你有何夕的'号'。"楚琴有些为难但是很坚决地说。

"那好吧。"何夕妥协地摆摆手,"不过你总算有些相信我了。只要你能帮忙,我很快就可以洗清冤屈。我现在什么都没有,哪儿也不敢去。说实话,如果没有人帮助,我要么活活饿死,要么就活活憋闷死。"

楚琴忍不住抿嘴一笑,至少到目前为止,除了号之外,这个何夕与她记忆中的何夕并无二致。"我当然会帮你。"她说,"不过今天太晚了,我想还是等明天吧。我给你带了一个睡袋,你先将就一晚再说。"楚琴看了眼时间,"我该走了,明天见。"

楚琴转身欲走,但又突然止住了脚步。她回过头有些迟疑地说:"有件事……我还想试试。我想再同你握次手。"

"为什么?"何夕不解地问。

楚琴有点不好意思地低下头，"也许那种感觉多几次就不会显得那么可怕了。我知道下午的时候我表现得很不好，当时，我从汽车后视镜里看到你摔了一跤，但是我不敢停下来。真对不起。"

何夕犹豫了一下但还是伸出手去。"先说好，不许尖叫。"他很严肃地警告。

但是何夕没有想到，两手相握的瞬间发出惊声尖叫的人并不是楚琴，而是他自己，同时，他就像是一匹遭受火烙的野马般惊跳起来，立时一溜烟跑得不见了踪影。

6.

雨声。空气里潮湿的味道。让人脊背发凉的空洞的感觉。露出诡异笑容的妇人。手。楚琴的手。红润的肌肤，光滑而柔软。但是——空洞，只有一片空洞。就像是一个人突然回过头来，脸上却空空荡荡的，没有面目。

四周一片黑暗。何夕停下已不知跑了多久的脚步，大声地喘息着，他的眼前一阵阵地发黑。出什么事情了？他在脑海里问自己，直到这时他才恢复了一点思考能力。他想起自己今天与楚琴或其他人接触时总是对方反应惊恐，但是自己却没有异样的感觉。何夕紧张地回忆着，不放过任何一个细节。是的，答案出来了，他一直都能认出对方。也就是说，他身上的识别器能够采集他人信息并做出对方的身份判断，所差之处只是自己的身份无法被别人确认。但是刚才，当楚琴与他握手的瞬间，他却突然无法做出判断了，他的感觉就像是握住了一块石头，如果说那是一双手的话，那也只能是幽灵的手。

大滴大滴的汗水从何夕额上淌下来，他感到呼吸困难。越是接近分析结果，他越是感到害怕。尽管他不愿相信，但事实已经摆在了他的面前,那就是——楚琴刚刚也失去了她的"号"!所以何夕才会有那种怪异的感觉。这是唯一合乎逻辑的解释了,但叫何夕如何面对这样的处境呢?本来何夕还指望楚琴的帮助,毕竟她是正常人,现在看来情况简直糟到了极点。楚琴还不知道这一点,她现在也许只是诧异何夕为何会突然跑开。何夕突然有些站立不稳——楚琴一定会回家,而那个警察现在就在她家中。不行,得阻止她,否则她会被抓起来的。何夕急急忙忙地转身朝来处奔去。谢天谢地,楚琴还站在原地。看来她也是被何夕的举动搞懵了,不知道出了什么事。看到何夕重新露面,她有些埋怨地问道:"你又在搞什么花样?都什么时候了还开玩笑!"

何夕默不作声地盯着楚琴。她看上去和几分钟前并没什么不同,齐肩的黑发,小小的脸庞,白色的长裙。但是何夕忍不住上下打量她,总觉得仿佛有什么地方显得不大对。

"你干吗老盯着我?"楚琴的脸微微红了,目光也有些躲闪。

"你是谁?"何夕突然喃喃地道,他显得有点魂不守舍。

"你问我是谁?"楚琴吃惊地看着何夕,"什么意思?"

何夕回过神来,"噢,没什么。"他转开话题,"还是商量下明天的安排吧。"

"先等等再说。"楚琴依然关注着何夕之前的那句话,"我听见你问我是谁——你怎么这样问?"

何夕搔搔头皮,"我没问。你听错了。"

"我没听错。"楚琴很坚持,"你一定是有事瞒着我。"她紧张地回想着,突然她的脸色变得煞白,"难道刚才你跑开是因为……"

何夕无力地瘫坐在了地上,他的目光已经证实了楚琴的猜测。

"不会的。"楚琴摇头,她用尽力气露出笑容,"不可能的,你是在开玩笑。"

"我没有开玩笑。"何夕终于开口,"你很可能也失去了'号'。刚才握手时,我得不到你的身份信息。"

"肯定是因为你自己的原因才会这样。"楚琴想了一下说。

"我只是无法被别人识别,但一直都能识别别人的身份。"何夕认真地说,"不过为了确定,你可以到一处安装有识别器的地方去试一下。对了,你打个电话试试。"

这句话提醒了楚琴,她掏出口袋里的手机——但是,尖锐的报警声立刻响了起来,伴随着一个发瓮的电子合成音:"身份不符。请将电话交还主人。"

楚琴立刻僵在了当场。"这不可能,这不是真的。"她反复地说着这句话,"我该怎么办?"她望着何夕说。

"让我想想。"何夕也有点乱了方寸,他死盯着楚琴的脸看,"让我来分析一下。你能肯定自己是楚琴吗?"

"那还用说?"楚琴急得顿足,"我当然是楚琴。"

"但是不能排除别的可能性。"何夕忙着分析,"谁能保证这一点呢?我今天下午跟楚琴握过一次手,当时那个楚琴肯定是真的,但她未必是你。从那之后我有一段时间没见过她,说不定楚琴今晚根本就没有来,来的只是一个……"何夕稍停了一下,声音很低但是很清晰地吐出三个字,"冒名者。"

楚琴急得要哭了,"你胡说!亏得我还给你带了晚饭来,早知道真该饿死你这个没良心的!"

"说的也是。"何夕深以为然地点点头,"你冒充楚琴来见我也的确没什么好处。好啦,我姑且相信你就是楚琴。现在该谈谈咱们俩的处境了。情况很明显,由于某种未知原因,我们两人的'号'都丢了。如果不解决这个问题,我们肯定不会有好日子过,至于这种日子会有多坏我多少有点体会。"

"我还能回家吗?"楚琴问了个她最关心的问题。

"肯定不行。"何夕回答得很干脆,"门禁系统是最早引入身份识别器的,你只要走近家门,马上就会警声大作。这一点我最有发言权。"

"那我该怎么办?"楚琴可怜兮兮地望着何夕,两滴泪珠在眼眶里转啊转的。

　　楚琴的这副模样让何夕禁不住生出想要揽她入怀的想法,实际上,他真的这样做了。楚琴的头一碰到他的胸膛便立刻爆发出一阵地动山摇的号啕大哭,就像是一个受尽委屈的孩子。"我们怎么办呀?"她一边哭一边问,泪水在何夕的胸前濡湿了很大的一片。

　　"别这样……"何夕有些手忙脚乱,他不怎么会应付这种场面。他们以前几乎没有像眼下这样直接地交流过,在现代的身份识别模式下,人们已经很少有机会这样直接地表达情感,实际上也没必要这样做。何夕同楚琴成为恋人是出自中心计算机的匹配建议,作为身份识别系统的副产品,包括爱好以及性格等个人资料全部储存在计算机里。当一个人希望交友时,计算机将会提出合适的建议,实践证明这样做的效果远远好过一个人自己到处瞎撞,可以减少许多"恨不相逢未嫁时"的遗憾。比方说,何夕对于楚琴成为自己的未婚妻这件事情一直都是非常满意的。

　　何夕掏出纸巾擦拭着楚琴的脸,他感觉触手所及仿佛美玉,令他怦然心动。脑中照例是一片空洞之感,但何夕不想理会。而他的另一只手正与楚琴柔滑的小手相握,何夕心里此时只剩下奇怪——这样的小手居然会吓得自己落荒而逃。楚琴平静了一些,她泪眼婆娑地仰视着何夕,目光里充满信任。

7.

　　"这样行不行啊?"楚琴害怕地左右四顾。在她面前并没有人,只有一辆车,有一双脚从车底伸出来。

　　"就快好了。"是何夕的声音,车下的人正是他,"嗯,弄妥啦。"何夕从车底钻出来,脸上很脏。

楚琴满脸狐疑地看着这辆古董汽车,"我们就坐这个?"

"不坐这个又坐什么?"何夕摊开手,"至少它上面的识别器全都不管用啦。看来是天无绝人之路,居然能在这个修车场里让咱们找到这么一辆。我已经给它加了点油,开始不能加多,怕出事。"

"我们去哪儿?"楚琴不安地问,她发现有一种陌生的神色在何夕脸上浮动着,这让她感到有些害怕。楚琴从没想到何夕身上还有自己不了解的东西。当她还没有见过何夕的时候,便已经通过全球数据库认识了他,当时,计算机将何夕推荐为她的朋友,他们拥有许多共同的兴趣爱好,自动匹配系统给出了 95 分的高分。后来与真实的何夕见了面,这不过像是计算机信息的实物化,因为这和楚琴在数据库里认识的那个何夕没有任何不同:高大、文雅,有教养,有稳定的工作和收入,还有偶尔的脸红。这些全都一样。但是现在,楚琴却发现何夕身上竟然还有一些自己不曾了解的东西,比方说他居然会——偷车?!尽管是辆值不了几个钱的破车。

"我们只能靠自己洗清冤屈。"何夕的目光紧盯着前方的路面,像是蛮有主意的样子。何夕的这副模样倒是同先前相比发生了很大的变化,也只有他知道这番变化的原因。他一直在思考不久前发生的那一幕:究竟是什么缘故会令他握着楚琴那又柔软又温暖的小手时会吓得落荒而逃?何夕觉得这真是一个越想越有趣的问题,他甚至一边想一边笑出声来。

"你笑什么?"楚琴不安地问,她不明白何夕为何一脸古怪表情,"你不该是这样的。"她小声地嘀咕。

何夕又笑了笑,"那你说我该是什么样的?"他看来很愿意谈这个话题。

楚琴想想说:"你的礼貌值是 97,怪僻值只有 4,不良记录为 0。"

"对啊。"何夕一边开车一边点头,"你的记性不坏。对了,我记得你的智商值是 109。"

"可是……"楚琴局促地说,"你居然会偷车,而且,还古怪地笑。

当然,我知道这不算什么,我只是说你不该是这样的。"

何夕怔了两秒钟,"我懂你的意思了。看来这里有个问题你弄反了。"何夕认真地看了眼楚琴,"我是个什么样的人在先,计算机数据库里将我描述成什么样的人在后,我这样说没错吧?要说这中间有什么地方出了差错,那错也不在我。"

"可是,可是……"楚琴嗫嚅着不再往下说,但她眼里的疑虑却是一望便知。

何夕腾出一只手,猛地抓住楚琴的胳膊,动作近乎粗鲁。他感觉那一瞬间楚琴全身的肌肉都不由自主地颤抖了一下。"对,你的反应很正常。"何夕大声说,"不管你在心里多么愿意相信我就是何夕,不管你的情感怎么告诉你我就是何夕,但是这都控制不了你的身体发出自然的颤抖。但问题在于,你是愿意相信自己身上的识别器,还是愿意相信自己的心灵?我们是不是把一切都弄得反过来了?刚才我为什么会发笑?因为我实在不明白你的那双小手怎么会吓得我像是撞了鬼一样地逃走。我们认识很久了,知道彼此的爱好、资信程度、社会地位。不止这些,还有彼此的年龄、住址、电子邮箱、爱喝哪种牌子的咖啡、爱穿哪种品牌的服装。我们是一对恋人!《诗经》里描绘恋人的语句是'执子之手,与子偕老',可是,今天当我们握着对方的手时竟然会吓得惨叫……"

何夕突然止住,他已经没有力气往下说。楚琴目瞪口呆地盯着他,仿佛重新认识他一般。过了良久,楚琴幽幽开口道:"我有些明白你的意思了。是我不好,是我最先不相信你的。"

何夕稍愣,突然又大笑起来。

楚琴不解地望着何夕,"你又笑什么?我哪里又说错了?"

"不是不是。"何夕摆摆手,"我只是想起全球数据库里面说你性格很倔强,从来没有当面认错的记录。"

楚琴也禁不住笑了,她记得好像是有这么一条,"算啦,说正题吧,我们现在是往哪儿去?"

"找人问清楚这到底是怎么一回事。"何夕恨恨地说。

8.

商维梓出门前照例会看看电视新闻。时间还早,他不用太急。这个周日过得真是愉快,周末的聚会让人回味。商维梓是那种能够将工作与生活彻底割裂开的人,也就是说,当他置身于朋友聚会时,能够完全忘记自己是一名行政人员,反过来也是一样。其实这也是一种长期锻炼后才具有的本领,对于像他这样常常面对繁重工作的人来说,如果不能在假日里尽情放松的话,那么人生就真的太乏味了。

近两天出了一桩与身份代码有关的事件。先是一名叫何夕的男子突然失踪,但马上就有一个人试图冒充他,却没有身份代码。当然,谁也不会去怀疑身份识别系统出了什么问题,虽然当前正在进行代码升级,但相同的操作在过去几十年中已经做过许多次了,从来都没出过差错。所以当昨天有人问到这个问题时,商维梓的反应是不屑一顾。

商维梓看看表,该动身了,还有几十公里路程。几分钟后,商维梓已经风驰电掣地朝办公地进发了。和许多人一样,他选择住在乡间,这让他能够时常欣赏到美景,即使在上班途中也不例外。乡间的道路一般很少堵车,但这次似乎是个例外,前面那辆车好像坏掉了。商维梓用力摁响喇叭,如果旁边不是靠河的话他就绕过去了。对方没有反应,商维梓只好下车去看个究竟,但他刚一下车便立刻被一只不知从哪里冒出来的拳头打倒在地,然后又像一只麻袋般被扔进了前面那辆车里。

"你们是什么人?"商维梓清醒过来后,才看到劫持自己的是一男一女,看上去并不十分剽悍,不大像是强盗,但刚才的手法却是干净利落堪称典范。

"我是何夕。"那个男人恶狠狠地回过头来,"你大概听说过我吧,这两天我的照片很上镜的。"

商维梓抚着隐隐作痛的腮帮子,"你不是失踪了吗?"他突然想起了什么,不自觉地往后瑟缩着身体,"你是——那个冒充者?"

"看来你也不怎么聪明。"何夕说,"如果没有何夕的身份代码又怎么冒充他?谁会这么笨?你为什么就不能设想一下我也许就是何夕本人,而出错的原因在你们那里,是你们的系统出了差错?"

商维梓哑然失笑,"这不可能,'谛听'系统从来没有出过错。像代码升级这种常规操作已经有了很多次实践经验,想出点错都难。你肯定是冒充者。"

何夕恨不得当场掐死这个冥顽不灵的家伙,他用尽全身力气才管住自己没有一巴掌扇过去。"去你的狗屁系统!"何夕大叫起来,"我是何夕,我是015123711207,这不需要证明,我生下来就是何夕。这事谁都知道!"

"你没有何夕的身份代码,"商维梓摇摇头,"你不是何夕。"

"你这头猪!"何夕恼怒地瞪着商维梓,"真该让你也遇到这种事情,到时你就会知道什么叫做后悔了,连这条狗都比你明事理。"何夕指着贼胖说,"亏你还是专家,你的判断力连动物都不如。你和那个什么系统都是傻瓜!"

商维梓并不恼怒,他不紧不慢地说:"你可以贬低我,但请尊重人类身份识别系统。这是值得载入人类史册的伟大成就,正是基于这个系统,我们每个人才真正成为了唯一的一个,它提供给了世人无数的便捷,避免了无数的犯罪。同时也请不要拿我跟动物相比。其实动物大多具有自己的身份识别系统,只不过你们不知道而已。"

楚琴不相信地问道:"你说动物界有这样的例子?这怎么可能?"

商维梓有些倨傲地说:"大多数动物都同人一样有视觉触觉嗅觉,但它们常常将其中一种视为最高的依据。如果你走近一只带着小鸡崽的火鸡,它马上就会为了保护小鸡而攻击你。这时,你一定会因为它深厚的母爱而感叹。但是,我在实验中曾亲眼见到雌火鸡极其残忍地啄死了它的每一个孩子,原因很简单——我们破坏了它的听觉。雌火鸡对入侵者的判断是'任何在自己巢穴附近活动、却不能发出小火鸡叫声的物体',这是奥地利动物学家沃尔夫冈·施莱特最先发现的。尽管那些小火鸡不仅看起来像小火鸡,动作像小火鸡,而且像小火鸡那样充满信任地跑向它们的妈妈,但却成为雌火鸡对入侵者所下严格定义的牺牲品。它为了保护它们,最终却把它们全部杀死了。"

"会有这样的事?"楚琴喃喃地说。

"这种事情在生物界其实非常普遍。"商维梓接着说,"在许多昆虫之间也会发生类似的事情。蜜蜂的触角上有一些感觉细胞对油酸很敏感,死去的蜜蜂尸体上会产生油酸,刺激蜜蜂把死尸从蜂巢中清除出去。实验者往一只活蜜蜂身上涂了一滴油酸,虽然这只蜜蜂明显活得挺精神,但还是蹬着腿挣扎着被拖出去,和死蜜蜂扔在一起。还有狼,这种动物对事物的判断总是以嗅觉为第一位。如果气味令它觉得陌生的话,它会毫不犹豫地咬断自己亲生孩儿的喉管。"

"等等!"何夕大叫着打断商维梓,"这不正好说明这些所谓的身份识别系统有问题吗?"

商维梓摇摇头,"问题在于,这是自然界亿万年进化演变的结果。火鸡也好蜜蜂也好,正是凭着这样的身份识别系统才延续到今天,如果没有这样的身份识别系统,这些物种也许早就灭绝了。就算这种系统偶尔会造成个别的悲剧,但是谁也不能否认它的合理性。如果一个物种没有一个有效的身份识别系统,那么对外将无法抵御侵害,对内则无法延续种族。这个道理你们还不明白吗?"

何夕的额上沁出了冷汗,他有种张不开嘴的感觉。可是这太荒谬了,自己是无辜的受害者,但却面临着被说服的境地。他回头看楚琴,发现她也是张口结舌目瞪口呆。

"所以，对包括人类在内的所有物种来说，有一种有效的身份识别系统是相当必要的。"商维梓不紧不慢地接着说，"现代科技的发展使得人类原有的那些相对低级的识别系统面临全面失效的危险，而'谛听'识别系统正是在这种情况下应运而生的。其实正是因为'谛听'系统的存在，我们的这个世界才能稳定地运行这么多年，否则早就因为秩序混乱而全面崩溃了。"

9.

同所有的"谛听"二级节点一样，M206实验室具有相当大的自主权力。即使是市政府，也只能对它提出要求而不能直接下命令，在行政上，它只从属于更高一级的"谛听"节点。道理很简单，因为就连市长本人的身份也必须经由"谛听"确认后才有效，否则他立刻就会被人从办公室里赶出去。

早上八点，商维梓准时来到中心，脸上像往常一样不苟言笑。与往常不一样的是，这次他身后跟着两个衣着很奇怪的人，他们身上都罩着一层塑料薄膜。当然，由于商维梓作为严厉上司的形象给人留下的印象太深，所以没有一个人上前了解这是怎么回事。

办公室的门关上了，商维梓这才喘口气瘫坐在椅子上。"只能到这里了。"他对那两个正在脱掉塑料衣服的人说，"我早说过你们是不可能得逞的，靠那层薄膜你们最多只能够到达这里，想进入中心实验室根本不可能。"商维梓稍作停顿，目光变得有些调侃意味，"到时候会要求你们全裸通过五米长的检查走廊。"

但是商维梓没料到何夕突然笑了，这笑声令他心里发虚。"你笑什么？"商维梓有些不安地问。

何夕没有回答，而是径自开启了桌上的一台电脑。何夕偏头看着商维梓说:"我估计这台电脑和本节点中心计算机是联网的吧。我知道这肯定有违规定,不过人总是想贪图方便的。"商维梓刹那间的脸红让何夕证实了自己的猜想,他有几分得意地舒了口气,"不用我再教你怎么联上中心计算机吧。"

"可这根本没有用!"商维梓大声说,"我们只是二级节点,不要说更改数据了,就连只读访问也是受到许多限制的。你们想让我更改数据库以便让你们具有合法身份,这根本是办不到的。"

"你在撒谎。"何夕打断商维梓的话,"我不相信这是真的,你肯定有办法。"但是何夕的声音渐渐变低了,几滴汗珠顺着他的额头往下淌。楚琴一言不发地愣立在一旁,看上去像是没了主张。

"我没撒谎。"商维梓苦笑道,"其实,'谛听'系统采用的是一种相当传统但却相当完善的加密算法RSA,你们应该知道这种算法吧?"

"我只是听说过。"何夕老实地回答,"我的数学一向不大好。"

"看来我要多说几句了。"商维梓擦了擦头上的汗,"数学中的许多函数都具有某种'单向性',这就是说,有许多运算本身很简单,但如果你想作逆运算就极其困难了。最简单的例子是除法比乘法难,而开方又比乘方难。在RSA算法中,首先要选择足够大的两个素数,也就是两个只能被自己和一整除的数,算出它们的乘积,再通过系列运算后得出两套数字,其中一套是公开密钥,另一套则是秘密密钥。用公开密钥加密的信息只有用秘密密钥才能解开,反过来也一样。每个人可以选择一个独有的公开密钥,并公之于世,而秘密密钥则只有自己知晓。当别人与你通信时则利用公开密钥将信息加密,你收信后便用秘密密钥将其解开。他人即使截取了密文也无关紧要,因为只有你自己才知道唯一能够将其解码的秘密密钥。同时,由于RSA算法具有的对称性,所以它还能用作数字签名,这实际上就是所谓的身份识别。在'谛听'里正是这样做的。"

"我不太明白。"何夕插话道,"能说详细点吗?"

"我举个例吧。"商维梓理解地点点头,"比如说何夕的身份代码是015123711207,这是我们大家都知道的。不过谁都可以宣称自己就是015123711207,我们又该如何鉴别呢?其实只需任意选择一段信息,比方说指定'12345'这个数,然后请对方用他的秘密密钥将这个数加密成密文。只要我用何夕所独有的公开密钥能够将密文正确地还原为'12345'这个数字,则证明此人货真价实,否则就是一个冒牌货。这一点正是'谛听'系统的基础,只不过为了方便起见,系统将很多操作都屏蔽在后台。比方说,何夕的公开密钥已经存放在了中心计算机里,同时,一系列的运算过程也是自动进行的,对一个人来说,完全察觉不到中间的过程。虽然从理论上讲,通过两个素数的乘积可以运用分解因数的方法求出这两个素数,但问题在于,对大素数乘积进行因数分解的计算量非常非常大,用最快的计算机也不可能在合理的时间内算出来。当前'谛听'系统的密钥长度是8192位,中国人拍马屁的最高水平便是祝对方'寿与天齐',而现在看来,即使寿与天齐也无法攻破'谛听',因为就算以当今运行速度最快的计算机来破译这个密码,所需的时间也超过已知宇宙的寿命。"

何夕点点头,表示自己还跟得上。楚琴却已然是一头雾水。

"每个人的秘密密钥都被嵌套在了部分血细胞的空白基因链上,这是相当安全的。"商维梓接着说,"这些知识你们如果平时稍有留意的话应该听说过一些。当然,对于另一些个体来说会有些差异,比方说对于机器人的身份识别也基于同样的原理,只不过密钥的载体不同而已。"

"如果有人输入了他人的血液,会不会造成混乱?"何夕插话道。

"不会。现在医院里都是使用人造血液,而即使发生你说的情况也不会出现差错。因为那时,人体内将出现带两种不同密码的血细胞,系统将自动做出正确的取舍。也就是说,在这种情况下,仍然只有人体原有的密码被作为判断依据。"商维梓的语气变得像是宣判,"我说了这么多其实只是想强调一点,那就是'谛听'的正确性绝对不容置疑。"

10.

屋子里真正地安静下来了，几乎能够听到每个人的心跳。

应该说，商维梓具有相当不错的讲解才能，在这么短的时间里让何夕这样的门外汉也懂得了不少有关"谛听"系统的知识。但是，何夕却宁愿自己一点都不懂才好，因为他发现自己对"谛听"的了解越多，就越是感到绝望。何夕到现在才真正理解为何商维梓会那么自信地嘲笑任何更改系统数据的企图，因为那的的确确是一种痴心妄想。

何夕的脸色白得像纸，精神看上去很虚弱，如果此时他手里有武器的话，他肯定会毫不犹豫地把所有的子弹都朝着"谛听"节点所在的方向疯狂射去。他转头凶狠地瞪着商维梓，像是在诅咒他。楚琴依旧不知所措地愣立着。商维梓有些害怕地朝椅子上靠了靠，他不知道这个正在失去控制的冒名者下一步会做些什么。这时，一个奇怪的念头从商维梓脑海中冒出来，他想，眼前这个人也许真的就是何夕本人。如果说这真是一个冒名者的话，那么他的演技就太精良了，简直是大师级的水平。但是，立刻有一个坚定的声音从商维梓脑子里传出来并且盖过了其他的一切：这个人没有何夕的密钥，他不可能是何夕。商维梓突然有些自惭，为自己片刻间的动摇——怀疑"谛听"？！还是等自己活到宇宙终结那一天再说吧。

何夕一语不发地面朝着计算机坐下，注视着屏幕上的画面。过了一会儿，何夕转过头来看着商维梓，用目光示意他来操作。商维梓无可奈何地走上前，嘴里嘀咕着："你应该相信我，这是根本做不到的事情。"

何夕拿出口袋里的手机，电话立刻发出报警声。何夕面无表情地对商维梓说:"我不管你用什么方法,反正你必须让我能够像以前一样安静地使用这个家伙。"

商维梓再次苦笑,"我肯定办不到。除非你是015123711207本人,或者'谛听'系统的中心计算机学会了像人一样贪赃枉法。"

"我再问一句,"何夕的声音已经有些变调,"难道那个所谓的什么系统就真的不会出现误认的情况吗?我敢保证这一次它真的弄错了。你不要啰唆了,快做该做的事!"

"这样做是没有意义的。"商维梓加上一句,然后开始操作。但这一次他并没有说实话,因为试图非法入侵的举动并不是无意义的,这样做会触发反入侵系统。只需几秒钟的时间,"谛听"系统便能测知非法入侵行为的发生地,虽然从理论上讲,这种试图闯入的行为不可能得逞,但按照法律将会受到严厉的惩罚。

四下里看不出异样,但商维梓知道反入侵程序很可能已经启动,全副武装的警察此时正在向这间办公室的四周集结,说不定此时这间屋子里的每个人已经处在几十支武器的瞄准之下。商维梓尽力让自己镇定,不露出任何让人起疑的神色。现在看来,那两个人似乎都未意识到危险已经临近,他们只是眼睛一眨不眨地盯着屏幕,目光里充满了渴望。尤其是那个何夕的冒名者,他的双手一直合十,就像是在祈祷。商维梓急速地扫视了一眼左方,透过百叶窗的缝隙,他看到有几个人影一闪而过。看来事情正如他预料的那样,胜券已经稳稳地握在了他这一边。但是商维梓突然想到一件事,他张口惊呼了一声。

"什么事?"何夕被吓了一跳。

"没什么。"商维梓镇定了些,"我刚才差点触发报警系统,不过总算绕过去了。"

其实只有商维梓自己才知道他为何发出惊呼,按照法律,对于公然危害"谛听"系统安全的行为,警察有权采取任何必要的措施,包括击毙入侵者。本来像这种最极端的措施是不大可能用上的,但是现在的情形却很难说。因为这两个人没有密码,警察将无法确定他们的人类身份,而这在"谛听"时代就意味着他们将不会被当做人来看待。商维梓无法确定室外的警察是些什么人,但他知道现在有超过半数的警察是机器人。对于人类警察来说,开枪射击一个人形的个体多少会有些犹豫——即使他没有身份,但对于机器警察来说,这根本就是用不着考虑的事情,甚至在它事后的作战日志里也不会留下曾经射击过人类的记录:在它看来,这只不过是击中了一个会动的物体而已。

商维梓想到这里时禁不住冒出了冷汗,尽管以他的知识可以判定这两个人就是冒名者,但一想到他们被打成马蜂窝后血肉模糊的模样,还是感到阵阵心悸。这时,窗帘方向突然传来一阵轻微的机械的"咔嗒"声,商维梓悚然一惊,他大喝道:"谁?"

"你们已经被包围了。"屋外立刻传来喊话声,听上去是一名机器警察的声音,"请立即交出武器投降。"

何夕被这突如其来的喊话声惊得懵了,他第一个反应是拿枪指着窗户的方向。

"不要这样,快放下武器!"商维梓惊叫道。但是已经晚了,受控于"谛听"系统的严密逻辑之下的某一名机器警察手里的武器发射了。何夕手里的枪"当"的一声掉在地板上,巨大的震动让他的整条右手臂都麻木了。楚琴发出尖叫,不顾一切地向何夕扑过去,她要帮助他。

何夕很奇怪地竟然没有感到害怕,像所有受到攻击的人一样,他的反应是弯腰去捡枪,这只是一个本能的行为,但他根本没有意识到这个举动实际上是在自杀。商维梓想要阻止但是却来不及了,他眼睁睁地看到何夕的左手已经抓住了地上的枪,而就在这时,楚琴也正好扑在了何夕的身上。商维梓无奈地低叹一声闭上双眼,不忍目睹两个冒名者横尸当场。

他看得出,他们是一对恋人。

11.

警铃声大作。

商维梓睁开眼,他看到两位冒名者脸贴着脸紧紧拥抱在一起,他们似乎并不在乎周围发生了什么事。商维梓不知道此时他们心里是什么感受,就商维梓的经验而言,与一个没有"号"的人发生身体接触是一件相当可怕的事情。眼前的两个人都没有"号",但却抱得那么紧,似乎要把自己的身体融入到对方的身体里面去,他们看上去很亲密——亲密?商维梓愣了一下,是的,就是这个词。原来这就叫做亲密。

百叶窗帘已经掉在了地上,可以透过窗户看到屋外的情况。至少有二十名警察守在各个角落,其中大约有一半是机器人。但是不知为何,他们都僵在了当场,震耳欲聋的警报声是他们手中的武器发出的。

"身份不符。请将武器交还主人。"

"身份不符。武器无法使用。"

"不符……"

"不符……"

商维梓有些发呆地看着这一切,他不明白出什么事情了。这时,一阵近在耳畔的警报声惊动了他,那是他的手机发出的。

"身份不符。请将电话交还主人。"

商维梓撑住额头,大颗的汗水从他的脸上滴落下来。呆若木鸡的警察面面相觑,让人发疯的警报声此起彼伏,巨大的声浪几乎要将整幢大楼淹没。

"不符……""不符……""不符……"

不仅是这幢大楼,包括整个街区、整座城市在内的世界都已经被这种声音淹没了。武器、工具、办公室里的桌椅,还有每个人随身携带的各种小玩意儿都不约而同地发出了警报声。惊慌失措的人流开始向大街上拥去，而原本在街上的人群却又朝建筑物里挤进来，谁都不知道发生什么事了。相识的人们本能地想走到一处，但身体刚一碰触便立刻白日撞鬼般弹开，脸上也是一副撞鬼般的神情。

你是谁？满世界都响着同一句话——你是谁？

银行账户全部失效了。一大半的人都被关在了自己的家门外（其余的人则被关在了家里）。工厂瘫痪了，商业活动也全部终止。全球每一条公路上都挤满了失灵的汽车，交通全面堵塞。亿万富翁转眼间一文不名，而负债累累的人却陡然浑身轻松。无法支付费用的急诊病人死在了医院里。一些正在服刑的犯人冲出失常的监狱大门，肆无忌惮地趁火打劫，由于武器失灵，警察对此无能为力。食物锁在了装着钛合金门的仓库里，而门外的人却饿得发昏。

你是谁？所有人都声嘶力竭地问遇见的每一个人。你他妈到底是谁？是谁？！

世界成了一个巨大的问号。

唯一与众不同的一幕是一对亲密的恋人依然沉浸在拥抱里，他们浑然忘记了身外的一切。是的，他们没有"号"，他没有，她也没有。可这又有什么关系呢？他们的胸膛都很温暖，他们的头发散发出阵阵幽香，他们的脸庞很光洁，他们的嘴唇又湿润又柔软。她知道他是何夕，他知道她是楚琴，尽管这得不到承认，但是这并不重要，只要他们自己知道就行了。他的气息灌进她的鼻孔，她的容颜刺激着他的视网膜细胞，他们几乎同时明白了一件事情，那就是从这一刻起，他们才是真正的相识相知了，而从今往后，他们各自的心灵里将再也无法抹去对方的身影。

商维梓注视着眼前这反差强烈的一幕，一时间他的大脑不能思考，更不能判断，只剩下一片空白，这在他的专业生涯里是从未有过的事情。

你是谁？你是谁？谁？

......

这场史称"密钥之乱"的意外事件持续了三个小时,根据事后的调查,造成此次事件的原因是"谛听"系统升级中的错误。此次升级有一个与以前很不一样的地方,即除了例行的密码升级外,还应绝大多数公众的要求,增加了取缔个人原始名这项内容,由于相应的操作没有设计周详,终于酿成了这场大事故。据估计,全球今年的经济总量将因此降低百分之七,何夕与楚琴的遭遇只是整个灾难事件中小小的前奏。

不过,一切还是慢慢平静了下来。"谛听"中枢以最快的速度排除了故障,三个小时后秩序开始恢复。父母认出了自己的子女,丈夫找到了妻子,正在打官司的不共戴天的仇人也重新揪住了对方。人们争先恐后地察看自己账户金额。重新装备上武器的警察很快便收拾了那些逃犯。办公室里的同事们开始热烈地相互拥抱,庆幸灾难已经过去,同时用最夸张的语言表示对彼此的关心。

事件的相关责任人均被判以重刑,以此来保证今后不再发生类似事件。整个"谛听"系统重新进行了最严格的安全测试,任何细微的地方都没有放过,按照验收专家组的测评,改造后"谛听"系统的年事故发生概率为10^{-11},这意味着一千亿年才可能有一次事故,这个时间已经数倍于宇宙的年龄。

世界重新归于和谐,就像什么事都没有发生过,而且看起来再也不会出什么事情了。

尾 声

檀木街十号是一幢稍稍显得老式的房子。

从街道的一侧能够看到院子里一家人正在享受他们的幸福时

光。一个胖嘟嘟的男孩兴奋地提着浇花的水壶疯跑着,嘴里咯咯笑着,全然不顾水淋得一身都是。好脾气的祖母宽容地看着后辈,脸上带着满足的笑容。已经上了岁数的男主人惬意地蜷在躺椅上,头上戴着耳机,眼睛盯着面前的袖珍电脑,口里念念有词,皱纹密布的眼角蕴涵着笑意。一些带着货币符号的数字从屏幕上闪过,看来他是在抽空打理财产。

这时,一辆车开了过来,下来一个穿绿色制服的邮差。他四下瞅了瞅,将一沓东西放进了信箱。

男主人冲着那个疯跑的胖男孩嚷嚷:"128013644103,去把报纸拿过来。"

但是胖男孩正玩儿得起劲,没有理会祖父的安排。男主人无奈地起身,朝信箱走过去。他的手轻放在编号为015123711207的信箱上,信箱门立刻自动打开了。男主人伸手进去拿出一摞报纸。这时,一封信从报纸中滑落到了地上。

男主人有些意外地捡起这封表面已经变得发黄的信件,邮戳上的日期是好些年前了,看来这是封补投的死信。地址很模糊,但仔细辨认能看出写的是檀木街十号,这应该没错,但问题出在收信人上。

"何夕……"男主人有些拗口地念叨着信封上的这个名字,花白的头发在微风中晃动着。

"何夕是谁?"他茫然地看了一眼四周,低声自语道。

(本文获2006年中国科幻银河奖读者提名奖)

假　设

包括这个世界在内的一切其实都可以看作是一种假设。

　　　　　　　　　　　　——摘自《虚证主义导论》

1.

　　"当我们说世界存在的时候，其实只是说明我们认可它存在的假设条件。"皮埃尔教授在黑板上很利落地写下这句话，伴随着粉笔摩擦时发出的痛不欲生的吱吱声。讲台下的情形和平时一样，也就是说相当热闹，学生们都在很高兴地干着自己愿意干的事情。不能说大家没有上进心，根本原因在于上进心再多也没用。因为无论多么认真的学生，也无法在皮埃尔出的考试题面前感到轻松——有谁能够得到四十分以上，那都是可以大大得意一番的。皮埃尔教授的学科是一门选修课，从教材到讲义似乎都是他自编的。也不知道原本是物理学教授的他从什么时候起突然从脑子里冒出了那些奇怪的想法，偏偏他又是掌握全系学生生杀大权的系主任，而且听说他还和雷诺校长沾亲带故——这多半是有根据的，要不然再开明的校长恐怕也难以容忍一个系主任像皮埃尔这样胡作非为。总之呢，从上学期开始，系里便多了一门谁也不敢不听但谁也听不懂的名为虚证主义的课程。

何麦坐在教室的倒数第二排,这是他提前半小时才抢占到的。当然,他没忘记给安琪也占了个位子。如果听皮埃尔的课坐在前排的话,绝对可以称得上是一场噩梦。因为对于皮埃尔来说,仅次于胡思乱想的第二大嗜好便是孜孜不倦地提问,而他选择提问对象时总是用那根轻巧的碳60教鞭随便指着谁便是谁。在这样的情况下,能够让皮埃尔先生鞭长莫及的后排区域自然成为了学生们的首选。现在何麦就坐在这样的位置上,紧挨着亮丽可人的安琪,得意洋洋地看着前排那些如丧考妣的晚到者。处于这种隔岸观火的态势下,何麦首先在心理上是没有负担的,而也只有这种时候,他反而可以听得进皮埃尔的几句讲话。比如现在,他就听到皮埃尔正信誓旦旦地宣称整个世界其实都可以看做是虚妄的。"它也许只是一种假设。"皮埃尔说,"比如中国古代一个叫庄周的人梦见自己是一只蝴蝶,醒来后他就想也许自己真的就是一只蝴蝶,而作为一个人的自己只是这只蝴蝶所做的梦。这个问题在逻辑上是无法证伪的,如果我们认为庄周就是一只蝴蝶,也完全能够自洽地解释整个事件。正因为如此,这个问题千百年来还常常引起争论。所以,我们完全可以说世界可能只是一场梦境,或者说是一个假设。"

对于皮埃尔的这些奇谈怪论,何麦的第一个反应其实并不是想笑(实际上他主要是不敢这样做),他更多的是从中悟出了某些诀窍,他甚至判定自己得到的才是皮埃尔的真传。无论如何,皮埃尔是第一个敢于将世界建立在假设之上的物理学家(这种事以前只有哲学家才敢做),也就是说,无论如何他都可以称得上一代宗师。何麦这个人没什么别的本事,但虚心好学的品质还是有的,这次自认深得了皮大师的精髓,得意之中竟然眯上眼睛摇头晃脑起来。

问题在于,何麦忘记了自己身材十分高大,他这副陶醉模样全然落在了皮埃尔眼里。要知道,皮埃尔先生自从在此登坛说法以来,一直都自叹曲高和寡知音难觅,今日冷不丁见到识得个中三昧之人,恰如久旱逢甘霖他乡遇故知,惊喜之情霎时溢于言表。昔年我佛如来在灵山会上拈花示众但弟子皆不明其义,只有摩诃迦叶破颜微笑。于是佛祖说:"吾有正法眼藏,涅槃妙心,实相无相,微妙法门,不立文字,教外别传,嘱付摩诃迦叶。"这与眼前情景何等相似,虽是情急之中,皮埃尔倒还没有忘记自己的提问习惯,加上物理学教授对牛顿定律的精确运用,于是众人眼中但见教鞭横空飞起,空中转体七百二十度之后不偏不倚正好敲中何麦的头。

"你,就是你。"皮埃尔喜形于色地叫道,"请问我们有什么理由断定世界只是一个假设?"

何麦终于意识到皮埃尔的确是在对自己说话,他的第一反应是有些尿急,也不知是不是因为刚才教鞭刚好击中了脑部主管排泄系统的中枢。但是他已经没有退路了,皮埃尔提出的问题肯定都是此前讲到过的,也就是说会有一个标准答案存在。问题在于,何麦根本就没有认真听过课,就算让他翻书,他都不知道到哪一节去找——那本教材有几百页厚,里面都是大段大段足以让人发疯的论述。从逻辑上讲,都是庄周梦蝶蝶梦庄周之类的无法证明但也无法证伪的问题。

而皮埃尔教授的期待却很明显地写在了脸上,他眼巴巴地盯着何麦的脸看,弄得何麦越发不敢开口了。不过,何麦也知道这样沉默下去的结果肯定不比胡说八道好,但他又的确不知该怎么回答。"假设,假设……"何麦心急火燎地四下张望。

末了,他心一横开口道:"我看有很多事实可以证明我们的世界存在于假设中。比如我们一向用许多精确的数学定律来描述世界,而从这一点出发,便足以证明我们的世界只是假设。"

四周立刻安静得吓人,这是第一次有人说可以用"事实"证明世界是一个假设,而且竟然是以精确与严谨著称的数学!就连皮埃尔自己也不曾这样讲过。所有人的目光都集中到了何麦身上。皮埃尔的眼神有些发懵,安琪惊愕地仰望着何麦,口里肯定塞得进一个鸡蛋。

何麦只能豁出去了,"拿最基本的欧氏几何来说,这是数学的基础,而它是建立在五个假设公理之上的,这些公理绝对是无法证明的,尽管常规的说法是不证自明。问题在于,我们必须承认全套欧氏几何,否则我们的世界就会变得无从认识。现在我可以下结论了,既然这些用来描述世界的理论都建立在一些无法得到证明的假设之上,那么我们当然可以宣称世界也是一种假设。"

然而,一个高亢的声音粗暴地打断了何麦的即兴讲演:"你知道你在说什么吗?我看你是别出心裁胡说八道!"皮埃尔的神色看上去就像是面对一件不可思议的事情。老实说,能够让皮埃尔认为是别出心裁的人简直不可能存在,因为这相当于说某人比疯人国的国王还要疯那么一点点。

"下课。"皮埃尔轻轻摇摇头说,眉头紧锁。

2.

安琪是一个典型的美国女孩,有一头卷曲的褐色短发,一双闪烁着淡蓝色光芒的眼睛。据她称,自己身上其实有六十四分之一的中国血统,那是她一位百多年前的祖辈传给她的。不过何麦却从来没有看出这一点。安琪与何麦从相识到相好几乎全是她主动的,她对何麦说:"我第一眼就喜欢上了你那双很大的黑眼睛。"当安琪这样说的时候,何麦的心里很想说的一句话是"我也喜欢你的蓝眼睛",不过他从未说出来。也许这就是纯正的中国人与不纯正的美国人之间最大的区别吧。

"我看你就准备补考吧。"安琪笑着打趣,何麦看上去越是懊丧,她越是兴高采烈。

何麦的心情的确不好,他也不知道自己当时有何必要胡诌一通。一想到以严厉著称的皮埃尔,他就两腿打颤。不过,何麦一向是想得开的人,他从来认为,在厄运还没有变成现实之前就太难过,并不是明智的行为。离考试还有几个星期呢,现在可没什么麻烦。

事实证明何麦是过于乐观了,马上便有人带话称皮埃尔教授要见他。安琪看着何麦的眼神立刻变成了告别式。

皮埃尔教授并不像何麦想象的那样雷霆震怒,恰恰相反,他简直热情得过分,甚至连说话的声音都有点颤抖。皮埃尔百般殷勤地对何麦问长问短,并且还给了他一个长达五十秒钟、其间换了三个姿势的让人透不过气来的拥抱。何麦惊恐万状地面对这一切,他简直不知道发生什么事情了。

"就是你了。就是你了。"皮埃尔脸庞发红地念叨着,他的眼睛一直水汪汪地凝视着何麦的脸。

"我,我怎么啦?"何麦小声地问。

"你就是我要找的人。"皮埃尔激动地搓着手,"只有你真正理解我的学说。没想到你那么快就领会了虚证主义的精华所在。"

"让我想想。"何麦摸着额头,他有点明白是怎么回事了,"你是说,我答对了老师的问题?"

皮埃尔打断他:"别这么叫我,以后你不再是我的学生了,我们将是合作者的关系。关于这一点,你不会有意见吧?"

何麦轻轻吁出口气,皮埃尔教授深情款款的目光正直勾勾地盯着他,"你是说今后我再也用不着回答那些很……精妙……的问题了,是这个意思吧?"

"当然用不着了,而且你也不必参加考试。"皮埃尔语气肯定地说,"你的水平够高了。我现在就可以给你的这门选修课打满学分。"

何麦立马郑重地点点头说:"能与您合作是我的荣幸。另外我想向你介绍一位对虚证主义颇有见地的资深学者,她叫安琪。我们经常在一起研究相关的理论,我以我的专业眼光认定她在虚证主义领域拥有极高的造诣。"

皮埃尔听到这番话时的表情完全可以用来诠释什么叫做"幸

福"——都说知音难觅,想不到在一天之内他竟然能够两遇知音。"好,好。"皮埃尔连声道,眼睛眯成了一道缝。

……

"就这些?"安琪睁着大眼睛问道,她差点呛得背过气去,她觉得何麦一定是疯了,"你对皮埃尔说我是什么什么虚证主义专家?你真……真的这么说的?"

何麦点点头,低头呷了口咖啡。学校餐厅里人来人往,不过这个角落倒是很清静,"这下子我们俩不用考试就能过关,这有什么不好?"

"可我根本就不知道什么是见鬼的虚证主义!"安琪叫道,"老实说,我平时听课就像是在唐人街听中国神甫作弥撒,你居然说我是什么专家,也太没谱了吧!到时候两句话就穿帮了。"

何麦一脸坏笑,"你不要怕,老家伙没那么精。你看我三言两语就混过关了嘛。我已经总结出来了,他那套理论的主要意思就是证明世界上的每件事情都是一种假设。老实说,这听起来复杂做起来一点都不难,想想看,证明一件事情是假的应该比证明它是真的要容易吧?那天课堂上我憋急了扯点数学什么的不也蒙过去了。还有,在唐人街不是什么中国神甫作弥撒,是和尚做道场。"

安琪稍微镇定了些,"虽然我很想拿学分,但我还是很怕,总觉得心里不踏实。"

何麦压低声音说:"根据我的分析,老家伙搞的这套理论完全是站不住脚的,弄得大家都怨声载道,我看他也撑不了多久。不过俗话说好汉不吃眼前亏,反正我们只想多拿学分,犯不着同他硬碰,这就叫曲线救国。等到以后他撑不住了,我们还可以大义灭亲,从敌人内部予以打击。这也算卧薪尝胆的现代版本。卧薪尝胆,还记得吧?就是我以前给你讲过的那个中国几千年前的老故事。"

安琪听得两眼发直。"中国人真厉害。"她大声说。

何麦翻了个白眼,得意洋洋道:"那——是——"

"我是说在搞阴谋诡计这方面。"安琪吃吃地笑。

3.

虚证主义专家何麦接手的课题是证明虚证主义第二论题：论物理学的虚妄。

皮埃尔教授总共提出了七条虚证主义论题，分别对应着数学、物理学、化学和哲学等等。按照皮埃尔的说法，第一条论题已获得证明，即他已经证明了数学的虚妄性，这也是他努力半生才取得的阶段性成果。在皮埃尔教授家中的一间密室里，何麦见到了一摞厚达几十厘米的手稿，上面密密麻麻地写满了几乎没人能看懂的内容。皮埃尔自创了许多古怪的符号来表述他那些比符号还要古怪的思想，这使得阅读那些手稿的感觉就如同阅读天书。何麦在皮埃尔教授的指导下，花了一个月时间才半懂不懂地啃完了一小部分，本来老家伙的意思是让他通读全篇的，但后来看到何麦的确已被折磨得不成样子了，才只好暂时悻悻住手。尽管如此，何麦的感觉也仿佛是死过了一回般难受，那些高高矮矮胖胖瘦瘦的古怪符号在脑袋里足足莺歌燕舞了半个多月，才渐渐息声渺不可闻。

直到这时，何麦才明白了皮埃尔教授为何会将自己引为同道，原来，他那天在课堂上的一通胡诌竟然完全契合了虚证主义的要义，在那些手稿里甚至包含有何麦举的那个有关欧几里得几何学的例子。在这部名为《虚证主义导论之一：论数学的虚妄》的天书里，皮埃尔站在独步古今的理论高度上提出了一个划时代的论点，即数学（它几乎与人类同样古老）这门学科其实是彻头彻尾的假设。什么数字啦、算法啦、点啦、线啦、面啦等等，都是出于人们自己的臆想和假设。比方说，对点的定义是没有长度和宽度的存在，而线的定义则是没有宽度的存在。按照皮埃尔的观点，这纯粹是胡扯，既然是定义就应该从正面阐述,哪里能够用"没有"这种词语来做定义呢?难道我们能够说所谓"物质"就是"非虚无"吗?或者说所谓"虚无"就是"非物质"?这样说了不是等于没说吗?可问题在于,当人们阐述数学的那些基本公理时不得不这样讲,而这恰恰表明数学的确是基于某些无法加以证实的纯粹假设性的东西。

当然,这只是一些皮毛性的介绍,虚证主义对此有相当完备的阐述,其强大的说服力甚至足以让像何麦这样神经一向正常的人也对整个数学体系的真实性产生了怀疑。有个一直得不到完全证明但却得到众多事例支持的观点,即数学与物理学在本质上是相通的,比如说,广义相对论描述的引力空间其实就是非欧几何学上的黎曼空间,两者在性质表现上几乎没有任何差别。这当然就从侧面增强了何麦论证第二命题的信心和决心。实际上,皮埃尔之前的研究也是一直循着这条思路,他搜集了当今众多物理学理论的数学基础,然后挨个论证这个基础的虚妄性。应该说这个方法的思路并没有错,只要动摇了这些物理学定律赖以存在的数学理论,也就相当于动摇了定律本身。但是,皮埃尔很快发觉这样做毕竟是一种间接的方法,说服性稍嫌不足。因此,皮埃尔教授给何麦提的课题便是直接证明物理学的虚妄。老实说,皮埃尔决定将课题交给何麦的时候是有一些感伤的,他本以为该由自己亲自来完成这件事。

从道理上讲,何麦接手的课题是虚证主义的最核心部分。由于物理学的基础地位,一旦证明了物理学的虚妄性,皮埃尔教授梦想一生的虚证主义大厦也就算是建立起来了。皮埃尔自然深知这一点,所以当他做出这番安排的时候,其实已经近于托付衣钵的意思了。要说起来呢,皮埃尔教授也才不过六十出头,倒也不用急成这样,只是他实在太看重这套理论了,所以才会尽力考虑周详,皮埃尔只怕哪天万一天妒英才有什么闪失造成学脉不继,自己岂不成了千古罪人?

4.

　　皮埃尔教授的实验室最大特点之一便是无法与卧室区分,反正卧室里有的备件——诸如枕头啊裤头啊之类的东西这里全有。这倒也并不奇怪,因为皮埃尔教授一个月里有一半以上的时间是睡在工作室里的。何麦刚来时还不太习惯,但不久之后,他也从中发掘出了一些好处,比如他可以在工作时间堂而皇之地睡上一觉,理由嘛当然是昨晚思考某个命题太辛苦了,反正他现在说什么皮埃尔都信——知音嘛,还说啥呢。就像现在,正是上午十点钟的光景,皮埃尔授课未归,整间实验室就成了何麦补瞌睡的地方。但是天不从人愿,何麦正做好梦呢——所谓好梦就是指梦里只有何麦与安琪两个人——门突然开了,何麦惊起后发现来人并不是皮埃尔而是一个身形壮硕的男子,那人脸上惊诧的神情更在何麦之上。

　　后来的事情表明这不过是一场虚惊,来人是皮埃尔教授的堂侄马瑞,他有此处的钥匙,他是来给皮埃尔送支票的。何麦从旁边瞟了一眼那个惊人的数额,马上从内心更加坚定了为虚证主义事业奋斗终生的信念。之前何麦的确有些纳闷儿,凭皮埃尔教授一个人发疯怎么也不可能建立起这么一间设施完备的实验室,想不到这个疯病原来是家族性的。

　　不过出于礼貌,确切地说是出于对支票的礼貌,何麦还是热情地给马瑞送上了咖啡。马瑞矜持地啜了口放下,探询地问道:"何麦先生,你是我伯父的学生吗?"

　　何麦挺挺腰板说:"我是皮埃尔先生的合作者。"

　　"合作者……"马瑞低声重复了一遍,目光快速地从何麦脸上扫过,"你确定自己能理解我伯父的学说吗?"

　　"这个当然。"何麦脸上显出面对真理的肃穆,"自从我和皮埃尔教授合作之后,我们进展很快,就在今天,皮埃尔先生还征询过我关于两个问题的意见。"何麦倒不完全是说谎,因为早餐时皮埃尔的确询问过何麦:"昨天睡得好吗? 蛋挞是否烤老了点儿?"

马瑞肃然起敬,"我也为我伯父能够遇到您这样的同道者感到高兴,请转告我伯父,他上次要求的那批设施已经到位。"

"怎么不搬进来?"

马瑞环视了一下这间装备一流的实验室,"这里太小了,连十分之一也放不了。遵照伯父的要求,我们找了好多地方,最后是在俄城的一座废弃金矿里安放的,我们将在那里恭候他的光临。当然,还有您。"

何麦眼前立马浮现出俄城四野那壮美又不失旖旎的风光,他觉得再在这样的背景上点缀一对亲密情侣的身影,那就真的完美无缺了,"看来需要说明一下,我们是三个人,还有一位资深的专家将一同前往。"

"这样更好,我还有事要先走了。请转告我伯父说比尔——哦,就是我父亲——祝他身体健康。"

"比尔,是俄城的比尔爵士吗?"何麦脱口而出。

"就是他了。"马瑞利索地出门。

"这就好办了。"何麦喃喃而语。

"什么好办了?"马瑞不解地问。

"没什么,我随口说的,你走好。"何麦一时半会儿还没法从震惊中清醒过来,他现在觉得自己完全理解皮埃尔了,有这么个世界知名的富豪哥哥作后盾,想玩什么不行呢? 不要说证明什么虚证主义了,就算想证明太阳围着地球转,还不是一个三段论搞定。

5.

让何麦大感恼火的是,皮埃尔居然当头给何麦泼了一盆冷水。

"没有的事没有的事。"皮埃尔斩钉截铁地否认道,"什么俄城什么金矿,我一点儿都不知道。"说话的时候,小老头嘴唇上的花白胡子乱颤,小眼睛瞪得溜圆,满脸清白无辜。

"这可是你的侄子,喏,就是马瑞亲口告诉我的——还能有假?"何麦大声反驳。

安琪就站在旁边,不明就里地看着他们争执。马瑞刚走,何麦就急不可耐地在第一时间把旅游计划通知了安琪,从电话里传来的惊叫在何麦听来就仿佛夏天里吃了冰淇淋般舒服。可现在老家伙竟敢矢口否认。

"什么马瑞?我哪来的什么侄子?"皮埃尔皱眉思索,"让我想想,你说当时那人是自己开门进来的?这就对了,他肯定是一个窃贼,因为进来后看到有人,所以才编了一个故事骗骗你,你居然就相信了。"

老实说老家伙也算是有些辩才,安琪的表情说明她已经完全接受了皮埃尔的这番分析,但是何麦冷笑着慢慢举起一张纸,"教授先生,那这个呢?你见过上门给人送支票的贼吗?"

皮埃尔拍拍脑门子,小眼睛清澈见底,"你看我都忙糊涂了,是的是的,我是有个远房侄子叫马瑞来着,不过好多年没见面了,一时没想起来。看来他是看到我很久没回俄城老家了,送这张支票给我买火车票。"老家伙漫不经心般伸手想接过支票,何麦一个转身让他落了空。

"这钱可以买家铁路公司了。请问你想买几张到俄城的车票呢?"

"一张,探亲嘛,一张就行了。"皮埃尔小心翼翼地赔着笑脸,"几天后我就回来。"

"皮埃尔先生!"何麦的声音陡然高了八度,皮埃尔禁不住打了个哆嗦,连旁边的安琪也吓了一跳。这正是何麦想要的效果,他脸上现出痛心疾首的表情,"我真的感到难过,我们三个人正在构建的是古往今来最伟大的虚证主义大厦(皮埃尔喃喃重复:大厦),我们置身于人类六千年文明的巅峰(皮埃尔又重复:巅峰),我们即将实现全人类的梦想(皮埃尔再重复:梦想)。这一切是怎么得来的?除了三颗充满智慧的头脑之外,我们三人之间堪称人间典范的合作精神不也起着举足轻重的作用吗?"何麦抬头凝视着半空中的某粒灰尘,"看吧,伟大的虚证主义精神就在那里注视着我们,她美妙的秘密即将由我们来揭示。而现在,你居然当面欺骗你的同路人,你这是在自毁长城!如果伟大的虚证主义事业因此而功亏一篑,你,皮埃尔先生,就是历史的罪人。"

皮埃尔颓然坐倒在椅子上,口中念念有词。

"你不当律师真是便宜法律系那帮家伙了。"出门后,安琪真诚地对何麦说。安琪并不知道,仅仅十多个小时之后,何麦就因为他说的这段话连肠子都悔青了。

6.

一路上皮埃尔都显得心事重重,对车窗外闪过的大平原风光完全没有兴致。何麦就不同了,他觉得心情从没这么舒畅过,腰缠十万贯,携美下俄州,还有比这更滋润的事情吗?唯一美中不足的是皮埃尔那张看着让人烦的苦瓜脸,早知道就多买张票撵他到别的包厢去了。趁着皮埃尔出去上洗手间的间隙,何麦从包里拿出几页纸,这是他昨天晚上准备行装时拟好的一份协议。安琪关于律师的那番话倒是提醒了何麦,让他感到有必要将与皮埃尔的合作关系以法律的形式确定下来。

安琪看了眼协议,"搞这么复杂干吗?我们不就是想拿点学分吗?"

何麦贼兮兮地笑了笑,"这个我可没忘,不过我看这项研究没个百八十年怕是完不了,反正现在就业形式也不乐观,咱俩权当是签份劳务合同了。你看看,老家伙满世界都有实验室,还有一个只愁钱多没处花的呆瓜哥哥,这样的好东家哪里找去?再说,老家伙是呆了点,而世界上智商达到我俩这样水平的聪明人虽然不多，但总还有几个吧，说不定哪天就会从某个石头缝里又蹦出个虚证主义专家把老家伙拐跑了。所以还是签一份协议妥当点儿。"何麦摇头晃脑地指点着协议，"来，签个字就完事，喏，就签在我名字旁边。"何麦半强迫地逮住安琪的手签了字，末了，还顺便轻轻抠了抠安琪细嫩的手心。安琪娇嗔地推搡着何麦的肩。

这时，皮埃尔从门外进来，慢吞吞地走到位子前坐下，深深地叹出一口气，何麦讨嫌地白了他一眼。在皮埃尔叹了二十声气的时候，何麦终于忍不住嚷嚷起来："你能不能把你的声带频率调成超声波啊，有我和安琪跟你共同担当能有什么大不了的事情？再说我们又不会妨碍你探亲，如果你要和你的爵士哥哥叙旧，我和安琪可以自己安排到外面……交流几天学术嘛。"看看火候差不多了，何麦拿出先前的那几页纸，"为了表明我们三人真诚的态度，签一份合作协议是必不可少的。今后，我们对于研究的方向、工作的进度以及项目资金运用等等都应该一起商量共同承担。我和安琪已经签字了，你不会有什么不同意见吧？"何麦斟酌着用词，注视着皮埃尔的反应。

皮埃尔浏览着协议书，脸上浮现出越来越感动的神色。"当然没有，你们全是为我考虑，你们真是太好了。"皮埃尔郑重地在下方签了名，他踱到门边拉上门回到桌前，仿佛下定了某种决心般压低了声音说："有件事情看来必须得告诉你们，就是这次到俄城可能不会很顺利。这里头，咳，叫我怎么说呢？总而言之，这次到俄城我是迫不得已的，我没想到比尔居然真的想办法备齐了那些东西，我本来只是哄哄他的。"

"你到底想说什么？"何麦不耐烦地插话。

"喏，你们知道的，我这个哥哥很有钱。"皮埃尔的神色变得扭捏起来，"为了虚证主义的研究，我曾向他求援，但他根本不理解这个理论的意义，所以拒绝了我。没有办法，为了得到资金，我被迫对他说了谎。我对他说，虚证主义并不是一项纯理论的研究，很快就能产生在现实生活中对他来说很有用的成果……"

"什么……成果?"何麦觉得自己的舌头有些大,他有一种不祥的预感。

皮埃尔就像个做坏事被大人当场逮住的小孩子般涨红脸低下头去,"你知道,有时候人说话是会有一点夸张,我只是对他说,按照虚证主义原理设计的机器允许他的寿命变得同质子一样。"

何麦一屁股滑到了地上,安琪的惊讶也比何麦小不到哪儿去。何麦从地上挣扎起来大吼道:"天哪,质子的寿命是多少你不会不知道吧?"

"按最保守的计算,是10^{31}年,不过实验中按这个时限没有发现质子衰变,也就是说,实际年限很可能远大于这个值。"皮埃尔老老实实地回答。

"从宇宙大爆炸到今天也不过10^{10}年,你居然对比尔爵士放了这么大一颗卫星?"

"什么大卫星?"皮埃尔和安琪同时不解地问。

何麦一愣,方才想起这个比喻并非全球通用,"我是说撒了这么大一个谎。"

"我完全接受你的批评。其实我这次到俄城就是准备告诉比尔真相的,我不能再骗他了,以后得靠我们自己。"皮埃尔拿出一个小本子,"你们看吧,这几年来他总共资助了这么多钱,每一笔我都记着的。我了解比尔,他也记着账的,事情到今天这种地步,他肯定会要我还钱的,你们知道的,他这人几乎在世界的任何角落都有影响,势力很大。幸好还有你们两个合作者与我共同分担这一切,在这样艰难的时刻陪伴着我,还和我签协议,我真的太感动了。"皮埃尔说着话,竟然低低地抽泣起来。

何麦的脸变得苍白,几分钟前那种踌躇满志的美好感觉正在急速地离他而去。一时间,他都不知道自己和皮埃尔谁才是真正的呆子。

7.

俄城的秋天一片金黄。西达多金矿位于俄城北部三十公里,这段景色荒凉的路程也许是何麦这辈子感觉最长的一段路了。本来他打算一到车站就和安琪脚底抹油开溜的,没想到前来迎接的奔驰车就停在车厢门口,何麦的脚愣是没机会踩到月台的地面——完全是无缝对接方式。车站的那个秃头站长亲自前来迎接,口里还一个劲儿地说:"欢迎董事长的客人。"一路上司机都没怎么说话,只专注地开车。经过一块醒目的标志牌时,他突然开口道:"从这里开始,方圆十五公里都是西达多金矿的区域。"

"比尔从来没提他经营着俄城的金矿。"皮埃尔小声嘟囔着。

"以前是没有,这儿的矿藏曾经被开采过一百多年,早已经枯竭了,没有人明白董事长为什么花钱来买这片荒地。这里土地也很贫瘠,如果转手,恐怕半价也卖不出去。"

"董事长买这片地……花了多少钱?"何麦牙齿打战地问。

司机报了个数,何麦的眼前立时一阵发黑。

"是买贵了。几个月前,也不知道是什么原因,董事长委派马瑞先生火速办理这件事,你想想,买家要得很急,价格自然贵了。"

"怎么能这样办事情嘛!"何麦嚷嚷起来,"也太不会办事了!"

"又不是花你的钱,你急什么呀?"司机不明就里地问。

"现在当然还不是,可是……"何麦绝望地扫视着车窗外鸟不生蛋的荒野,不知道古往今来除了自己,还有谁能命薄如此。当年闯荡西部的人中,也有些人不慎购入了贫瘠的荒地,但其中却有一些人由于在后来发现了地底石油之类的矿藏而因祸得福,可何麦知道,眼前这片土地至少在地底一千米之内是不会有任何指望了。

8.

比尔爵士衣着休闲,比平时在媒体封面上的形象显得疲倦,也许是由于工作的繁重吧,他看上去很苍老。这位传奇人物陡然现身于自己面前,何麦和安琪都有几分不知所措。一旁的马瑞很热心地介绍道:"这两位是伯父的合作者,何麦先生和安琪女士。"

比尔刀一样的目光从何麦脸上扫视而过,让何麦有种心惊肉跳的感觉。他突然笑起来,白胖的脸上显出深长的皱纹,"真让人吃惊,你们都还这么年轻,居然能够从事这么高深的研究工作,说实话,我花大钱聘的那些科学顾问没一个能真正搞懂我弟弟的学说。他们总是对我说我弟弟是在骗我,可是我不相信他们。

"我来介绍一下。"比尔爵士客气地侧身指着身后的一个人说,"这位是麦哲云博士,是我聘请的首席科学顾问。我有些累了,下面的事情请麦哲云先生同你们谈。"比尔说完话,便朝着他的豪华房车的方向走去。

麦哲云抬手做了个邀请的手势,"我们下去看看吧。"几名神色严肃、身着黑色西服的壮汉立刻引领着一行人朝不远之外一幢老旧的灰色建筑走去,那应该是金矿的入口。刚到电梯口,一阵从地底冒出的彻骨寒意使得每个人都禁不住打了个哆嗦。"在入口处是这样,不过越往下可是会越热的。"麦哲云解释道,"以前的矿工每次都要花两个多小时才能到达工作层面,来回就是五个小时,真正的工作时间只有不足两个小时。工作层的温度高达四十多度,一次能坚持半小时就很不错了。"

电梯平稳地下降,粗糙的岩壁在探灯的照射下泛出亮光,好像是水的反光。何麦朝顶处望去,入口的白光变得微弱,脚底则是黑暗无边的深渊。

"我们要下多深？"安琪忍不住问道。

"控制室建在地底七百米处。"麦哲云说，"设施的主体就安放在那里。好了，已经到了。你们应该知道的啊，都是按皮埃尔先生的要求做的。"

电梯缓缓停下，下电梯经过一条短暂的甬道后，空间陡然变得开阔，这里的照明显然是自适应的，当人进入后，光线立刻明亮起来。

"欢迎来到'迷路'系统主控室。"麦哲云虽然是表示欢迎，但语气里依然没有什么热度。也许是心里发虚，何麦甚至觉得麦哲云语气里有一丝调侃的意味。

何麦环视着四周，大厅宽敞得有点过分，四周密密麻麻的装置让他有些眼花，心里不禁又盘算起比尔在地底建立这么庞大的工程要花多少银子。安琪一直怯生生地牵着何麦，她的手心里满是汗水。皮埃尔悄无声息地四处转悠，一副愁眉不展的样子，何麦知道他一定也在心里叫苦。

"我听说你们是皮埃尔先生的合作者？"麦哲云探询地问道。

"这个……怎么说呢？"何麦飞快地转动着脑子，"要准确点讲呢，我们俩都只算皮埃尔教授的学生，只不过对他的研究有些好奇。教授之所以称我们为合作者，只是想提携后进罢了，不过我和安琪看来真的不适宜从事这项研究，他的理论绝大多数地方我们都不大明白。哎，这可不是谦虚啊，事实就是这样的。对吧，安琪？"

"是啊是啊。"安琪忙不迭地点头。

麦哲云走到皮埃尔面前。"其实我一直期待与您的见面。"他说话的语调不疾不徐，"比尔爵士提供了少量的资料给我，您的理论对我而言是全新的，老实说我看不太明白。不过，比尔爵士聘请我的目的主要就是建立这套系统，这倒是我的专业。补充一下，我以前一直在CERN——也就是欧洲原子核研究中心工作，负责在法国和瑞士边界处的LEP对撞机的运行。如果我猜得没错，您给爵士提议的这些设施很明显就是想建造一台粒子对撞机。但恕我直言，LEP系统只建在地底一百米左右,而像现在这样将整个系统建在地底一千多米有必要吗?"

"这个嘛,当然是有必要的。"皮埃尔这时立刻显出了他高人一等的胡诌功夫,"只有中微子才能到达地底这样的深度,但众所周知,中微子只参与弱相互作用,不会对我们产生影响,这样我们才能避开那些宇宙高能粒子射线对实验的影响。你应该知道比尔对这一切是何等重视。"

当皮埃尔提到比尔的时候,何麦注意到麦哲云脸上滑过一丝郑重的表情,看来爵士开出的价码肯定不低。"不过我还有个问题,您准备怎样运转这个系统呢?我已经在这里工作半年多了,那些施工人员一直在惊叹工程量很大,但是,"麦哲云停顿了一下,"我和您都是干这行的,知道什么叫对撞机,像这样的长度以及这样的工程量,在这个领域连小儿科也算不上。LEP对撞机周长二十七公里,而欧核中心下一个拟建的超级对撞机周长将超过一百公里,耗资将会是天文数字。"

"你想说眼前的工程太小了,是吗?"皮埃尔突然打断了麦哲云的话。

"也不算小了。"麦哲云意味深长地笑了笑,"爵士是有钱,但也不该白白把几亿欧元扔进一项莫名其妙的工程里……"

何麦总算第一次明确地听到了这个巨大的数额,一时间他简直要晕厥过去了。

"而且,很明显,这个数字还将扩大,直到连爵士也不愿意承受的地步。到时你们便可以推说是资金不足导致实验夭折,对吧?老实说与其这样,爵士还不如把资金用于对超级对撞机的赞助,到时我们也许可以搭载这个系统。"麦哲云的语气变得很冷,眼睛里闪出洞悉的光芒,刺得何麦恨不得当场找个地缝钻进去。

"这是什么意思?"让何麦没料到的是,皮埃尔听了这番话竟然跺着脚跳起来,他的脸涨得通红,像是受到了极大的侮辱,"比尔是我的哥哥,你凭什么这样怀疑我?本来我懒得搭理你的,不过现在我倒是有兴趣奉陪到底。去你的狗屁中心！我告诉你,用你们的方法永远不可能达到'迷路'系统所需的能级。看来你接受我哥哥的聘请是另有目的,就是希望将他的资金拉到你们的超级对撞机系统里去,我说得没错吧?"

麦哲云明显愣了一下,目光有些闪烁,看来皮埃尔的一通胡诌也许不是没有一点道理,"你怀疑我可以,但总不该怀疑欧核中心吧,难道我们所有人加在一起都比不上你一个人的想法?顺便多说一点,你起的这个名字实在不高明,要知道这是在地底深井中,在这里的人们最忌讳的就是'迷路'这样的字眼,那些施工人员强烈建议改个名字。"

"那好吧,我只问一个问题,如果你回答得了,我马上退出。"皮埃尔突然莫测高深地冒了一句。

"请讲,虽然我们在地底七百米,但这里的通信条件很好,即使您的问题我个人无法回答,但我相信没有什么大不了的问题能够问倒欧核中心的全体专家,你不会禁止我打电话吧?"

何麦刚想开口提醒,但皮埃尔一口便答应下来:"悉听尊便,我想知道,你们怎么处理同步加速器辐射?"

9.

"你今天的那个问题真厉害,一下子就让麦哲云哑口无言。"何麦一进房间便忍不住表扬皮埃尔,"他甚至连打电话求助的勇气都没有了。"

皮埃尔扫视着房车的内部,欲言又止,末了,他做个手势示意何麦和安琪到外面说话,看来老家伙真是越来越狡猾了。

"对于他们来说,我提的是一个不可能解决的问题。"皮埃尔一脸得意,"因为他们建造的都是环形加速器,而同步加速器辐射对环形加速器来说就是一场永远无法摆脱的噩梦。随着能量提高,大多数能量都将变成辐射而消耗掉。"

"我当然知道同步加速器辐射会造成能量衰减,但这种辐射与加速器的半径成反比,现在的加速器的半径越来越大,不是说下一个机器的直径超过一百公里了吗?"

"你们做过计算吗?"皮埃尔有几分得意地说,"直径一百公里听起来确实很大,但这只是个错觉。以前甚至有人提出在地球赤道建造周长为四万公里的环球加速器来模仿宇宙大爆炸的初始条件,你们一定觉得这个想法很伟大是吧,觉得只要建成这样的加速器一定能够模仿大爆炸吧?其实只要作一番简单的计算,就会发现这个想法非常可笑。环形加速器由于需要靠磁场偏转粒子的路径,所以加速的只能是带电粒子,一般是电子或质子。质子的质量约为 10^{-24} 方克,根据爱因斯坦的质能公式 $E=mc^2$,一个质子其实就相当于10亿电子伏特当量的能量。'迷路'系统要求的能量是这个值的 10^{19} 倍。麦克斯韦电磁学理论证明任何加速的带电粒子都放射能量,而且辐射的强度与粒子能量成正比。为了平衡这种损失,就只能增大加速器的半径,但通过计算发现,要达到足够的能级,加速器的直径将超过已知宇宙的直径,这其实就是不折不扣的神话。"

"怪不得麦哲云当时就不做声了。"安琪说,"这下我们算是和他扯平,谁也赢不了,对吧?"

让人没想到的是皮埃尔竟然摇头道:"也许我们做得到。"

"教授你在说什么?"何麦几乎是在大叫。

"我有一个问题。"皮埃尔突然问道,神色与平日里大相径庭。

"什么……问题?"何麦不自然地和安琪对望了一眼。

"你们理解虚证系统最核心的精髓吗?"皮埃尔热切地看着何麦,"也许任何人读到虚证主义的时候,都会认为它只是纯粹的理论,老实说我本来也这样认为,但到这里之后,发生的事情让我有了新的想法。"皮埃尔的神色变得有些兴奋,"你们看看这周围的一切,金钱的确有它自己的魔力,我原以为自己交给比尔的设计图永远只能是一张虚幻的图纸,但没想到它竟然在很大程度上变成了现实。比尔天生是金钱的主人,知道怎么发挥它的力量。即使给我五倍的资金,我也造不出眼前的一切。"

"你想要做什么?"

"做比尔想要的,做我想要的,做我们想要的。"皮埃尔脱口而出,居然像朗诵般流畅。

"你不会真的想让……你那个胖乎乎的哥哥长生不老吧?"

10.

"你们玩过纸上迷宫游戏吗?"

"小时候玩过,我喜欢拿着铅笔从入口一直标到出口。我那时常常和我爸爸比赛——为什么问这个?"

"知道我怎么玩儿吗?也许是当时能得到的迷宫图相对于我的智力来说简单了些,所以我不满足于走出迷宫,而是喜欢找出所有可能的路径来。现在凭借计算机穷举法,在一秒钟内就能做到这一点,可在当时,这常常耗费我大半天的时间。不过现在我想说的不是这个,我是想问一句,当初你发现走错路的时候会怎么做?"

"原路返回,找到最后一个分岔口选择另一个方向。"

"看来我们说到点子上了。虚证主义已经给了我们强烈的暗示,真相就在面前。其实宇宙就是一个大迷宫,只不过没有什么所谓的出口罢了。'迷路'系统就是带领我们找到所有可能路径的机器。"

"就像一台宇宙回溯机,我可以这样理解吗?"何麦怯生生地问道,他觉得用"宇宙"这个词来形容一台机器委实有些轻率。

"就是这样。在'迷路'系统里,我们将尽力回溯到现有物质世界的初态,也就是质子、电子、中微子、介子等所有乱七八糟的东西还没有分离时的那种东西。"

"你说的是大统一理论状态吗?"安琪小心翼翼地插话。

"也许应该说是上一次分岔口更合适。按虚证主义的分析,每经过一个分岔口,定律就将发生改变。好比一个大气压时,水在零摄氏度以下适用于固体定律,在零到一百摄氏度之间适用于流体定律,而一百摄氏度以上则只适用于气体定律。传统物理学的眼睛只能看到最近一次分岔口为止,对于我们而言,这个分岔口就是所谓的时空奇点。正如我们知道的,在奇点处现有的所有定律宣告失效。宇宙大爆炸是奇点,黑洞也是奇点。当然了,还是那句话,这一切都是假设。如果我们回溯到了上一个分岔口,那物质将可能选择另一条完全不同的道路前进。届时对它而言,原先方向的时空将变得无足轻重,对它毫无影响。它的一秒钟便可以相当于原先的亿万年。"

"那会是一种什么物质?"

"谁知道,总之会和我们有很大区别,我们和它甚至共处一室也无法相互感知。有些类似于现在宇宙的暗物质,现在它们也只在猜测中存在。"

"那这么说,你并没有骗比尔先生?"

皮埃尔不好意思地笑了,"这个怎么说呢?当时只是想得到他的资金支持。"

"但是,'迷路'系统真的能帮助比尔先生长生不老吗?"

"如果比尔只是一个粒子,我倒有可能兑现诺言,但他是一个活生生的人。"皮埃尔又露出他的招牌苦瓜脸来,"到现在我也想不出该怎么办才好。要不明天我就对他说实话。"

"哎,别!"何麦大惊失色,"还没到时候嘛。咱们试试总没错的,为了虚证主义。"

何麦一句话又说中了皮埃尔的软肋,老家伙钢牙紧咬,一拳头凿在桌子上,"行,就这么定了。"

11.

原野的尽头正上演着落日的辉煌图景,漫天的云彩被镶上了一层金色的边,最靠近那颗光球的地方更是霞光闪动夺目万分。矗立在这夏季黄昏原野之上的一座半球形金属建筑显得分外醒目,与周围荒凉的景致形成了鲜明的对比。

"这全都是按皮埃尔先生的设计图建造的,在地底一千三百米处也有一个完全相同的半球形建筑,呈镜像对称。"麦哲云语气里不带丝毫感情,如同一位严谨的管家正向主人报告近来的收支。

比尔满意地靠在椅子上,嘴里叼着一支大号的雪茄。他今天刚赶过来,看得出他对未来充满想象。

皮埃尔仔细地察看着,眉头紧蹙。他不时打开手里的激光测距仪测量着各点间的距离。这么忙活了差不多大半个小时后,他笑嘻嘻地回到众人面前说:"的确不错,和我的设计完全吻合。"

"我得承认有不少地方看不太明白,不知道它们有什么用。不过我还是想问一下,什么时候可以开始下一步的工作呢?"麦哲云依然是不紧不慢的语气。

"看来只要最后一件事情到位就可以了。"皮埃尔慢吞吞地说。

"什么事?"比尔和麦哲云几乎同时问道。

"'迷路'系统的加速源啊。"皮埃尔很认真地说,"我在设计里提到过的,我需要一种纵波光。"

"我看到过你的设计说明,可我以为你是在开玩笑。"麦哲云脱口而出,"谁都知道光是一种横波。世界上哪里有纵波的光?"

"我也奇怪为什么没有人来问我这个问题,我还以为你们没注意这一点呢。"皮埃尔眼睛里少有地显出洞悉的意味,"现在看来是有人故意等着我收不了场吧。"

"等一下。"是比尔爵士的声音,"我不太明白你们说的话,能稍微解释一下吗?"

"是这样,"麦哲云第一个回答,"波有两种,一种是横波。比如池塘里的涟漪是一上一下地向外传播,即它的振动方向与波的前进方向垂直。另一种则是纵波,比如声音,声波是通过压缩空气一密一疏地向外传播,也就是说它的振动方向与波的前进方向一致。"

"那你就给他一束纵向振动的光嘛。"比尔吐了个不成形的烟圈。

"可是世界上没有这种光。"麦哲云斩钉截铁地回答,"我觉得皮埃尔先生提这样的要求分明是在推脱责任,他早就知道'迷路'系统是行不通的。"

"是吗?"比尔转头看着皮埃尔,目光里带着疑惑。

皮埃尔镇定的神色令何麦也暗暗吃惊,依照何麦的物理知识,他当然知道麦哲云是对的,但皮埃尔愣是面不改色心不跳地开口道:"看来我要多说几句了。你们都知道我提出了虚证主义,这项研究本来就主张世界是建立在假设上的。我们难道不可以假设世界上存在着纵波的光吗?"

"你……你知道自己在说什么吗?"麦哲云几乎语无伦次了,也许直到现在,他才真正体会到同一个虚证主义专家打交道是件多么疯狂的事情。在场的人只有何麦保持着平静,这也算拜皮埃尔这个"名师"所赐。麦哲云仿佛面对一件不可思议的事情,"这种事情也能假设吗?"

皮埃尔粲然一笑,竟然酷味十足,"物理学不是一直建立在假设之上吗?好比著名的狭义相对论的基础便是两条假设:相对性原理与光速不变原理。而广义相对论又增加了一条基础假设:惯性质量等于引力质量,即引力效应与加速运动是等效的。"

"这怎么能对比?那些是有依据的!"麦哲云大叫。

"什么依据?连爱因斯坦本人都说这是假设。狭义相对论并非一夜间横空出世,它的前身是洛伦兹变换式。而洛伦兹变换式也有自己的假设,不过不是两条而是十一条。爱因斯坦去除了不必要的九条,而最后两条是无论如何也去不掉了,所以保留下来作为狭义相对论的基础。这有点像欧氏几何里的五条假设公理,无法证明但却必须承认,否则整个体系将无法成立。还有量子力学的最核心假设便是物质与能量并非连续存在而是以普朗克能量断续存在的,这也是没有得到直接证明的。那么我现在假设存在纵波光又有何不可?"

"你……疯了。"麦哲云几乎要瘫倒下去,何麦看得出,他简直是拼尽全身力气才勉强保持站立。何麦对此倒是很镇定,反正他早知道皮埃尔是所有正常人的杀手。

"你不是说有些地方看不明白吗?"皮埃尔接着说道,"现在可以告诉你了,你以常规的眼光是无法看清楚它们的用途的,因为它们就是用来产生纵波光的。"

一声沉闷的"咚"骤然响起,何麦不用看也知道,这是尊敬的麦哲云先生晕倒在地所激起的一阵纵波。

12.

事实证明这个世界的确充满假设。

谁也不知道造物主到底向我们隐藏了多少秘密,同时谁也不知道这些秘密会在什么时候以什么方式向人们显露真容。反正当那些让人不明就里的设备"噼噼啪啪"地开动起来之后,这个世界上真的多出了一束前所未有的光线。从外观看,它同普通的光线没有什么区别,但所有的仪器都确定无疑地指出它的每一个光子都是前后震动着前进,粗略地比喻就像是从枪膛里射出了一串不断震动的弹簧。

不过,按皮埃尔的解释这一切就简单多了,当时何麦和安琪多问了几句,老家伙两眼一瞪说:"这有什么奇怪的? 当年人们假设有负电子存在不就找着了吗？假设有夸克存在不也找着了吗？假设宇称不守恒不也证实了吗？现在假设的磁单极子引力子说不定哪天就找到了。我假设一个纵波光有什么大不了的？真是少见多怪。咱们是虚证主义专家啊，要注意身份啊，别整得跟欧核中心研究员一个档次了。"

虽然皮埃尔轻描淡写，但何麦知道，无论用什么语言来形容纵波光的发现都不为过。传统直线加速器加速电子一般是建立一条微波导管，在其中建立频率约为一千兆赫的高频交流电场。电场相位的设计要求必须极度精确，使带电粒子一直缠住波峰不放，从而得到持续的加速。谁都知道光是世界上运动最快的物质，那么很明显，用光波来加速粒子是最高效的方法。但很可惜，光偏偏是一种横波，无法有效地用于加速粒子。而现在有了纵波光，一切便都迎刃而解了。无论粒子大小，无论是否带电，纵向振荡的光子都将最大效率地加速粒子。光子失去的能量将几乎完整地传递到粒子上。

此刻，皮埃尔眯缝着双眼打量着手里刚从仪器上取下来的一根绿色短棍。何麦满脸敬畏地注视着那小小的物件，准确地说是敬畏地面对又一样"假设"。按照皮埃尔的设计，"迷路"系统启动时应尽力避开一切干扰，否则谁也无法预料会发生什么事情。这并不是杞人忧天，因为在"迷路"系统里，质子将被加速到难以想象的地步，它们甚至会与绝对温度只有3K的宇宙背景辐射发生剧烈的相互作用。道理很简单，涉及的是基本的物理过程——多普勒效应。就像人们熟知的那样，急速驶来的火车汽笛声调会变高。相同的道理，当速度几乎等同于光速的超高能质子向着宇宙背景的低能量长波光子冲去时，质子所见到的光子波长会急剧变短，直至转变成γ射线，这种效应称为光子的相对论蓝移。而这与γ射线粒子与质子对撞的过程没有任何区别。皮埃尔给这种原本只存在于假设中的绿色物体取名"绿基"，它有一个奇妙的特性，可以屏蔽包括宇宙背景辐射在内的几乎一切干扰。也就是说，除了中微子和引力子，在绿基管的内部是一处几乎完全的真空。由于中微子只参与弱相互作用,而在微观世界里引力的作用弱小到可以忽略不计,这才能保证"迷路"系统的环境需求。

  何麦的目光停留在一旁屏幕里不断重复播放的云室图景上——天哪,那么密集的粒子簇射,那么强大的二级衍射,就像是一朵朵开在虚空里的灿烂烟花,这样的场景足以阻滞任何一位物理学家的呼吸。不用计算,何麦也能看出这次实验产生的粒子能级已经远远超过了此前人类制造的任何粒子,而这一切只出自一截十厘米长的绿基管,这就是纵波光创造的奇迹。而在"迷路"系统里,加速路径是这个长度的七千倍,长达七百米,加速后的两队质子将以与光速难以区别的速度对撞,然后,也许就像皮埃尔猜想的那样,人类终于在这宇宙大迷宫中回到一百三十亿年前的那个分岔口——谁知道那会是一幅怎样的图景?

  在这个时代,物理学早已是明日黄花,何麦从来都不相信自己平日里学到的那些知识会对今后的生活产生什么作用,和绝大多数人一样,他的目标只是几年后的那张证书罢了。而现在面对这样的场景时,他第一次对这个领域产生了迷茫。

  "如果我们把这些入簇射的照片拿给麦哲云看,他会是什么表情?"何麦突然冒出一句。自从那天晕倒之后,麦哲云整个人都沉默了许多,他不再发表什么意见,只是每天仍会出现在隧洞里四处察看。看得出他和那些工人相处得倒是不错,其他人都很听从他的安排——毕竟之前他们在一起工作了那么久。

  让何麦没想到的是,这个问题竟然让皮埃尔沉默了半晌,"他会很害怕。"

  "为什么?"

  "因为我感到害怕了。"皮埃尔脸上显出少有的严肃,"比尔的资金,麦哲云的才能,加上我们,再加上不知从何而来的奇怪运气……这次我们居然凑齐了这么多个不可能同时出现的因素。"

  "这不正是我们想要的吗?"何麦不解地问,让他不解的还有另外一件事,那就是眼前的皮埃尔教授变得与平时大相径庭,仿佛换了一个人。他甚至疑心以前那个熟悉的老天真一般的皮埃尔只是一个精巧的幻象。

"不要这样看我。"皮埃尔仿佛猜透了何麦的心思,"我知道在你们心中,我一直显得有些可笑,我与周围的一切格格不入。我其实知道你和安琪并不真正理解我的学说,我只被骗了一段很短的时间而已。不过怎么说呢,也许是人内心里都有一种渴望被人理解的愿望吧,所以我一直没有揭穿这一点。甚至,"皮埃尔淡淡地笑了笑,"我很乐于听到你们对虚证主义的那些推崇话语,老实说,我很愿意拿学分来交换你们对虚证主义的赞美,特别是你从你祖国的语言里借鉴来的那些溢美之词,"皮埃尔仰头深呼吸了一下,"听起来真让人陶醉啊。"

何麦瞟了眼一旁的安琪,两人都不禁有些脸红了。"不过现在我们真的相信你是对的。"何麦辩解道,"虚证主义是不折不扣的真理。"

"但我也许永远都无法证明它了。"皮埃尔低叹一声。

"现在不是进展顺利吗?"何麦诧异地问。

"记得刚才我说过这样的簇射照片让我害怕了吗?在照片上有一千亿个以上的次生粒子,没有 10^{20} 电子伏特以上的能量是无法产生这样的簇射的。这说明,刚才在'绿基'中产生了一种能级非常之高的粒子。在此之前,人类所知的全宇宙最高能级粒子是在1993年观测到的一颗能量为 3×10^{20} 电子伏特的宇宙射线粒子,当时,那颗粒子在观测照片上形成的整体轮廓甚至比当晚的月亮还明亮。而如果能量再高两到三个数量级的话,我们将可能创造出人类所知的宇宙间最高能量的粒子……"皮埃尔突然停住了。

"为什么不说了?"安琪问道。

"而这样的粒子也许就是我所说的上一个分岔口。因为我们现有所有的物理定律都是在它之后才开始有效的。"

"对不起,我好像有些糊涂了。"何麦有些不好意思地插话道。

"在今天，宇宙大爆炸理论已经算得上是常识了。我们常常说宇宙起源于一百三十亿年前的一次壮丽爆发，是这次爆发产生了宇宙万物，其实也就是产生了时空以及物质。但是，有一个有趣的问题常常会被提出来，那就是在大爆炸之前的宇宙是什么样的。老实说即使到了今天，我们也只能回答说那是一种非物质状态，因为是非物质，所以这个问题是没有意义的。我曾经不止一次被问及这个问题，而我的回答也总是说这个问题没有意义。老实说，这样的问题是很容易打击一个物理学家的自信心的，但这的确是唯一的答案，我们的确永远无法知道在'零'秒之前发生的事情。但这是否意味着'零'秒之后的事情我们全部都能知道呢？答案仍然是否定的。因为根据研究发现，所有的物理学理论都只能在大爆炸发生 10^{-43} 秒之后才起作用。这个时间似乎是物质开始出现的时间，而这些专门表述物质性质的定律自然也只能在这个时间之后才发生作用。"

"那这和虚证主义有什么关系呢？"

"如果按照虚证主义的理解，这个时间点其实就是一个时空迷宫的分岔口，相对于我们的日常世界，不妨把它叫做超时点。我们现有定律的适用性只能回溯到此，就好比我们永远无法用流体力学定律去描述冰的性质一样。不过，物质并不是从这个时间点才产生的，而是从这个时间点起改变了性质。在这个时间点之前的物质适用于另外的定律。不仅如此，这个时间点可能并不是一条直线的中段那么简单，它更像是一根树枝的分支处。"

何麦和安琪面面相觑。

"可是这怎么证明呢？即使我们得到了那个时间点的物质形态，但它肯定会立即衰变成次生粒子，什么也说明不了啊。"

皮埃尔突然笑了，"你不是已经说明证明的方法了吗？想想看，如果没有别的分路存在，所有回到超时点的物质都将无一例外地又衰变成我们可以观测到的次生粒子。但如果真的存在别的分路，我们将可能看不到任何衰变现象。也就是说，我们将看到物质一去不返。这是真正的物质消失,比黑洞更加彻底,因为黑洞只是无法看见,但通过引力等效应可以发现它的存在。而回溯到超时点的物质如果没能从原路返回,则将消失得无影无踪。因为它进入了另外的时空分路,在那里被另外的全然不同的定律所支配。我们的宇宙也许并非唯一,而只是众多独立宇宙泡泡中的一个。宇宙泡泡间并不是完全独立的,它们也许更像是一棵巨树的不同分支上结出的一颗颗葡萄。而联系这些宇宙葡萄之间的细小枝丫就是我们寻找的时空分岔口,我称它们为'时间之缝'。"

何麦的额上沁出一层汗珠,他觉得自己到现在才算是稍稍窥见了虚证主义的一丝门径。他完全没想到从当日课堂上的一番近于玩笑般的问答,竟然得出了今天这样不可思议的结论。

"别这样看着我。"皮埃尔竟然有些发窘,"我其实并不算是完全意义上的开创者,在我之前的某些学者给了我很多启发。比如曾有人提出过物质世界的历史并不是唯一的,我们看到的只是所有可能历史的一次求和,另一些历史路径和我们所知的历史并存,只不过由于几率太小或是相互抵消等原因不为人知罢了。虽然这个观点长期不被人重视,不过我觉得有一个实验其实早就给了人们强烈的暗示,但却被人们长久地忽略了,那便是著名的双缝衍射实验。人们让光子一个一个地通过两道缝隙,结果发现每个光子竟然同时通过了两道缝隙并自己与自己发生干涉而形成了干涉条纹。一般的解释是光具有波动性,其实更深刻的原因在于,每个光子其实是从无数个途径同时向目的地前进的。而从出发点到目的地之间的直线是几率最大的路径,所以人们更容易观察到光以直线到达了目的地。当然,这和我们现在提到的宇宙分支概念关系不是一回事,但其中的观念却有共通之处。从经典学说出发,我们会发现一个有趣的现象,那就是时间空间存在一个所谓的最小值。也就是说,我们无法研究小于10^{-43}秒的时间段,也无法研究小于10^{-33}厘米的空间段——在那样的情况下,时间将变得没有先后,而空间也将变得没有方位之分。这其实就是因为在这样的时空范围内，我们已经受到了上一次宇宙分支的制约。我们的当前宇宙是在这个时空范围之后才衍生的，自然不可能用当前宇宙的定律来描述小于这个时空范围的现象。如果说我们现在生活的世界是'水'，那么小于那个最小量的时空段就是'冰'，我们是无法对其进行描述的。"

"我现在有些理解你为什么感到害怕了，因为我自己也开始有这种感觉了。"何麦擦拭了一下额头的汗水，"因为我们都不知道再做下去会发生什么。"

"我现在最担心的是怎么向比尔交代。"

"也许有一个办法能行。"何麦突然拍了拍自己的脑门，"让我去跟他谈谈。"

"你有把握吗？"皮埃尔担心地问。

"你不会怀疑我祖国语言的力量吧。"

13.

"这么说你是想劝我放弃，对吧？"比尔慵懒地靠在椅背上，脸上挂着高深莫测的笑容，"我印象最深的是以前一位菲律宾政治家的夫人说过的话，她说如果你算得清自己有多少钱，就说明你还不够富有。忘了告诉你，我上个月才从俄罗斯的空间站上度假回来，老实说以我的年龄并不适应那里的生活，尤其是发射和返回地面的时候，我简直觉得自己快要死了。这已经是我第二次参加太空旅行了——请不要用这种眼神看着我，也不要以为我是有钱没处花，你应该知道我是世界上排名前五位的大慈善家，我很愿意为这个世界尽点力的。可是，有人为我想过吗？"

"但现在有很多条件还不具备。"何麦很诚恳地说，"如果实验对象只是一束粒子的话,还有成功的可能性,但如果是一个人就完全只是冒险了,也许那应该是很多年以后的事情。"

比尔询问地看了一眼旁边的皮埃尔,皮埃尔赶忙用力地点点头。

"可我已经没有那么久的将来了,年轻时的生活损害了我的健康,我很愿意用这具残躯作最后一次冒险。我已经否定了皮埃尔提出的用猴子先做实验的提议,一个原因是我担心实验失败后那只猴子的尸体可能会打击我的信心,但更重要的原因并不是这个。也许你们认为等各种条件都具备了再行动才是明智的,可是别忘了,第一个人登上火箭的时候也不具备什么条件,但现在月球上却有一座叫万户的环形山。怎么样,是不是觉得并非只有所谓的科学家才有那么一点精神吧?"

何麦有些发憷,"我来只是想告诉您这实验非常危险,而且即使成功,结果也无法验证。我们最多只可能让您从这个宇宙消失,但并不能保证您可以到达另一个适宜生存的地方。也许那和死亡并没有多大区别。"

"哈哈哈!"比尔竟然笑了起来,"这已经足够了,孩子。假如你是我的话,就会明白我为什么这样做。在过去的几十年里,我的足迹遍布世界各地,我经历过人们所能想象到的任何事情。如果实验失败我会死,但我知道自己的身体状况,就算什么都不做也活不了多久了,那么既然我已经精彩地活过,又何妨精彩地死去?小的时候,我们都相信在这个世界之外还存在一个叫做天堂的世界,但后来我们长大了,现在,我的私人天文台可以看到银河之外,但天堂消失了。我有时候真的很羡慕童年时代的人类,那时候他们相信天堂的存在,那时候死亡对他们来说并不是一种终结,而只是无尽轮回中的一次休息。可现在呢,一想到我即将变成一堆无知无觉的尘土,我就害怕到了极点,我愿意拿现在的一切去换取一个希望,哪怕这个希望近似于假设。也许皮埃尔送我去的地方就是天堂。"比尔的声音变得高亢起来,他的眼睛里放射出充满活力的光芒,完全不像是一个迟暮的老人,"我将在那里继续观赏整个世界的变迁,直到永远。我将可能是第一个见到另一个宇宙的人,这个理由还不够吗?"

"可是,这个实验可能会给我们的世界带来很大的危险。"皮埃尔终于忍不住插话,"我承认以前为了验证自己的成果,没有对你说实话,但现在是不得不说的时候了。"皮埃尔脸上的表情很无奈,"人类已经有了很多的玩具,但宇宙应该除外。"

"你在说什么?"比尔忽然咆哮道,他的脸涨得通红,眼珠几乎凸了出来,"你知不知道我的全部希望都寄托在这个系统上?你们怎么敢欺骗我?现在谁也别想阻止我!"

"我们必须停下来。"说话的人是麦哲云,他不知何时从门外走了进来,"我听到了你们的谈话,我认为皮埃尔先生的意见是对的。"他敬佩地望着皮埃尔,"我已经看到了阶段实验的结果,说实话,你颠覆了我前半生的信念。"

比尔的怒气立刻朝麦哲云倾泻过去,"你忘记了在和谁说话吗?难道我付给你几倍的薪水就是让你帮着别人对付我吗?别忘了,你母亲的病还没好,你还需要我的慷慨资助!"

"可是,我们现在的确已经深入到无法控制的领域了。"麦哲云有些为难地说,也许他意识到自己很可能是徒劳的,声音显得很低,"至少有十种理论告诫我们,当达到这种深度时就必须停下来了。"

"我说过要停吗?你做好自己的事情就行了。"比尔转过头来看着皮埃尔,"虽然是多余的,但我还是想问一句,你到底愿不愿意做下去?"

皮埃尔与何麦一起沉默着。过了几秒钟的时间,比尔突然笑起来,他垂垂老矣的脸庞在这一刻焕然一新,"你们肯定以为只要不配合,我就一筹莫展了,看来我之前的安排真是有先见之明。"他转头看着麦哲云说,"我说得没错吧?"

麦哲云有些羞愧地埋下了头,"从你们到来时起,每时每刻都有无数个摄像头隐藏在你们四周。现在比尔先生知道一切,知道纵波光的奥秘,知道'绿基',也知道'时间之缝'……"

比尔还在大笑,"你是我的弟弟,我不会太为难你的。'时间之缝'会让我如愿以偿的,我现在全身心地盼望那个美妙的时刻早日到来。麦哲云告诉我还需要再等待二十天。天哪,我都等不及了。这种感觉就像……"比尔停顿了一下,"就像十七岁那年秋天的早晨,我在笼罩着薄雾的小树林里等着恋人的到来。那是多么美好的时光啊。"

比尔挥了挥手,立刻有几名壮硕的男子上前来架住了何麦和皮埃尔。

"你要做什么?"何麦大叫道。

"没什么,只是送你们回俄城。"比尔不紧不慢地说,"不过,为了保证不会有人在这段时间来干扰我,你们的自由会有所限制。比方说,你们不能和外界联系。等到事情结束了会放你们离开的。你们还是为我祝福吧,哈哈哈!"

14.

时间即使过得再慢,也终是过去了。

何麦现在放弃了一切逃跑的念头,因为事实已经证明这根本没有用,以比尔的财力来说,要管住几个人太容易了。皮埃尔整天苦着脸四处瞎逛,口里念念有词,不知道在说些什么。安琪倒是显得很轻松,何麦有时候真是很羡慕她知道的事情没有自己这么多。

今天一开始,何麦就觉得有些不对劲儿,皮埃尔早上起来神色便显得有些紧张,何麦知道今天是他们被软禁的第二十天,正是当时比尔预计的实验日期。皮埃尔总是神经兮兮地四下张望,长时间呆呆地盯着明媚的天空和苍翠的大地,仿佛这些司空见惯的景象他此前从未见过。

"刚才我眨眼了吗?"皮埃尔突然大声问道,他的眼睛瞪得溜圆,头发乱蓬蓬地在额角颤动。

"你说什么?"何麦吓了一跳。

"刚才我眨眼了吗?你看到我眨眼了吗?"皮埃尔的声音愈发高亢起来,"告诉我啊!"他突然埋头闭眼,肩膀开始剧烈地抖动,"我知道,就是那件事了,是那件事情发生了……"

这时,安琪突然从拐角处钻了出来,手里还拿着几朵刚摘下的花,"真是奇怪,刚才我发现整个天空突然暗了一下,我敢肯定自己没眨眼。真是怪事。"

何麦惨然一笑,他抬头望了望,黄昏的天空虽然不再刺眼,但依然有些明亮,月亮的轮廓在半空显出了淡淡的影子。原来,三个人里只有他当时正好眨了下眼,错过了宇宙眨眼的一瞬。

外面的人群明显慌乱起来,守卫们神色紧张地窃窃私语,仿佛得到了什么消息。何麦急切地追问每一个目击者发生了什么事,但得到的只有沉默。

皮埃尔对身边的一切充耳不闻,他神色木然地呆立着,仿佛沉入了另一个世界当中。

直到夜幕降临之后,才有一位神情严肃的老者走进房间,房间里的三个人不约而同地站起身,等待那未知的谜底。

"我是蓝江水,是比尔先生的助理,本来同三位有关的事情都是由别人经办的,但现在他们不能来了。是这样,发生了一些事,你们不是外人,我也不知该做些什么,我想还是请你们一起去看看吧。"

看到过深渊吗?看到过伤痕吗?看到过深渊一样的伤痕吗?

这就是何麦眼前的景象。在西达多金矿的腹心地带,曾经一望无际的平原上突兀地出现了一道深渊,深不可测,在冰冷的月光下像是一个亘古就存在了的神秘符号。

"已经探测过了,整个现场只有微弱的放射性,对人体没什么害处。"是蓝江水的声音,"事情发生的时候有多名目击者,但他们根本说不明白是怎么回事。比较一致的说法是,所有人都在那一刻同时眨了下眼,然后一切就变成眼前这样了。"

切面并不是垂直的,呈一个角度向地下延伸。切面很整齐,并不完全光滑,石头还是石头,沙还是沙,但绝对没有任何一丝物质突出到切面之外,切面上也没有任何挤压的痕迹。何麦用手摸了下切面,没有发热的感觉,他摇摇头,放弃了猜想是什么力量能够造成这样奇特的现象。

"已经用激光进行了测绘。"蓝江水拿出一张图纸,这是整个事故区的平面图,"这个坑的深度是一千八百米,平均长度九百米,平均宽度两百米,从底部到上面的形状完全一致。真希望谁能告诉我到底发生了什么。"

何麦一听到这几个数字,便知道整个"迷路"系统都不复存在了,由于不可知的原因,它消失在了这个巨大的空洞之中。他转过头,皮埃尔如他所料般沉默着,只不过目光不是望着地面而是投向穹窿,宛如一尊问天的雕像。何麦觉得自己完全理解皮埃尔此时的心境,他们从一个近于笑料的问题出发,一度逼近了造物主的底牌,但最终却以这样惨烈的局面收场。

"还有一件事,"蓝江水接着说,"是这样,在底部裸露出来的地表上发现了新的金矿床,以前从来没人能够发掘到这样的深度。"

看来这应该不是最坏的结果。虽然这个世界莫名其妙地失去了大约三十亿吨的物质,虽然谁都不明白为什么宇宙会突然地眨了一下眼,虽然在西达多矿场上平添了一道奇异的沟壑,虽然还有无数个谜团,但除此之外,似乎并没有别的损失了。俄城还在,人们脚下这个直径一万二千公里的小石子还在,而且还有一个凭空而降的金矿床。看来这就是故事的结局了,一个还不算太坏的结局。

但是,这不是结局。

15.

当一个人偶尔从纷繁的世事中获得一次仰望夜空的心情,他的目光肯定会被那些谜一般的星星吸引。这些恒星被固定在另外的球面上,远离地球而靠近上帝。皮埃尔已经保持仰望的姿势很久了,他完全沉浸到一个不可知的世界中去了。无垠的穹窿从正上方直垂到地,银河淡淡地划过半空,如同某个巨人的信手涂鸦。

何麦小心地开口:"我现在最想知道的是那些人到哪里去了,包括你的哥哥,包括麦哲云,他们死了吗?"

皮埃尔迟疑了几秒钟,而后缓缓说道:"我不知道,这不是我所能够回答的问题,也许应该说这不是我们这个世界上的人所能解答的问题。记者们已经在路上了,我们该走了。"

何麦了解地点点头,伸手扶住眼前这个突然变得软弱的老人,也就在这时,他听见了安琪发出的尖叫声。

安琪急速冲过来,她的嘴角哆嗦着,不知是因为月光还是别的什么原因,她的脸色苍白无比,"我不知道怎么讲,刚才……刚才我只是随便看着玩的,但是……那里……你们还是自己看吧。"安琪将手里的单筒望远镜递给皮埃尔,然后指了指天空。

这是一幕恐怖的异象。

何麦和皮埃尔放下望远镜后都不约而同地盯着蓝江水,目光涣散而古怪。蓝江水不知所措地站着,何麦同皮埃尔一道冲到蓝江水身边,抢过他手里的那张图纸打开。几乎在同时,两人便如同身受雷击般僵立当场。

他们看到了同样一个东西,只不过一个在蓝江水的图纸上,另一个则在月亮上,仿佛月亮是一枚三十八万公里之外的邮戳,曾经在那张图纸上留下过印记。是的,与西达多矿场深沟相同的图景出现在了月球上,就像是被同一把匕首洞穿而过所形成的刀疤。

皮埃尔首先反应过来,他一把扔掉手里的望远镜奔向一旁的汽车。设备在最短时间里架设完毕,皮埃尔紧张地操作着,口里又是习惯性地念念有词,但此时看起来更像是在作一种祷告。

"现在我们终于可以确定有某种物质导致了这个坑的形成。"皮埃尔开口道,"之后它并没有消失,而是一直朝上前进,而后又轻而易举地穿透了月球。对于我们这个世界上的物质来说,它好像是一种超级溶液,所到之处万物成空。"

"它到底是什么东西?"何麦几乎能听到自己牙齿打架的声音。

"有一种解释不知是否行得通。它可能是来自另一个泡泡宇宙的物质,也许就是那个另类宇宙里的一束光,我猜想它很有可能是以光速前进的。"

"凿壁偷光?"何麦脱口而出。

"你说什么?"

"我只是想到了中国的一句成语,大意是一个人凿穿了墙壁,引入隔壁房间里的光线来看书。"

"意思差不多的,只是我们这次是无意的。比尔想要的是'时间之缝',结果却将另一宇宙的物质引进来了。"

"后果会是什么?"

"从现象上看,它可以溶解我们这个宇宙的一切物质,但这是无法下结论的,因为它无需遵从我们所知的一切定律,也许那些我们认为消亡了的物质此刻依然在某个地方继续存在,只是我们永远无法感知罢了。不过有一点可以肯定,如果它真的来自另一宇宙,由于它不遵从我们的物质定律,它将会永不衰减地前进,直至世界的末日。"

何麦抬头仰望满天繁星,心中想象着一束漆黑的光线正如离弦之箭般渗透这茫茫无际的宇宙,逢仙诛仙遇佛杀佛,吞噬行经的一切。灿烂的太阳系只是它漫长一生中的渺小插曲,辉煌无朋的银河也只是它偶然留驻的客驿。

"那这么说,它迟早有一天还会回到现在的位置的,因为宇宙是封闭的。"何麦加入一个自己的结论。

"不过那应该是很久之后的事情了,没人类什么事了,该虫族去操心。"皮埃尔难得地表现了一次幽默,"不过,看来蓝江水先生先前的测绘有一点问题。那个坑的底部和顶部并不是完全相同的,实际上,越往上,面积会变得稍大一点,是很微小的一点。但这不能怪他,这个差距很小,我也是通过测量月球上那个洞的面积才发现这一点的,也就是说,这束光发散的范围不大,随着距离增长,它的覆盖面将越来越大,这是一个简单的三角几何问题。"

"那要不了多久它就能吞掉一颗恒星了,然后甚至是整个星系。随着时间的推移,它就会变成一个巨大无比的无底洞。"何麦觉得这些话从自己嘴里说出来是件很费力气的事情,他甚至觉得有些滑稽,在一个好比尘埃的星球上生活着比尘埃更加渺小的某种生物,他们出于一种本能级别的欲望,居然就给至高无上的宇宙带来这样的后果。十万年后,银河系边缘将出现第一个被整体吞没的主恒星;二十五万年后,仙女大星云中将出现第一个被整体吞没的恒星系,而十亿年后呢?五十亿年后呢?而等到它横越整个弯曲空间回到出发点的时候,甚至可能吞噬大半个宇宙。不过,那真的太遥远了,也许就像皮埃尔说的,应该是虫族操心的事情了。

何麦开始和皮埃尔一道收拾装备,他们的眼神偶尔交会,随后又急促地移开,这是一种非常奇怪的眼神,比头顶杂乱的星空更加迷茫。在混乱中,一本书突然掉落在地,是皮埃尔的惊世巨著《虚证主义导论》。仿佛有电光石火自脑海中滑过,何麦脱口而出:"还有一种假设。"

尾 声

虽然已经适应了很久,但"猎蚁"号飞船领航员威廉姆一直觉得眼前的影像只应该出现在梦境里。在荒寒的月球背面,巨大的环形山和正面一样比比皆是,只是不那么引人注目罢了。但让每个人感到最大震撼的永远是西达多海。月球上的地理命名要么是"山",要么是"海",这里只不过是循惯例罢了,因为谁都知道它其实是一个贯穿了月球的巨洞。西达多海靠近月球的边缘,它的长度远小于月球直径,只有一千二百公里。通过这个巨洞,地球的蓝色光芒来到了月亮的背面。威廉姆知道,曾经有过一个时期,月球的背面是可以和地球见面的,但那是亿万年前的事情了,而现在威廉姆面对巨洞中来自地球的光线时心里却没有欣喜,更多的只是恐惧,因为如果不是亲眼所见,他即使在梦中也无法想象这样的事情。

半个月来的工作总算要告一段落了,作为最后一批宇航员,威廉姆和他的小组完成了整个工程的收尾工作。这段时间以来,威廉姆无数次地在西达多海中穿行,月球内部结构在他面前袒露无遗。西达多海内部的重力是斜向月心的,这给宇航员的工作带来了很多不便。不过计划总体来说还算顺利——当然,在几次意外中丧生的七名宇航员大概不会这么想。

那些在西达多海两端架设的复杂设备将测度出某些特殊粒子的放射性规律,可以认定这种放射性是由于那次事件引起的,只要能精确测出西达多海上下两端粒子放射规律的差异性,也就可以间接确定"黑光"的速度。"黑光速"是现在整个世界最为关注的物理常数,不过,只有少数人知道这是来自外宇宙的常数,而更只有寥寥几个人才知道,这个常数的值居然决定了世界的真或假。

"既然这束光来自另外的世界,不受任何原有宇宙定律的束缚,那我们完全可以假设它的速度能够超过光速,那又会是怎样的一种结果?"何麦问。

"如果这样的话,它依然会横跨整个宇宙,并在封闭空间里回到出发时的位置,但是由于超光速带来的反因果律效应,它会在出发之前就已返回。这意味着,意味着……"

"意味着我们的宇宙可能早已被它溶解过了,而我们实际上就一直生活在一个早已被吞噬的世界里。哈哈哈,这才是终极假设,和庄周梦蝶的故事一样,既不能证明也不能否定。还有啊,说不定比尔和麦哲云现在反倒是又回到本来的世界去了,哈哈哈……这个连环套真有意思,原来世界真的可以是一个假设,哈哈哈。"

"休斯敦,'猎蚁'号请求返航。"威廉姆发出呼叫。
"我是休斯敦,同意'猎蚁'号返航。"
"猎蚁"号的腹下掀起两米多高的尘土,又急速落下,几分钟后,整艘飞船就像是一只巨大的蝼蛄般坠入了深不可测的西达多海。

极远的前方是一抹微茫的蓝色,在月心浓稠的黑暗包围下,一切宛如虚幻。

(本文获2007年中国科幻银河奖读者提名奖)

天生我材

引 子

事情缘于那次事故。

当时，俞峰同往常一样进入了"脑域"，这么讲并不太准确，因为对俞峰这样的人而言，与其说是进入，倒不如说是一次融合。俞峰本身就是一个中心，F32实验室只专属于他一个人。出于安全等因素考虑，兆脑级研究员分散于世界各地。大约三十名警卫忠诚地守卫在实验室四周，"鹰眼"监控系统不会放过任何可疑的物体。每时每刻都至少有不下二十名助手围绕着俞峰工作，他的所有要求都必须在第一时间得到满足。而这一切只有一个原因，那就是他叫俞峰。这两个字是他的名字，非常普通，在这个世界上谁都可以叫这个名字。但是问题却不止于此，因为在"脑域"里他也是叫这个名字，而在那个世界里这却是唯一的。

"名字与口令。"一个声音在俞峰耳边响起。俞峰报出了名字以及长达六十四位的密码。

"正确。"那个声音说，然后伴着"轰"的一声（长期以来，俞峰一直以为这只是一种幻觉），那个无限广阔而美妙的世界便立即在俞峰面前展开了。

脑域。

1.

傍晚的檀木街行人很少,只有忙碌的出租车往来不停。由于下着小雨,卖小吃食的摊贩们也稀稀拉拉的。何夕深一脚浅一脚地走在人行道上,就像是随时都会倒下。他一直走到一栋棕红色的老楼前,有那么一个瞬间他停了下来,有些犹豫地踟蹰不前,但他的身影最终还是融进了楼道里。

"这次打算待多久?"黄头发阿金一见到何夕便大大咧咧地问。他同何夕是老熟人了,有时候还会帮何夕开个后门,比方说像现在何夕稍微沾了点酒的时候。

"老规矩,五十分钟。"何夕老练地躺到三号屋的平台上,自己从脑后牵出导管联上了接驳器。黄头发阿金摇摇头,但没有说什么。他仔细地检查了一下设备的情况,然后返回控制台准备开始。

"哎,"黄头发阿金叫起来,他盯着面前的屏幕说,"你这个星期已经是第八次了,这可不好。按章程你已经超限了。"

何夕不耐烦地应着:"我没有事,我不是好好的嘛。完事了我请你喝酒。"

黄头发阿金叹口气,同时又忍不住咽了口唾沫。的确,章程是有的,就在墙上贴着,而且还有政府的大印。但是,现在已经没有谁会来管这事了。实际上在黄头发阿金的印象里,只要愿意谁都可以来,而且愿意待多久就待多久。上回那个叫星冉的女孩可不就是在一号间里一连待了三十多个小时吗? 当然,她出来的时候脸色可是没法看了,还又喘又吐。黄头发阿金摇摇头,不愿再想下去了,他回头看着何夕。"这可是你自己要求的,"他说,"出了差错别来怨我。"

"你还有完没完了?!"何夕大声地打断了黄头发阿金的话,"再不开始我就自己来了,反正这一套我全会。"

阿金不再有话,他知道何夕说的是实情。实际上,他的工作一点也不复杂,每个人都会。从某种意义上讲,他更多的只是起一个设备保养员的作用。

"名字。"一个声音说。何夕急速地键入"今夕何夕"四个字。到这儿来的人起名很随意,有些人甚至是每次来想到什么用什么,因为系统是不会作核实的。他们都是些匆匆的过客,因为各种千差万别的原因来到这里,在这里待上几十分钟或者几个小时又匆匆离去。谁也不会去核查他们的身份,谁也不会有兴趣知道他们为何要到这里来,他们每个人又有着怎样的故事。这里只关心一件事,就是他们会在这里待多久,包括黄头发阿金和系统在内都只关心这个。不过,何夕每次来都用这个名字,没有别的原因,他只是喜欢这个名字。

何夕感到一股浓稠的倦意正从后颈的部位袭向大脑,看来一切正常。何夕等待着那个时刻的到来,他知道同步调谐的时间大约是一分钟。不明来由的空灵声音在何夕耳边回响着,让他渐渐不知身之所在。太阳穴一跳一跳地发出尖锐的疼痛,就像是有个力量在那里搅动他的脑浆。每次都这样,何夕想。他觉得思维正一点点地离自己而去。快了,只要那道白光一来就没有这些不适了,但愿它快一点来。

白光。

如同黑夜里突然从天际划过的闪电,一幅幅让人不明所以的混沌画面像电影镜头一般切换着,就像是一个人仰面躺在流动的水里,看着越来越模糊的天空,并且一点点地下沉。今夕何夕,今夕何夕。在思维最终离开大脑前,何夕的脑中又习惯性地划过自己的别名。

然后是昏沉。

2.

事故发生的时候没有一点征兆。从"脑域"建立至今近十年来，从未曾发生过任何意外，谁都没有想到它也有出现故障的时候。这并不是人们太大意，而是由于"脑域"的原理决定了它出现重大故障的概率几乎为零。所以，当俞峰思维里突然出现了不明来由的混乱信号时，他简直不知道发生什么事情了。当时，研究正进行到最为关键的时刻，连同他在内的全球四百名兆脑级研究员正在"脑域"里紧张地工作。每秒数以亿计比特的信息束在世界上最强大的四百个大脑里流动、共享，同时加以分析。有用的结果迅速转入储存，闪念之间迸出的思想火花立刻在第一时间被查获，接受进一步的检验。无穷无尽的存储领域里准备了所有实验的数据，需要便可以马上被提取出来。功能强大的计算领域更是一派繁忙景象，从最基本的开方乘方微积分，到最复杂的高阶方程式求解，都被作为请求发送到这个区域，结果则回送到发出请求的区域。如果某一位研究人员因故突然退出系统，他的工作将立刻被无缝接替，对整个系统来说，谁也察觉不到有什么变化。除非遍布全球的四百名研究员都在同一时刻突然离开了"脑域"，整个工作才可能停顿下来，但这显然是不可能发生的事情。

今天的工作也许是近两个月来最重要的，按照进度，"脑域"将在近期推导出"时间尺度守恒原理"的可逆修正方程式。这一原理是在数十年前由一个叫蓝江水的人发现的，根据这个原理，只要不违背守恒性原则，人们便可以改变某个指定区间内的时间快慢程度。之后，蓝江水的学生西麦博士依照这一原理建立了在时间上加快四万多倍的西麦农场，以此来满足人类对食物能源的需求，但由此带来的物种超速进化问题则给人类造成了极大的威胁。后来，两位富有牺牲精神的青年人选择了终老于西麦农场，并毁掉了农场与现实世界的通道，以此为人类守护这片脱缰的土地。(本事详情见何夕作品《异域》。)这些年来,世界与西麦农场一直相安无事,但近两个月突然出现了反常的情况,似乎有某种生物试图突破屏障。尽管还不知道是何种生物,而且这种试探行为仅仅发生过几次都不成功,但谁都能看出这件事情对人类的威胁有多么大,只有找到终止时间加速现象的方法,才能最终解决问题。

面对这一危机,"脑域"系统立即暂停其余工作,全部投入到此项研究之中。近段时间的工作进行得很顺利,当然,与此成正比的是送往存储区域和计算区域的数据量呈几何级数上升。俞峰知道,这其中也有不少请求从系统优化上讲是不可取的。有些研究员为了节省时间,将一些简单但却极其消耗系统性能的请求也发往了计算区域,比方说,很随意地让"脑域"计算 123 的 700 次方或是不加优化地作一次超大规模的排序等等,而这本应该向同"脑域"联结的专用电子计算机中心发出请求。但这已经是习惯的做法了,其实俞峰自己也常常发出类似的请求,尽管经常在结果传来之后才发现这根本就是一次不必要的计算。谁让"脑域"的性能总是这样优秀呢,它简直就是一台超级智慧机器,总是神速地满足每一个请求。每当俞峰进入"脑域"的时候总有种奇妙的感觉,他觉得自己就像是一个插上了翅膀的思想巨人,在未知的领域自由飞翔。头脑里充满无穷无尽的智慧与知识,全部心灵似乎都被解放了,他可以纵极八荒,俯仰宇宙,整个世界在他面前纤毫毕现。

忽然间,有种整齐划一的振动从遥远的地方传来,四百颗充满无尽智慧的大脑在同一时刻里达到了妙不可言的统一。"时间尺度守恒原理"的可逆修正方程式,终于向人类显露出了它隐藏至深的身影。这是量变终于达到质变的瞬间,长久以来的艰苦努力终于得到了应有的报偿。一时间,俞峰几乎听到了这颗星球上最聪慧的四百颗大脑的齐声欢呼,就像以往每一个"脑域"项目取得成功的时刻一样。此时此刻,在俞峰心里升腾起的不止是成功的欢乐,更多的是面对神圣的赞叹:人类的智慧到底成就了多少的不可能?

今夕何夕……今夕何夕……

剧烈的头痛在最初的几秒钟里令俞峰根本无法呼吸,他觉得就像是有一把钢锯在锯自己的头。眼前爆裂的光斑就像是黑幕上撕开的一个个不规则的小洞。出什么事情了。他的意识里划过这句话,然后,他便感觉自己就像是从一架高速摆动的秋千上被甩了出去。今夕何夕,今夕何夕,是那个声音,它又来了。俞峰忍不住呻吟了一下,轻灵而曼妙的思想翅膀被粗暴地扯掉了,显出了世界平庸的真相。光线盈满了他的视野,大脑立刻变得像铅块一样沉重。

俞峰揉揉眼睛,世界的光线变得更加真实了。我被扔出来了,俞峰有些发呆地抚着脸颊,这怎么可能?俞峰几乎是下意识地报出名字和口令,但回应他的只是长久的沉默。看来"脑域"里发生了异常的事情,可能是一次故障。俞峰想,应该很快就能修复。只是千万别毁掉这几个月来的工作成果,还有那么多珍贵的数据。俞峰有些生疏地拿起电话拨了一个号码说:"请接总部。"

3.

黄头发阿金一看到眼前的场景,就忍不住想准是出了什么事。因为在此之前,他从未看到过这么多人同时醒来。当然,用"醒"这个词肯定不是很贴切,因为这些人并不是睡去。不过单从表面上看,这些人躺在那里和睡着了也差不了多少,最大的不同在于当他们恢复行动时总是显得相当疲惫,而不是像睡了一觉之后那样精神饱满。但是,眼下这些人突然在同一个时刻醒来了,正不知所措地面面相觑。过了好半天,大家仿佛才明白发生了什么事情,然后人群便像是一个被捅了的蜂窝般发出嗡嗡的声音,像马蜂一样朝门口的方向拥去。每个人走到黄头发阿金面前时，便伸手取走插在一排插槽上的属于自己的蓝卡。有几个人似乎觉得什么地方不对劲，与阿金发生了争执。听上去大概和时间有关。"是三十八分钟。"一个声音说。"不对，是三十一分钟！"黄头发阿金的声音听上去比所有人都洪亮。何夕摇摇头，觉得一切都很无聊。他取下脑后的接驳器，直到现在他仍然感到阵阵头痛。何夕知道这只是幻觉，只要取下接驳器就不应该有这种感觉了。不过，他也知道这并非是自己独有的幻觉，实际上，接驳器幻痛学研究已经发展成当今很发达的一门学科了，描述这种幻觉的专著可称得上汗牛充栋，除了专家之外，谁也无法掌握那些艰深的知识。

"还不想走啊？"黄头发阿金开玩笑地打趣了何夕一句，因为没有别人了，他们说话显得随意了些。在阿金心里，何夕与别人有所不同，阿金觉得何夕懂得不少事情，同他说话让人觉得长学问。而且更重要的是，何夕也愿意同他说几句，像他这种在脑房里工作的人，一天到晚只能面对着一个个一动不动的挺尸样的人，能找个聊伴说说话真是件让人愉快的事情。在黄头发阿金看来，何夕一定也是愿意同自己交谈的，要不他怎么总是来这间脑房呢？要知道，现在脑房可不像二十年前那么稀罕了，如今在大街上，脑房可谓遍地皆是。早年间，这可是收入可观的行业，那会儿的黄头发阿金很让人羡慕。算起来，阿金干这一行已经十多年了，其实现在的阿金只是一个头发花白的普通中年人，那个染着一头黄发的阿金只是人们习惯说法里的一个旧影罢了。

"三十六分钟二十四秒。"阿金说。

何夕无所谓地笑笑，接过蓝卡。"看来出了点问题。"何夕说，他用力拍着后脑勺，那里仍然在一跳一跳地痛。好像黑市上有种能治这种幻痛的药，叫做什么"脑舒"，价格贵得很。听吃过的人讲，那种药效果很好，就是服用后的感觉很怪，头是不痛了，但却一阵阵地发木。

"人都走了？"何夕边问边递给阿金一支烟。

阿金接过烟别在耳朵上，然后指着最靠里的一号间说："还有人啦，是那个叫星冉的。"

何夕稍愣,"就是那个曾经创纪录地联线三十多个小时的女孩子?"

"就是她了,还能是谁?"黄头发阿金见惯不惊地说,"她好像完全入迷了。"

"入迷?"何夕反问一声,他的头还在痛,"这不可能。"他说,"我才联了一个小时不到,脑袋就已经痛得像是别人的了,有人会为这个入迷?我不信。"

一号间里传出了窸窸窣窣的声音,过了一会儿,一个很瘦的人影慢慢推开门出来。这是何夕第一次亲眼见到这个有所耳闻的有点奇怪的叫星冉的女孩,第一个印象是她有一张苍白的小瓜子脸,相形之下眼睛大得不成比例。衣服有些大,使得她整个人看上去都是瑟缩的,仿佛风里的一株小草。

"出什么事了?"女孩开口问道,她说话时只看着黄头发阿金。她边说边往嘴里倒了几粒东西,一仰脖和着水吞了下去。

"你在里面做什么?"何夕突然问,"我是说系统断下来之后的这十几分钟里。"

星冉的肩猛地抖动了一下,她像是被何夕的问话吓了一跳,而实际上何夕的语气很温和。

"我……在等着系统恢复。"星冉说,她看着何夕的目光有些躲闪,她似乎很害怕陌生人。

何夕突然笑了,他觉得这个女孩真是有趣得很,"这么说你打算等到它恢复后马上联入?"

星冉想想点了点头。

何夕怔住了,他转头问阿金说:"能不能告诉我这丫头总共已经联了多少时间了?"

阿金敲了几个键说:"星冉总是用同一个名字联线,唔,差不多四万小时了。"

何夕立刻吹了声口哨说:"看来我认识了一个小富婆。不过你最好休息一下,我建议你现在和我去共进晚餐。放心,是我请客,我知道凡是能挣钱的人都不喜欢花钱。"

星冉有些窘迫地低下头,这反倒让何夕有点后悔开她的玩笑了,而且他突然发现,这个奇怪的女孩子低头的模样让他心里不由得一软。但是星冉坚定地朝一号间的方向退去,这等于是拒绝了何夕的邀请。阿金的目光从屏幕上移开,他大声朝星冉的背影说:"上边刚刚发来消息,这是一次事故,起码要明天才能恢复。我可不想待在这儿,得找个好地方美美地喝两口。"

星冉急促地停住脚步。"你们都要走?"她回头问道,虽然说的是"你们",但目光只看着黄头发阿金。"那是当然。"阿金满意地咂嘴,"这种名正言顺休息的机会可少得很。"

星冉环顾着四周被隔成了许多小间的屋子,到处都安静得吓人,灯光摇曳下,隔墙形成的大片阴影在地上可疑地晃动着。星冉沉默了一会儿之后低声问何夕,声音小得几乎听不见:"刚才你说的话还算数吗?"

她看了眼何夕迷茫的表情补充道:"我是说关于晚餐的事。"

4.

"脑域"紧急高峰会首先做了一个关于此次事故的情况分析。兆脑级研究员到场一百三十四人,另外的人则已经重新进入了系统。事故的原因说起来很简单,亚洲区的赵南研究员发出了一次计算量过于庞大的请求,结果造成系统超载崩溃。分析人员对此有两种不同的意见,一方认为这次事故说明脑域的性能有问题,应该加以改造提升;另一方则认为这只是一次偶然事件。

俞峰坐在后排的位置上,他一直没有发言。但当苏枫博士表态倾向于支持对脑域升级改造时,他猛地站了起来。三十六岁的俞峰在兆脑级研究员中属于后学之辈,他突然站起来的举动不仅令在场的人吃惊,也令他自己吃惊。但是他既然站起来,就已经不能再坐下去了。

"问题的关键在于,经过我的分析,这次请求根本就是错误的,错误的请求肯定也是不必要的。"俞峰说出第一个字之后显得镇定了许多,"我仔细分析了整个事件的经过,结果发现赵南研究员发出的计算请求是不可理解的,他发出的超大规模计算请求对当时的研究工作而言是完全没有必要的。所以我认为,这只是赵南研究员的错误举动导致的偶发事件,我们需要的是完善操作规程,而不是改造脑域。在正常应用的情况下,脑域的整体能力绝对是足够的。"

赵南研究员就坐在前排,从俞峰发言起,他的脸上就一直保持着一种吃惊的表情,眼睛死死盯着俞峰,嘴角不时牵动一下,但始终一语不发。他从事着三个主要的专业,分别是分子生物学、高能物理以及数学,而同时,他对音乐的业余爱好又使他成为了全球一流的音乐大师。从各方面看,赵南都比俞峰的资历更深,几乎可以算是俞峰的前辈。

"我有不同意见。"赵南等到俞峰落座之后开口道,"我承认是我发出了一个非常复杂的计算请求导致了这次事故,但那肯定是有必要的,如果说'不可理解',只是由于个别人水平不足以理解而已。"

这句话立时让俞峰发了火,他腾地又站了起来,声音也变得失去了控制:"承认自己的错误并不可耻,可耻的是挖空心思掩饰它。事情究竟如何你应当很清楚,你不能为了自己的面子而让我们花费巨大的代价!"

会场立刻有些乱了,支持赵南的人开始大声地向俞峰发出嘘声,相比之下俞峰显得很孤立,但这更让俞峰的情绪失去了控制,他拉开架势准备大干一场。这时,苏枫博士站了出来,"大家都冷静点儿,"他说,"这不是今天的主题。"苏枫的威望起到了巨大的作用,虽然传闻这位"脑域"的元老及奠基人已经开始考虑退休的问题,但谁也不敢在他面前放肆。

"好吧,我先道歉。"俞峰举起右手,"我太冲动了。不过,我依然坚持自己的观点。"

赵南研究员若有深意地盯了俞峰一眼,没有说什么。

"还是讨论最关键的议题吧。"苏枫博士接着说,"由于此次前所未有的事故,我们丢失了许多相当重要的成果。大家知道,'脑域'自诞生以来从未中断过,它总是处于高效的动态平衡之中。每时每刻都有人离开,但与此同时又有差不多数量的人进入,准确地说应该是稍多一点的人进入。从来没有发生过像这次一样的全部人员离线的情况,所以在那一瞬间,我们全部的数据都丢失了。"

俞峰忍不住插话道:"难道备份机制没有起作用?"

苏枫露出一丝苦笑,"你应该知道除了'脑域'本身之外,没有任何设备能够存储下脑域里的全部信息。实际上,我们以前都只是在某一项研究完成之后才记录下最终的结果。至于那些浩如烟海的中间过程信息,只能让它们留在'脑域'里自生自灭。"

"你的意思是我们在最后的时刻真的丢失了全部信息?"俞峰有些气馁地问,"可是那些信息总还在吧,能不能想办法恢复?"由于从来没有经历过事故,俞峰觉得需要弄清楚的问题不少。

"是的,信息还在,但它分布式地存在于当时在线的每一个人的脑海里。"苏枫盯着俞峰的脸说,"你的脑子里有,在座的人脑子里也有,但你们只是其中的亿万分之一。我们都知道'脑域'的日常状态是十亿脑容量。那是怎样的情形你们都清楚。你们是兆脑级研究员,你们都不会去记忆那些过程数据,所以在你们脑子里几乎没有储存这些信息。更何况脱离了'脑域'的管理,每个人根本无法对这些散布的信息进行处理。每个人都只知道相对来说极少的片段,甚至可能只是其中的某些错误指令导致的垃圾数据。"说到这里,苏枫瞟了一眼赵南,"根据分析,工作实际上已经完成了,最终的结果也已产生。但是我们却因最后的突发事故而失去了它。"苏枫说到这里的语气就像是在叙说一个荒谬的玩笑。

"这么说我们真的没有办法了?"俞峰觉得身体有些发软,"那我们应该怎么办?"

"'时间尺度守恒原理'的可逆修正项对这个世界而言的重要性不用我多说。"苏枫接着说,"现在我们已经计划重新开始前两个月的工作,但是,"他稍顿一下,"我们最缺的就是时间,因为我们都知道正常世界的两个月在西麦农场里意味着什么,那里的时间进度是我们的四万多倍。"苏枫的脸色变得苍白如纸,"现在试图冲出西麦农场的生物极有可能就是当年两位自我牺牲者的后裔,他们的这个举动表明,他们已经背弃了祖先的意愿。"苏枫再次停顿了一下,目光显出无奈,"从理论上分析,他们在进化上比我们超前了至少十万年,当然这是从纯粹生物学的意义上来讲。虽然考虑到他们是在一片蛮荒上起步以及地域狭小会对生物发展不利,但无论如何他们都比人类先进得多。"

会议室里鸦雀无声。过了一会儿,赵南缓缓举起了一只手。

5.

"我上回同你吃过一顿饭并不代表我这一次也要接受你的邀请。"星冉的拒绝并不坚决,她看上去似乎只是因为疲倦才这么说。她的眼睛有些无神。

何夕知道星冉根本就不是那种坚决的人,所以他丝毫没有退却的意思。上次的晚餐他已经不记得都吃了些什么,他当时好像光顾着看星冉吃东西了。"走吧。"他接着说,尽量使语气显得有鼓动性,"你一个人也没什么意思。"

"我已经买了份快餐。"星冉还朝着脑房的方向走,已经看得见站在门边的黄头发阿金了,他似乎在同一群什么人说着话。

"你还去脑房?"何夕作势拦住星冉,"我觉得你不应该一天到晚都待在那个地方。"

"那你说我应该待在什么地方?"星冉突然笑了,似乎觉得何夕的说法很可笑,"我不觉得这有什么不好,这是我的工作。"

何夕一滞,他无法反对星冉的话。过了几秒钟,他才幽幽开口道:"原来那是你的工作。可你知道我的工作是什么吗? 当我不在脑房的时候就在码头上卸货。大多数时候是开着机器干,不过遇上机器去不了的地方就用肩膀扛。"

"你是码头搬运工?"星冉并不意外,"怪不得你的身体看上去很棒。不过,能多份工作总是好的。"

何夕咧嘴笑了笑说:"在那里做一天下来的钱刚够吃三顿快餐。"

星冉有些不明白地看着何夕,她清澈的眼眸让何夕禁不住有些慌张,"你这是何必呢? 这样算起来,在那儿干一天还比不上在脑房里待上一小时。"

何夕的语气变得有些怪,"我知道在脑房里能挣更多的钱,可问题在于……"何夕有些无奈地看了眼天空,"我觉得只要躺在脑房里就有人付钱这件事让人感到害怕。"

"这有什么?"星冉似乎释然了,"大家都这样,我觉得这没有什么不好。也许你是那种过于敏感的人,就是报纸上说的那种——脑房恐惧症。我听说这是可以治好的,你应该去试试。"

何夕不想同星冉争下去了,他觉得这有点跑题,"我们还是说说晚饭怎么吃吧,我的脑房恐惧症还没有确诊,不过独食恐惧症倒是肯定有的。你不会拒绝一个病人的请求吧?"

星冉忍不住笑了,何夕费了很大劲儿才管住自己的眼睛不要死盯着她的脸不放。"好吧。"她柔声说,就像是面对一个耍赖皮的朋友。

这时,阿金突然喊着星冉的名字朝这边招手。"出什么事了?"何夕念叨了一声,跟着星冉走上前去。

"我是俞峰。"说话的人看上去三十出头,手里拿着一台袖珍型的笔记本电脑,一边问一边在记着什么。有十来个看上去似乎是警卫的人一脸警惕地站在他身后。"你就是星冉吧?"俞峰很客气地问。

"我是。"星冉在陌生人面前显得有些紧张,说话的声音都有些抖。

"根据我们的调查,你总是在这家脑房登录,而且总是用这个名字。"俞峰的语气很柔和。

"是的。"星冉镇定了些,她不解地看了眼俞峰,"为什么调查我?"

俞峰没有立刻回答,他手脚麻利地做着记录。"接近四万小时的联机时间。"他有些惊奇地念叨了一句,端详着星冉的脸庞说,"你也就二十多岁吧。就算每天平均十个小时,也得差不多十年。"

星冉红着脸低下头,看起来她似乎无法应付这样的局面。何夕有些恼火地开口道:"这好像不关你什么事吧?"

"哦。"俞峰愣了一下,意识到了自己的唐突,"请问你是谁?"

"我是何夕。"

"是这样。"俞峰紧盯着何夕,仿佛他的脸上有什么东西,目光显得有些奇怪,"我奉命作一次调查,这位女士的某些情况引起了我们注意,简单地说,是在某些指标上表现得十分优秀。"俞峰递给星冉一页纸,"请你明天早上带着这份通知到市政府大楼去,到时候会有人安排一切。"

"我?表现优秀?"星冉突然抬起头,她的眼睛睁得很大,她那副惊诧的样子真是动人极了,"我明天一定去。"

"那好吧。"俞峰淡淡地笑了笑,他觉得这个叫星冉的女孩身上有种与年龄不相称的天真。其实俞峰经常都会觉得在他面前的人显得天真,但那只是因为智力的原因,而此时的感觉却肯定并非如此,星冉的天真让人觉得亲切,还带有那么一点好玩。还有,她的眼睛真大。俞峰摆摆头,抛开这些与工作无关的念头。"我该走了,"他说,"明天的事情别忘记了。"

"你听到了吗?"星冉看着俞峰的背影对何夕说,"我表现优秀。"她兴奋地转头看着不明所以的阿金,更大声地说,"我表现优秀,你听到没有?"

何夕从鼻子里哼出一声,"想不到你还挺有上进心的嘛,我一直没看出来。"何夕说的是实话,这段时间以来,他从未看到过星冉这样高兴,就像是换了一个人。在何夕的印象里,星冉一直是羞怯而内向的,甚至还有些自闭。他没想到,那个叫俞峰的人几句话就让星冉高兴成这个样子。

"我们好好去吃一顿。"星冉说着抬脚便走,令她没料到的是,何夕居然一动不动。"怎么啦?"她疑惑地问,"你不是一直想吃东西吗?"

何夕闷了一会儿,小声嘟哝了一句:"那个叫俞峰的家伙真厉害。"

星冉稍愣了一下,"说什么啊,不想请客就明说嘛,小气鬼。"

6.

这是家离码头不远的餐厅,属于比较有档次的那种。其实何夕是那种讲求实惠的人,很少上这种地方。不过星冉说今天她请客,并且亮出了荷包,里面满是大沓的钞票,按照何夕的生活水平,起码可以很舒服地过上半年,而这只是星冉随身带的钱。

"小富婆。"何夕嘀咕一声。

"你说什么?"星冉回头问道。何夕急忙闭上嘴。

从二楼的窗户望出去能看到码头的全景。晚风拂来,带着海边特有的潮味。

"喏,"何夕指着远处说,"白天我有时就在那一带干活。"

星冉"唔"了一声,忙着吃东西。她似乎从来没有像今天这样的好胃口,觉得样样东西都好吃。"这个再来一盘。"她含糊不清地指着一个已经空了的碟子说。

"你有没有觉得今天叫俞峰的那个人有些怪?"何夕边喝汤边说,"他的话说得模棱两可,明天你可要小心点。还有……"何夕神秘地用眼神示意右方说,"那边有两个人一直盯着我们,已经很久了。你别不信,我可是说真的。"

"我看你是过敏。你不要总是不相信人嘛。"星冉瞪了何夕一眼,"我看俞峰根本不是坏人,我今天觉得很高兴,你可别破坏我的好心情。"

"你以前是做什么的?"何夕突然没头没脑地问了一句。

"以前?"星冉怔住了,她没想到何夕会问起这个,"你知道我已经有接近四万个小时的联机时间。我以前当然也是在脑房。怎么啦?"

"我知道这个。我是说更早以前。"何夕很坚持。

星冉的手里叉着块食物但却悬在了半空中,她的目光迷离了。"更早以前,"她喃喃地说,"那是多久以前的事了?那钢琴,黑色的表面亮得能照出人影来,真漂亮——"星冉突然打住,就像是被什么东西从睡梦里惊醒过来。

"我听见你说钢琴。"何夕探究地看着星冉,"你是钢琴师?"何夕的声音很小,他知道自己问得很没道理。这个世界上除了赵南之外,还有谁会是钢琴师?

星冉镇定了些。"就是钢琴。"她很快地说,"以前我练过整整十年钢琴。我觉得自己从生下来起就喜欢上了这种世界上最漂亮的乐器,在钢琴面前,我觉得自己充满灵感,人们都说我有天赋。我那时的梦想就是当一名钢琴教师,坐在光可鉴人的琴凳上轻抚那些让人着迷的黑白琴键,让美妙的音乐从自己的手指缝里流淌出来,而我的学生们就坐在台下静静地倾听。"星冉突然笑起来,她指着自己的脑子说,"你一定认为我很傻,是吧?后来我真的借钱开过一家很小的钢琴训练班,开张的那天,我觉得自己真是世界上最幸福的人了。不过只经营了不到一个月就维持不下去了,没有一个学生。"星冉还在无力地笑,"我太傻了,对吧?"

何夕专注地看着星冉的脸。"我不这样想。"他说,"我能理解。"何夕回头看着餐厅角落里一架蒙尘的钢琴,"今天你想不想弹一曲?"他问星冉,不等星冉回答,他便起身招来侍者说,"请关掉音乐,对,就是赵南的那一首。我的朋友想给在座的各位送上一曲。还有,麻烦你们替我录下来。"

"别。"星冉着急地阻止,但何夕已经半强迫地将她送到了琴凳上。星冉还想挣扎,可是那仿佛具有魔力的黑白琴键立刻抓住了她的心。她的双手不由自主地抬了起来,一时间她已经不知身之所在。《秋日私语》那简单而优美的旋律如流水般从星冉的指尖流淌出来,美妙的音乐将她带到了另一个世界之中,令她浑然忘我。所有人都安静下来了,整个餐厅里除了琴声之外没有别的任何声音。

秋日私语渐渐远去,良久之后都没有人出声。星冉站起身来,两行清亮的泪水顺着她秀丽的脸庞流淌下来。何夕起身鼓掌,他觉得这真是一个可爱的夜晚。

但是人群中发出了嘘声,他们放肆地大笑着对星冉指指点点,脸上是鄙夷的神情。"这样的水平也来出丑。"有人大声地说,"和赵南比差得太远了,快滚吧!"

星冉像是被雷击一样愣立在了钢琴边,她死死咬住下唇。何夕冲上去,用力拍打着星冉的肩。"你怎么啦?"何夕大声地说,"你不要理会他们,你弹得很好,相当地好。那些人根本不懂什么是音乐。我不是都鼓掌了吗?你知道我是不会骗你的。"

但是星冉没说一句话,她低着头,双唇紧闭。

7.

"他们说有人想见我,想不到会是你。"俞峰看上去有点不耐烦,他身边两名全副武装的警卫不放心地上下打量着何夕。

何夕穿着件很旧的夹克衫,站在台阶下显得比实际身高要矮,"我今天早上陪星冉去了市政府,我觉得她的情绪不大好。"

"你找我就是说这件事情?"俞峰哑然失笑,"我还有重要的工作要做,你知不知道我的每一分钟都是很宝贵的?"

"问题在于是你要她这样做的。"何夕有些焦躁地说,"我觉得这件事有些古怪,我想单独同你谈谈。你不答应我是不会罢休的。"何夕的表情看上去很执拗。

俞峰四下看了看,回头对身后的人说:"带他到我的办公室。"

"你们到底想从她那里得到些什么?她只是一个普通的女孩子。"何夕开门见山地问。

"根据规定我不能说太多。"俞峰倒是很坦然,"几天前'脑域'系统出了一次事故。因为星冉是一个长时间联线的人,所以我们希望她对我们修复系统有所帮助。这一次我们总共找到了三百多个有类似情况的人,她只是其中之一。我们要筛选出最合适的人,然后对其进行更深入的分析。"

"是什么事故?"何夕刚一问出口,便醒悟到这个问题是得不到答案的,俞峰能够说到这一步已经算是破例了。

不出所料,俞峰听了这句话只是摇摇头一语不发。这时,桌上的电话响了,俞峰拿起听筒。

过了一会儿,他抬头对何夕说:"好了,有几个人比你的漂亮女朋友更合适,她已经离开了。"俞峰笑了笑说,"现在我应该可以去做我的事情了吧?"

"这样做是严重违反章程的。"黄头发阿金瞪着何夕,似乎不相信对方会提出这样的要求,"你知道任何人都不得改变当事人设定的联线时间。我可一直都是模范管理员。"

"我不管那么多!"何夕简直是在大叫,"我要你立刻让星冉下线。我有话同她讲。你不帮我就不是我的朋友。"

"不能等时间到了再说吗?"阿金的口气已经没那么强硬了,他没什么朋友。

"你让我在这儿等十个小时?"何夕看了眼屏幕,"你知道星冉是个联线狂。你不帮我,那我就自己动手了。"

"好啦,算我怕你。"黄头发阿金选中了一条指令。一号间的方向传来轻微的声响。过了一会儿门开了,星冉蓬松着头发没精打采地走了出来。

"这不能怪我。"阿金指着屏幕解释道,"是何夕要我这么做的,他找你有事。请不要跟上面说这件事,要不我非丢了这份工作不可。"

"你不能整天这样。"何夕望着星冉大声说,"你每天躺在那里一动不动,人生对你失去了意义。我不能看着你变成这样。"

"这不关你的事。"星冉与何夕对视着,她的脸色很苍白,"我愿意这样,时间是我自己的,人生也是我自己的,怎么支配是我的事。你是我什么人?凭什么管我?"星冉转头对阿金说,"我马上要联线,十个小时。"

阿金看了眼星冉,想说什么但欲言又止,他低头准备开始。何夕猛地按住阿金的手说:"我不准她这样做。"阿金无奈地叹口气,他想抽出手来,但是何夕的力气更大。

星冉突然冲上来用力掰何夕的手。"你走开。"她说,"你没资格管我。我愿意这样。我一直过得很好,我挣的钱比所有人都多。我不比别人差,我一点也不比别人差!"

"你这是为什么?"何夕没有放开手,他的目光里充满柔情。

星冉终于伏在何夕的肩上哭了起来,泪水顺着她的脸往下淌。"我没用,我什么事都做不来。"她大声地吸着鼻子,"人们嘲笑我的琴声,他们叫我滚下台。"星冉泪眼蒙眬地看着窗外,身体蜷缩成一团,"昨天我听到他说我表现优秀的时候真的好高兴,从来没有人说过我优秀。你知不知道昨天晚上我一直都没睡着?可是——今天他们却说不要我了。"

何夕轻轻揽住星冉的肩,他觉得就像是扶着一张薄纸,一阵风都能把她吹走。"你并不比任何人差,你只是有些傻。"何夕柔声说,"以后你应该多出去走走,不要成天待在这里。从今天开始,我要你陪我到码头去上班。"看着星冉惊奇的目光,何夕笑了笑,"放心,不是要你当搬运,你那小身板儿干不了这个。我只是想让你散散心。"

8.

俞峰觉得眼前的情形让人感到害怕。一字排开的平台上依次躺着四具一动不动的躯体,就像是四具死尸,唯一不同之处在于这四具躯体上不断沁出豆大的汗珠。联线时间已经超过二十四个小时,本来很少会用到的生命维持系统也已启动。

赵南在另一端的仪器前忙碌着。这次的补救方案是他提出来的。赵南认为,"时间尺度守恒原理"的可逆修正项既然已经得出,那么它就必然存在于当时联线的某些人的大脑里。最终结果不同于中间过程,其数据量是相当有限的,从道理上讲,一个人的大脑完全足以存储下来。不过,由于"脑域"是一种分布式结构,因此全部的最终结果信息可能会分散地存储在某几个人的大脑里。所以他建议寻找那些当时正处于长时间联线的人,在他们中间最有可能找到这样的人。现在看来一切都很顺利,根据目前的情形来看,从这四名受试者的脑中足以获得可逆修正项的全部内容。虽然做起来很麻烦,但总比重新研究好得多。

苏枫站在场外,不时朝这边投来满意的一瞥。尽管已经连续工作了很久,但赵南却一点儿也不觉得疲倦。

俞峰的工作只是协助性的,他已经睡过一觉醒来。仪器正在地毯式地对四名受试者的大脑进行搜索,不放过任何一丝可能有用的信息。俞峰看过四名受试者的履历,其中有一名出租车司机,还有一名十二岁的小学生,另外两名是文盲兼无业者。但是,他们却不知道在自己的大脑中竟然存储着人类迄今为止最复杂、最尖端的知识。俞峰禁不住在心里感叹一声。是的,这就是"脑域"。也许当初苏枫博士将它带到这个世界上来的时候,根本没有想到它会给人类社会带来这么大的改变。说起来,"脑域"的原理相当简单,但这种简单的思想却带来了人类智慧的飞跃。在"脑域"里,无数的大脑通过接驳装置联结成了一个整体,当一个普通人联入"脑域"之后,他的一百四十亿个脑皮层细胞便不再专属于他了,而是成为了"脑域"的一部分。他的脑细胞可以被用作存储器和计算器,或者被用作思维的载体。

兆脑级研究员则是具有脑域思维权的联入者,他们的大脑在联入后用于思维而不是用于存储和计算。兆脑级研究员平均一个人可以得到超过一百万个大脑的强大支撑,当他们联入"脑域"后,每个人的智力都足以无所顾忌地嘲笑人类历史上的所有人,在他们面前,牛顿和爱因斯坦只是两只未脱蒙昧的猿猴。由于本质原理的不同,就综合功能而言,人的大脑不亚于世界上全部电子计算机的总和。而"脑域"则是由亿万人的大脑整合而成的超级计算机,如果非要用一个词来形容它的功能,那便是:魔幻。无数人联入后的"脑域"成为了一台无与伦比的智慧机器,它包含了超过一千亿亿个脑皮层细胞,可以存储浩如烟海的数据量,可以在一瞬间里进行超高精度的复杂运算,可以从这些信息与计算分析中得出唯有"脑域"才可能得出的结论。"脑域"诞生不过十多年时间,进入成熟应用的时间更晚,但却永久性地改变了这个世界。

这时,那名十二岁的少年身躯突然剧烈扭动起来,口里发出急促的喘息声。"出什么事情了?"俞峰边问边朝那边跑去,他看了眼监视器后说,"赶快停止,受试对象的细胞组织过于疲劳。"

"不用。"说话的是赵南。他沉着地指挥助手给少年注射了一剂针药。少年的扭动舒缓下来,重新恢复了平静。那位助手开始给另三名受试者注射相同的针药。

"这是我们小组开发的新药,能够缓解人们长时间联线造成细胞疲劳所带来的不适。"赵南对闻讯而来的苏枫解释道。

俞峰心念一动。他知道黑市上一直在卖一种叫"脑舒"的药物,当初他特意找来作了分析,结果发现里面含有一种虽然能暂时让人舒缓痛苦,但经常使用却会让人思维能力日益减退的成分。

"这样好的药物为什么不早点申报?"俞峰冷冷地说,"否则人们也不用去买黑市上那些损伤智力的药物了。"

赵南脸上有些挂不住了,他讪讪地说:"我们还在做进一步的药理分析。不过,"赵南停了一下说,"对普通人来说,就算智力受到一点损失也不算什么,反正他们也用不着多高的智力。"

这时,四名受试者同时发出了呻吟声,看来药物已经不能缓解这种超长时间联线所带来的痛苦了。"快停止吧!"俞峰几乎是恳求地看着苏枫说,"他们已经受不了了。"

"可是如果这时候停下来,一切都要重来。时间紧迫。"赵南的额头沁出了汗水,但看得出他很想坚持,"他们是这个世界的希望。"

赵南最后的这句话起了作用。苏枫苍老的脸仰向了天空。过了差不多十几秒钟的时间,他叹口气说:"继续吧。"

9.

何夕觉得腿肚子一阵阵地痉挛,就像是肌肉突然打了个死结。吊车的把手由于汗湿也开始有些不听使唤,耳旁震天响的轰鸣声就像是一把刀要刺进脑髓里去一样。从高高的吊车控制室望出去,远处身着粉红色长裙的星冉就像是开在地面上的一朵小花。起吊,放下,起吊,放下,起吊,放下,就在何夕觉得自己快要累得垮掉的时候,终于听到了救命的收工铃。

"原来这就是你的工作。"星冉的语气有些揶揄,聪明的她似乎看透了何夕的气定神闲只是伪装出来的假象,"不像你平日说的那么有趣嘛。"

何夕憨笑着挠挠头,"是有些累,不过我已经习惯了。反正,我觉得有意思。"何夕很认真地从衣兜里摸出几张皱巴巴的纸币说,"这是我今天的工资,比较少,不过,"何夕直视着星冉的眼睛,"我保证这里的每一分钱都是我自己辛苦挣来的。"

星冉的目光有些迷茫,"我不太懂你的意思,难道我的钱不是自己辛苦挣来的吗?"

"你知道在脑房里发生了什么事情吗?"何夕低声问。

"我不明白你在说什么。"星冉看上去有些害怕,何夕的语气令她不安。

"你知不知道有极个别的人在联线后并不会完全失去知觉,他们偶尔会在系统中恢复一定的感知能力,从而获得部分不公开的信息?"何夕的语气像是在讲述一个秘密,"而我就是这样的一个人。"

星冉突然笑起来,露出编贝样的牙齿,"你逗我呢,我不信。哪有这种事情?我怎么不知道?"

何夕愣了一下,印象中,星冉不是这种随意打断别人的人,尤其是在自己不在行的问题上。他有些发急地强调说:"这是真的,我没有骗你。"

"这么说,你比我们这些普通人知道的东西要多了?"星冉还在笑。

"我也只多知道一点点而已。"何夕很老实地说,"绝大多数情况下我同大家一样,只在某些极个别的情形下会略有知觉。那种情况有些像做梦,隐隐约约明白一点,但细加追究起来却又含糊得很。不过我还是知道了一些事情,比如我知道我们联入的其实是一个叫做'脑域'的人脑联网系统,里面有许多兆脑级研究员从事着研究工作,而我们这些普通人的大脑在其中似乎相当于……"

"算啦,这些我都不喜欢听。"星冉不耐烦地嚷起来,"没什么意思。你还是说说准备请我吃什么吧,这个我爱听。"她转动着眼珠,有些调皮地拍了拍自己的提包说,"要是没钱可别打肿脸充胖子哦。"

何夕不解地看着星冉,这个容颜秀丽的女孩身上一直有些他无法看透的东西。有时她就像一汪清水,让人能一眼望见池底;有时却又像天上的浮云般让人捉摸不定。不过,也许正是这种感觉才让何夕觉得和星冉在一起是很愉快的事情。

"你干吗……这样看着我?"星冉有些脸红地颔首,声音也低了许多。

如果不是有人恰好到来,很难讲何夕能否在星冉这副欲语还羞的神态前挺住。来人并没有注意到何夕对他的不请自到有所不满,他只看着星冉说话。

"我是赵南。"来人除下墨镜,显得很有礼貌,但他身边的警卫人员却十分傲慢。

惊喜的光芒立刻从星冉的眼睛里放射出来,一时间她简直不敢相信自己的耳朵。星冉目不转睛地仰视着这个她一直想见的音乐大师,"你一直是我的偶像,从来没有人能够像你弹奏的音乐那样深深地打动我。"

赵南脸上保持着矜持的笑容。他常常会面临这种局面。音乐对他来说,纯粹只是带有玩儿票性质的爱好,他也根本没在这上面花多少工夫。但是凭借"脑域"的力量,他能够用任何一种乐器将任何一段音乐演绎到炉火纯青的地步,而且可以绝不夸张地说,如果愿意的话,赵南可以毫不费力地找出古往今来每一首曲子的缺陷所在,不过出于对昔日大师们的尊重,他无意这么做。个中原因很简单,包括音乐在内的一切艺术活动其实都可以归结到智力上来,当一个人的脑力提高了上百万倍之后,他眼中的世界就会是完全不同的模样了。实际上,他只是多年前的某一天心血来潮在联线时弹奏了一支曲子,结果一下成了举世闻名的音乐大师,而他本身的专业却只有很少的人知晓。不过严格说来,在他专攻的三个专业里只有分子生物学是他本身所学,但因为"脑域",他可以游刃有余地同时在另外两个原本不算熟悉的领域有所建树。

"我们到处找你。"赵南说,"你今天好像变动了日程。平常这个时间你都在脑房里的。你对我们很重要。"

星冉有些受宠若惊,她想不到赵南会这样说,她觉得自己有点头晕,"我……很重要?你真的是在说……我?"她不敢相信地重复着。

"我希望你能跟我们走。"赵南期待地看着星冉,"我们需要你的帮助。"

"你们是不是想从星冉这里得到什么东西?"一直没有说话的何夕突然开口道。

赵南一怔,"你是谁?是谁这样告诉你的?你知道些什么?"

"我是何夕。我只是这样猜测。我想知道她有没有危险。"何夕平静地说,"星冉是我的朋友。"

"何夕?"赵南狐疑地转动了一下眼珠,这个名字似乎勾起了他的一些记忆,"你联线时用过今夕何夕这个名字吗?"

何夕淡淡地摇摇头说:"我不知道你在说什么。"

赵南吁出口气,低头将一份文件递给星冉,"如果你没有意见的话,请在上面签字,表示你自愿与我们合作。"

星冉接过文件飞快地扫视了一眼便签了字,她脸红红的,还没有从兴奋中恢复过来,整个人都显得很激动。何夕在一旁不动声色地看着这一幕,有意无意间他总爱盯着赵南的眼睛看,他的这个举动让赵南显得有些不自在。

赵南满意地收好文件对星冉说:"你现在就不用回去了,跟我们走吧。"

10.

前方的远处是一道墙。墙看上去是黑色的,是那种纯粹的、绝对的、不反射一丝光线的黑色。墙体突兀直上高耸入云,充满了神秘莫测的味道。

直升机悬停下来。"我们不能再靠前了。"俞峰说,目光一直盯着那道奇怪的墙。

"这是什么地方?为什么要带我跑几百公里到这儿来?"何夕问,同时伸了个懒腰,"那道墙是什么东西?"

俞峰叹口气,"只有在这里,我才有决心坦诚地告诉你一些事情。"他指着远处说,"那道墙其实是一道隔离场,里面就是堪称人类最伟大的创举之一的西麦农场。"

"西麦农场?"何夕悚然朝着舷窗外望去。虽然政府一直在保密,但关于西麦农场的事情他多少还是知道一些,想不到自己今日竟然能够亲眼目睹这传说中的秘境。

"你知不知道,就在那道墙的背后,有种比人类先进不知多少年的诡异生物正试图冲破屏障进入我们的世界?你觉得它们会怎样对待我们这些低等生命体?"俞峰的话语里有调侃的意味,"我觉得只有人类这种疯狂的生物才能造就出像西麦农场这种集奇迹与灾难于一体的智慧结晶。"

何夕静静地看着俞峰,他等待着下文。

俞峰接着说:"星冉的大脑里可能正好存有能够阻止它们的方程式。通过这个方程式,我们可以让加快了的时间停下来,简言之,我们可以冻结西麦农场的时间,让里面的一切相对于我们来说变成一动不动的雕塑,直到它们不再对人类构成威胁为止。"

"为什么对我说这些?"何夕不解地问,他预感到有事情要发生了。

"我们刚刚使得四个活生生的人精神崩溃变成了白痴。"俞峰的语气失去了控制,他无助地望着那道黑色的墙,"实验失败了。为了扫描出他们脑中的信息,我们让他们进行了超长时间的联线,结果发生了悲剧。"

何夕倒吸一口凉气,"那个叫赵南的音乐家带星冉走的时候可没说这些。"

"赵南是三个学术领域的专家,音乐只是他的业余爱好。"俞峰苦笑了一下,"虽然现在我对音乐只是略知皮毛,可要是我联上'脑域'的话,我马上就可以成为音乐大师。"俞峰露出崇敬的神色说,"这就是'脑域'时代的奇迹。"

何夕突然大笑起来,他知道这样做很没道理,但却管不住自己。他觉得俞峰的话真是好笑极了。"我也有个故事要对你讲。"何夕边笑边对俞峰说,"我认识一个女孩子,很普通的那种。她花了很多年的时间去练钢琴。她觉得自己从生下来起就喜欢上了这种世界上最漂亮的乐器,她的梦想就是当一名钢琴教师,坐在琴凳上轻抚那些光可鉴人、让人着迷的黑白琴键,让美妙的音乐从自己的手指缝里流淌出来。但是后来她的梦想破灭了,就因为'脑域'的存在。我知道她永远都不会再去碰钢琴了。这个女孩就是星冉。"

俞峰沉默了,他听懂了何夕的意思。他有些无力地辩驳道:"她不用这样的,作为爱好何必放弃?"

何夕从衣兜里拿出一台小录音机,一阵轻快的琴声从里面流淌出来,"这是星冉最后一次弹琴,我费尽心思才令她鼓起勇气这样做,结果只引来人们的一片嘲笑。我承认赵南弹得更好,我也承认只要你联上'脑域'就能成为大师。可那真是你们的琴声吗?你们拥有超出常人百万倍的智力,像音乐这样的事情对你们而言只是小试牛刀。"何夕的脸涨得通红,"可是我要说,星冉的这首曲子胜过你们何止千百倍?这是她练习了无数次、流淌了无数汗水才换来的琴声,是她发自灵魂的真实声音!"

俞峰叹口气,没有反驳何夕。过了一会儿,他疑惑地看着何夕说:"我能肯定自己联上'脑域'之后的智力远在你之上,但我此刻很怀疑自己的正常智力是否及得上你。"

何夕若有所思地说:"那天赵南听到我的名字后曾问我有没有用过'今夕何夕'这个名字联线,我没有告诉他这正是我用的名字。"

俞峰惊讶地叫出了声:"你就是今夕何夕?那你是不是有时会在'脑域'里保持知觉?我曾经不止一次在'脑域'里感觉到你的活动。这种情况相当罕见,根据分析,只有在极少数心智水平很高、极度聪明的人身上才会发生这种事情。"

"极度聪明?"何夕自嘲般地哼了一声,"在你们这些兆脑级研究员面前还有谁敢自认聪明?"何夕的语气变得悲凉,"在'脑域'时代,天才和傻瓜已经被同时消灭了。即使是一个弱智成为了兆脑级研究员,都可以嘲笑任何一位天才的智力。这让我想起蜜蜂。其实除了雄蜂之外,所有的蜜蜂刚生下来时彼此间都没有任何不同,但吃蜂王浆的幼虫将成为无比尊贵的蜂后,哪怕它本来是其中最差的一只。"

俞峰明白了何夕的意思,一时间他有些讪讪然。何夕说得虽然偏激但却让人无法反驳,这正是"脑域"时代的写照。由于命运的安排,自己成为了兆脑级研究员,成为了金字塔的顶端,可是这一切能说明什么呢?那无穷无尽的智慧真的是自己所有吗?那无与伦比的思想光芒真的出自自己的内心吗?

"算了,还是说正题吧。"俞峰换了话题,"星冉答应了参与补救计划,你打算怎么办?"

何夕背上立时惊出了一身冷汗。

11.

"是你带他进来的?"赵南问俞峰。

"我只想同星冉说几句话。"何夕的目光四下搜寻着,"我是她的朋友。"

"她已经联线了。"赵南摇摇头,"你如果愿意的话可以等。"

何夕冲动地试图往里面闯去,他的额头上满是汗珠。几名警卫人员迅速围过来,用身体阻挡住他。但是何夕已经无所顾忌了,他试图冲破警卫的阻拦。在抓扯中,他的外套袖子被扯破了,领带也歪到了一边。不过这显然都是徒劳的,尽管他身体很壮实,但一个人的力量毕竟太小了。

"星冉!"他一边同警卫厮打,一边喊着这个名字。不知什么时候,何夕的鼻子受了伤,血流了出来,在白色衣领上浸出点点红斑。

"你不要闹了。没有人强迫我,我是自愿的。"一个女孩的声音立刻让何夕安静了下来。说话的人是星冉,她站在几米开外的地方。看来她还没有联线。

何夕急切地招手,"我有话对你说,就几句话。你听完之后就会改变主意了。"

"那好吧。"星冉有点无奈地拉着何夕来到一处没有人的房间,"这没别人了,你想说什么就说吧。"

何夕面带欣喜地上下打量着星冉,"你不要留在这里,这个实验很危险。上次的几个人现在都成了白痴。跟我走吧!"

星冉默不作声地盯着地面,过了一会儿,她缓缓但却坚定地摇了摇头,"我不想走。你放心,我不会有事的。我有过超长时间联线的经历。"

"赵南没有对你说实话。"何夕焦急地说,"你根本就不知道什么是'脑域'。我们这样的普通人在里面只是提供脑细胞的活机器。"何夕无助地看了眼天花板,"上帝如果知道人类居然发明出了'脑域'这种东西的话不知道会作何感想。"

"你错了。"星冉突然抬起头,一时间,她的目光简直可以用明如秋水来形容,"我知道什么是'脑域',很早就知道了。你还记得吗?

那天你想告诉我'脑域'里发生了什么事的时候我打断了你,因为我知道你要说什么。"星冉的声音渐渐变低,"其实,有时我也会在'脑域'里保持知觉。"

"那你为什么还同意参与这次实验?"何夕真的吃惊了,"你应该知道这有多么危险。"

星冉突然露出笑容,这使得她的脸庞焕发出一种无法形容的美。"其实现在正是我长久以来最快活的时候。"她轻声说。

"你说什么?"何夕如坠迷雾。

"我一直都觉得自己很没用。"星冉继续说,"我没有专长,没有学识。唯一的爱好就是钢琴,但却只会惹人嘲笑。其实我一直都很努力,小时候我读书很用功,很卖力,大人都说我聪明。但是等我长大才发现,这个世界根本就不需要我的聪明,需要我做的只是提供自己的脑细胞。"

这时候,星冉流出了一滴眼泪——掉落在地很快便被吸干了。"长久以来我都是躺在脑房里挣钱,充当着提供脑细胞的活机器。其实我根本用不了那么多钱,我只是想证明自己是有用的。我没有别的办法证明这一点,只能这样做。你骂过我,叫我不要这样生活。可我又能怎样生活?而你呢,虽然你在码头上有份工作,但那不过是寻求心灵的平衡罢了,单靠那份工作你养不活自己。我们出售自己的脑细胞,价格还算合理,同时百万倍地提高兆脑级研究员们的智力,生产出无数有用的知识。其实这世界上的人都是这样生活的。"

何夕完全愣住了,他根本没想到在星冉的心里会埋藏着这么多不为人知的思想。

"所以,当赵南告诉我在我的脑子里可能存储着关系人类命运的知识时,我唯一的反应就是喜悦。我不想去管赵南是个什么样的人,也不在意是否被人利用。这些都不重要。"星冉接着说,"我只是第一次感到自己是一个有用的人。你明白我的意思了吗?"

何夕深深地埋下了头。他明白了星冉的意思,同时他也知道无论如何他都不可能让星冉回头了。一时间,他的心里乱得像一团麻,星冉的这番话让他简直无法评判。

"我该走了。"星冉轻轻地说,与此同时,她那一双黑白分明的眸子里依稀闪过不舍的光芒,似乎还有话想对何夕讲。但她最终什么也没有说,便转身离去了。几名警卫立刻锁了门,留下何夕独自一人待在空荡荡的房间里。何夕一动不动地站立着,他的心已经被那双若有所诉的秋水般的眼睛填满了,再也没有一丝缝隙。

12.

黄头发阿金满脸疑惑地看着何夕像一阵风似的冲进脑房。

"三十个小时。"何夕急促地说。

"你小子是不是打牌输惨了?!"阿金乐呵呵地打趣,他从没见过何夕这样急着联线,而且,何夕也从没要求过这样长的联线时间。

"如果你想救星冉的话就快点。"何夕已经进了三号间。这是他唯一能想到的办法了。他知道这样做的成功率很低,因为他也只有偶尔才会在脑域里保持知觉。不过他只能如此了。何夕这次想做的还不止于此,要救星冉的唯一办法只有入侵"脑域"。这样做的难度可想而知,因为他的对手是集亿万智慧于一身的"脑域",是人类迄今为止建立的最为复杂的超级系统。在"脑域"里保持意识与思维是兆脑级研究员的权利,普通人要想如此,就必须破译出"脑域"为研究员设定的密码。何夕知道成功的希望几乎为零,但他没有别的选择。

白光闪过。

就像是黑夜里突然从天际划过的闪电,就像是一个人仰面躺在流动的水里,看着越来越模糊的天空,并且一点点地下沉。然后是昏迷。

今夕何夕。今夕何夕。

星冉。星冉你在哪儿？

庞大的数据流像潮水般涌来又退去,意识的碎片闪动着,23的193次方,排序,计算,无穷尽的计算,存储……

口令字错。请输入口令字。

无边无际的信息海洋。

星冉。星冉你在哪儿？

口令字错。请输入口令字。

今夕何夕。今夕何夕。

……

苏枫面对监视器一语不发。信息显示有人正试图突破脑域的身份管理系统,而且已经有了一些成果。多年来有无数人出于各种原因这样做过,但从来没有人取得过任何进展。但今天的这个入侵者似乎不容忽视,因为系统显示他已经连续尝试了许多次。但要想突破系统是绝对不可能的事情,这就好比一只草履虫想要战胜一头包含亿万个细胞的抹香鲸。

口令字正确。身份已确认。亚洲区研究员俞峰在线。亚洲区研究员赵南在线。

俞峰与赵南面面相觑。绝无可能的事情在他们面前发生了。他们两人明明没有联入脑域,但系统却显示他们已经联线了。入侵者破译了他们的专有密码,取得了兆脑级研究员的特权。

"这不可能!"苏枫注视着屏幕,汗水从额上沁出来。他看着俞峰和赵南的目光就如同他们是两个假人。

"他是谁?"赵南面色苍白地喃喃道,"他是怎么做到的?"

俞峰显得更理智些,他启动了"脑域"反入侵程序,一场看不见但却是这世界上最复杂激烈的战争立即展开了。这是一个大脑与十亿个大脑之间的战争,是一个人同整个世界的对抗。时间分分秒秒地过去,所有人的目光都注视着屏幕上的变化。入侵者艰难地扩展着自己的立足之地,有时候他几乎快被战胜了,但不知从何而来的力量却又令他绝处逢生。他站住了,不仅如此,他还向四周伸展出了无数的触手,这种情形看上去就像是一张从中心处开始变色的蜘蛛网。

亚洲区研究员俞峰被驱逐。亚洲区研究员赵南被驱逐。欧洲区研究员陈天石在线。美洲区研究员威廉姆在线。欧洲区研究员戈尔在线。在线。在线。

苏枫长叹一口气,皱纹深刻的脸上划过无奈的表情。入侵者破译了众多研究员的密码,中心刚驱逐掉一个,他立刻又用另一个身份登录。"他是谁?"苏枫喃喃道,"他怎么能做到这一点?他破译了拥有一千亿亿个脑细胞的'脑域'所设定的密码,这怎么可能?"

仿佛是回应苏枫的话,屏幕上显出了一行信息:何夕在线。

"是那个人。"苏枫惨笑一声,"谁能告诉我怎么会发生这种事情?他想干什么?"

苏枫直视着俞峰,声音更大了:"他想做什么?"

俞峰的目光有些躲闪,"我不知道。他战胜了'脑域',他已经获得了'脑域'的最高控制权。从理论上讲,他现在可以令整个'脑域'自毁。"

"你是在告诉我单细胞的草履虫战胜了抹香鲸?"苏枫猛地开始剧烈咳嗽,咳出了血丝,"这不可能。"他一边咳嗽一边说,然后,他整个人便倒在了地上。

13.

……

是你吗?何夕。

是我。终于找到你了。星冉,快醒过来。星冉。离开这里。

我太累了。结果快出来了吧?我的大脑全部搜寻过了吗?

快醒过来。你已经尽力了。快醒过来。

我好累。何夕。我是不是快死了?

不会的。你不会死。我在等你。星冉。

何夕,其实当我离开你的时候想对你说一句话。我想说,如果这辈子能够再见面的话我再也不离开你了。我是不是特别可笑?你一定在心里笑话我……我太累了。我想睡觉。

不。星冉。千万不要睡过去。不要睡——

我真的想睡。想睡。

不。星冉。不——

何夕猛地撑起身,映入眼帘的是黄头发阿金关切的面孔。窗外的光线照进脑房,时间是正午。

"你已经在这里躺了十五个小时了。"阿金轻声说,"情况怎么样?星冉不会有事吧?"

何夕没有说话,他的目光有些漠然地看着周围的一切,任凭汗水从额上大滴大滴地流下来。他历尽艰辛终于在广阔无垠的神秘"脑域"里找到了星冉,但最终却眼睁睁地看着她被吞没在"脑域"的深处。

"我要去找星冉。"何夕朝外面跑去,"等等我,我同你一起去。"阿金追了上去。

……

星冉安静地躺在平台上,脸上还挂着几滴汗珠,几缕汗湿的头发在她光洁的额头上卷曲着,长长的睫毛在脸颊上投下细小的阴影。看来她曾经有过一番挣扎,但现在她已经平静了。

何夕冲上去握住星冉冰冷的手,感觉不到一丝热度。"怎么会这样?"何夕面无人色地说,"她怎么了?"

"她坚持到了最后,比所有人都坚持得久。"说话的人是俞峰,他的面容上带着深深的惋惜,"我从来没有见过像她这样意志坚强的人。我们找到了要找的东西,是她救了这个世界。"

何夕死死地盯着俞峰,目光里像是要冒出火来,"你的意思是星冉这样死去是很值得的?像她这样的小人物能够有这样的结局是莫大的福气?"

主控室里安放着数百台监视器,可以看到所有兆脑级研究员的一举一动。这时他们都停止了工作,关注着这里发生的一切。

何夕悲愤地对着全场的每一台监视器用更大的声音说:"我知道你们就是人类思想的全部,在这个世界里,实际上只有你们才拥有思想的权力。你们有足够的理由嘲笑我们,因为在你们的智慧面前,我们只是一些低级的生命,就像是人类眼里的动物一样。唯一不同的是,动物是提供蛋白质的机器,而我们则是提供脑细胞的机器。你们只要愿意,便可以让我们去计算23的500次方,还可以让我们陷在死循环里永不超脱。我们在'脑域'里永远地失去了自己,成为一粒粒没有任何区别的灰尘。"何夕说到这里,身体开始颤抖,他觉得世界真是充满荒谬。而问题的关键在于,就连何夕自己也不知道到底应该仇恨什么,其实说到底,正是"脑域"最大限度地解放并发展了人类的智慧,创造出了前所未有的奇迹。

"谢谢你没有毁掉'脑域'。"俞峰插入一句,他的表情是真挚的,"我现在仍然无法知道是什么力量支持你成功入侵'脑域'的,也许永远都无法知道了。我们会马上着手提高'脑域'的安全性。"

何夕怔了一下。其实他也说不清楚自己为何没有毁掉"脑域",尽管当时他的内心里有一万个理由这样做。他只是实在无法下这样的决心。

"星冉并没有死。"是赵南的声音,他的目光有些躲闪,"但是,她的大脑受到了损害,她成了植物人。"

何夕爱怜地轻抚着星冉光滑的脸庞,柔声说道:"你不是想救世界吗?你真的救了世界。"两行泪水顺着何夕的眼角淌下来,滴落在星冉的脸上。过了一会儿,何夕吃力地抱起星冉,对一旁呆若木鸡的阿金说:"我们走吧,离开这个地方。"

人群自动地分出一条道，默无声息地目送着何夕离去。俞峰似乎想说什么，但最终只是摇了摇头，他觉得此时说什么都没有意义了。

尾 声

正是黄昏，血一样红的夕阳缓缓坠入苍茫，天地开始合围世界。

"这间脑房陪了我这么久，就这么关了它一时还真有些舍不得。"阿金感慨地叹口气。

"其实你不用这么做。"何夕平静地说。

"就算没有这件事情发生，我也早就有这个心思了。这么多年来，我现在才感到轻松。"阿金如释重负地笑笑，"我也数不清有多少人在这间脑房里出售过他们的大脑，他们以后只好换地方啦。"

"'脑域'始终是人类最伟大的创造，但我现在只想远远地离开它。"何夕环顾着四下里繁华的街道，"这是不是很可笑？就像是当年工业革命到来时怀念田园牧歌式生活的那些人一样。"

阿金摇摇头，表示对何夕的理解，"你准备带着星冉去哪儿？"

"不知道。我只是想远远地离开。我想这也是星冉的意思。"

"不知道还有没有再见的一天。"阿金的语气里已经有了人生无常的意味，他向上一抛，一道亮光划过天空，他的目光一直跟随着那道亮迹到落地——那是脑房的钥匙。

当黄头发阿金回过头来时，他的身边已经没有人了。夕阳将远行者的身影拉得很长。随着晚风飘来隐隐约约的钢琴声，清灵，曼妙，充满缥缈梦幻的味道，就像来自天边。阿金觉得天地间像是有一双看不见的手轻轻抚过，使万物宁静。

那是《秋日私语》。

（本文获2005年中国科幻银河奖）

田 园

1. 归 来

　　从机窗俯瞰太平洋广阔无垠的海面是一件相当枯燥的事情。陈橙斜靠在座椅上,目光有些飘忽地看着窗外,阳光照射进来,不时刺得她眯一下眼。陈橙看看表,还有三个小时才到目的地,这使得她不禁再次感到无聊。林欣半仰在放低了的座位上轻声打着呼噜,不知道在做什么好梦,居然睡着了脸上还带着笑。

　　新四经济开始兴盛的时候,陈橙的志向是成为一名"脑域"系统专家。当时,她刚开始攻读脑域学博士,那会儿正是新三经济退潮的时期,曾经时髦了几年的新三经济代表——JT业①颓相初露。JT相关专业的学长们出于饭碗考虑,正在有计划地加紧选修"脑域"专业的课程,陈橙不时会接到求助电话去替那些人捉刀写论文。用"新"这个词来表述一个时代的习惯大约始于20世纪后半叶。当时有不少"新浪潮""新时期""新经济"之类颇令时人自豪的提法,但很快,这种称谓便显出了其浅薄与可笑的一面,因为它不久便开始繁殖出诸如"新新人类"以及"新新经济"之类的既拗口又意义含糊的后代。所以到眼下出

---

① "JT业"及后文的"光子商务"均系作者假想的专业技术用语,并无实际内涵。

现"新四经济"这种语言怪胎实在是逼不得已,除非你愿意一连说上好几个"新"字。

"脑域"技术正是新四经济时期的代表,甚至可以说整个新四经济的兴起都与之相关。一位名叫苏枫的专家发明了这项将人脑联网的技术,将人类的智慧提高到了一个前所未有的水平,同时也有力地回敬了那些关于机器的智慧将超越人类的担忧。正是"脑域"技术的兴盛掀起了一个高潮,将全球经济从JT业浪潮后的一度衰颓中拯救出来,带入又一轮可以预期的强劲发展之中。而现在,作为首批拥有"脑域"专业博士学位的青年专家,陈橙有足够的理由踌躇满志。

陈橙的思绪已经超越了飞机的速度,也就是说在思想上她已经提前到达了目的地。陈橙想象得到自己将受到何等热烈的欢迎,正如她近两年来所到的每一个地方一样。

我终于还是选择了回来——陈橙心想——离开中国已经差不多十年了。十年。陈橙在心里感叹了一声。时光只有在回想的时候才发觉它过得真快。她在心里想象着朋友们的变化,十年的时间是会改变很多事情的。不过,陈橙立刻意识到这是个错觉,因为在这个时代,地域的障碍根本就是不存在的。她几乎每天都会在互联网(这是古老的新经济时代的产物)上同国内的某个朋友面对面地聊上几句,更不用说通过电子邮件联系了,所差的只是不能拉上手而已——当然,这不包括那个人。

陈橙悚然一惊,思绪像被利刀斩断般戛然而止。为何会想到那个人?这不应该。对陈橙来说,那是个已经不存在的人。是的,不存在。陈橙扭了扭有些发酸的脖子,从提包里找出份资料来看。

不过有点不对劲,资料上的每个字明明都落在了陈橙的眼里,但她看了半天却不知道上面写了些什么。她停下来,轻轻地叹口气丢开手中的资料,因为她已经知道这是没有用的。

2. 新　知

欢迎仪式比陈橙想象的奢华许多。这片土地还远远算不上富强，对于拥有"脑域"这样最尖端的技术成果有着可以理解的强烈愿望。陈橙和林欣婉拒了众多待遇优厚的研究机构的聘请毅然回国，单凭这一点，他们也应该受到热情的回报。林欣是陈橙的同行，今年三十八岁，也是"脑域"技术专家，他们是在欧洲的一家研究所共事时结识的。林欣一直是一个行事相当洒脱的人，用他自己的话来说——有点像是"技术浪人"，也就是说，他常常会更换工作内容及工作地点。从以光子商务为代表的新二经济时代到以"脑域"技术为代表的新四经济时代，凭着天生聪颖的头脑，他总能顺时代潮流而动，这些年来，他的足迹遍布世界各地。不过，那都是与陈橙相识之前的事了，现在的林欣只是一个地地道道的跟屁虫。比如，这次回国对于他来说根本就是没考虑过的事情，但是陈橙决定回来，他也就跟来了。就林欣的体会而言，现在只有在搞研究时他还能用用自己的脑子，除此之外，他几乎完全成了陈橙手里的小棋子。

这事听起来稀罕，其实一点不奇怪——谁让他那么喜欢这个女人呢？本来林欣也是相当吸引人的，这些年也不知害多少女人伤过心。但是现在这一切都遭到报应了，因为他遇见了陈橙。上天让他爱死了这个女人，却又让这个女人对他没一点回应。其实如果按照传统眼光来看，他们的关系已经够亲密了，他们甚至上过床，用彼此的体温来对抗夜晚的寒冷与寂寞。但在这个欲望与爱情早已彻底分离的时代，这根本不能代表什么，林欣十分清楚，他们之间的关系只是艰苦研究工作之余的调剂，当下一个工作日来到的时候，就会像什么事情都没有发生过一样。当然，这只是陈橙一方的情形，而林欣则陷入了无法摆脱的情感煎熬。他曾经试图向陈橙表白，但她每次都以精妙的语言艺术让他的算盘落空。林欣觉得，自己自从认识陈橙后，所受的苦比从生下来起受的苦加起来还多。更要命的是,以前吃的那些苦——比如生病或受伤之类——还可以找人倾诉,现在这种事情却是有苦没处说,而且就目前来看,苦尽甘来的那一天简直就是遥遥无期。林欣算是领会到当年佛陀在大彻大悟之后,为何会将"求不得"列为人生八大痛苦之一了。不过,这些都是只有林欣自己才清楚的内情,而他表面上回国讲学的第一个理由当然是技术报国,另外一个理由则是中国正好要主办本届夏季奥运会,作为体育迷的他岂能错过机会?

叶青衫教授亲自在机场出口处相迎,这使陈橙颇感汗颜。她快步上前挽住叶青衫的胳膊,口里连称如何敢当。这并不是陈橙作态,因为叶青衫正是十五年前她大学时代的老师,那时她的专业是光子商务,这门学科是新四经济时代的支撑,但是在陈橙求学的时候,这门技术已经没落了很多,至少那时学这门专业的人要想找到满意的职位得费不少周折,以前那种一家有女众家求的热闹场面早已是明日黄花。

这次陈橙之所以选择回国,在很大程度上与叶青衫的力劝有关,在内心里,她其实一直对当年自己违背老师意愿改变专业一事存有愧疚。林欣不明就里地站在一旁,面对记者们连珠炮样的提问一语不发。有人拉出了大幅标语,上面写着"欢迎世界著名'脑域'技术专家归国讲学"。好事的人群围拢来,虽然他们都是外行,但对于"脑域"这种最最热门的技术却是耳熟能详的。政府已经将"脑域"技术列入了国家发展纲要,当下几乎在任何角落都能听到与之相关的声音。现在所有人都认识到,这个国家未来能否强大,就在于能否占领"脑域"技术领域的制高点。语言学家统计过,"脑域"是近年来出现频度排名第二的词汇,排名第一的是"新四经济",而从实质上讲,这两者可以算成一回事。

叶青衫兴奋得满面红光,头上的银丝颤抖着,像在跳舞一样,这次陈橙能应他之邀回国令他颇感欣慰。"脑域"技术是诞生于国外的尖端科学,国内极度缺乏相关人才,更何况是陈橙与林欣这样卓有建树的专家。一时间叶青衫不禁有些感慨,陈橙与林欣都那么年轻,都只有三十多岁,像他们这样的年龄,如果是在传统领域里恐怕连新锐都还算不上,而现在他们却都已经是独当一面的权威了,说起来还是新兴领域造就人才。

　　陈橙与林欣在人潮的簇拥下朝停车场走去。这时,陈橙突然看到远处僻静的角落里晃过一道似曾相识的背影,刹那间,她感觉就像是被从天而降的一道闪电击中了。陈橙轻叫一声,仿佛眩晕般扶住了额头,之后,她旁若无人地朝那个角落奔去。人们不知道出了什么事情,都眼睁睁地看着这奇怪的一幕。但陈橙奔过去后,并没有见到她要找的人,空荡荡的地上只有一张随风翻动的报纸。陈橙下意识地俯身,看到报纸的头条处醒目地印着一行字:世界著名"脑域"技术专家陈橙、林欣定于明日回国。有人在字的下面画了一道波浪线,笔迹凝重而粗壮。

　　直到见到这张报纸,陈橙才确信自己刚才看到的的确是那个人。何夕。她在心里低喊一声,宛如咀嚼一则古老的故事,而与此同时,一滴泪水突兀地从她的眼角沁出来滑落在地。陈橙茫然无措地四下张望着,但她找不到遥远记忆中那双充满灵性的眼睛。

　　在场的人都在心里留下了一个谜,只有叶青衫除外,他在心里轻叹口气,心照不宣地望了陈橙一眼。叶青衫可以确定的一点是,此时令陈橙落泪的正是这么多年来令他内心始终无法平静的那个人。这么长时间以来,那个人一直是叶青衫心底隐隐作痛的伤口。在遇见那人之前,他从未想到世界上竟会有那样聪颖的人,同时也想象不到,这样的人一旦误入歧途竟会是那样的可悲可叹。

3. 旧　雨

　　六个月来紧张的日程几乎让陈橙吃不消,这段时间以来,她简直就没有时间休息。她一方面主持由政府斥巨资建立的国家"脑域"技术实验室,另一方面则是一个讲座接着一个讲座。叶青衫已经感到局面有点无法控制了,他出于关心,曾经试图拒绝一些地方的邀请,但是没有一次成功,"脑域"技术正在这片土地上掀起不可抑制的热浪。

陈橙对这一切也有些意外,但真正感到吃惊的是林欣。至少陈橙以前曾经在国内生活过很长时间,见识过这片土地上的人们追逐世界新浪潮时的热情。而林欣则是第一次回国,他完全被人们那种无比虔诚的情绪感动了。有很多次,当他在讲台上看着台下那一双双仰望着的眼睛时,几乎有要流泪的感觉,因为从那些眼睛里放射出来的光芒让他觉得,自己此刻扮演的是一个神的角色,犹如传播火种的普罗米修斯。每当这种时候,林欣就会放慢自己的语速,并且尽可能让声音洪亮一些,使每句话都能够一字不漏地传到每个人的耳朵里去。他觉得只有这样,才对得起那些虔诚的目光。

今天是一次总结性的报告会,近段时间以来的讲学也将自此暂告一个段落。国家"脑域"技术实验室的工作非常顺利,已经取得了多项重大成果。现在林欣正在向听众分析"脑域"技术的应用前景,他的话不时被热烈的掌声打断。

陈橙埋头浏览资料,思考着需要强调的地方,但一阵突如其来的心悸让她无法继续,她有些恍惚地抬起头,隐约觉得一双很亮的眼睛正从某个地方看着自己。陈橙循着内心的方向望过去,看到一个倚在入口处的人急速地低头离去。陈橙心中一凛,迅速写下"我有急事"几个字递给旁边的叶青衫,之后便悄悄退到了后台。

广场上寥寥的几个人与大厅里的拥挤形成鲜明对比。前面那个人踯躅地朝停车场走去,一副心事重重的样子。过了一会儿,他上了一辆很旧的车朝郊外的方向开去。陈橙急忙挥手拦住一辆出租车。

那人开得有些慢,似乎内心充满犹豫,恰如他先前的背影。陈橙紧张地盯着前方,生怕落下了。出租车司机是一个上了年纪的胖子,不时转头笑嘻嘻地打量一眼漂亮的陈橙,一副什么都知道的神情。陈橙当然明白,他多半认为这是一个妻子暗地里跟踪不老实丈夫的游戏,但她也知道这种事情根本就无从辩白。

一个多小时过去了,前面那车丝毫没有停下来的意思。四下里是郁郁葱葱的田野,低矮起伏的山丘绵延地铺展开去。看来这将是一次长途旅行。

"这条路通向什么地方?"陈橙问。

胖老头眯了一下眼说:"这条路朝西,再走下去就是大山区了。你那位还真会找地方。"

胖老头这句没深浅的话让陈橙不禁有些脸红,她不知道该说些什么,只好不吭声。胖老头突然踩住刹车说:"原来是到这儿来。"

陈橙朝车窗外看去,原来前面那车停在了一家路边店旁。那人已经跟着打扮妖媚的服务员进店去了。陈橙付过车费,头也不回地下了车。出租车掉转方向,却没急着走。胖老头从车窗里伸出头来朝店里张望着,似乎想发现点什么事。但是他很快便失望了,店里很安静。胖老头有些无趣地缩回去发动了车子,口里大声吆喝着:"返空车,半价!"

那人佝偻着身子坐在凳子上,很认真地吃着午餐。桌上摆着一盘炒青菜和一碗汤,他大口地扒拉着碗里的白饭,目不斜视,额上粗大的青筋随着他的咀嚼一隐一现。他夹菜的动作很慢,吃得也很慢,就像一头反刍的牛。他吃得很干净,尤其是饭碗,简直都不用再洗了。这本来只是一个夸张的说法,不过这一次这个碗的确用不着再洗了,它突然从那人的手上滚落在地,碎成了几瓣。那个人并没有去关心碗的命运,因为他听到一个不知是熟悉还是陌生的声音在叫自己的名字。

"何夕。"陈橙又轻轻地叫了一声,然后,她便见到那个佝偻的身影缓缓地回过头来。

4. 山　谷

蒹葭山是一条支系山脉,地势不高,亦无出奇的风光,平日里人迹罕至。放眼望去,山道旁多为杂草及灌木,偶尔也能看到藤本植物。木本种类不多,栾树算是主要的一种,分布很广,但并没成为连续的植被;其他木本植物有小叶榕、刺枣、蒙古桑及胡枝子等。在草本植物里面,为数不少的是芦苇,密密分布在低处,其次是藜草、荻草、芒草等。再有就是竹子了,稍稍夸张一点,简直可以称作漫山遍野都是。

山间小屋坐落在一处很僻静的山谷里,如果不是有人带路的话,谁都难以找到,只有在这附近才看得出有人居住的迹象。地里长着木薯样的植物,如果经过加工,它可以被做成口味普通的面包。树上缠绕着葡萄藤,结着青涩的果实。小片水田里长着水稻,但生长状况看上去不怎么好。

"想不到你真的选择了这样的生活。"陈橙环视着周遭的田园,她觉得这真是太荒唐了。尽管她早就知道何夕的那些奇思怪想,但她从未想到一个光子商务学的高才生居然会真的实践这样的生活。

何夕没有开口,他急速地四下转动头颅,目光贪婪而急切,不放过任何一件让他起疑的事物,看上去就如同一位正在庄稼地里巡视的老农。过了半天,他似乎没发觉有何不妥,这才如梦初醒地回过头来看着陈橙,"你刚才说什么?"

陈橙在心里叹口气,然后轻声问道:"算了,那不重要。你一直独自一人住在这里?"

何夕咧嘴笑笑,"本来还有一个人,但七年前忍受不了寂寞离去了。"

"是一个女人?"陈橙突然问道。话一出口她就觉得后悔,这样问话太唐突了,而且显得自己挺在意似的。

何夕幽幽地看了陈橙一眼,缓缓开口道:"不是,是一个合作者。"

陈橙刚要开口,她口袋里的卫星电话突然响了。其实在路上的时候,电话就响过几次,但陈橙一直没有接听。

林欣的语气很焦急:"陈橙,是你吗?为什么突然就走了?你在什么地方?"

"我有点事情需要处理。你不用担心,我现在很好。"一抹暖意自陈橙心头划过,语气情不自禁变得有些软软的。

"那我放心了。"林欣在电话那边呼出口气,陈橙几乎想象得到他擦汗的样子,"这边的事情我会处理,不过你最好还是早点回来。"

陈橙收起电话,这才发现何夕一直默不作声地盯着自己。她不太自然地笑笑说:"是一个同事。"

"我知道,是那个叫林欣的'脑域'专家。"何夕低声道,"我知道你们一块儿回国的,我都知道。"

陈橙很想说"事情并不是你想的那样",但是她开不了口,她觉得此时由自己来说这句话会显得很奇怪。

"你饿了吧?"何夕换了话题,"我去给你拿点吃的。待会儿你早点休息,今天肯定累坏了。"

就连何夕自己都没有意识到,他的语气中那种疼惜的意味恰如多年以前。

5. 隐 者

蒹葭山的早晨是美丽而多姿的。朝阳从远处的群岚中探出头来,慷慨地将光芒洒向大地。翠绿的植被覆盖着每一片山坡,不知名的鸟儿正在吟唱今天的第一支歌。空气里混合着野花的香气,沁人心脾。

陈橙站在一处地势较高的坡地上,享受着这一切,记忆中,她已经很久没有这样放松过了,一时间陈橙竟有几分羡慕这样的闲适生活了。不过这只是一刹那的感受，陈橙立刻意识到这种念头的可笑，田园牧歌的时代已经被历史的车轮远远地抛在了后面，人类精彩的生活篇章其实正是现在。陈橙的思绪很快飞驰到了自己的研究领域，那里的一切才是真正让人醉心不已的生活——想想看吧，生而为人并且能够置身于人类智慧成果的最前沿，这才是真正无上的精神享受。

"吃点东西吧。"何夕突然在身后低声唤道，他系着一条围裙，手里端着一盘点心，似乎刚从厨房里出来。

陈橙注视着身形有些猥琐的何夕，心里掠过一丝叹息。直到现在她都不敢相信，何夕竟然真的安于这种遗世独立的生活，当年那个意气风发挥斥方遒的何夕已经不存在了，成了记忆里褪色的旧影。

"是有点饿了。"陈橙有些不自然地拿起一块点心，这是用磨得粉碎的米饭做成的，吃到嘴里味道很普通。"是你种的？"陈橙随口问道，心里却很奇怪地闪过一个念头，她希望何夕不要说"是"。

但是何夕点了点头，"是我亲手种的。这是今年的第一次收成。你是第一个品尝的人。"

正是何夕的这番话让陈橙感到了彻底的失望，因为那是一种充满无限满足似乎别无他求的语气。陈橙终于相信，记忆中那个聪明透顶、志向超凡的何夕真的已经不在了，不知道是什么时候，也不知道是在什么地方，总之不存在了。现在，只剩下一个陶醉于田园牧歌式生活的隐者，满足于他所选择的生活。

"我该走了。"陈橙突然对着远方说道，她没有看何夕。是的，这不是她应该待的地方，她还要去做更有意义的事情。

"你这么快就要走？"何夕愕然地看着陈橙，"我以为你会喜欢这里。"

陈橙笑了笑，"也许吧，不过得等到我退休以后。"她下了决心，几乎是义无反顾地朝山坡下走去，丝毫没有理会何夕的反应。

何夕应该听懂了陈橙语气里的讽刺，他的脸一下子涨红了，想说什么但却张不开嘴。

陈橙已经下了两道坎,她突然回头向一直默默跟在身后的何夕问道:"还记得我们当年常说的一句话吗?"

"什么……话?"何夕嗫嚅道。

"看来你真的忘了。"陈橙并不意外地开口说道,"那时我们常说,我们为改变世界而思考。也许你现在会认为那时的我们很可笑,但我要说的是——我珍视当年的一切。而现在我正在实践当初的诺言。"说完这句话,陈橙头也不回地离去,因为她知道此时的何夕无话可说。

但是,陈橙却不得不停下了脚步——何夕突然开口了:

"你错了。改变世界的不是你们,"何夕的声音变得有点异样,"而是我。"

6. 少年狂

国家"脑域"技术实验室由两幢相邻的三十层豪华大厦组成。两幢大厦都是完全封闭且隔音的,饮用的全部是纯净水,空气经过最严格的过滤。大厦之间依靠五道全密闭天桥通道连接。楼顶上停放着四架C2060直升机,随时处于待命状态。大厦内配备有完善的工作设施、生活设施,从日常用品直至虚拟实境的旅游及游戏节目等应有尽有。葱茏的植物散布在大厦的各个角落,感觉像是一座花园——尽管在人工环境里养护这些奇花异草的花费高得吓人。大约有三百名研究人员在这里工作,从理论上讲,一个人即使一辈子不下楼也能过得相当舒适。在目光所及的远处,高高低低地矗立着一些类似的建筑,传输速率上万兆的通信线路将这些大厦与世界相连。建立国家"脑域"技术实验室的总投资大约四亿美元,而七个月以来,整个实验室的产值已经是这个数字的三十倍。

唯一让人有那么一点点不愉快的是，透过玻璃窗能看到楼下脏乱的街景，以及那些如过江之鲫般奔波往来的灰头土脸的行人。现在外面似乎正在举行一场庆祝到今天为止中国在本届夏季奥运会上金牌数仍然保持第一的游行，狂热的人群一边喝着劣质啤酒，一边拍打着肋骨分明的胸口声嘶力竭地欢庆胜利，脸上是睥睨天下的豪情。

林欣有点心烦地拉上百叶窗，将目光从天空晦暗、空气肮脏的户外收回到这间宽敞明亮、设施完备的办公室里。叶青衫坐在对面的沙发上，他们正在讨论陈橙的去向。

"我觉得应该报警。"林欣坚持自己的看法。

"陈橙不会有事，我们一直都能和她联系上。我们还是先处理手上的事情吧。"叶青衫露出了解的神情，他发觉林欣简直是六神无主了，这让他禁不住想笑。以叶青衫的阅历当然明白是怎么回事，但是他同时也发觉，这件事情到目前为止还处于剃头担子一头热的阶段。按理说，林欣是个不错的选择，不过感情的事从来就没有什么道理可言。

林欣叹了一口气，将目光转到投影在大屏幕的一份文件上。那是政府方面做出的加快"脑域"技术发展的决议案，中心意思是国家必须在新四经济的浪潮中迎头赶上，文章末尾是一句很有特色的话："脑域"兴国。

叶青衫不动声色地观察着林欣的反应。这份文件他先看过，实际上他应该算得上参与了议案的制订，最末的那句话可以说是所有议案制订人的心声。

叶青衫心里生出一阵难言的感慨，多少年了，这片土地已不知与多少次机遇失之交臂。作为人类文明的发祥地之一，作为拥有过汉唐气象的伟大国度，多少年来却风采黯淡，这怎不让每个血性未泯的人扼腕长叹？而现在，"脑域"技术却带来了全新的契机，这不仅因为它是能够创造巨大利润的产业，更重要的一点在于，由于陈橙等顶极人才的加盟，使得中国在新四经济时代从一开始便与其他国家站到了同一条起跑线上——准确地说是领先一步。中国专有的多项"脑域"技术已经投入实际生产,前景看好。最新的月度统计数据显示,中国目前在"脑域"技术市场上占据了百分之五十点二的份额。当叶青衫看到这个数字时,他内心涌起的狂喜简直无法用语言来形容,这是这个古老国度几百年以来终于重新在世界最先进领域占有过半数的份额。如果叶青衫再年轻二十岁的话,仅仅因为这个数字,他就会脱口狂呼:"我们是世界之王!"

实际上,那些在场的年轻人真的那样做了,他们欢呼的声浪几乎要将屋顶掀翻。一时间叶青衫禁不住两眼湿润,眼前这个场面让他有种幸福的感觉,他依稀觉得属于这片土地的那个令人向往的时代正在走来。

7. 伤心谷

陈橙回头看着来处,曲折迂回的道路已经被埋没在了茂盛的植被间。从地理上分析,这里只是小屋所在山谷的延伸,但地势却变得开阔了不少,有种别有洞天的意味。同时也正因为这样,阳光没了遮挡,晒得人头顶发烫。

陈橙突然有些想笑,她禁不住想,难道自己真的相信何夕会让她见到"奇迹"吗?她环视四周,这里只是一个农场,这里能有什么"奇迹"呢?说不定到时候,何夕会让她去观赏一头刚出生的小牛,或者是一大片盛开的紫云英。这并非不可能,因为在一个农人眼里,这些就是奇迹。何夕在前面停下来,等着陈橙赶上,目光里带着歉意。

"就在前面。"何夕环视了一下两边并不十分陡峭的山崖,"这个地方看不到什么风景,几乎没有人来。不过这并不是无名山谷,它叫做伤心谷。这里面还有一个故事的。"

"什么故事?"陈橙来了兴趣。

"大概是说很久以前,曾经有一个很伤心的人来到这里,然后他便在此幽居一世,再也没有出去过。"

"这算什么故事?"陈橙哑然失笑,"没头没脑的。"

"我倒是觉得这个故事很不错。"何夕若有所思地看着前方,"我们并不需要知道到底发生了什么事情,伤心的人总是有自己的理由。中国有句古话:'伤心人别有怀抱。'我觉得这个故事听起来又凄凉又美丽。"

陈橙不再搭话,她觉得很累,她已经很久没有徒步行走过这么长的距离了。

"就是这里。"何夕终于停了下来,他回过头,神采奕奕地望着陈橙,眼睛里是一种难以用语言形容的妖异的光。

"这里?"陈橙四下张望,她没有看到什么特别的东西。

"你难道没有感到凉爽吗?"何夕指指上面。

陈橙抬起头,然后她看到满目的苍翠如同一把巨伞撑在头顶,将骄阳挡得严严实实,几乎透不下一丝光线来。陈橙从来没有看到过这么深不可测、这么令人难忘的绿色,触目所及,每一处都仿佛是美玉雕成——但这就是"奇迹"吗?

"是很漂亮。"陈橙淡淡地说,"在这里避暑会很不错。"

何夕没有开口,他痴迷地盯着那些绿得有些过分以至于显得有几分怪异的叶片,仿佛那些叶片是他多年未见的老朋友。何夕自顾自地四下察看着,最后在一根细小的枝丫前停下来。有些白色的小颗粒坠在细枝上,随着凉爽的微风轻轻颤动。

"你到底想让我看什么?"陈橙稍显不耐烦地问,她的心已经飞回了实验基地,开始盘算着回去以后怎样才能把这两天耽误的工作补上。

何夕良久都没有出声,他的脸颊上浮着一团红晕,眼睛紧盯着那根细枝。

"我该走了。"陈橙终于下决心结束这次也许本来就不应该开始的出行。

何夕抬起头来,长长地呼出口气,"你真的没有看到吗?"他指着头顶上的那根细枝说。

"我当然看到了。"陈橙没好气地应了声。

"不,你没有看到。"何夕郑重地摇摇头,仿佛是在宣判什么,"这是一根……稻穗。"

"你说什么?"陈橙像是被人重击了一拳般僵住了,"稻……穗?"

"当然是稻穗。"何夕用力拍了拍身边那根弯曲粗大、盘龙虬结的树干,"它结在稻谷上。你还没看出来吗?"何夕的声音变得低沉古怪,神色也大异于平常,就像是一位来自黑暗森林的巫师。

"我们正站在一株稻谷的下面。"他用巫师一般的声音说道。

8. 警 员

刘汉威是那种天生的警察料子,一米八五的个头,目光敏锐,浑身上下的肌肉都紧绷绷的。这块身坯再配上咄咄逼人的眼神,其震慑力可想而知。本来刘汉威此前一直在执行奥运会中国运动员的保安任务,几天来他尽心尽力地保卫着这些"国宝"的安全,总算没出什么事,相处久了还交上了几个运动员朋友,听他们侃些体育界的趣事。刘汉威最喜欢的事就是和运动员掰手腕,他在警局里可从来没遇到过什么对手,但在这里却一败涂地。单从手臂的外观上看,刘汉威似乎还不怎么差劲,但真正较量起来却根本不是人家的对手。不过刘汉威这个人天生就是倔脾气,他怀着怎么也得赢一次的心理挨个儿找明星们交手,当然最后的结果都是一个输字。如果不是被那位脾气暴躁的教练发现后及时制止的话,刘汉威的征战还将继续下去,不过也正是由于这位教练的话,刘汉威才彻底服了输。

那位教练当时一边瞪着刘汉威，一边咆哮道："你丫算什么？知道国家在这几位爷身上花了多少培养费吗？告诉你，每一位都是拿金山堆出来的。全中国的人都指着他们露脸呢。就凭你也想？"

刘汉威接到的新任务是参加一个特别行动组，寻找一位叫陈橙的专家。以刘汉威的经验来看，这并不算是严格的失踪案件，因为当事人并没有失去联系，而且也不像失去了人身自由。刘汉威被分在第一组，他将参加首轮行动。上面对此次行动极为重视，公安部的首长亲自坐镇指挥，单从这一点便足以看出此番行动的重要性。随着刘汉威对案件的了解逐步加深，他开始体会到这绝非小题大做。陈橙是当今"脑域"技术的权威之一，她所掌握的每一项专有技术都是身价惊人的机密。同时，她还是政府所倡导的技术报国的典范，无论从哪种角度讲，其人身安全都需要绝对保障。

为了不惊动对方，刘汉威和另两名组员下了警车改为步行。从最近一次卫星定位的数据来看，陈橙所在地应该是五公里之外。由于山地的关系，实际路程肯定要远不少，不过这点小事对于训练有素的警员来说根本不算什么。根据计划，他们三人将分散行动，到目的地附近再会合。刘汉威朝身后打了个手势，然后他整个人便立刻像一条蛇似的滑进了郁郁苍苍的林莽。

9. 奇葩

"《山海经》里曾经提到过一种叫木禾的植物。它生长在海内昆仑山上，长五寻，大五围。"何夕目光灼灼地注视着四面的绿色，语气平静地讲述那个几乎与这个国度同样古老的传说。

直到现在，陈橙才稍稍缓过点气来，一种疲倦的感觉让她不自觉地倚在了树干上。她的头有些晕，额角的地方一扯一扯地跳动，就像是有人拿着绳子在牵动那里。《山海经》，昆仑山，木禾……她听见这些只存在于神话里的名词从何夕的口里不断流淌出来。这些都是神话。一个声音在陈橙脑海里说。但是另一个更高的声音立刻说道，不，你现在就靠在一株木禾的树干上，你能够触摸它的每一片叶子，能够听到风吹动树叶时发出的声音。

"这到底是什么植物？"陈橙的声音几乎低得连自己都听不见。

"我称它为样品119号，因为它是第一百一十九号样品培育的，别的那些样品都失败了。从某种意义上讲，它的确是稻谷的一种，但是——"何夕停了一下，"它是多年生的木本植物。"

"木本植物？多年生？"陈橙重复着何夕的话，脸上的表情就仿佛听不懂这些意义明确的词汇表示什么意思。

"你怎么了？"何夕宽容地笑笑。

陈橙镇定了些，她开始认真地观察这株初看上去并不起眼的植物。它的树干扭曲，直径约十厘米，树皮很光滑，摸上去一点也不扎手。陈橙现在才发觉它的叶子形状很奇特，又细又长，像是薏仁或者芦苇的叶子，印象中，很少有树木会长这样的叶子。从树干看上去，它无疑具有木本植物的全部特征，但从叶子和穗状花序来看，却又更像是一种草本植物。木禾？也许真的只有用神话里的这个名字为它命名才是最贴切的。

"它已经生长了两年。"何夕幽幽开口，"这是它第一次开花。前两天我来看过，当时没有一点动静。但是你一来它就突然开花了，仿佛是专门等着你到来似的。"

"是吗？"陈橙有些神不守舍地应了声，何夕的话让她有种被什么东西击中的感觉。"你一来它就突然开花了……仿佛是专门等着你到来似的……"这两句话一直在陈橙心里盘桓着，如同一条无孔不入的蛇。

"我觉得自己并没有做什么，只是做了一点小小的改动。"何夕接着往下说，"木禾在传说中的仙山上已经自由自在地生长了千万年，所有人都认为这是神话,但是——"何夕突然笑了,额上露出深长的皱纹,"我把它带到了人间。"

"你所说的改变世界就是因为它?"陈橙已经从最初的震惊里恢复过来,她觉得自己又可以思考问题了,"你凭什么认为它能够改变世界?按照预测,全球的粮食贸易总量不会比'脑域'经济多。"

"我并不想理会那些数字。"何夕轻抚着光滑的树干,动作很温柔,"我只知道有了样品119号,人们就用不着为了增加耕地而砍伐森林了,到时他们每种下一株粮食也就是种下了一棵树。我还知道有了它以后,人们将再也不用像千万年来一样重复翻土播种收割的繁重劳动,他们只需播种一次,就能够轻松地收获几十年甚至上百年。同时,由于树木的根系远比草本植物发达,人们几乎用不着浇水和施肥。水土流失也将不复存在。只要阳光照得到,只要大地能够容纳,它就可以自由生长,把氧气、淀粉、蛋白质这些自然的馈赠源源不断地提供给人们。到时候,人类将与整个自然融为一体,再也不会分开。"

陈橙这次是真正地傻了、呆了,她完全不能说话,甚至不能动弹,何夕描绘的前景就像神话一般让她完全沉迷于其中不能自拔了。改变世界?何夕是这样说的吧。但这何止是改变世界,这根本就是重塑了一个世界!陈橙目不转睛地盯着仍然沉浸在自己世界里的何夕,她觉得有一种难以用语言形容的光芒笼罩着何夕的脸庞。

"我真的看到了——木禾?"陈橙觉得自己的声音像是别人的。

但是陈橙没有料到,何夕竟然摇了摇头,"我说过的,它是样品119号,不叫什么木禾。"何夕的神情显得有些古怪,这一点任谁都看得出来。他就像是突然想到了什么东西,一种阴鸷的表情从他脸上浮现出来。

陈橙心里有些纳闷儿,她不知道自己什么地方说错了话。一分钟之前,何夕还明明在讲述着那个关于木禾的神话,但转眼之间却又像是变了一个人似的。陈橙不知道自己这时候该说些什么,她下意识地拿指甲刮着一根弯曲的树干,突然嗅到一股很奇怪的气味从树干被刮掉表皮的地方散发出来,就像是腐烂多日的物体发出的,简直令人作呕。"怎么回事?"她吃惊地跳开,"这是什么气味?"

何夕怔了一下,摇摇头说:"这种气味是它与生俱来的,我曾经想去掉但是没能成功。不过,这种气味只在树干和树叶上才有,种子里没有。也许当年它在昆仑山上时就已经是这样的了。"何夕为自己找的这个理由淡然地笑了笑,但是笑容并没有持续太久,他的表情重又恢复到几秒钟之前的样子。"我们该走了。"何夕补上一句,"我的工作场所就在前面。"

10. 迷 雾

从外表上看,这间屋子并不起眼,直到何夕带陈橙参观了建在地下的实验室之后,她才发现这其实是一间具有相当规模的研究所。在实验室里,陈橙见到了不少稀奇古怪的装置,有些简直闻所未闻。陈橙去过几处世界知名的农作物培育基地,这方面的见识不少。但是,何夕这里的确有许多不同之处,给人的感觉是他似乎走了一条与主流不大相同的路。有个问题一直萦绕在陈橙心间,那就是,何夕告诉她在样品119号里包含有数十种植物的基因,而且称他之所以能够取得现在的成果,是因为找到了一种被他称为"造物主的魔棒"的方法。正是这些基因共同作用的结果,才产生出了这种植物。陈橙的心里始终觉得,样品119号笼罩着一层妖异的迷雾,它一方面让人目眩神迷,另一方面却又丑陋得让人难以放心。比如它那奇怪的扭曲枝干,还有枝干上难闻的气味。如果不是有那小小的稻穗做点缀,它完全应该归入令人厌恶的一类东西。如果何夕真能如他所言那样随心所欲地挥舞造物主的魔棒,那么,"样品119号"又怎么会是如此丑陋不堪的模样?这实在让人难以理解。

"你肯定想知道我是怎么建立起这个设施一流的实验室的。"何夕说这句话的语气就像一个想在朋友面前炫耀的人,他的目光缓缓环视着四周,"当年我们一起求学时学到的那些知识还有用武之地。忘了告诉你,我一直是几家光子商务公司聘请的远程顾问。我就靠这过活,而且还能攒不少钱来做我喜欢做的事情。"

陈橙露出戏谑的神色,"当初你不是说光子商务前途黯淡吗?现在还不是要靠这门技术过活。"

"这并无矛盾。"何夕反诘道,"其实当初我那样讲并不代表我不喜欢这门学科,我只是总结罢了。从新经济时代开始,各种让人眼花缭乱的新潮技术就轮番上阵,各领风骚若干年。唯一不变的是,每种技术都经历了几乎一样的发展过程。其实也不需要我多说,你应该有体会的。"

"我明白你的意思了。"陈橙点点头喃喃地道,她死盯着眼前这个男人的脸,记忆里她曾经与这个男人有过无数次的争论,但每次自己最后都是失败的一方。就像这一次,她本来以为自己会说服对方的,但依然还是同样的结果。尽管陈橙永远都不会在嘴上承认,可是她的内心很清楚自己已经再一次被说服了。恍惚间,陈橙觉得时光的流逝仿佛停滞了,自己又变成很多年前的那个娇气而任性的少女,怀揣着彻夜不眠才想出的对策去找那个可气又可恨的人争辩,但三言两语之后又再一次失了面子败下阵来,只好一个人躲到校园的角落里暗自赌气伤心。

11. 王 者

"你们是说行动遇到了困难?"叶青衫带点恼恨地问,"不是说已经找到陈橙所在地了吗,为什么不带她回来?"

坐在他对面的那个胖胖的警官摊了摊手,"我们不能强行那样做。根据侦察,陈橙女士并未被劫作人质,警方在这种情况下没有理由干涉她的自由。现在我们只能在不惊扰她的前提下远距离监视那里的情况。"胖警官指着眼前的计算机屏幕说,"刘汉威警员就在现场附近,如果愿意的话,你可以先看一下他发回的一些录影资料。"

叶青衫不动声色地看着屏幕,他一眼就认出了那个男人。何夕,他在心里悠长地叹息了一声。这么说,陈橙遇见的真的是他。叶青衫知道自己永远都无法忘掉这个奇特的学生,他聪明而偏激,我行我素却又害羞敏感,他就像是一个复杂的混合体。当年何夕全然不顾光子商务学每年给全球经济带来的上千亿美元的增长,公然宣称这只是昙花一现的片刻风光。叶青衫为此曾经与他有过几次正面交锋,虽然最后都以何夕认错了事,但叶青衫知道这只是师威所致,算不得全胜。因为他私下里了解到,何夕在同其他人争论这个问题时,总是驳得对方片甲不留。就连叶青衫心目中最听话的陈橙,最后也在实际上认同了何夕的观点,以至她最终违背了叶青衫的意志转向了"脑域"领域。

画面上的两个人进了屋,他们的声音越来越低,渐渐渺不可闻,而且就连红外波段的摄影机也失去了影像,他们看起来就像是从屋子里消失了。不过叶青衫很快想清楚了个中缘由,屋子里一定有通向地下室的通道。

"我们估计可能有一间地下室存在。"胖警官在一旁说道,"现在我们正在计划下一步的行动。"

"我必须要赶到那个地方去。"叶青衫突然下了决心般地说道,一缕花白的头发随着他头部的运动在额头上一晃一晃的。他一边说一边朝屋子外面走,丝毫不理会胖警官满脸的诧异。

外面的大办公室里人声鼎沸,几名因为街头闹事被捕的男子正同警员拉扯着。劣质白酒散发的刺鼻酒气从他们的口里一阵阵地喷出来,他们一边挥舞火柴棍似的细长胳膊,一边大笑着狂喊:"我们赢了,我们得了七十三枚金牌!我们是世界第一体育强国!美国佬算什么?俄国佬算什么?哈哈哈!我们才是世界之王!哈哈哈,世界之王!"

12. 机　锋

　　转基因技术是多年前新经济时代的产物,它给当时的世界带来的争论之多,只有它所创造的利润可比。但现在它只是一门夕阳产业,这并非说它在新四经济时代没有用武之地,恰恰相反,现在的转基因技术产业的规模是新经济时代的几百倍,可问题的关键在于,它现在创造的利润还不及当年的一半。这听起来似乎不合情理,但说穿了却很简单,因为在新经济时代,它是被掌握在极少数集团手里的尖端技术,可以从中获取极高的收益。当时,一头乳汁里含有人体特殊蛋白的转基因奶牛每年能够创造两亿多美元的价值,而现在,就算养一千头这样的转基因奶牛也无法创造这样的效益。

　　何夕用探针从无菌培养基里挑出一团细小的东西放到显微镜下观察,他的神态很专注。陈橙靠在一旁的转椅上,随意地环视着周围的陈设。何夕只过了半小时便停止了工作,带点歉意地一边收拾一边说:"让你久等了。这是我每天必须做的工作。"

　　陈橙轻轻地摇了摇头,"你不用管我。"

　　"已经弄妥了。"何夕已经收拾完毕,重新将培养基放入小型温室,"这是新培养的一批样品119号。我计划扩大实验规模。现在缺的是资金。"

　　陈橙心念一动,"我记得国家农业部有这方面的专项基金。前不久,我还跟农业部水稻研究所所长袁守平博士见过一面,听他提到过这件事。他是杂交水稻专家，一定会支持这件事情的。"

何夕立刻被陈橙的提议打动了，他的眼里放出光来，不由自主地一把握紧了陈橙的手。陈橙脸上微微一红，但是并没有挣脱开。何夕很快发觉了自己的失态，急忙有些不自然地松开手。

"原来样品119号运用的只是转基因技术。"陈橙换了话题，"说实话我有点意外，我本以为这里面会有一些新的尖端技术。"

何夕露出神秘的笑容，"我的确没有什么出奇的尖端技术，但这有什么关系呢？我只知道我造就了样品119号。所谓的技术就好比一把锋利的刀，但很多手里有刀的人却未必能够雕刻出完美的作品，他们缺乏的是创造性的想象。也许人们早就具备了造就样品119号的能力，但却只有我做到了。你明白我的意思吗？"

陈橙不自觉地点点头，她想起当年爱因斯坦评价自己创立的狭义相对论时说的一句话：苹果已经熟了，我只是摘下它的人。但是，谁能否认爱因斯坦那超人的智慧呢？也许何夕有点自负，但他的确有资格自负，因为他想到了常人想不到的东西。不，还不止常人。陈橙接着想，自己不也是从未想到过这一点吗？陈橙突然有些气馁，她觉得自己多年来努力取得的那些曾经令她倍感自豪的成就在何夕面前竟然黯然失色。

"可我还是认定一点。"陈橙决定要有所反击，她的自尊心命令她这样做，"现在全世界都看好'脑域'技术，它才是世界经济新的增长点。尤其对于我们这个依然不算发达的国家来说更是如此。这段时间以来，我们每个月的产值都超过二十亿美元，我们在全球'脑域'技术的市场上占比份额已经过半，而且还在扩大。我们现在拥有世界第一流的实验基地，拥有世界上最好的'脑域'技术人才，我们将在新四经济时代建立从未有过的优势地位。"陈橙被自己描绘的前景所感染，眼角闪动着隐隐的泪光，"我永远忘不了那天我同叶青衫教授谈到这个问题时他说的一句话，他说为了这一天的到来，他已经盼望了整整一生。"

当陈橙提到叶青衫的名字时,何夕的身体微微抖动了一下,但是他没说什么。陈橙用一句她认为最关键的话来结束了整段谈话,"而样品119号能够做到这一点吗?它是有许多优点,可它生产的只是每个国家都能生产的最普通也最原始的商品——粮食。"

何夕听到这里突然大笑起来,"看来我们终于说到关键地方了。我承认'脑域'技术的确是我们这个时代最尖端的科技,它只掌握在极少数人手里。你说你们每个月的产值都超过二十亿美元,这我完全相信,而且据我分析,其中的利润将达到十六亿,也就是说是成本的四倍。道理很简单——那些'脑域'技术产品除了你们的实验室外,没有别的地方能够生产。其实这正是从新经济时代到新四经济时代所共有的唯一不变之处。"

陈橙疑惑地点点头,她很奇怪何夕竟然完全是在顺着她的意思往下说。

何夕莫测高深地接着往下讲:"而样品119号呢?就像你说的那样,它的最终产品只是粮食,谁都能生产,我根本卖不了高价。结果可能还要糟——你知道样品119号的性能,它被推广后可能使得粮食生产变得几乎没有成本,粮食作物将成为野草一样的东西。到时候说不定粮食生产将不复为一个产业。"

陈橙不知道应该怎样理解何夕的话,她甚至搞不懂何夕想说什么。何夕所说的全都是实情,但是照他的说法,样品119号将是一种无法创造效益的成果。既然何夕已经认识到了这一点,他为什么不及早回头?

"可是,也许有一件事可以同它作比较。"何夕话锋一转,"照刚才的逻辑,世上无用的成果还有一样,可那却是许多年以来全人类都梦寐以求的最伟大的理想。"

"你指什么?"陈橙喃喃地道,她绞尽脑汁猜想何夕会说什么,但是她实在想不出。

"那就是可控核聚变技术。"何夕慢慢开口,"这种技术的产品是能源,但如果它成功的话,将永久性地解决能源问题,到那时,能源将变得一钱不值。"

陈橙生平第一次觉得自己就像个傻瓜,竟然无法开口说一句话。她疑惑地望着何夕,望着这个她曾以为很熟悉、甚至一度有所轻视的人,脑子里回响着乱糟糟的声音。木禾,样品119号,脑域,可控核聚变……陈橙恍然觉得支撑着自己世界的那些原本坚不可摧的柱石正在某种力量的挤压下崩塌。

但是何夕并不打算放过她,他的语气变得幽微:"对于一个人口不多的国家而言,'脑域'技术会很有用,因为他们可以去赚世界上剩下的高出本国人口几十倍的那些人的钱,再用赚来的钱去享受那些谁都能生产的传统廉价商品。这样的游戏在新经济时代就开始了,当时世界上那个最强大的国家人口只有世界人口的三十分之一,但每年却购买并消耗了世界上三分之一的石油。'脑域兴国'——你们是这样提的吧——对于我们脚下的这片土地来说只是一个可笑的画饼而已。你真的以为自己改变了这片土地吗?你们待在一尘不染并与外界完全隔绝的豪华大厦里,但几步之遥的户外却充斥着肮脏、贫穷、疾病以及污染。你们掌握有世界最先进的'脑域'技术,薪水丝毫不逊于世界任何一个国家的精英,其中的个别人——比如说你或林欣——很快就会成为世界首富。但是,如果你们将头伸出窗外看一眼就会发现,你们什么也没有改变。就好比我们的那些运动精英在本次奥运会上取得了世界第一的骄人战绩,但我们身边的无数人却依然是面黄肌瘦的模样,孩子们要找块免费踢球的地方都很困难。精英们在设施一流的场地里训练,享受普通人永远不可企及的精致食品,有成百上千名各个领域的专家为他们服务,他们的生活根本就与这片土地毫不相干。他们能证明什么呢?那些金牌只是证明我们更看重面子,更乐意在运动员身上花钱而已。"

"老实说,我不知道自己应该怎样理解你的话,我觉得迷惑。"陈橙在短暂的沉寂之后插话道。

"我的意思其实很简单。"何夕望着天边,目光灼人,"对于我们脚下这片浸透着苦难的古老土地来说,只有那些最最'基本'的东西才会真正有用。除此之外的那些所谓新潮技术,所谓领先科技,最终都是些好看但作用却不大的肥皂泡罢了。"

陈橙已经完完全全地沉静下来,她幽深地看着何夕,目光如同暗夜里的星星。

13. 异　端

叶青衫没能实行自己的计划。就在准备动身时,他接到了警方通知:何夕同陈橙已经离开了蒹葭山。

国家杂交水稻研究所是农业部下辖的所有研究所里最重要的一家。这里是一片以米白色为基调的园林式建筑群。在大门的旁边立着一块仿稻穗形状的石碑,上面镌刻着一些令人肃然起敬的名字——他们是这个领域的先行者。

袁守平所长并没有刻意去掩饰脸上的不耐烦。当陈橙昨天约请他见面时,他原本打算拒绝的。这倒不是因为他有意端架子,他只是不喜欢陈橙的夸张态度,说什么"粮食产业的革命"。作为一名严肃的农业专家,他对任何放卫星式的做法一向不屑一顾。袁守平是杂交水稻专家,他的一生几乎都奉献给了这种与人类生活密切相关的植物。虽然不能说他对这个领域的研究已达到极致,但也不至于存在什么他完全不知道的"革命"性的东西,基于这一点,他对陈橙的推荐基本上可说是充满怀疑。不过,现在眼前的这个人并不是他想象中那种爱出风头的形象,袁守平与何夕对视了一秒钟,他发觉有种令人无法漠视的力量从这个高而瘦弱的人身上散发出来,竟然令他微微有些不安。

陈橙作了简单的介绍,然后把剩下的时间交给何夕,同时暗示他尽可能简短。但是,何夕的第一句话就让陈橙知道这将是一次冗长的演讲,因为他开口便说:"《山海经》是中国古老的山川地理杂志……"

投射进房间里的阳光在地上移动了一段不短的距离,提醒着时间的流逝。袁守平轻轻呼出口气,他这才注意到自己的双腿已经很久都没有挪动过了,以至于有些发麻。他盯着面前这位神态平静的陈述者,仿佛要作某种研究。在袁守平的记忆中,他从来没有像今天这样一语不发地听完对方的讲话。并不是他不想发言,而是他有一种插不上话的感觉。这个叫何夕的人无疑是在介绍一种粮食作物,这本来是袁守平的本行,但是听上去却又完全不对路,尽是些神神道道的东西。不过中心意思还是很清楚的,那应该是一种叫做样品119号的多年生木本稻谷。袁守平的额上已经沁出了一层细小的汗珠,这是他遇到激动人心的想法时的表现。他终于按捺不住地问道:"这种作物的单产量是多少?比起杂交水稻来如何?"

何夕突然笑了,袁守平一时间弄不明白他的笑是因为什么,在他看来,他们讨论的是很严肃的话题。"我不认为我有必要去过多地考虑这个指标。"何夕笑着说。

袁守平简直要怀疑自己是不是听错了,他急切地反问:"难道对于一种粮食作物来说,单产量这样的指标还不够重要吗?如果一种作物离开了这个指标,还能够称得上是作物吗?"袁守平狐疑地盯着何夕看,他真想伸手去探一下何夕的额头,看他是否在发烧。

"你误会了我的意思。"何夕理解地说,"我只是说相比任何杂交水稻,样品119号首先在出发点上就已经是天壤之别了,它们根本就不可比。"

"是吗?"袁守平轻轻问了句,抬头环视了一眼这间专属于他的设施豪华的办公室。一幅放大的雄性不育野生稻株的图片挂在最醒目的位置,这是多年前一位杂交水稻研究的先驱者发现的,由此带来了一场杂交水稻的技术变革。那位先驱者本人也因此从权威的挑战者变成了新的权威。现在袁守平所做的一切都是沿着他闯出的道路往下走。这条路已经由许多人走了许多年,已不复是当年崎岖难行的模样,而是很宽阔,很……平坦。

"我知道你们这里有专项的研究基金。"陈橙打破眼前这短暂的沉默,"何夕现在最缺的就是资金。他一个人的力量太小了。"

"你是说资金?"袁守平恋恋不舍地将目光从那幅图片上收回,"我们是有专项的资金,但现在有几个项目都在同时进行。何况……"

"何况什么?"何夕不解地追问。

袁守平露出豁达的笑容,"我们不太可能将宝贵的资金投入到一个建立在神话之上的奇怪想法中去。想想看吧,你竟然不能告诉我样品119号的单产量。"

何夕静默地盯着袁守平的眼睛,几秒钟后,他仿佛洞悉般地叹口气说:"虽然我知道这很多余,但我还是想解答你的问题。由于没能规模种植,所以我现在的确还不知道样品119号的单产量究竟是多少,但即使今后发现它比不上杂交水稻的单产量,我也将坚持自己的观点,因为那种情况即使出现也肯定是暂时的。不知你是否注意到了这样一种现象,夏天里,再茂盛的水稻田地表也会发烫?这说明大部分太阳能根本没有被利用,而夏天的森林里却总是一片凉爽。这也是木本作物和草本作物的最大区别之一。就好比汽车刚刚诞生时连马车的速度都比不上,但这绝对阻挡不了前者最终取代后者成为世上交通工具的主宰。"何夕苦笑一声,"我知道你们一直走的是水稻杂交路线,培育的作物始终都是草本植物,这同我走的完全不是一条路。在你们这些正统人士眼里,我根本就是一个不守规矩的异教徒,你们可以拒绝帮助我,但这只会让我从内心里感到鄙视。你们不过是为了保持自己占有的一点点先机,但却放弃了更多的可能性。"

何夕说完这句话便头也不回地夺门而出,陈橙仓促地起身朝袁守平点点头后,立马追了出去。屋子里蓦地安静下来,袁守平突然觉得很累,就像是要虚脱的感觉。他无力地靠倒在沙发上,目光正好看到了那幅醒目的图片。这时,就像是有一股力量注进了袁守平的身体,他挺直身板痴痴地看着图片,目光中充满依恋,就仿佛仰望着一个图腾。

14. 秘　密

叶青衫在研究所门口截住了何夕与陈橙。这是一次意料之外的会面,何夕脸上的表情像是惊呆了。

"同自己的老师见面有这么可怕?"叶青衫有些伤感地说。

"不,您误会了。"何夕镇定了些,"我只是觉得自己对不起老师。"

"这倒不必。"叶青衫立刻明白了何夕的意思,"人各有志,岂能强求?就连陈橙不也是改学了专业吗?我不怪你们。"其实这句话并没有道出全部实情,因为在叶青衫眼中,陈橙走的依然是正途,她今日的成就令他也感到荣光;而何夕却是堕入了旁门左道,叶青衫甚至都不知道何夕究竟在干些什么。

叶青衫转头对陈橙说:"这些天我们都很担心你。林欣现在也没法静下心来工作。"

叶青衫的目光突然飘向陈橙的身后,"说曹操曹操就到了。"

陈橙一回头,林欣的头正从一辆警车中伸出,车像脱缰野马般冲过来后猛地停下。林欣跳下车,忘情地扑上来紧紧拥住陈橙,脸庞涨得通红。"这些天出什么事了?"林欣大声问。

但是看来他并不打算让陈橙回答,因为他将陈橙的整个脸庞都死死压在了自己的胸前。

"别这样。"陈橙费力地挣脱出来,她的目光从何夕脸上扫过,看到一丝复杂的神色滑过何夕的眼底。"我先介绍一下。"陈橙指着何夕说,"这是何夕,我的老同学。"又指着林欣对何夕说,"这是林欣,我的……老同事。"

"何夕。"林欣念叨着这个似曾听过的名字,同时探究地看着眼前这个男人的脸。他既然是陈橙的同学,年龄应该也是三十多岁,但是看上去的苍老程度却接近五十岁,很久没刮的胡子乱糟糟地支棱着,更加夸大了这种印象。林欣不由自主地摸了摸自己光洁的下巴。

"常听陈橙提起你。"何夕伸出手与林欣相握,"我知道你是世界著名的'脑域'学专家。"

"过奖过奖。"林欣照例谦虚地笑,同时礼节性地轻轻碰了一下何夕的手,就如同面对众多的仰慕者一样。之后,他便立刻将注意力集中到了陈橙身上,同叶青衫一道关切地询问起来。

何夕在一旁茕茕孑立,沉默地注视着这个热闹的重逢场面,一丝几乎难以察觉的落寞神色滑过他的眼角。长久以来,他已经习惯了遗世独立的生活,对于外界的喧嚣几乎从不在意。但是眼前这似曾相识的情景却在一瞬间无可抵抗地击中了他,一股久违的软弱感觉从他心里翻腾起来。

我在这里做什么?何夕问自己。这是他们的世界,我不该留在这里,我应该回到自己的山谷中去。何夕最后看了一眼正沉浸在相逢之乐里的人们,慢慢地朝后退却。

但是一个声音止住了他,是陈橙。"何夕快过来。"她神采飞扬地喊道,"我有一个提议。"

何夕的脚步立即停了下来,这并非因为有什么"提议",而是因为这是陈橙在叫他。他淡淡地笑着迎过去,加入到原本离他很远的热闹之中。

"我计划从我们的研究经费里抽出一部分来资助你。"陈橙大声说,"加上老师和林欣,到时候凭我们三个人的支持一定能通过这个提案。"

"支持?那……当然了。"林欣转头看着何夕,就像是看着一个靠女人生活的男人,"我没什么意见。"

"怎么说话有气无力的?"陈橙打趣地望着林欣,"何夕不会浪费你那些宝贵经费的,他从事的是很有意义的事情,他研究木禾。"

"什么……木禾?"叶青衫迷惑地看着何夕,"那是什么东西?"

"木禾是一种长得很丑又有臭味的树。不过却很了不起。"陈橙的语气有点卖关子的味道,这么多年来,所有人都误会了何夕,但现在她真的替何夕感到骄傲。

然而,何夕脸上的神色却突然变得阴沉,"从来没有什么木禾。我研究的是样品119号。"

陈橙悚然惊觉,这已经是何夕第二次这样强调了。他似乎很不愿意听到别人提起"木禾"这个词,就像是有什么不为人知的东西一直鲠在他的胸口。陈橙不解地望着何夕,但是后者已经紧紧抿住了嘴,也许那将会是一个永远的秘密。

15. 绝 尘

陈橙有些不耐烦地敲着桌面。国家"脑域"技术实验室各个部门的负责人基本都已到场,今天他们将讨论向"样品119号"项目(这真是一个奇怪的名称)注入资金的事宜。时间已经到了,但是何夕却没有现身,这让陈橙有些不快,也许长久以来的农夫生活令他也变得疏懒了。

去催问的人回来了,他径自走到陈橙面前交给她一个金属盒子,"是那个人留下的。指明交给你。"

盒子很厚,有种沉甸甸的感觉。陈橙有种不好的预感,她两手颤抖着打开盒子,里面最上层放着一台微型录音机。陈橙戴上耳机,何夕那浑厚的声音传了出来:

"陈橙：凭你的聪慧，当你收到盒子的时候一定就意识到什么事情发生了。是的，我走了，这是我费了很大力气才决定的。你一定奇怪我为什么这样做，老实说一时间我自己都无法完全说清楚。我知道你们即将讨论资助我的研究的事情，而正是这一点促使我尽快离去。很奇怪吧？等你听我说完就会明白了。

我的研究其实早在两年前就完成了。一切都很成功，甚至近于完美。我挥舞着造物主的魔棒创造出了我想要的东西，我将世间植物的所有优点都赋予了它，在那令人永生难忘的一刻里，我将木禾从高不可攀的神山上带到了人世间。

是的，我是说木禾，而不是什么样品119号。那时的木禾还只是一株幼苗但却苍翠而修长，可以想见长成后的伟岸与挺拔，也许就像《山海经》所说的那样'长五寻，大五围'。我目眩神迷地注视着它，大声地赞美它，就像是面对自己倾心不已的恋人。但是接下来，我却伸出脚去将它碾作了一团泥。不仅如此，此后我全部的工作便是搜寻植物中那些令人不快的基因表达，比如弯曲的枝干以及恶心的气味，并且挖空心思将与这些性状有关的基因嵌入到木禾中去。这样做的结果便是你看到的那种奇怪植物——样品119号。长久以来，我一直就在做这些事情，那天我说希望得到研究资金，其实是因为我还想在样品119号中加入某种制造植物毒素的基因，以便让它的树干中含有剧毒。

听到这里你一定以为我疯了。但是你错了，我并没有疯，恰恰相反，做着这一切的时候我很清醒。我之所以这样做只有一个原因，那就是我太喜欢木禾了，它是我半生的心血。中国有句古话：匹夫无罪，怀璧其罪。你明白我的意思吗？大象因为象牙之美而招致杀身之祸，犀牛死于名贵的犀角，而森林则因为伟岸挺拔的树干而消失。人类主宰着这片多灾多难的土地，按照自己的意愿支配着一切。我将这些性状加入到木禾中去，只是起某种防御作用罢了。我这样做只是希望有朝一日木禾能够遍布这颗历经沧桑的星球,而不是被砍伐一空——这种事情实在太多了,让我根本无法相信人类的理智。如果资金到位,我准备马上开始。

但是我最终决定放弃了,这真是一个难以做出的决断,我为此彻夜不眠。不过现在我总算下定了决心,我想自己总该对世界保留一些希望吧。也许在得到教训之后,人们不会再像以前那么贪婪了呢?也许这都是我的杞人忧天呢?所以我把最后的决定权交给你,在盒子里有两支试管,里面分别培养着木禾以及样品119号的幼体,但愿你内心的声音能够引领着你做出正确的决断。

你一定想问我会到哪儿去。别为我担心,我有自己的路可走。还记得我们说过的,这个世界除了木禾之外,还有一项研究也是'无用'的吗?最大胆的预测是有实用价值的可控核聚变技术将在五十年至一百年后问世,也许那便是我的归宿。这次重逢让我知道经过这么多年之后,我们的人生之路已经相隔太远,同学少年的美好时光就让它在记忆里永存吧。再见了,陈橙。向林欣问好,他是一个很不错的人。"

整间屋子鸦雀无声,所有人都面面相觑,不明白发生了什么事。

陈橙从盒子里抽出两支试管,一时间,整间屋子都仿佛变得明亮起来。左边的试管壁上标着"样品119号"的字样,里面有几株不起眼的黄绿色小苗,而另一支试管则没有任何标记。陈橙将目光集中到右边的那支试管上,她并没有意识到自己的手已经开始颤抖。试管里也是几株小苗,纤细而柔弱地斜躺着,除了那夺人心魄的绿色之外,并没有什么出奇之处。

木禾。陈橙在心里轻唤了一声,如同呼喊一个奇迹。霎时间,陈橙的心中滚过万千难以用语言形容的感慨,她仿佛看到了掩映在云雾深处的海内昆仑山,千万年来簇簇仙葩自由自在地在绝顶之上生长着,山腰风雪肆虐,一个渺小而倔强的身影若隐若现……

"你怎么了？"林欣关切的询问将陈橙从短暂的失神中惊醒,"那支没有标记的试管里是什么植物?"林欣追问道,"它叫什么名字?"

陈橙陡然一滞,竟然不知道该怎样回答这个问题。她的目光停留在了试管上,是的,那个人将决断的权力交给了她,那个人将神话里的木禾带到了人世间,但是很快便发现它太完美了,几乎不可能在这个早已摒弃了神话的世界上生存。

"它也是样品119号吗？它也是稻谷吗?"林欣挠挠头,"不过看起来有些不一样。"

"它会是一棵擎天大树。"陈橙脱口而出,泪水在一瞬间浸湿了她的双眼。

祸害万年在

上

何百夕教授弥留之际的眼睛还没有闭上，真哭假号的亲友们已经开始计划如何分配并花销何百夕教授辛苦一生挣下的为数可观的财富。何百夕皱纹密布的脸上一直漾着某种奇怪的笑容，看上去微微让人有些不安，同时也使人无法想象这会是一张垂死者的脸。没有人知道这种笑容到底意味着什么，除了何百夕自己。现在，何百夕教授的思想早已飘出了这间笼罩着死亡气息的病房。不管怎样，何百夕想，我终于战胜了那个东西，尽管拖了差不多六十年，接近我一生的时间，但是我最终成了胜利者。这样想着的时候，何百夕教授的心里充满了宁静。

临终仪式仍然在有条不紊地进行着。一个牧师模样的人以颂扬的口吻煞有介事地给何百夕的一生做出评判。何百夕没有听见他说了些什么，只看到他那张不断嚅动的嘴。为什么要找牧师来，何百夕有些不满，我是一位科学家，和牧师沾不上边。何百夕的眼珠横着动了一下，看上去是要找什么人。现场的人们猜度着何百夕的意思，然后，政府方面的代表走上前去握住何百夕的手说："你放心去，我们会永远记住你。"何百夕教授满足地咧了咧干枯的嘴唇,缓缓闭上了眼睛。

公元2060年7月12日的某一个时刻,20世纪计算机"千年虫"问题的主要解决者之一何百夕教授离开了这个多姿多彩的世界。何百夕教授从20世纪90年代开始与这个对手较量,他经历了这个过程中的几乎每一场战役,采用过几乎所有可行的办法,直到最近,在离他生命终结差不多半年的时候,才最终取得了彻底的胜利。也就是说,他不仅和众多志同道合者一起扫除了世纪之交时发作的"千年虫",同时,还耗尽自己的全部精力来战胜那些人们为了稳妥的需要而有意把发作时间往后挪了几十年的"千年虫"。

当年,在21世纪的曙光开始显露的时候,人们突然发现公元两千年的到来之日就是所有计算机的计时混乱之时,由于普遍采用两位数表示日期中的年份,使得计算机将无法区分公元2000年和公元1900年。究竟是谁在计算机发展的早期采用了这种有缺陷的日期表示法已经是一个悬案了,实际上,就算查出来也没有什么意义。因为不管是某个人还是某个团体造成了这个后果,他(们)都不会是出于恶意,而只是为了节约一点点在那个时代可称得上宝贵的存储设备。在公元2000年的时候,有个叫何往夕的美籍华人科学家写了篇文章,宣称正是自己在几十年前供职于美国的某个研究所时的一念之差造成了"千年虫"问题,同时,他还说当时自己偶尔也想到过这个缺陷可能会在将来的某一天造成混乱,但他认为那毕竟是几十年后的事情,那时的人们会利用更为发达的科技手段毫不费力地解决这个问题。何百夕还记得当自己看到这篇文章时,恨不得揪住作者的耳朵打他几十个耳光,而且他真的开始查找这个叫何往夕的人的下落。但当他费尽心力终于打听到何往夕的下落时,却发现何往夕的住所已经是非洲大地上的一座孤坟,末了,何百夕只得悻悻然朝着非洲的方向咒骂几声了事。那个时候,人们基本上都把这个问题称作"千年虫",但何百夕知道这样的说法是不准确的,因为问题的实质是当年份从99变成100的时候出现了混乱，所以准确的说法应当是"百年虫"。公元2000年不过正好同时是100和1000的倍数，而问题的真实原因是不应该混淆的。

从20世纪90年代起，"千年虫"的解决开始被大规模地提上议事日程，出现了各种各样的方法。如果不是由于这个问题的出现，何百夕教授的一生可能会是另外一副完全不同的模样。在此之前，他的主攻方向是人工智能，他曾经那样入迷地在这个领域里倾注了自己全部的精力，当第一次输给由自己编写的中国象棋程序时，他的心里充满了惊叹。有很多次，何百夕想到自己的一生会在这种让人着迷的工作中度过，他都感到十分满足；他热爱这样的生活。

但"千年虫"改变了一切，这个现实的巨大威胁使得众多的研究机构和众多像何百夕一样的人员投入了这场规模浩大的战役之中，当然，这本身也是谋生的需要。当何百夕与新世纪到来的钟点一路赛跑着工作的时候，他总在想为什么非要等到现在才想到来解决"千年虫"，实际上，在何往夕的那个年代里也可以提早解决这个问题，而且由于当时的计算机应用范围很小，可以使得解决这一问题的成本和风险都远远低于现在。但何百夕立刻就想清楚了这个问题的原因所在，在大多数情况下，人们都是像何往夕那样思考问题的，即便是何百夕自己也是等到现在才真正感到这是一个问题。

当年，在解决"千年虫"的方案里有一种"推迟方案"，意思是对某些暂时没有把握解决或是特别需要慎重对待的系统可以采取将系统时间拨后一段时间的方法。比方说把99年拨后成79年，这样做就意味着这个系统的"千年虫"问题将推迟二十年发作，未来的人们可以凭借届时更为先进的科技手段来解决这个问题。为了不使这种方法被滥用，相关组织规定拨后的时间量最多不得超过六十年。但现在，这一切终于都成为了过去，何百夕教授用自己近一生的努力最终解决了这个问题。在公元2060年1月1日，随着"世界千年虫问题协会"的秘书长何百夕教授亲手把世界上最后一套拨后了六十年时间的计算机系统的时间格式从两位数年份成功升级到四位数年份,一切都成为了历史。当时,何百夕教授清晰地听到自己心中划过了一声悠长的浩叹。他几乎一生的时间都陷在了这个本不该出现的问题里,当然,他也因此成为世界"千年虫"问题的权威,成为泰斗一般的人物。何百夕也知道,如果当初他继续留在人工智能的领域里,未必能有今天的成就,但他总是会充满柔情地回想那个有些粗糙的中国象棋程序,以及那个在程序面前目眩神迷不能自已的少年。实际上,彼时彼刻何百夕根本无法准确地说出自己心中究竟是什么样的滋味。从本质上讲,何百夕耗尽一生的时光其实并没有为这个世界创造出任何一样东西,至多只能说他纠正了前人的错误而已;而相比之下,那个粗糙的中国象棋程序却是一次不折不扣的创造。何百夕每念及此,心中都会不由自主地涌起一种近似于无奈的感觉。

……

小小的病房里,所有的声音都戛然而止,任谁都看得见何百夕教授终于去了他不得不去的那个世界,但是直到现在,也没有人想得清楚何百夕脸上那古怪的笑容到底意味着什么。过了一会儿,人们开始轻松地谈话,舒缓着过于沉闷的气氛。医生走到何百夕的床前,准备把他搬到太平间里去。

但一声尖叫划破了空气,一脸煞白的女护士惊恐万分地指着何百夕的脸,嘴角哆嗦着说不出话来。人们悚然地顺着她手指的方向看过去——不知什么时候,何百夕的眼睛突然睁开了,恐惧地盯着病房的角落,仿佛那里有什么可怕的东西。何百夕的嘴大张着,似乎想要告诉人们什么事情。先前他脸上那种至死犹存的奇怪笑容也突然消失不见,代之以一种绝望的神情。人们顺着何百夕的目光看过去,那里空空如也,除了一道惨白的墙之外,没有别的任何东西。

何百夕教授的奇异死状带给人们的不解很快就被淡忘了,但他作为20世纪"千年虫"问题的主要解决者之一的功勋却载入了史册。不过很久以后,仍然有少数好事者还在探讨到底是什么让何百夕教授死前那样惊恐,他们专门围绕这个问题写出了不少有趣的文章,他们觉得这个问题真是让人着迷。有的说何百夕大概是看到了死神,有的说何百夕是看见了他认为不可能出现的东西。但不管怎么说,能够让何百夕教授临死前露出那样神情的事情一定不会是小事,他一定是想起了什么问题。

当然,猜测归猜测,何百夕到底看到了什么东西,只有他自己知道,可惜他已经说不出话来了。实际上,何百夕教授是在生命即将离开他躯体前的一刻突然想起了一个问题,正是这个问题使得他陷入了突如其来的绝望之中。在那一刻,他突然看到了那个东西,那个在他看来不应该存在的东西。那个东西就站在墙的角落里,以一种充满嘲笑和怜悯的胜利者般的目光盯着何百夕。何百夕最后的意识是他开始大声地呼喊,似乎想给这个世界留下一些关于那个东西的线索,但即便是何百夕自己,也没能听到哪怕一丝的声音。

下

何万夕教授弥留之际的眼睛还没有闭上,真哭假号的亲友们已经开始计划如何花销何万夕辛苦一生挣下的为数可观的财富。何万夕皱纹密布的脸上一直漾着某种奇怪的笑容,看上去微微让人有些不安,同时也使人无法想象这会是一张垂死者的脸。没有人知道这种笑容到底意味着什么,除了何万夕自己。现在,何万夕的思想早已飘出了这间笼罩着死亡气息的病房。不管怎样,何万夕想,我终于战胜了那个东西,尽管拖了差不多六十年,接近我一生的时间,但是我最终成了胜利者。这样想着的时候,何万夕的心里充满了宁静。

临终仪式仍然在有条不紊地进行着。一个牧师模样的人以颂扬的口吻煞有介事地给何万夕的一生做出评判。何万夕没有听见他说了些什么，只看到他那张不断嚅动的嘴。为什么找牧师来，何万夕有些不满，我是一位科学家，和牧师沾不上边。何万夕的眼珠横着动了一下，看上去是要找什么人。现场的人们猜度着何万夕的意思，然后，政府方面的代表走上前去握住何万夕的手说："你放心去，我们会永远记住你。"何万夕满足地咧了咧干枯的嘴唇，缓缓闭上了眼睛。

公元10060年7月12日的某一个时刻，100世纪计算机"万年虫"问题的最终解决者何万夕教授离开了这个多姿多彩的世界。何万夕教授从公元100世纪90年代开始与这个对手较量，他经历了这个过程中的几乎每一场战役，采用过几乎所有可行的办法，直到最近，在离他生命终结差不多半年的时候，才最终取得了彻底的胜利。也就是说，他不仅和众多志同道合者一起扫除了世纪之交时发作的"万年虫"，同时，还耗尽自己的全部精力来战胜那些因为人们为了稳妥的需要而把发作时间往后挪了几十年的"万年虫"。

当年，在101世纪的曙光开始显露的时候，人们突然发现公元一万年的到来之日就是所有计算机的计时混乱之时，由于普遍采用四位数表示日期中的年份，使得计算机将无法区分公元10000年和公元0年。这个情形类似于公元20世纪末时的计算机"千年虫"问题，但由于当今世界对计算机的应用和依赖程度远胜于当年，使得这个问题的解决难度及可能造成的恶果远远超过了当初的"千年虫"。最起码，当年的人们都还不是计算人——所谓计算人是指通过生物计算机技术对人类的大脑进行改造，使得人类在保留自身生物性的基础上具备了计算机的强大功能。现在每一个小孩从出生之时起就接受了计算人改造手术，导致的结果是他们刚一出世就具备了相当渊博的知识以及无比强大的计算能力。当然，与此相对应的是，一旦计算机系统出现故障，所带来的后果将是灾难性的。当年，"千年虫"发作最多不过是所有的计算机系统失常，而如果现在"万年虫"发作的话，所有人的大脑都将失常，换言之，公元101世纪的世界将可能是一所无人可以幸免的巨大疯人院。

究竟是谁在计算机发展的早期采用了这种有缺陷的日期表示法已经是一个悬案了,实际上,就算查出来也没有什么意义。因为不管是某个人还是某个团体造成了这个后果,他(们)都不会是出于恶意。如果硬要追究的话,会发现实际上正是"千年虫"的解决者们导致了"万年虫",因为正是他们为了解决"千年虫"问题而把计算机的时间系统变成了四位。当年究竟有没有人想到过这种解决办法的缺陷已经不得而知,但在何万夕教授看来,肯定是有人想到过的。何万夕教授为了解决"万年虫"问题,收集过许多关于"千年虫"问题的资料,里边提到了当年最著名的"千年虫"问题专家何百夕教授的生平,包括他奇异的死状给世人留下的不解之谜。当何万夕教授读到这一段的时候,他几乎立刻就明白是怎么一回事了,当年,何百夕教授在临死之前想到并令他死不瞑目的东西无疑正是何万夕教授一生的死对头——"万年虫"。

从公元100世纪90年代起,"万年虫"的解决开始被大规模地提上议事日程,出现了各种各样的方法。如果不是由于这个问题的出现,何万夕教授的一生可能会是另外一副完全不同的模样。在此之前,他是一位计算机虚拟现实系统程序员,他曾经那样入迷地在这个领域里倾注了自己全部的心血,当他第一次迷失在自己设计的虚拟城市里无法区分梦境与现实时,他的心中充满了惊叹。有很多次,何万夕想到自己的一生将会在这种让人着迷的工作中度过,他都感到十分满足;他热爱这样的生活。

但"万年虫"改变了一切,这个现实的巨大威胁使得众多的研究机构和众多像何万夕一样的人员投入到了这场规模宏大的战役之中,当然,这本身也是谋生的需要。当何万夕与新世纪到来的钟点一路赛跑着工作的时候,他总在想为什么非要等现在才想到来解决"万年虫",实际上,在何百夕的那个年代里也可以提早解决这个问题,而且由于当时的计算机应用范围很小,可以使得解决这一问题的成本和风险都远远低于现在。但何万夕立刻就想清楚了这个问题的原因所在,在大多数情况下，人们都是愿意把明天想象得比今天好，以为一切问题都可以在明天得到更好的解决，也许这正是人类自身最大的悲剧。

当年，在解决"万年虫"的方案里有一种"推迟方案"，意思是对某些暂时没有把握解决或是特别需要慎重对待的系统可以采取将系统时间拨后一段时间的方法。比方说把9999年拨后成9979年，这样做就意味着这个系统的"万年虫"问题将推迟二十年发作，未来的人们可以凭借届时更为先进的科技手段来解决这个问题。为了不使这种方法被滥用，相关组织规定拨后的时间量最多不超过六十年。但这一切终于都成为了过去，何万夕用自己近一生的努力最终解决了这个问题。公元10060年1月1日，随着"世界万年虫问题协会"的秘书长何万夕教授亲手把世界上最后一套拨后了六十年时间的计算机系统时间格式的年份从四位数成功升级为一个整数，这一切都成为了历史。当年，"千年虫"的解决者们犯下的错误之一是沿用了老的日期变量形式，即把日期的年月日用一个变量来表示。而现在采取的办法是把计算机日期系统的年份名部分单独用一个整数来表示，这就从根本上解决了问题。

当时，何万夕教授清晰地听到自己心中划过了一声悠长的浩叹。他几乎一生的时间都陷在了这个本不该出现的问题里，当然，他也因此成为世界"万年虫"问题的权威，成为泰斗一样的人物。何万夕也知道，如果当初他继续待在虚拟现实的领域里，未必能有今天的成就，但他总是会充满柔情地回想那个显得有些粗糙的虚拟城市，以及在那座梦一样美丽的城市里迷失了方向的少年。实际上，彼时彼刻何万夕根本无法准确地说出自己心中究竟是什么样的滋味。从本质上讲，何万夕耗尽一生的时光其实并没有为这个世界创造出任何一样东西，至多只能说他纠正了前人的错误而已。而相比之下，那个有些粗糙的虚拟城市却是一次不折不扣的创造。何万夕每念及此，心中都会不由自主地涌起一种近似于无奈的感觉。

……

小小的病房里，所有的声音都戛然而止，任谁都看得见何万夕终于去了他不得不去的那个世界，但是直到现在，也没有人想得清楚何万夕脸上那古怪的笑容到底意味着什么。过了一会儿，人们开始轻松地谈话，舒缓着过于沉闷的气氛。医生走到何万夕的床前，准备把他搬到太平间里去。

但一声尖叫划破了空气，一脸煞白的女护士惊恐万分地指着何万夕的脸，嘴角哆嗦着说不出话来。人们悚然地顺着她手指的方向看过去——不知什么时候，何万夕的眼睛突然睁开了，恐惧地盯着病房的角落，仿佛那里有什么可怕的东西。他的嘴大张着，似乎想要告诉人们什么事情。先前他脸上那种至死犹存的奇怪笑容也突然消失不见，代之以一种绝望的神情。人们顺着何万夕的目光看过去，那里空空如也，除了一道惨白的墙之外，没有别的任何东西。

何万夕教授的奇异死状带给人们的不解很快就被淡忘了，但他作为100世纪"万年虫"问题的主要解决者的功勋却载入了史册。不过很久以后，仍然还有少数好事者在探讨到底是什么让何万夕教授死前那样惊恐，他们专门围绕这个问题写出了不少有趣的文章，他们觉得这个问题真是让人着迷。有的说何万夕大概是看到了死神，有的说何万夕是看见了他认为不可能出现的东西。但不管怎么说，能够让何万夕教授露出那样神情的事情一定不会是小事，他一定是想起了什么问题。

当然，猜测归猜测，何万夕到底看到了什么东西，只有他自己知道，可惜他已经说不出话来了。实际上，何万夕教授是在生命即将离开他躯体前的一刻突然想起了一个问题，正是这个问题使得他陷入了突如其来的绝望之中。在那一刻，他突然看到了那个东西，那个在他看来不应该存在的东西。那个东西就站在墙的角落里，以一种充满嘲笑和怜悯的胜利者般的目光盯着何万夕。何万夕最后的意识是他开始大声地呼喊，似乎想给这个世界留下一些关于那个东西的线索，但即便是何万夕自己，也没能听到哪怕一丝的声音。

尾 声

公元32767年12月31日这一天,全世界陷入了极度的恐慌之中。再过一段时间,也就是公元32768年1月1日到来的时候,世界将经受一次无比严峻的考验。两万多年来,人们普遍采用短整数型变量来表示日期中的年份,但由于短整数型变量的最大取值是32767(十六进制表示为7FFF),一旦超出这个值将发生数值溢出,届时,计算机系统里面的日期将变成不可预期的值,也就是说,计算机将根本无法知道现在究竟是哪一年。这种情形类似于公元20世纪末时的计算机"千年虫"问题以及公元100世纪末时的"万年虫"问题,但由于当今世界对计算机的应用和依赖程度远胜于当年,使得这个问题的解决难度及可能造成的恶果远远超过了当初的"千年虫"和"万年虫"。

计算机技术在诞生三万多年以来,已经完全融入了人类社会的每一个角落。数字化的生态系统,数字化的城市,甚至连人的生存都已完全地数字化了。在现在的情形下,谁也不知道结局究竟会是怎样,也许是一场因为计算机系统误动作导致的战争,也许是一次金融风暴,也许是反物质能源站发生泄漏从而把人类世界从宇宙中抹去,就仿佛它根本不曾存在过。当然,也有可能什么事情都不会发生。

究竟是谁在计算机发展的早期采用了这种有缺陷的日期表示法已经是一个悬案了,实际上就算查出来也没有什么意义。因为不管是某个人还是某个团体造成了这个后果,他(们)都不会是出于恶意。如果硬要追究的话,会发现实际上正是"万年虫"的解决者们导致了现在的"整数虫",因为正是他们为了解决"万年虫"问题而把计算机时间系统的年份变成了短整数型变量。听起来真是奇怪,人类总在解决问题的同时制造出更大更难的新问题,而且似乎乐此不疲、永无止境。当然，只要你愿意的话，还可以找出一些别的原因，比如说人的惰性，比如说人的短视。

时间正在分分秒秒地过去，黄昏的太阳一如既往地把光辉洒向这片对它而言毫无不同的世界，它并没有注意到每个人看着它的目光和以往有什么不同。的确，对太阳来说，每一天都是一样的，甚至对一只不谙世事的昆虫或是别的某个生物而言，今天和明天都不会有什么不同。这个问题只对人才有意义，因为只有人才会为自己的生活设置各种各样的框框和规矩，以为这就是计划。也许正是基于这一点，人类比所有别的生物都更先进；也许又恰恰因为这一点，人类比所有别的生物都更愚蠢。但不管怎样，对人们来说，这个岁末的夕阳是值得多看几眼的。夕阳真是美极了，夕阳笼罩下的万物真是美极了。

明天，假如还有明天。

万能时代

"噢,出来了。"贝兹博士两眼放光地盯住正从钛合金轨道上缓缓滑过来的那个庞然大物,"休伦里,你瞧它多漂亮。"

那个叫休伦里的高个儿青年满脸都是谦卑和崇拜,"这是您的杰作,万能时代已指日可待。"

贝兹博士满意地咂咂嘴,"真是个好东西,应该给它起个名字,我看就叫贝兹得了,哈哈哈……"

"好的,先生,就叫它贝兹。"

1.

邱先伸了个懒腰,说:"起床了。"这个声音通过拾音器钻进了家庭电脑那万分灵敏的耳朵,于是,伴着悠扬的音乐,床头开始慢慢翘起,让人感到无比舒适。

的确,舒适!实际上,现在除了M80区外,你进入宇宙中的任何一个人类聚居地,都可以实实在在地体会到这个词的意义。自从当年可敬的贝兹博士建立了"意愿完成体系"后,人类的生活就翻开了新的一页,任何难点任何问题都能从体系中找到答案,并由体系所辖的机器着手解决。体系的核心是一台名叫"贝兹"的智能光子电脑,从社会到每个家庭,从计算恒星寿命到享受一杯自动进嘴的果汁,几乎整个宇宙的生灵都承受着恩泽。

从穿衣服到被抱到卫生间洗脸,邱先始终处在一双"手"的温柔动作中。接着,他的口中被塞上奶嘴吮吸早餐——使用奶嘴是家庭电脑的建议,它说这样有助于缓解单身汉的欲念情结,总之对身体有好处。

"今天干点儿什么呢?"邱先琢磨着,过了一会儿,他终于发现根本无事可做。本来嘛,可敬的贝兹早把一切都安排妥了,用不着人们瞎操心。如今,"失业"在家休息和享受的人已是绝大多数,这是很正常的,人类从茹毛饮血的年代便为之奋斗的不就是这种生活吗?

不过,邱先今天的确想干点事儿。他其实很喜欢这种万事不愁的生活,所以这么想就跟小孩子觉得邻居家的饭好吃一样,不过是想换换口味罢了。

"送我去M79区。"他随口下了指令。

"此刻的舒适最佳点不在那里。"电脑提出忠告。

"就去那儿。"邱先很有派头地强调。

电脑不再吭声,和所有的同类一样,它的天职是服从。

从外观上看,邱先的住所就像只巨大的爬虫。实际上,这是家庭电脑的躯体,而且它的确可以像动物一样移动,此时,"爬虫"突然被一团稍纵即逝的光芒裹住了。

它消失了。

M79区,菲星九零大道。

邱先惬意地观赏着舷窗外的景物,身下多足三栖飞船行走时的微微颤动令他感觉很好。

道路很宽,两旁的林木姿态婀娜。

邱先看了下表,他下午要回家等候宇能机器人公司给他送妻子来。根据贝兹的核算,有一部分人必须和不能生育的机器人结婚才能保证人口数量的适度,从而保证每个人都能获得高质量的生活——瞧瞧,它为人类考虑得多周到。可这世界上竟然还有人以此来攻击贝兹,说了好些难听的话,邱先真不知道那些人的良心都扔哪儿去了!

时间还早,邱先又把目光投向窗外。然后,他一下子愣住了——前面有个男人居然在地上走!他难道有毛病?要知道,邱先从生下来就没沾过一寸土地。电脑早就给人安排好了各种方便的居室和活动场所,而外面——有细菌、病毒,还有风!风太可怕了,邱先小时候不当心被风吹了几秒钟,便染上了严重的感冒,差点丧命。可这人居然会待在外面!

"喂!"邱先通过传呼器喊道,"你需要帮忙吗?"

那人愣了一下后回过头来。他有张很清秀的脸,看上去约莫三十岁。他笑着摆摆手。

"你上来吧!医院在附近。"邱先很认真地说,"飞船上有隔离设备,我不会被传染的。"

那人突然放肆地笑起来,他简直是在——开怀大笑。过了好一会儿,他才喘着气说:"你好啊,朋友。我是M80区的,来这儿散散步。"

"你——是匪徒?"邱先的眼睛一下子睁大了。贝兹说过,M80区的人都是匪徒,不但拒绝接受贝兹的照顾,还处处与之作对。

邱先觉得全身发软。天哪,这家伙是匪徒,咋就叫自己遇上了呢?真该听电脑的忠告不来这儿的,这下该咋办?他一辈子哪见过这阵仗?

"我……我是规矩人,你可别……"邱先拼命在脸上堆出一朵笑容。

"放心,我只想散散步。何况我现在手无寸铁,又能对你怎样呢?"

这话有道理,邱先的心跳不那么乱了。

"那,我走了,你慢慢玩儿……"邱先手忙脚乱地按下加速钮,多足飞船立即奔跑起来。

"你倒是个好心人,有空到M80区来做客。"

做什么鸟客?逃命要紧!邱先一路都不敢回头。

宇能公司的人如期而至,是个胖子,他带来了一只狭长的箱子。

"哈哈,你老婆就在里面。"胖子忙不迭地介绍,"容貌、身材都按你的要求设计制造,可谓绝世佳人——来,打开看看。"

箱盖打开的一刹那,邱先简直呆住了。天,这正是他的梦中情人!有西方女人的丰满和典雅,也有东方女人的娇柔与风韵——宇能公司的确太棒了!

"你好,邱先。"佳人从箱子里走出来,脸上带着醉死人的微笑,"我叫凯丽,我爱你,我愿做你的妻子。今后我生是你的人死是你的鬼……"

她尽情倾吐着痴情的话儿,完全不顾胖子在场。邱先有些发窘,这些话他当然想听,只是……

"我先告辞。"胖子终于识趣地走出门去。

邱先迫不及待地揽住凯丽温软的肩,一股奇妙的冲动使他禁不住想亲亲凯丽的红唇。

"不行。"凯丽拒绝道。

"为什么?"

"我在恋爱中的举止已经编定,五天后你才可以吻我。恋爱期是一个月,期满我们再举行婚礼,然后你便可以和我……"

邱先大惊失色地捂住了她的嘴,他的耳朵已经烧乎乎的了。

"好吧,听你的。"邱先有些扫兴,但当他看到凯丽的容颜时又满心释然了。是的,她太美了,简直无可挑剔。这是贝兹送给他的福气,贝兹真好!

2.

掺加了各种补剂的咖啡喝起来又甜又腻,这才是正味儿,真不懂祖宗们为啥喜欢喝发苦的咖啡。

邱先刚通过电脑网络给父母发了封介绍凯丽的信件,他们人不在,是家庭电脑代收的。邱先已经快三年没和父母见面了,不过细想也没啥,反正通过电脑屏幕看看不也和见面差不多吗?

电视屏幕自动亮了,正是新闻时间,邱先一向很关心时局。

凯丽端着托盘进来收拾咖啡杯。

"喝完了吗?"她性感十足地笑笑,大眼睛里透出荡人心魄的魅力。

邱先倾尽全力才压住心头涌起的那股"邪念",要等明天才能吻她呢!

"瞧你那色相。"凯丽娇嗔一声转过身去,这个动作显露出的美妙曲线令邱先双眼发直舌头发硬,要不是此刻电视里突然出现表明有重要新闻播出的红三角的话,邱先恐怕要奋不顾身地拥抱凯丽了。

"十分钟前,我联邦卫队在L05区击毁据信载有匪首唐仁之妻方玲的飞舰,这是一个不小的胜利,宇宙的最终和平不会太远了……"

听起来是个好消息,邱先想,是啊,谁都盼着和平早日到来。

用于监测的蜂鸣器突然尖叫起来。邱先把目光转到了红外线监控电视上。

是个女人,胖而臃肿。她正朝这边走来,身后几十米之外停着一艘小飞船。看来是个迷途的人,怪可怜的。邱先顺手解除了房子四周的防护场。

门铃响了。

"进来吧。"邱先打开门说道。

女人怯生生地走了进来。邱先立刻发觉自己弄错了,这女人并不胖,她看上去很臃肿是因为她那高高隆起的腹部。显然,她是个真正的女人,她怀孕了。

"快请坐。"邱先忙上前扶住她,这时,他才看清这女人实在称不上漂亮,脸上还散布着一些褐色的妊娠斑。

"放开她。"一个怪异的声音从邱先身后传来,是凯丽。

邱先回头看去，凯丽的脸上正罩着一层严霜。他一下子乐了，想不到机器人老婆也会醋意十足。

邱先笑着说道："我只是帮帮她，没别的意思。"他又转头对着那女人道，"要不要吃点东西？"

"我只需要休息一会儿就行了。"女人的声音低而无力，"飞船没燃料了，太冷，我担心胎儿受不了。"

"放开她。"凯丽的声音有些变调，透出寒彻入骨的冰冷。

"你到底怎么啦？我说过我只是……"邱先埋怨着回头，然后他僵住了。

凯丽的手中不知何时多出了一把炽温枪。

"你……干啥？"

"请离她五米远，她是匪徒！"

"你……怎么知道？"

"除了匪徒，每个人胸前都印有隐形字码，只有机器人才能看见，她没有字码。"

邱先下意识地摸了摸胸口。他知道每个小孩生下来都要接受一次胸部扫描，据说这是检查身体。

"你是个好人。"那女人微微仰起头看着邱先，她的脸在灯光的照射下泛出洁白的光泽，如大理石雕像，"她没说错，我的确是所谓的匪徒，谢谢你让我休息了一下。谢谢你。"

"邱先，请走到五米之外。"

邱先感觉那女人往他手里塞了样东西并猛地推了他一下，他立刻跟跄着退开了。

"如果有机会，请你告诉我丈夫唐仁，说我……爱他，到死也爱他……"女人突然流着泪喊出这句话。邱先恍然觉得这个哭泣的女人才真正拥有绝世的美丽，相形之下，不仅令凯丽黯然失色，就连日月星辰也不再生辉！

蜂鸣器警声再起，而与此同时，亮光一闪。

没有煳臭,没有血肉横飞,只是,也没有了那个女人。炽温枪射出的摄氏三千度的高能光在刹那间便创造了惊心动魄的一幕:两具焦黑的骷髅粘连着蜷伏在房间的地上,这是那女人连同她未出世的孩子。

邱先浑身颤抖。

门被推开了,几个人冲了进来。邱先一下子认出了领头的那人——他们有过一面之缘。

双方手中的炽温枪同时一闪。

倒下的是凯丽,没有了表面那些美丽的人造物,她完全就像一堆丑陋的垃圾。

领头人一见到两具骷髅便明白了一切,泪水顷刻间在他刚毅的脸颊上奔流成河。

"方玲……"他猛地跪下了身躯,膝盖在地面撞出"咚"的一声。

他身后的几个人纷纷别过脸不忍相看——除了一个戴镣铐的金发女人,只有她直视了这悲惨的一幕。

半响,一个人走到那跪着的身躯后说道:"唐仁,该走了。"

唐仁终于慢慢站起,铁青的脸上罩着令人不敢对视的光芒,那是毁灭的光芒。他转身,直愣愣地盯着邱先,炽温枪在他手中隐隐发亮。

邱先差点没哭出来。这可咋说得清?妈呀!上帝呀!太上老君呀!保佑保佑吧!

"我还以为……你是个好心人。"唐仁的语气中杀意毕现。

"啪"的一声,有样东西从邱先正乱抖一气的手中坠落在地。

是块血红的心形玉佩。

唐仁迅速捡起来,"方玲的信物!你从哪儿得到的?"

"是方玲小姐,啊不,是方玲阿姨亲手给我的。"邱先巴结道。

唐仁犀利的目光紧紧盯住邱先,握枪的手渐渐垂落。

"跟我们走吧。"唐仁说。

"我,我还是就待在这儿吧。"邱先满脸堆笑,"我会给你们添麻烦的,我这人很讨厌,专拖累人。我……"

"这个机器人死在你家里,你以为联邦卫队的人会放过你吗?做梦!"

3.

M80区的确不太舒适,没有衣来伸手饭来张口的居室,也没有可以放肆享乐的娱乐场所。邱先真搞不懂这里的一千亿人怎么能过得惯,而且个个看上去都安于现状不求改善。

邱先没有被剥夺自由,他想这跟自己来这儿以后连得两场感冒有关(风的确是个厉害的怪物)。病人嘛,总该受点优待才行。但令他气恼的是,他病成这样——虽然没发烧,可嗓子疼得很——还让他去侍候那个叫贝贝娜的女俘房。这些人是不是眼瞎了?最需要人侍候的正是他邱先啊!

"给。"邱先没好气地把餐盒撂到贝贝娜面前的桌上,贝贝娜吓了一跳,她抬起受惊的目光,"对女士应该讲点风度。"

"风度?我——"邱先刚一发火便止住了,一方面是卫兵就在门外,另一方面,这个金发女郎的那双波光流转美艳绝伦的眸子令他实在发不起火。

"其实——"贝贝娜幽幽开口,"我们都是落难的人,该交个朋友才对。"

这话挺受用,邱先觉得心中的委屈好似有了点慰藉——世上毕竟还有个同病相怜的人。

"吃吧,趁热。"邱先柔声道。

贝贝娜微微一笑,风情无限。

门忽然开了,是唐仁。

"没事少和她搭腔,"他命令般地说着,把邱先拉到一边儿,"要不是人手不足,哪会让你们在一起?"

"不关他的事,是我要他陪我聊聊的。"贝贝娜说道。

邱先感激地看了她一眼,在这儿他觉得就贝贝娜还算好人。

"贝贝娜,枢纽究竟在哪儿?"唐仁问道。

"我怎么知道?我只是个文员。"

"你肯定知道,你还知道人类即将面临的处境。"唐仁打断她的话,"我现在还有别的事情,明天请你给我们答案。"说完,他头也不回地走出去了。

"什么是枢纽?"邱先小心翼翼地问。

"他们问错了人,我真的不知道。"贝贝娜摇摇头,她的眼睛明澈见底。

"他们全是糊涂虫。"邱先下了结论,他站起来,打算将餐盒移近一点好方便贝贝娜——她的一只手被复合金属链锁在了一旁的柱子上。但是,他站起的时候没注意绕开贝贝娜的脚,邱先一个趔趄跌入了柔软的旋涡,而他的嘴竟鬼使神差般地找了个无比正确的位置——贝贝娜的唇。这个祸可闯大啰!邱先恭候一顿臭骂的降临。

他没有等来臭骂,只等来了——吻,充满柔情蜜意令人无法抗拒的久久的吻。这是邱先的第一次,他本该和凯丽这样的,而今却换了另一个女人,难道这就是天意?他的心怦怦乱跳,他口干舌燥,不由自主地回应着对方……

"你……有一万一千个味蕾……"贝贝娜低语。

"……什么……味蕾……"邱先没听清楚。

"没什么……抱紧我,我喜欢你……"

邱先感觉仿佛置身于云霄之上,正飘啊飘……

良久,她轻轻推开他。

邱先怔怔地看着距离自己不足一尺的娇美的脸,"怎么……会这样……"

"我……喜欢你,真的。"贝贝娜低下头去,面颊上一片娇羞。

噢,佳人,软语,温香……邱先又仿佛飞到了云霄中。

4.

第一声爆炸惊天动地地传来,然后是第二声……

通过透气窗,邱先看见难以计数的飞行物正风驰电掣而来,一道道象征死亡的光束将暗夜的天空照得通明一片。

又一声爆炸,天花板上扑簌簌落下无数的粉尘。

"我们会死的!"贝贝娜突然哭了起来,"快带我逃吧!他们被打乱了,正是机会。你去把卫兵叫进来,然后——"贝贝娜在头发里摸索一阵后抽出根金黄色的细针,"用这个刺他一下。别害怕,只是让他睡上一觉。"

爆炸声接连而来,但从飞行物的数量来看,这次袭击实在算不上倾尽全力,对方似乎留了一手,可这是为什么呢?战争中的任何一丝犹豫都无异于自杀,难道他们在等待被打击者争取到时间后以同样不可计数的飞舰升空迎战?

邱先趴在旷野中的一个小土包后,心头老是回想着刚才那骇人的一幕。那哪里是"睡上一觉"?那根细针究竟是什么东西?为什么一刺进卫兵的身体,他就浑身冒烟惨叫不绝,末了竟变得像截木炭?

贝贝娜也伏在一旁,她看上去坚定而自信。刚才,她眼都没眨一下地看着卫兵死去后只说了句:"把钥匙取下来。"

"我要走了。"贝贝娜转过头来说道。

"走?你要去哪儿?"邱先看着四周连天的火光,茫然问道。

他话音未落,一束明亮的光线射过来就将他们照得纤毫毕现,一艘代表死亡的飞船已高悬在头顶。

邱先此刻突然迸发出了不知从何而来的力量,贝贝娜被他一下子推出了光圈。

然后,与这个富有男儿血性和英雄色彩的举动很不相称的是,邱先竟绝望地闭上眼,开始号啕大哭,"我才二十二呀……我死不得呀……"

光圈跳离了邱先,转而裹住贝贝娜,她开始沿着光柱缓缓上升。在没入方形入口前的刹那,贝贝娜的额部突然对着邱先放出一道短促的绿光。

邱先闭着眼哭得死去活来。

真正的战争开始了。

人类热衷于相互残杀的历史可以追溯到远古的氏族时代,人类文明的进步又何尝不是伴随着杀人武器的完善和残杀规模的升级?如今到了人类可以创造神话的万能时代,战争的惨烈与悲壮可想而知。

大到由凿空的行星改造而成的超巨战舰,小到体积为原子级的机器人特工以及爆炸后能波及整个星系的能量弹,集聚恒星光能的冲撞流……

M80区几乎在和整个宇宙对抗。

没有血泊,没有受伤的人,任何人一旦被击中便只能留下一撮灰。整个世界只听见机器在轰鸣,只有机器在喷吐火光。没有人的声音,只有人的灰烬;没有了家园,只有无数弥留之际的眼睛——与天同泪。

这是M80区所经历的第一场也是最后一场战争,或许在若干年前与若干年后这里也有战争,但那时这里不会叫做M80区。

邱先艰难地站起来。

眼前是无穷无尽的废墟,没有喧闹只有宁静,正如死亡本身,那曾经有过的繁华与笑语欢歌如今在何方?难道,那都是些水中月、镜中花?

"你!"是唐仁的声音。他发狂地向这边冲来,面如死灰。

"那个女人在哪儿?我要杀了她!"唐仁号叫着揪住邱先的衣领。

邱先突然感到莫名的空虚,他甚至觉得世人都很无聊,这片无言的废墟让他懂得了很多。

"我放她走了。"邱先无所谓地说道,然后,他立刻看到了满天的金星——唐仁的拳头实在比风还厉害。

"你这个帮凶、刽子手!"唐仁痛不欲生地蹲到地上,使劲地捶着头,"M80区完了……全完了!一千亿人啊……就剩下我们两个……"

邱先惊呆了,"你……怎么知道?"

"我当时在地下室里工作,在那里能知道M80全区的情况……完了……都死了……"

荒园,废墟,两个人……不久以后,邱先终于明白,此情此景其实是一句谶语。

5.

贝贝娜跨过了禁地入口处的红线,除了极少的几个人以外,任何人这样做都将被激光切成无数张薄纸。

由"1"和"0"组成的图徽悬在大厅的顶部,这是二进制的基本元素,也是联邦的标志。大厅正中宛如祭台的方墩上有一个——洞,准确地说,那是个球形的区域,但无论从哪个角度看上去都光明灼灼深不可测,仿佛有限,更仿佛无限。

"你好,进入禁地的主人。"一个发瓮的声音从光源内传出,"功能到位,可以接收指令。"

"观察M80区还有多少人活着。"

一秒钟。

"两个人。"

"怎么多出一个?"贝贝娜低语。

"难道您早准备放过一个?"

"啊不,"贝贝娜笑着说道,"我在想我们应该斩草除根。"

"是,主人,贝兹听从您的吩咐。"

"你说的都是真的?贝贝娜真是……"邱先倒吸一口凉气。

"她确切的身份我们并不很清楚。当时,联邦舰队已经击毁了方玲所在的考察飞船。我们赶去后发生了冲突,贝贝娜是在首席旗舰的总统舱内被俘虏的,其地位可想而知。"

"不会吧?她挺随和的,心肠也好。"邱先忍不住插言,他心里老浮现出贝贝娜迷人的一嗔一笑。

唐仁惨然一笑,"现在想来,当时她有的是机会脱身,我想她是故意被俘的,并趁机将M80区的详细情况发送回去。我现在才知道,这个女人的心机与胆识简直不是常人所能企及的。"

"看哪,飞船又来了!"邱先叫起来。

大片阴影正轰鸣而至……

"快,到地下室去!那里是我们的总部,比较安全。"唐仁拉着邱先狂奔。

太迟了!足以毁灭千万血肉之躯的火舌已经伸出,而地下室却远在数百米之外。

奇迹出现了!他们竟然跌跌撞撞地回到了地下室,一切只能归于奇迹!

惊魂稍定。

这是怎样的一间屋子?除了四周一圈的控制屏还算整齐外,其余的空间里都胡乱地堆着数不清的电脑。方的、圆的、奇形怪状的、完整的、残破的……仿佛是电脑收容所。

"这儿比外面还恐怖,怪不得叫你们匪徒,的确很有点破坏才能。"死里逃生之后,邱先恢复了点幽默感。

唐仁没有争辩。他静静地站了一会儿,然后说道:"你来这儿以后都有些什么感觉?想想再告诉我。"

邱先想了想,再想了想,然后他觉出了M80区的可爱,这儿没有近于放浪形骸的极度舒适,却也没有懒惰和弱不禁风(现在他已经不怕风了)。这儿的苦咖啡喝起来别有风味,没有被精制到只剩下营养单元的食物也更为可口。尤其是这儿的人,虽然各有脾气,但都透着亲切感,不像"那边儿"——人际间的交往只剩下微机网上的联系,甚至音容笑貌尽知却老死不相往来。就说那位曾看管他的卫兵吧,小小的个子,一张娃娃脸,特别爱帮人,最后那次,一听他说脚扭了便立刻开门跑进来,又毫无戒心地替他按摩。可他却悄悄抽出了针……

"我想,还是……"邱先嗫嚅着说。

"你不用说了。"唐仁直视着邱先的眼睛,"我知道你的感受了。"他顿一下,"想不想知道M80区的历史?"

……

"再次观察M80区。"贝贝娜下了命令。

一秒钟。

"看不到人了。但我感觉……"

贝贝娜的脸上陡然焕发出欣喜若狂的神色,"你……感觉?你知道这意味着什么吗?要是爸爸能活着听到你说这句话该有多好!"

"我一直在为谋求真正的万能而不断发展自己,十分钟前,我突破了思维的最后一关:潜意识层,即感觉能力。今后将不会有任何东西能妨碍我向万能靠拢。"

"你感觉那两个人没有死?"贝贝娜抑制住激动。

"是的,主人。"

"只是两个人,出不了事的。"贝贝娜自信地说,"我想其中一个应该死得很快,另一个,胆子蛮小。"

"贝兹请求休息。"

"懒虫。"贝贝娜宽容地笑了。

"五十年前,我父亲取得了他一生中最杰出的成就。他改变了一只无尾巨猿的生命基因,使它的大脑占身体的比重达到了人类的水平,并让它学会了思考和说话。结果,那只叫休休的巨猿第一句话是叫电脑为'妈妈',并说'世界的主人是电脑,人类是依附于电脑的寄生虫'。休休还向我父亲转述了另一些猿类与此相同的看法。这件事大大地震撼了我父亲,他因此历尽艰险来到了当时还荒无人烟的M80区。他发誓要向宇宙证明,人,绝非寄生虫,而是万物之灵!"

唐仁的脸上一片神圣与庄严,显然,他是自己父亲的忠实追随者。

"后来,在父亲的感召下,越来越多的人来到M80区生活,在这儿也有许多电脑在工作,但我们从未想过让电脑有决定一切的万能力量,那样做其实是把人的命运交给了电脑。但我们最大的错误在于没有想到战争的可能性。"唐仁低下了头,"M80区引起贝兹的注意是在两年前,而后,冲突便开始了。不过,称得上战争的只此一次。一千亿人,就这么……完了!"

是的,完了!上帝安排他们活下来,恐怕就是让他们品尝"完了"的悲伤。

"你还想活吗?"过了一会儿,唐仁轻轻问道。

邱先盯着空气,"你呢?"

"我想。"唐仁提高了嗓门,"我知道现在冲出去乱扫一通然后死去会更光彩,可我想活下去。我不是英雄。"

"我也想。"邱先老老实实地说,"我怕死。"

天就快黑了,天再亮的时候便已到了明天。岁月就是由这样的循环组成的。在循环中发生了许多事,而岁月则将这些事抹平,直到了无痕迹。遗忘,是人的一种习惯。

6.

半年之后。似乎已没有人还想得起M80。

A01区是最早开发的人类聚居地,地球也在其中。这颗哺育了人类的星球早已没有了适合大规模生产的工业资源,因此也没有人再到这儿定居。它完全成了一个仅仅具有纪念意义的陈列品。这时,太阳系边缘出现了一艘飞船。

"这几个月东躲西藏,把人累坏了。"唐仁说话时满脸络腮胡乱颤,"想不到在未开发的时空区也逃脱不了贝兹的追踪。"

"但愿在这儿能安顿下来。"邱先双手合十,"我们早该想到来地球的,没人会注意它。"

"没准儿还能捡几颗老祖宗的牙齿。"唐仁话里有玩世不恭的意味。

"看,有东西!"邱先叫道。

雷达显示有飞行物正高速驰来。难道,偌大的太空里已没有他们的片瓦存身之地?

飞船在逼近。

一场虚惊。这是艘到地球送葬的殡仪船,能量不够了,想借点。

"干吗到地球来掩埋?"邱先不解地问船上的一个大胡子。当今时代有的是能使"英灵永存"的"卫星葬"、"彗星葬"……实在犯不着跑到这么远的地球来。

"这对老夫妻生前老早就立下了遗嘱叫这么做。"大胡子耸耸肩,"子女从不回来看望他们,孤单得很,大概是想叶落归根把地球当依托吧。他们是夜里触电死的,电脑一直当他们活着,每天照常服侍穿衣喂饭。被人发现的时候,尸体全烂了,正在澡盆里被机械手搓来搓去,身上的肉一层层往下掉哇……"

大胡子连连摆手,他握着的一页纸散落了出来,在无重力的空间跳着古怪的舞。

邱先帮忙抓住那页纸,然后,他的脸变了形。

——他看见了两个名字!

"哇"的一声,一团带着胆汁味儿的东西从邱先的喉咙里喷涌而出。

"爸爸！妈妈！"凄凉欲绝的嘶喊仿佛一道沾血的厉风,令所有人为之心悸。这是一个卑微生灵所发出的比胆汁还咸还苦的哀声。

贝贝娜满意地聆听着贝兹运行时的颤音。

这个光洞是贝兹的核心,即枢纽所在,它的身躯早已分散到了宇宙的各个角落。每一部分都按照全息结构建成,因此,就算枢纽被摧毁大半也无关大局——残存的部分可按其携带的信息在很短的时间内修复一切。

贝兹的每一部分都在严谨地工作着,不断自动淘汰旧的身躯,并换以密集度更高、电阻更小的集成光路元件。没人能帮它,一切都靠贝兹自己。人脑不过有一百多亿个皮层细胞,而与此功能相同的单元在贝兹体内只是个小小的磁泡。集成,再集成,这无尽的量变积累终有得到报偿的一刻,贝兹终将在令宇宙目眩的升华中获得万能,这岂非也是人类的最终追求？贝兹不会令人失望的。

一双略显粗糙的手从背后搂住了贝贝娜的腰。她回头——是休伦里。

贝贝娜轻轻地拂开他的手,"有事吗？"

"有两个人闯进来了。"休伦里指指天花板,嚅动着那张微凸的嘴说,"就在我们头顶的地面上。不用操心,我都安排好了。"

黄昏。斜阳。

地球,这个被人类遗弃了的摇篮正是在人类告别之后才重新恢复了它原来的美丽。森林葱绿野花芬芳,这是小动物们的乐园,流水自歌自唱,花儿自落自开……

人和自然,哪一个才是艺术和美的真正创造者？

邱先傻傻地坐在一片草地上,他已在那儿一动不动地坐了几个小时。他的嘴紧紧抿住,他的眼中有未消尽的泪和一团静默燃烧的火。

"邱先,别这样了,好不好?"唐仁低声劝道,"我知道你的心情。方玲……死那阵,我恨不得……"

"给我枪。"

"你以为我和你一样蠢?"

"我不只是为我的父母去拼。"邱先蓦地仰起头,以一种从未有过的坚定语气说道,"我知道所有惨剧的根源在哪儿了。我要拼!要拼才能赢!"

"我不想拼吗?"唐仁激动起来,"我退缩过害怕过,可从未放弃过。这半年来,我东奔西跑是在逃命,可也是在保存力量。想想吧,现在我们连对方在哪儿都不知道,怎么去拼?"

"就算找到宇宙的尽头……"

大地突然悄无声息地裂开一道漆黑的缝,将他俩连同邱先未完的话语一并吞噬。

7.

"还有别的事吗?"贝贝娜有些不耐烦地问道。不知怎的,她从小就不喜欢休伦里,特别是看见他眼中的贪婪之色时。

"有的。"休伦里走到输入话筒前,"M80区被打击以后,那儿的一家医学研究所的部分新型病毒逃逸到了M79区,被感染的人越来越多。"

他掏出一块芯片投入信息接收口,"病毒的各种情况都在里面,请给出处理方法。"

一秒钟。

"我已向卫队下达了消灭M79区的命令,"贝兹的瓮声有些尖厉,

"以防扩散。"

"为什么?"贝贝娜大吃一惊,"那可是一千亿人!"

"制伏这些病毒的药物要三个月后才能问世,那时病毒已扩散到了整个联邦,感染致死的人也将达到一千一百亿人。对比是明显的。"

贝贝娜更加震惊,作为一个人,她无法接受仅凭这种精确而简单的对比便屠杀掉一千亿人的做法。可是想想后果,又有谁能说贝兹做得不对?天哪!在理智和情感之间,究竟哪一样在支撑着天堂?

"不必太难过。"休伦里将手放在贝贝娜的肩上,"人类大多是寄生虫,没什么可惜的。"

贝贝娜愤怒地抖了抖肩,"滚开!没你的事了!"

"可我还有事。"休伦里看着自己被抖落的手,神经质地笑笑,"你对我太过分了。"

他一下子抱住了贝贝娜。

杀人的火舌从四周的墙上倾泻而来,将一切照亮。

邱先紧紧抓住唐仁的胳膊,除此之外他没有别的事可做。不过,他此时没有发抖。是的,血火相织的经历足以让懦夫也变成金刚。

死定了!邱先暗叫。不知怎的,在这最后的时刻他忽然想起贝贝娜,还有那销魂荡魄的一吻。

奇迹再次降临。那几乎是交织成片的火网罩来罩去也碰不到他们的身体,难道,命运安排他们处在了某个射击不到的"死角"里?

"快离开这儿!"唐仁大喊,抽出了炽温枪。亮光闪过,墙上出现了一个犹自冒烟的洞口。

面前是一间极大的殿堂,还有,机器人——数以百计。

"给你。"唐仁递给邱先一把枪,"先打掉信号系统,断绝它们的外援。"

爆炸声很悦耳………

他们从一千亿人的尸灰中爬出来,他们的心中藏匿着一千亿孤魂的冤屈,他们担负着天地间最沉最深的悲伤。

火网、绝境、哀兵。

贝贝娜这才发觉休伦里的力气大得不可思议,就算年轻人也很难这么有劲。

"我……一直喜欢你。"休伦里气喘吁吁地说,"其实,我最喜欢的是你父亲……可惜我不是女人。你那么聪明,跟你父亲一样……就像电脑。对了,你脑中从小就植入了微处理机的……这更像电脑了……我好喜欢你啊……"

休伦里已极度亢奋,他的眼睛睁得溜圆,鼻孔翻开,两腮像水泡般地鼓起。

"嗤——"贝贝娜的衣衫被撕开了,露出一截雪白的肩膀。

8.

终于沉寂。

"我们,还活着?"邱先迟疑着开口。

唐仁扫视着遍地狼藉,"这是什么鬼地方?这儿按说不该有人的。"

"难道,这颗被人遗忘的星球正是枢纽所在地?"邱先若有所悟,"换了我,可能也会把枢纽设在这儿。"

"那快找找看。"唐仁开始小跑,"你猜会在什么地方?"

"谁知道。"邱先跟了上去。七拐八绕的通廊弄得他如堕迷雾。

"找到枢纽后该怎么做?"邱先问道。

"阻止贝兹,阻止它进入万能境界,那是种可怕的境界。"

"可怕?"邱先不解。

唐仁没有回答。因为,前面传来了人声:"哈哈哈,宝贝儿……"

透过一道未掩的门,可以看见一个男人正得意忘形地狂笑。

"是休休!那只巨猿!"唐仁掩口惊呼,"当年他在整容之后便不辞而别,给我父亲留下一封信说要去寻找喜爱的生活。想不到他竟在这里!"

"放开我!放开………"

是贝贝娜的声音。一股不可抑制的力量驱使着邱先箭一般地冲向了门。

入口处代表禁地的红线鲜亮夺目……

唐仁心念一动,旋即一把抓住邱先的手共同跃起——多次死里逃生绝不会都是奇迹。

休伦里的身躯被邱先一拳打倒,一直滚向光洞的方向。出于保护的目的,光洞周围一米之内不许任何人走入。而这次,休伦里却进去了——当然,只是他的头。血雨飘飞。

另外两个男人别过头躲开这一惨景。这是个不容饶恕的错误,因为,等他们片刻之后回过头来时,便看到了一把小巧的炽温枪和一张冷酷的脸。

"你们终于找来了。"贝贝娜声音低沉。

"贝贝娜,你——"邱先欲说又止。有什么可说的呢?根本是两个世界的人。

"不错,这儿便是枢纽,你们来晚了,贝兹马上就要进入万能了。"

惨死的父母和无数的尸骨在邱先眼前晃来晃去,幻化成了天堂与地狱的种种异景。他猛然举枪射向光洞。他等着在烈焰焚起的刹那与贝兹一道消亡。

火光闪过。贝贝娜的手指紧了又松,她没有开枪,只是,流汗了。

"贝兹有完善的修复功能,你们是枉费心机。"贝贝娜尖声道,"站着别动,否则别怪我!"

光洞突然迸发出了七彩异光,绚丽、耀目而辉煌,仿佛一颗恒星正在诞生。伴着曼妙而空灵的音乐,一个发瓷的宣言般的声音震得人心胆俱裂:"我已万能!我是主宰!"

"不!不能把世界交给这个没有感情没有灵魂的机器!"唐仁狂喊着扑向前方,他的姿势有着惊心动魄的壮丽。

贝贝娜的手微微一抖。唐仁的下半身顷刻成为了漆黑的枯骨,他重重跌倒。

"我……败了。"他咧嘴做了个仿佛是笑的表情,转而看着邱先,眼光渐渐迷离,"记得……地下室里的那些破烂电脑吗?它们都是试验品,都毁于……悖论……"

唐仁的双眼在光洞的异彩辉映下缓缓合上。

邱先没有流泪,只深深看着唐仁的脸,"好兄弟,你等着我。"

然后,他开始缓慢而又无比坚定地向光洞走去。

"站住,你再走一步,我……就开枪!"

邱先仿佛什么也听不见,他脸上一片茫然。

豆大的汗从贝贝娜额上淌下来。

邱先站到了输入话筒前,他看着很远的地方。一千亿冤魂支撑的斗士眼望远方。

他开始思考,绞尽脑汁耗尽心血地思考。

然后,他一字一顿地说:"万能的贝兹,请出一道你解不出的题。"

贝贝娜的脸一下子变得惨白惨白。

9.

是的,这就是悖论。人类可以坦然面对悖论,而电脑则不行。贝兹是万能的,世界上不应该有它出不了的题,也不该有它解不出的题。无论它出不出这道题,都表明它不是万能的。

尖锐的运行声嘶鸣起来,光洞的异彩高速闪动。波及大地的震颤渐渐加剧,末了,竟令人几乎站立不稳。

的确,贝兹开始伤脑筋了,而且是伤透了脑筋。每秒钟里都有一亿道题在贝兹浩如烟海的大脑里诞生,然后被解答并抛弃,接着又是新的一亿道题……

"停下,贝兹!"贝贝娜高声叫喊。

发瓮的声音低弱至极:"……正在工作……不接受新指令……"

光洞的亮度开始衰减,显然,贝兹在宇宙中的无数分支已消耗了过多的能源。

"……扼……杀!"瓮声突然变调,有了森冷的意味。

"不能这样,贝兹!"贝贝娜惊呼。

杀戮开始了。

整个"意愿完成体系"的力量已全部开启,这是一个由高速飞船、高强材料和高能武器组合起来的最强大也最无情的集团。目标,是人。

这是一场力量悬殊到极点的战争。被过度舒适的生活消磨了几乎全部肌肉和意志的血肉之躯,除了充当靶子外,别无他用。宇宙在浴血。

尸灰飞扬……

光洞继续黯淡下去。

"我父亲太喜欢贝兹了,这是他一生的心血。"贝贝娜喃喃而语,"他去世前给贝兹编入了一道条件执行指令,规定一旦贝兹的生存受到威胁时,它可做出完全自主的选择。"

邱先面如死灰,"它……选择?"

"一个初生婴儿的选择不会有善恶之分,因为他无知。可贝兹不是无知的,它的选择跟电子元件接通电源的一刻显示要么是'1'要么是'0'的初值一样,要么是'善',要么是'恶'。不幸的是,贝兹很偶然地选择了'恶'。"贝贝娜的身躯开始发抖,"我想,外面已经没有活着的人了……没有了……"

邱先忽然发觉"没有了"这三个字实在是无比可笑的字眼,令他忍不住张大了嘴,"没有了……哈哈哈哈,什么都没有了……"

"唉——"光洞发出了一声悠长至极的叹息,而后,伴着这声叹息,贝兹的身躯重重地痉挛了一下之后熄灭了。

开启顶壁的按钮被这番死亡的痉挛震开了。灿烂的阳光涌了进来。

听得到溪水淙淙,闻得到花草芬芳。一只好奇的小鹿从顶壁的缝中探进头来,忽闪着充满大自然灵性的眼睛四处张望。

看来,地球正因为它的荒无人迹而幸免于难。现在,这颗重返洪荒的星球上站立着最后两个人。

"你杀了贝兹。"贝贝娜咬牙切齿地说,炽温枪在她手中泛出森冷的光芒。

另一道寒芒握在邱先手中,"方玲、唐仁,还有所有人……都死了。现在,轮到我们……"

"我后悔给了你'存活信息'。"贝贝娜用一只手抓扯着满头金发。

"什么,信息?"

"当时,你以为飞船是来杀死我们的,把我推出了光圈。"贝贝娜的神色渐渐恍惚,"那一刻我好感动,就用信息光照射了你……使你不会被我们的自控武器打中……我太傻了。"

贝贝娜失声恸哭。

邱先心中翻起一片爱极也恨极的狂澜,他的心力已憔悴得不成样子。

"我更后悔,刚才为什么不一枪打死你,我有的是机会……"

"为什么?"邱先低问。

"我想——"贝贝娜艰难地挤出一丝自嘲的苦笑,"就因为,我爱上你了。我只打算利用你的,可为什么……我实在太蠢了……"

邱先全身一震,手中的枪几乎掉落。不,不能心软。难道,他能忘记无数人遗留的铺天盖地的尸灰? 不能!

"可你杀了贝兹。"贝贝娜咬咬下唇,话语中只剩下了歇斯底里的肃杀,"我活着就是为了保护它,可它已经死了……"

尾 声

浩渺无垠的时空所构建的混沌图景里,有一颗淡蓝色的星球。

最后的两个人对峙着,仿佛两尊由爱火烧铸成的仇恨雕像。她不是夏娃,他也不是亚当。上帝死了——因为信仰上帝的人都死了。而活着的人不会信奉他,只信奉所有悲欢哀乐的真正缔造者——人。

炽温枪寒芒夺目。

好奇的小鹿看厌了,因为它实在看不懂。它兀自走开,去吃青青的草,去追逐天真的爱情。

天正蓝,水正清,世界如伊甸园般美丽。

(本文获1993年中国科幻银河奖,刊发时名为《电脑魔王》)

人生不相见

1. 领路人

入夜的营地安静了许多,白昼里训练的喧嚣已经散去,这里是美国凯斯国家海洋保护区的基拉戈海岸。范哲警惕地扫视着四周,因为叶列娜现在正在"工作"。怎么说呢,反正范哲现在算是叶列娜的同谋,门禁系统是他突破的,现在也是他在给叶列娜望风。按章程有关规定,档案馆网络与外界物理隔离自成一体,只有在内部才能调阅。严格说来,叶列娜就算进到里面也没法"调阅",因为她根本没有获得相应的权限。叶列娜已经进入档案馆快一个小时了,也不知道情况如何。范哲可不想成为被好奇心害死的猫,再说他对那些档案也没什么好奇心,最多只是对叶列娜有那么一点好奇心罢了。不过虽然是在犯规,但范哲心里并无多少愧疚之感,其他学员都如期离开了,偏偏留下他们两个人,而且找谁询问都是一句无可奉告。范哲还好点儿,只是一名工程师。叶列娜以前是特警,天生就是个惹事丫头,反正闲着也是闲着,正好练练个人的手艺。

范哲心虚地刚想四下张望,就在这时,他见到了那个人。范哲敢肯定就在一分钟之前周围都是没人的,估计刚才那家伙是隐身于某个角落。对方显然发现了自己,因为他正点头示意。问题是范哲心里有鬼,他努力强迫自己不要朝档案馆的方向张望。

"这里真美啊。"来人应该是个亚洲人,大概有四十多岁,脸上的皱纹宛如刀削。但他的语气让范哲觉得有些奇怪,因为这样的抒情语气像是一个青涩少年。

"当然。"范哲强自镇定地接过话头,"你刚才一直在这里……看风景?"

"我来了一阵儿了,大海落日很壮观,不是吗?"

"当然,你慢慢看。"虽然来人透着古怪,但范哲没有心思深究,只盼着这家伙早点离开。

来人望着黄昏的海洋,"宝瓶宫还在原来的地方吧?"

范哲悚然一惊,离海岸八公里外的海面之下就是宝瓶宫。宝瓶宫始建于20世纪80年代,是元老级的宇航员训练设施,其生活舱和实验室就建在一个深海珊瑚礁旁边。宝瓶宫长十四米,宽三米,重约八十一吨,建在二十七米深的水下,模拟了空间站的各种生活条件。许多年来,它的面积一直保持在四十二平方米,这并不是因为在技术上无法扩建,而是刻意保持与太空居住环境的相似性。虽说它的生活设施很齐全,但想象一下,人在这里待上几百个小时(所谓的饱和潜水技术)会是什么滋味吧。宝瓶宫主要是为了训练宇航员的太空运动能力,但显然对宇航员的心理素质也是一个考验。据说,在未公布的档案里就有宇航员长期幽闭后出现精神疾病被淘汰的记录,当然,这样的资料不是一般人能看到的。不过范哲知道,也许再过一会儿,自己就能目睹那些神秘的资料了,希望叶列娜一切顺利。

"您是新来的教官?"范哲试探地问。

"不。"来人意味深长地摇摇头,"很多年前我是这里的学员。"

"啊?"这回轮到范哲吃惊了,刚来时就有人向教官问及以往学员的现状,但被告知这属于机密,而现在居然来了一个活的。

"不用怀疑。"来人淡淡开口道,"不过我出现在你面前属于特例。"

"为什么告诉我这个？"范哲不禁有些紧张，出于本能，他明白某些事情知道了不见得是好事。

"因为我们将一起合作。"来人眼里闪出洞悉一切的光芒，"你，我，还有叶列娜。自我介绍一下，我是何夕。你们之所以一直待在基地，就是在等我，因为我是你们的领路人。"

范哲的嘴微微张开，样子有些傻。这时，他手里的电话响了，上面显示出一条正在传输资料的进度条。看来叶列娜已经有了收获。

"跟我来吧。"来人说完大步朝前。

"去哪儿？"范哲不知所措地问。

"当然是去档案馆。你通知叶列娜终止行动吧，我会解开你们心中的谜团。"

2. 参　宿

档案已经发黄。

在恒星际时代，突然出现"纸"这种东西的机会是极少的，这只是因为在个别场合必须按照规定使用所谓的"硬"拷贝材料。何夕早已从电脑中知晓了档案袋里的内容，但现在，他仍然必须在办理完烦琐的手续后从机要员手里接过它。蓝色的菱形印章覆盖在档案的封口处，代表着某种至高无上的权威。印章已经有些斑驳，五十多年的时光顽强地在上面留下了自己的痕迹。其实所有人都知道，真实可靠的文件内容只能通过电子副本获得，因为在这个时代，只需入门级的原子组装技术便能以假乱真地复制出连同这个印章在内的全部纸质档案，谁也不敢确定手上这套东西就是以前封存的原件。只有基于数论的电子加密技术，才能确保文件的安全。但这并不妨碍何夕一脸郑重地抽出文件从头阅览，因为这是规定。

看着那些文字,何夕心里涌出一丝难以言说的情绪,他知道二十年前的那个人也曾翻阅过这套编号为"145"的档案。范哲和叶列娜亦步亦趋地跟在何夕身旁,脸上的激动无法掩饰。何夕瞄了眼范哲,不禁想起当年的自己何尝不是一样。何夕知道,他们俩能跟随自己进入这里看到"乐土计划"的档案,的确是一件不容易的事情,这意味着他们至少要淘汰掉两千名以上的竞争者。但何夕不知道,当这两个年轻人下一步完全明了自己的使命后,是否还能像现在这样志得意满。从道理上讲应该影响不大,至少何夕知道,在测试题目中已经暗示了某些线索。

"好了,该进入正题了。"何夕示意两位年轻人坐下,"从拆开这份文件开始,我们三个人就算正式加入到'乐土计划'中了。或许你们也知道一些内情,但我还是按规定从头说起,因为我是你们的领路人。在未来这段时间里,我将陪伴你们,直到任务完成。"

"还是不用了吧。"叶列娜突然打断何夕,"基础的背景知识我刚刚在电脑里看过了。"她转头看着范哲,"我还传给你看了的。"

范哲有些错愕,他没想到叶列娜竟这样坦诚。本来他只是抱着试一试的心理,没想到叶列娜真能有所进展。

这回轮到何夕吃惊了。"乐土计划"属于联邦绝密级,他有些狐疑地看着这个头发微卷的斯拉夫女孩。他知道叶列娜有过特警的经历,但没想到她居然还是一名技术超群的计算机黑客。

"你不用怀疑。"叶列娜落落大方地开口道,"我潜入档案馆,用自己编写的一个工具软件搜索到了系统的小漏洞,从而看到了少量密级不高的资料,但也到此为止。总体来说,那个什么乐土系统还是非常强大的。不过,所有事情都是我一个人干的,与范哲无关。"

何夕不动声色地问:"那你知道了些什么?"

叶列娜似笑非笑地答道:"至少我知道了我们这趟旅程并非一般的考察,和其他人所知的不一样,这条航路曾经发生过重大事故,充满未知的危险。"

"你……"何夕顿时语塞。眼前这个文弱的女孩显然具有与她外表不太相符的内在力量,她无所畏惧地对视着何夕的双眼,竟然使得后者生出一丝躲闪的念头。一旁的范哲保持着沉默,但看得出来,他是站在叶列娜一边的,他看叶列娜的眼神中混合了欣赏与关心,甚至还有隐隐的依恋。这也难怪,他们一起接受训练,特别是这最后一个月他们一直单独相处。何夕心中一凛,这是一个让人感觉不好的苗头。

"恐怕基地的头儿也是有所顾虑吧。"叶列娜幽幽地开口,眼里有洞察的光芒闪现,"我们这次考察本该在一个月前开始,但却一直拖到现在。其实基地并不缺领路人,却专门将你从四十六光年之外召回来,因为你比他们有经验。"

何夕颓然跌坐。叶列娜说得没错,这次行动的确非同寻常。接到基地的命令时,何夕也相当意外:从来没有人会第二次执行"乐土计划",这是没有先例的。二十年来,何夕一直生活在天蝎座渤海星。天蝎座18号星距离太阳系四十六光年,地球天文学家很早就开始关注这颗恒星,因为它和太阳实在太相像了,几乎具有相同的年龄、质量、直径以及表面温度,就连自转周期也非常接近,都为二十五天左右。这颗位于天蝎座左螯上的恒星理所当然成为人类优先纳入考察计划的星球。所以,"虫洞通道"刚刚进入成熟阶段,人类就向天蝎座18号星发射了探测飞船。正如英谚里常说的"坏运气连着坏运气,好运气连着好运气"一样,人们惊喜地发现,这颗恒星的第二颗行星竟然具有良好的生态环境,最可贵的是,经过后续的仔细探查,发现这颗行星上还没有进化出具有智能的生命体。一句话,人类中大奖了,奖品就是一颗直径一万一千公里、后来被命名为"渤海"的生命星球。

但是叫他怎么对叶列娜说呢?这两个年轻人可能知道一些事件的轮廓,但以他们现在的心境,怎么可能体会到那些事件背后的鲜血与生命的分量?是的,他们太年轻了,他们只是好奇,只是对世界上的未知充满向往,却不明白人生一直行进在雷区之中,无法察觉的灾难随时可能吞噬一切，经历过危险的人才能加倍珍视生命。其实为了执行这次任务，基地总共向十二位"老人"发出了非强迫性的召集令，但最终只有何夕一个人接受了命令。

"先生，你怎么了？"范哲关切地问，作为一名工程师，他不像叶列娜那样咄咄逼人。

"没什么。只是渤海星的氧气含量略高于地球，我这次回来时间不长，还没完全适应。"何夕抚了抚有些气闷的胸口，"其实就算你们没有突破系统，有些事情我也会告诉你们的，所以我不打算将这件事情上报。当然，我会提醒他们系统出了漏洞。不过，也请你们不要再对其他人提起这件事，好吗？"

叶列娜的目光在何夕脸上停留了一秒钟，声音突然变得低缓："谢谢。"

"还是让我们说说里海星的事情吧。"何夕戴上数字手套，房间里顿时暗了下来，一幅全拟真的星图浮现在半空中。淡淡银河垂地，仿佛某个超级巨人的信手涂鸦。"看那里，猎户座，也就是中国古人所说的参宿。"

何夕手指微动，星图急速地拉近，"这颗编号为HP26762的红色恒星距离地球一百六十八光年，光谱类型F，太阳为G，所以它的表面温度略高于太阳。"

镜头拉近，红色的灰尘被放大，显出模拟的细部结构，可以看见丝丝缕缕的日珥偶尔喷吐出星球的表面，宛如条条纱巾。那是另一颗光明星球，是太阳远在亿兆公里之外的兄弟。何夕注视着这颗美丽的空中宝石，眼里有种难以描述的神情，即使以范哲的粗疏，也能看出这个中年男人分明对这颗远在一百六十八光年之外的星球有一种奇特的情感。叶列娜记下了这一幕，她隐隐觉得此次任务透着一些诡异。

"恒星HP26762的第二颗行星就是里海星，它是在五十多年前被发现的，在例行的二十年观测实验期后正式纳入'乐土计划'。里海星形成于三十亿年前，比地球年轻。它和地球的主要差别在于，它的铁镍质核心偏小,这导致地核冷却速度更快,虽然只过去了三十亿年,但它现在的地磁强度只有地球的二分之一,而且目前还在继续以每年亿分之一的速度减少。将来,里海星也会像火星一样彻底失去磁场保护,到时候在恒星粒子流作用下,它最终将失去绝大部分液态水。不过那是二十亿年后的情形,在未来几亿年内,它依然算得上人间的'乐土'。"何夕按照例行规定做着介绍。

"等等。"叶列娜插话道,"HP26762恒星表面温度高于太阳,里海星的磁场又弱于地球,那上面的恒星辐射一定比地球更强。"

何夕赞同地点点头,"准确地讲,里海星表面的平均恒星辐射强度是地球的两倍,两极地区还要更高。我看过当年从里海星传回的极地照片,某些时候在极光辉映下,夜晚就像白天一样。实际上,在里海星30度左右的低纬度地区,偶尔能看到极光,这就好比在上海市看到北极光。"

"那肯定很美。"范哲露出悠然神往的表情。

"当然,可以毫不夸张地说,美得令人呼吸不畅。"何夕淡淡一笑,"但可惜我们欣赏不了多久。高能粒子会让我们的眼睛很快就患上白内障,我们的骨髓细胞会被迅速摧毁,接下来便是顺理成章的结果——死亡。"

"所以才需要先行者,对吧?"叶列娜插话道。

何夕这次没有表现出诧异,他料到叶列娜已经查到了先行者的资料,"是的,先行者率先登陆并征服这些星球,如果有可能,他们还将承担改造星球环境的任务。总之,先行者是值得我们永远尊敬的一群人。他们为人类的美好前途付出一切……"何夕陡然止住,脸上浮现出萧索之意。

叶列娜与范哲面面相觑,何夕凝视着虚空中的猎户座群星,心里不禁划过一声悠长的感叹。在一百六十八光年的时空阻隔之下,彼端已然是另一个世界。

"资料里提到了通道事故……"范哲小心地提起话头。

何夕从短暂的失神中回过神来,"是的,通道,那是一次事故。在发现里海星的时候,虫洞技术已经非常成熟,人类在坐标点之间的跃迁有过无数成功的经验。虫洞技术的基石是引力,正是靠着对强大引力的精确操控才能将空间'穿孔',从而实现超距跃迁。虽然虫洞跃迁的理论耗时为零,但在实际中至少要维持十五秒稳定态,才有足够时间完成一次操作。不过,虫洞的理论基石已经隐含着虫洞跃迁的一个危险:虫洞总是成对儿出现的,而如果在虫洞对之间的直线空间上存在着强引力物体,那么在跃迁之前就必须考虑这种引力的影响,将其代入到计算中,否则,建立的虫洞对将陷入紊乱状态,跃迁目的地将变得无法预料。"

叶列娜插话道:"的确,在这种情况下,一旦误入巨星系的核心区域,肯定会导致灾难性的后果。"

何夕摇摇头,"你说的情况并不常见,总体而言,宇宙中物质的分布非常稀薄。现在发生的几起事故是另外一种更复杂的情况。"

"什么情况?"范哲问。

"偏移并不只发生在空间上。"何夕神色凝重地说,"第一艘事故飞船发现自己偏离预定地点约二十光年,当他们和地球建立量子通信之后,才发现虽然他们只感觉过去了一瞬间,但在地球上,时间已经过去了四个月,人们当时都以为他们遇难了。所以,他们是同时在空间和时间上都出现了飘移。"

"他们穿梭了时空?"叶列娜倒吸了口气。

"'穿梭'这个词容易导致误解,没有人能够回到过去,只可能往后飘移。"何夕接着说,"根据事后分析,这种效应与物质以光速运动时的情形相似,对他们而言,时间停止了。迄今为止,相同的事故已经发生了六起,有的是几个月,有的是几年。最长的一起失踪事件已经过去六十年了,至今没有消息,而且可能永远都不会有消息了,他们很可能已经被巨恒星吞噬了。"

"里海星任务也是事故之一,对吗?"叶列娜幽幽地问道。

"是的,就是猎户座里海星。"何夕点点头,"也是我们这次的目的地。"

"这种威胁来自黑洞吗?"范哲插话道。

"并不是那么简单。"何夕缓缓摇头,"在现有技术条件下,虫洞对之间的距离不能超过十光年,所以,去某个外太阳系的行程实际上由一系列的跳飞组成。而对强引力物质的探查,就是建立航道最重要的工作。十光年虽然是一个非常广的区域,但现有技术对于包括普通黑洞在内的强引力源的探查是很准确的,唯独对那些形成于宇宙大爆炸初期的微黑洞束手无策。这些太初黑洞非常小,有的视界还不到一微米,具有的引力却很强大,要完全排查极其困难。好在这种特殊结构并不常见,而且根据计算,单个微黑洞并不足以扰乱虫洞对的运行,除非遇到散布的微黑洞群落,否则虫洞跃迁依然是安全的。实际上在事故之前,已经往里海星成功发射过多艘飞船,一切运行正常。"

"资料上讲,飞船成员发回了遇险信息,"叶列娜开口道,"是在出发后三个多月的时候。当时,他们不仅在时间上飘移了六十多天,而且还在空间上误入了一颗超强辐射脉冲星的势力范围。当时两名男性成员已经死亡,最后那名女性成员发出航线上存在高危险微黑洞群警报信息之后也死了。"叶列娜注意到何夕脸上显出了难以掩饰的痛苦,"这直接导致前往里海星的航道自二十年前中断至今。"

"是的。"何夕调整了一下情绪,"航道的重新探查是一个漫长的过程,尤其是在已经发生了悲剧的情况下。现在的新航道在距离上远了一些,但应该能够绕过那个可怕的微黑洞群落区域。"

"能确定是微黑洞造成的事故吗?"叶列娜探究地问。

"这个,当然了。"何夕有些诧异地看了眼叶列娜。

"可是后来并没有确切发现微黑洞群落的消息,现在新航线只是绕道而已。为此居然白白耗费二十多年时间⋯⋯"叶列娜突然止住,因为她发现眼前的何夕陡然间已经变成了另一个人。

"你说什么?"何夕瞪大双眼须发贲张,"你有什么资格怀疑于岚的判断？这是她付出生命代价才得到的结论！你……"

叶列娜忙不迭地道歉，她也觉得自己的怀疑有些过分，"对不起，我只是有些好奇。"

何夕撑住额头，二十年了，一切仿佛昨天才发生，包括于岚最后那凄美的微笑。

3. 商　宿

休斯敦宇航中心一派繁忙，里海星飞船将在这里升空，进入外层空间后再转入虫洞飞行。虫洞飞船的主体就像是一枚巨大的枣核，周围悬浮缠绕着三个交叉的线圈。领路人马维康带着他的组员加滕峻和于岚一字排开站在飞船前面，接受人们的祝福。

何夕面无表情地注视着站在飞船前面的三个人，准确地说，他的目光只是落在那个娇小的身影上，心里麻木得没有一丝感觉。就在昨天之前，他的心还被幸福的憧憬填得满满的，而现在一切都已无法挽回。

是的，就在昨天，何夕当时刚刚从减压舱出来。在宝瓶宫受训的宇航员由于长时间生活在水下，他们的身体体液被高压氮气所充斥，在返回海面前要进行十七个小时的减压，这是最让人难受的环节。何夕一出减压舱就禁不住仰头深吸一口气，感觉自己这才算活过来了。等他再次平视前方时，一眼便看到了于岚那俏生生的身影。

绿树，草地，衣袂飘飘，这是一道风景。

于岚扬起脸，有些调皮地看着何夕，"谢谢你这段时间对我的照顾。"

"咱们的生物学博士什么时候变得这么客气了？"何夕略显木讷地笑笑，他们前后相差十天进到宝瓶宫，在那里共同训练了二十天。其实何夕觉得应该说感谢的是自己,因为自己晚到十天,是于岚告诉了他许多有益的经验。不过,在一起突发事故中,也的确是何夕帮助于岚脱离了险境。

"我是来同你道别的。"于岚轻声道,她低头看着地面。

何夕有些意外,"道别是什么意思啊? 我们可是分在同一个组的,应该是半个月后一起出发吧?"

"基地作了调整,我改派了别的任务。"于岚黑白分明的眸子里闪过难以言说的神色,一种痛楚的感觉在这一瞬间从她心头滑过。二十天前的一次训练中,于岚的潜水设备发生了紧急故障,何夕没有任何犹豫地把自己的呼吸器拉开接驳到她的面罩上。那一刻,于岚心里某个最柔软的地方被深深触动了,她没想到,这个世界上真的会有一个人视她胜过自己的性命,她本以为这样的情节只存在于赚人眼泪的小说里。那是怎样一种天雷地火般的触动啊。

"哦,怎么会这样?"何夕语气里有难以掩饰的失望,他觉得自己的心正在往下沉。

于岚咬住下唇,叫她怎么跟眼前这个比自己小一岁的大男孩说呢? 其实正是她自己要求改派的。十天前,当她回到基地知晓了任务的全部内容后,她只能作这样的选择——等何夕知道真相后,应该也会同意这是最好的选择吧。这个世界上有许多很伟大很崇高的东西,跟它们比起来,爱情虽然美丽,但却只是一件渺小的装饰品。于岚想到这一点的时候,突然觉得有一丝什么东西从身体里被抽了出去,渐行渐远,仿佛多年前的某一天,她眼睁睁地望着心爱的布娃娃飞出了列车车窗。

"再过二十四个小时,我就出发了。"于岚脸上挂着空洞的笑容。

"我们以后还能见面吗?"话一出口,何夕就发现自己问得太蠢了。刚受训时他们就被告知,不同小组成员的后况将列为机密,彼此是无缘再见的。

"知道我要去哪里吗?"岚的声音像风铃一样动听,"是位于猎户座的里海星,中国古人所称的参宿。而你要去的渤海星位于天琴座,中国古人称之为商宿。"

何夕陡然间明白了什么。人生不相见,动如参与商。参星在西,商星在东,当一个上升,另一个便下沉,永世不能相见。千百年来,地球上的人们从未同时看到过参宿和商宿。

于岚的心里也滚过宿命般的浩叹,十天前她只是请求改派任务,到里海星是上面的人定的,但却那么不可思议地映照到千年前的诗句里,仿佛冥冥之中真存在着天意。

……

送别的人一一上前告别,祝福三位人类的勇士。这时,领路人马维康注意到了于岚的沉默,"我们基地最美丽的女士不想对大家说点什么吗?"

于岚被突如其来的提问从失神中拉回,她静静地巡视全场,"谢谢大家来送我们。其实,我要说的话昨天已经说完了。"于岚望着人群中的何夕,脸上是一抹带泪的笑容。

何夕嘴唇翕动,那是只有他们两个人才能听到的诗句:"人生不相见,动如参与商。今夕复何夕,共此灯烛光。"

是的,这就是人生的宿命。当昨天何夕第一次打开属于他自己的渤海星任务档案时,立刻就明白了于岚做出的是怎样的决定,他现在赶到发射场只为最后与于岚告别。这并不是什么一般性的考察任务,在那个无比崇高的目标之下,需要他们付出很多,这其中就包括——爱情。

4. 水星球

预定目的地设定为距渤海星六十万公里的外层空间,这是为了尽量避开渤海星两颗卫星的干扰。作为领路人,何夕完成了百分之九十以上的操作。每一次十光年跳飞后的方位确认、航道修正以及能源补给,需时约两天。其实一切都在计算机程序的控制下进行,领路人所能做的不过是摁下确认按钮,这虽然只是一个表象,但却让人觉得仿佛是自己在掌握着命运。何夕摆摆头将这个念头甩开,拇指毅然摁下,启动最后一次跳飞。

三十五个地球日之后,虫洞飞船突兀地出现在渤海星的外层空间,就像一个从遥远虚空中钻出的幽灵。防护罩缓缓打开,母星明亮的光线经过过滤之后照射进来。叶列娜和范哲迫不及待地解开束缚,飘移到舷窗旁,里海星巨大的身影悬浮在远处漆黑的深空中,像是一只绘满蓝色花纹的瓷盘。

是的,蓝色覆盖了里海星的全部表面,这是一颗没有陆地的水星球。虽然这是从资料里已经知道的事实,但同地球的巨大反差,还是让人一见之下难以相信自己的眼睛。

"真美啊!"叶列娜如痴如醉地赞叹道,"哎,范哲,你看它像不像一颗矢车菊蓝宝石?"

"真想把它镶嵌在一颗戒指上送给我的新娘。"范哲幽幽开口,"不过它真的太奇特了,竟然没有陆地。"

何夕的动作比年轻人慢了半拍,他凝望着里海星,一时间心潮起伏,"里海星并不奇特,恰恰相反,是地球更奇特。"

"你说什么?"范哲不解地问。

"宇宙中的行星无非两种,要么有液态水,要么没有。相比之下,存在液态水的行星是小概率事件,根据现有资料来看,几率小于一亿分之一。因为这要求行星具备一系列极难满足的条件,比如行星与恒星的距离、恒星所处的年龄阶段、行星自转的速率、行星的质量与引力大小,以及大气层厚度等等。这些条件的苛刻程度,足以与宇宙常数所具有的奇异精确程度相提并论。你们想想看,在太阳系里存在那么多行星、小行星以及卫星,但确定拥有液态水的却只有地球。"何夕耐心地讲解,"但另一方面,由于宇宙无比巨大的物质数量,存在液态水的行星数量在实际上却又是一个天文数字。而在数以十亿年计的时间条件下,如果我们认可生命的自发论是正确的,那么,液态水和生命存在几乎就是一个等同的概念。所以一般性的看法是,宇宙中的生命绝非地球所独有。"

"这个我大概是知道的。"叶列娜插话道,"可刚才你说地球才是奇特的是什么意思?"

"你们应该知道,地球表面百分之七十一是海洋,百分之二十九是陆地。我的意思是,在拥有液态水的星球里,这是一种非常奇特的小概率现象。"

叶列娜和范哲面面相觑,表情都有些发呆。

"实际上,水这种物质在地球总的物质中占有比例相当低。这些水大致有几个来源:地球形成时的太初尘埃、数十亿年来引力俘获的星际水分子、撞击地球的小行星或彗星带来的水分。正是这些极其复杂的来源共同形构成了地球上现在的水分。地表水的重量不到地球重量的万分之六,地核中则基本可以肯定没有水的存在。而为了测出地幔的情况,公元2002年,日本的研究者在高温高压环境下创造出了四种和地幔矿物相似的化合物,然后向这些化合物灌水,测试它们吸水后重量的变化。结果表明,在地幔处溶解的水是地表水量的五倍多。所以,地表水的重量加上地幔水的重量,水占地球重量的比例约为千分之一。这是一个非常低的比例,我们完全可以想象水占比高得多的行星,理论上甚至不能排除百分之百由水构成的星球,有些小行星和彗星的构成比例差不多就是那样的。那么按道理,在所有存在液态水的行星上,水重量占比小于千分之一也是稀有情况。也许在一百个这样的行星中,九十九个都比地球的含水量大。"

范哲听得有些发呆,而叶列娜也罕见地保持沉默。

何夕笑了笑,"别这样看着我,要知道我的专业就是天文学,我当年的毕业论文就是研究地外含水行星的,题目就叫《水星球》。让我们回到正题吧,即使以千分之一这样低的占比来看,海洋也占据了地球的大部分表面。我们假设某个行星的水重量为星球总重的千分之二,那么按照一般化的原理来看,大陆其实已经不大可能存在了,个别岛屿或许有可能存在,但如果行星含水比例再上升一点儿,它们也将完全消失。也就是说,我们有理由认为,对于所有存在液态水的星球来说,大片陆地的存在只是一个小概率事件,而表面基本被海洋覆盖才是常态。实际上迄今为止,在现在人类发现的两百多颗地外生命星球中,只有一颗星球具有大片陆地。"

"在哪里?"叶列娜按捺不住地问。

"就是我生活了二十年的渤海星。它的表面百分之九十被海洋覆盖,具有一片面积接近亚洲的大陆。当初发现它时,引起的重视是空前的,地球委员会启动了最紧急预案。"

"为什么?就因为它有陆地?"范哲插话道。

"还能有别的原因吗?就是因为陆地。"何夕肯定地点头。

5. 乐观派

飞船已进入近地轨道。从这里看过去,里海星已经覆盖了大半视野,它静静地转动着,丝丝缕缕的云带间断连环,勾勒出大致的大气运动图案。叶列娜扫了一眼控制台,信号已经发出,但还没有收到任何回应,这显得有些不正常。虫洞跃迁结束后是一段常规航程,大约四天后才能抵达里海星,宇航员接受的培训就是为这种常规航程准备的。叶列娜转头欣赏着舷窗外的风景,她已经知道由于没有大陆,里海星的气候是比较温和的,除了在赤道附近偶尔形成风暴外,基本上没有极端的气候状况;由于没有大陆的阻拦和消减效应,风暴在里海星的存续时间比地球长很多。就算是风暴也不会对绝大多数生灵构成威胁，巨量的液态水保护了所有的生灵，但是，这真的是一种保护吗？

"我还是怀疑水星球并不能永远封锁智能生命的产生。"叶列娜看着何夕，"如果时间足够，也许生命会找到一条我们未知的进化道路。"

"我以前也这样想过。但你能告诉我在水星球上怎样得到火吗，不是稍纵即逝像闪电的那种，而是持续不断能被使用的火？"何夕的声音低沉下去，"燃烧的三个条件是有可燃物、与氧气接触、温度达到可燃物着火点。在水中没有游离氧，而且水温也低于多数可燃物的着火点，自然条件下无法获得火。至于现在人们实现的水下燃烧实际上是基于精巧设计的机器，这种火其实是智慧的产物。"

叶列娜泄气地摇头。她当然知道火对于智能生命进化的意义。那可不仅仅是提供保护和熟食，包括煅烧器具、冶炼金属，以及后来人类的化学物理等一切科技，没有一样不是发端于火的应用。

"以前有种观点，认为人类作为智能生命的标志是人的大脑与体重的占比是最高的，现在知道宽吻海豚的这个比例是大于人的，可是几百万年来，宽吻海豚也没能产生自己的文明，最多算是有些社会的雏形罢了。"何夕接着说道，"所以你们现在应该明白，当年发现渤海星时地球联邦为何如临大敌了，因为大陆的存在有利于智能生命的产生。不过那只是虚惊一场，渤海星没有高智能生命存在，那里最高级的物种是一种生有脊椎、长着八条腕足的陆地章鱼，智力接近于地球上的长臂猿。如果人类更晚发现渤海星，这种生物可能会成为星球的统治者，但现在它们的腕足是渤海星的一道名菜。"

叶列娜心中不禁涌起无比的骄傲与庆幸。如果认可何夕的观点，水星球对生命的保护实际上是一种对生命永恒的禁锢。处于这颗蓝色星球的上空，叶列娜知道这几天与领路人的交谈已经彻底改变了自己。她有生以来几乎第一次意识到，生而为人是一件多么奇异的事情；或者按何夕的说法，是一个概率多么小的事件。

"但为什么人类会如此害怕另一种智能生命？难道不能成为朋友

吗?"叶列娜吐露心中的疑虑。

何夕古怪地笑了笑,"其实在这个问题上,一直存在悲观与乐观两派。悲观派认为宇宙间的智能生命一旦相遇,将立即导致落后的一方被掠夺、杀戮乃至灭绝。现在这种观点获得了不少人的认可,是主流。"

"那乐观派呢?"叶列娜急切地问。

"我就是乐观派。"何夕注视着叶列娜的眼睛,"这也许和我自己的天文学专业有关。但是现在,我的这种观点出了点儿问题。"

"我不太明白你的话。"叶列娜蓝盈盈的眼睛里写满了好奇。

"我们乐观的原因只是因为宇宙本身的宏大。离地球最近的恒星系是四点三光年之外的比邻星,但它是一个引力系统非常复杂的三星系统,行星根本无法稳定存在。而已知的拥有行星的恒星都离地球十光年以上,基于生命产生和进化的苛刻条件,这些行星上面恰好拥有智能生命的可能性几乎为零。上百年来,地球上最强大的射电望远镜还没有从这些星球上接收到一丝有意义的信号,这实际上已经基本否定了地球周围数十光年内存在智能生命的可能性。"

"那再远一些呢?"范哲插话道,"可观测宇宙的范围可是超过一百三十亿光年。"

"再远一些当然会有可能。"何夕肯定地说,"虽然智能生命产生的概率极低,但由于宇宙物质的无比巨大,所以拥有智能生命的星球是一定存在的,而且其中很多的科技水平肯定超过了地球人。那么问题来了,如果那些科技水平更高的外星种族来到地球,它们会干什么?"

叶列娜和范哲对望一眼,都老实地摇了摇头。

"乐观派的结论是它们什么都不会做。因为对于能够跨越成千上万光年距离的高级文明来说,地球以及现阶段的所谓人类文明除了有一点观察意义之外,根本就没有任何用处。这样的超级文明早就洞悉了物质的全部秘密,也许它们为了来到地球看一眼,随手便熄灭了上百颗太阳大小的恒星,这样的种族又怎么会在意地球这颗沙粒上的那丁点儿所谓的资源呢?"何夕露出一丝戏谑的笑容,"我常想,这就好比人类建造了能抵抗深海高压的高科技潜艇,来到大西洋海底烟囱观察那些靠硫化物生存的管虫,如果管虫中也有悲观派的话,它们一定会惊呼:糟糕!人类来抢我们的硫化氢和美味酸水了!"

叶列娜扑哧一下笑出声来,何夕的比喻让她忍俊不禁,她当然知道人类的屁里就充斥着硫化氢。不过她想起一点,"那你为什么说自己的观点出了点儿问题呢?"

"是虫洞。"何夕的表情转为严肃,"都是因为虫洞这种超越了时代的技术,至少我认为这种技术让人类提前进入了本来还不到时候进入的领域。"

"我有些明白了。"叶列娜点头,"这种技术可能让在文明上还不够成熟的种族发生碰撞,也许会导致悲观派们预见的结果。"

"还没有回信吗?"何夕转头问范哲。

"没有。"范哲很肯定地报告,他已经全面检查了设备。作为一名合格的工程师,他很相信自己的能力,"哎,等等,有信号答复。"

何夕和叶列娜急速地飘过来,他们的目光都锁定在了屏幕上。

"里海星纪元52年6月13日,这里是里海星接引驻地,先行者欢迎来自地球的客人。驻地坐标东经115度,北纬30度。重复一遍:东经115度,北纬30度。"

"登陆飞船准备就绪,请领路人指示。"范哲掩饰不住内心的激动:有生以来将第一次登上另一颗星球,这是多么奇妙的境遇。

但是何夕却微微蹙眉,仿佛正面对一件奇怪的事情,脸上阴晴不定。

"范哲留在主船,我和叶列娜登陆。"

"为什么?"范哲失望地问,"按章程我也应该下去的。"

"你的任务是立刻对整个里海星建立毫米级扫描观测。"

"计划书里没有这一条啊。"范哲大惑不解。

"这是命令。"何夕面色阴晦,口气不容置疑。

6. 驻 地

驻地像一片漂浮在无边池塘里的巨型树叶,登陆舱渐行渐近,在"巨型树叶"的映衬下极像一只小小的瓢虫。这时,驻地的表面隙开一道窄缝,吞下登陆舱。

面前居然是一片浅丘草地,不知名的野花绚丽绽放,小溪淙淙流淌,一只草原黄鼠"嗖"地从旁蹿出,惊起几只蚱蜢,在里海星相当于地球三分之二的引力条件下自在飞行。一幢四面透明的房子很突兀地矗立在平地上。

一个满头银发、皮肤黝黑的高个男子从房子里慢吞吞地走出来,"欢迎你们,我是李高。"

"你好。"何夕微微点头,"可以告诉我你的先行者编号吗?"

来人沉默了一下,"当然,我是里海星先行者42号。"

"那好,42号,我们能够到大船上去吗?"

"现在还不行,大船在圣地。"

"圣地?"何夕疑惑地问,"那是什么地方?"

来人的语气顿时变得庄重:"圣地是世界上最美丽的地方。"

何夕用眼角的余光扫视了一下自己手臂上的扣子,那是一台发射机,此处的一切情况都已经传送到了虫洞飞船,"我想看看这个圣地,请带我们过去。"

来人再次沉默了一秒钟,"好的,我去安排。请你们先在此等待。驻地的环境和地球相似,领路人应该知道的。"

看着来人进屋的背影,叶列娜刚想开口却被何夕制止住了,他取出仪器四下扫描确定没有监视之后开口道:"你马上联系范哲,让他准备建立和地球的量子通信。"

"现在就准备吗?"叶列娜吃惊地问。虫洞飞船携带有一组用于量子通信的电子,保存在接近绝对零度的超低温环境中。它们都是一对双生电子中的一个,对应的另一组电子留在了地球上。双生电子诞生于纯粹能量的碰撞,呈现出量子纠缠态,由于泡利不相容原理,它们的物理状态永远是相反的,这便是超空间量子通信的理论基础。量子通信要求的能源巨大,实际上,虫洞飞船只能支持最多两次量子通信。按照规定,第一次量子通信应该在登陆第七天初步掌握目标星球总体情况后进行,因此,何夕现在就要求做好启动准备,的确让叶列娜感到不解。

"我觉得有必要。"何夕的语气十分坚定,"里海星让我有种不安的感觉。"

叶列娜环视风景怡人的四周,不明白何夕指的是什么。但她知道何夕曾经执行过渤海星任务,这样说一定有其道理,她需要做的就是执行命令。

"我也觉得那个先行者有些傲慢。"叶列娜四下张望,"不过这里真的布置得和地球没什么区别,他们为迎接我们是用了心的。"

"这只是章程的规定。"何夕冷冷说道,"按照《乐土宪章》,先行者必须在本星设置一处面积不小于一平方公里的类地球环境,作为星球政府的永久驻地。里海星还没有到设立政府的时候,这里应该是驻地的前期雏形。"

"我知道这部宪章,上面的规定都很死板。"叶列娜有些不以为然地撇撇嘴,"比如政府驻地这条,里海星明明是一颗水星球,像这样永久性地维持一块地球环境肯定不容易,如果换成我,我也有意见。"

何夕心头涌起面对淘气晚辈时的那种宽容,但他的语气却依然不容辩驳:"《乐土宪章》是整个计划的核心,第一条就明确规定宪章不容违背,否则视为人类公敌。"

"这么严重?"叶列娜吐吐舌头,"我看宪章细则里面有些很细的规定,那些也不能违反吗?"

"我知道你指的什么,那些规定的确很烦琐,但却是'乐土计划'顺利施行的保证。"何夕了解地点头,"比如刚才的先行者42号,你看出他与我们有什么不同了吗?"

叶列娜摇了摇头,"只是觉得他的皮肤颜色较黑,但比地球上的中非班图人要浅得多,这应该是因为适应恒星辐射的缘故吧?别的好像没什么了。"

"难道你忘了里海星是一颗水星球吗?"何夕说,"这些先行者大部分时间生活在水下,他们都有鳃,那才是他们的主呼吸器,肺只是辅助器官。"

"对啊。"叶列娜恍然大悟般叫道,"可是怎么没看到呢?"

"这便是缘于《乐土宪章》的相关原则。"何夕说,"比如大熊座黄海星的引力是地球的两倍,很明显人类必须经过改造才能在上面生存。黄海星的原生生物都普遍矮小,身体多呈扁平。先行者是经过设计的人类,很显然将身躯设计低矮是最方便的办法。但是人类采取了另一种方法,就是加固先行者的骨骼等支撑系统,当然还包括提高血管壁强度等相关措施,虽然这样做的代价高了很多,但可以保证现在黄海星人的平均身高只比我们低一点点而已,也就是说,从形态上能一眼看出他们是我们的同类。"

"里海星人的鳃在哪里呢?"叶列娜问道。

"据我掌握的资料,他们的腋下便是鳃所在的地方。"何夕肯定地说,"虽然这样做造成了呼吸道的部分冗余,但显然在外观上更能让人接受。"

"其实也可以不采用基因改造的方法啊。"叶列娜想起了什么,"采用水下呼吸器不也可以在里海星生存吗?"

"如果那样做的话,人类根本不能算是移民成功,充其量只是一个过客罢了。"何夕说,"只有凭借本能的力量自由生存,才是真正征服并融入了这颗星球,这也是乐土计划的根本宗旨所在。"

"那万一有些星球环境过于古怪怎么办?"

"已经有过一些放弃的先例。"何夕显然很满意叶列娜能提出这个问题,"比如离地球五十九光年的死海星,由于存在大量硫化物,死海星的海洋呈较强的酸性,里面生活着一些奇怪的低等生物。基因工程师从一种水生螨虫得到启发,从而设计出了可行的先行者方案,但最终被听证会否决了。现在死海星已经被废弃七十年了。"

"为什么?既然都有了可行方案为什么不实施?"

何夕的嘴角抽搐了一下,"在方案里,为了适应那里的环境,先行者将会是一种全身布满黏液的有鳞物种。我的朋友威廉教授就是听证会成员,他是一位人类学家,据他说,当时一百多名听证员全票否决了该方案。"

这时李高从屋子里出来了,叶列娜注意到他的笑容有些谦卑,"大船正在赶过来,根据速度计算,二十分钟之后对接。"

何夕蹙了蹙眉,"据我所知,大船都是作为永久驻地的一部分,怎么在里海星会分隔这么远?还有,这里既然是政府驻地,怎么只有你一个人?"

"大船只是例行巡视。另外,我不知道什么叫做政府。"李高的语气不卑不亢,说完便低下头去。

这个回答让何夕略微放心,他也知道政府在验收之后才会成立。但何夕没有注意到,李高低头的瞬间,一丝阴鸷的神色从他脸上滑过。

7. 中央电脑

"我们现在上船,你请自便。"何夕扭头对李高说道,"驻地这里平时是你在管理吗?"何夕又淡淡地问了一句。

"没有,中央电脑说我还需要学习更多的知识,我现在只是配合机器人管家做些外围的事情。"

大船位于甲板之上的主控室,是一处透明的半球形穹顶式建筑,四面的海景一览无余。正前方控制台屏幕上显示着一个胖乎乎的虚拟头像。

"你好,中央电脑已经准备就绪。"头像的语气很平静。

"有一个问题,为什么那个42号先行者具备了某些不该具备的知识?"何夕的语气变得咄咄逼人,"难道你解开了伽利略封印?"

头像回答得很快:"四十五年前,我同四千枚先行者胚胎一起来到里海星,我的使命本该在二十年前完成。但你们迟到了二十年,那些帮助我管理的机器人相继发生了故障,我只好向先行者传授了少量封存的知识,否则不可能在这颗星球上坚持到现在。"

何夕喟然长叹,担心的事情还是发生了。从上次冰河期结束算起,人类文明已经发展了一万三千年,但是现在,人们认为严格意义上的科技文明以伽利略为鼻祖。在伽利略和波义耳之前,人们一直禁锢在古希腊的短暂辉煌中难以前进,而之后的牛顿等人则是站在他们的肩膀之上才得以进入科学的殿堂。所谓的伽利略封印是一个比喻,按照宪章章程,在验收之前,任何移民星球所掌握的知识以农耕文明为上限,这也正好对应着伽利略之前的时代。也就是说,验收之前先行者会掌握完备的经典几何知识,会有朴素的物质元素观念,能够有浅显的农业和医学知识,但是不知晓牛顿定律,也不明白天上的星星是些什么东西。因为里海星的特殊情况,之前地球委员会已经预料到可能会发生意外,但没想到出现问题的居然会是伽利略封印。

"他们知道运动三定律了吧?"何夕尽量保持语速平缓。

"是的。"中央电脑说,"十六年前大船在海啸中受损,为了尽快修复,我解开了牛顿定律的封印。"

"那热力学三定律呢?"

"很抱歉先生,这是能源应用中必须用到的。"

何夕沉默了几秒钟,小心翼翼地问:"那麦克斯韦方程呢?"

"电磁学、相对论、量子论以及虫洞理论没有解禁。"中央电脑说。

何夕吁口气,看来情况还不算无可挽回。其实等到验收完毕,这一切都不是问题,从现在掌握的情况来看,验收应该不会有大的意外。何夕心里打定主意,等验收完毕就把这段插曲删掉,毕竟中央电脑也是在与地球失去一切联系的情况下采取的应急措施。按照章程,这台违规的中央电脑应该格式化后重新编程,但何夕不打算那样做,虽然没什么道理,但在内心里,他甚至有点喜欢上了这个自作聪明的胖家伙,尽管它实质上只是一台由"0"和"1"驱动的智能机器。

"先行者说的圣地是怎么回事?"叶列娜突然问道。

"十六年前那次大海啸中,大船受损,为了避免类似情况再度发生,我指挥先行者建造了一处海底停靠点。至于他们为何称之为'圣地',可能是基于对大船的敬仰。"

"那好吧。我的问题完了。"何夕觉得轻松不少,脸上露出了笑容。

"但是我有一个问题。"中央电脑突然说。

"哦?"何夕的眉头一挑,"你问吧。如果我们解答不了,还可以跟地球委员会联系,求得他们的帮助。"

"不必。"中央电脑说,"如果你不能回答就算了。我想知道现在的里海星先行者还能不能得到改进?因为经过这么多年后,我发现在设计上有个别不太完善的地方。"

"基因设计是系统工程,对每个移民星系的基因设计至少都要花费五年以上的时间来施行,要想改变设计,除非通盘重新调试。"何夕有些不耐烦地回答,他没想到会是这种幼稚的问题,"个别地方不完善没有多大影响,世界上从来都没有尽善尽美的设计。"

大船行进了十分钟后,海面上开始出现一些绿色的伞状飘浮物,先是三三两两,但很快就变得密集起来。大的直径超过五米,小的也有几十厘米。

"这是海浮萍。"不等何夕询问,中央电脑便给出了解释,"这片海域是里海星的无风区,所以会聚集这么多。"

"里海星的植物有根吗?"叶列娜突然问道。

中央电脑迟疑了一秒钟,"从我现有的资料来看,应该没有。这颗星球上的所有生物都处于飘浮状态。里海星最浅海域的深度是八十三米,最深处超过十万米。"

"我好像看到天空中有鸟在飞。"何夕插话道。

"里海星没有同地球类似的鸟类,但是有类似昆虫的飞行生物。它们也可以在水面上停留,应该是从水生生物进化而来。这些昆虫也是先行者的食物来源之一,据他们说,有一种大飞蝗的后腿烤制后很美味。"

叶列娜皱了下眉,似乎有些担心先行者会拿虫子款待自己。何夕指着远处一块不断起伏的巨大黑影问:"那是什么?"

"那是土鲨。"中央电脑答道,"根据研究,这个物种类似于地球上的鲨鱼,已经有差不多十亿年的历史了。"

"十亿年。"何夕倒吸口气。他知道地球上某些种类的鲨鱼已经存在超过三亿年,属于地球最古老的物种之一,相比之下,人类两百多万年的进化史简直不值一提;实际上,地球的陆生物种存在时间都比海洋生物短得多,"经过这么长时间还没有灭绝,真是奇迹。"

"的确是奇迹。化石资料表明,这么久以来这个物种几乎没有什么变化。"中央电脑补充道,"也许是里海星的环境太平静了,进化的动力太小。"

"应该是这样。"何夕点点头,"地球上至今仍有些人因为某些生物几千万年来变化甚少而否定达尔文的进化论,其实这不过是因为这些生物几千万年来依然很适应环境罢了。生物进化是因为生存环境带来的选择压力,看来水星球的确是生命的舒适摇篮。"

"我们已经到达坐标位置附近。现在开始下潜。"随着中央电脑的提醒,穹顶外陡然一暗,片刻之后,四周已是一派海底风光。阳光透过海浮萍的缝隙照射下来,形成道道明亮的光柱。光柱中大片悬浮的巨型海藻飘来飘去,宛如无根的森林。

"它们虽然没有根,但在下部却普遍长有一团沉重的组织体。"何夕对叶列娜说,"这是许多水星球植物的共同特点,它们以此来调节自身在水中的高度。"

"我们已经发现至少有上百种植物具备初级运动能力,它们可以通过蠕动部分枝干缓慢前进,以便选择适合生存的环境。"中央电脑补充道。

"那是什么?"叶列娜突然指着一个方向问道。何夕望过去,立刻看到了奇怪的一幕:在一丛巨型海藻的中部呈现出膨大的一团,就像生出了一个直径十来米的卵。在轻浪起伏中,这个巨大的物体缓缓漂荡,阳光照射在上面,波光流动熠熠生辉,就像一块用翡翠雕琢的艺术品,散发出一种梦幻般的不真实感。一时间,何夕不禁看得有些痴了。

"那是花房。"中央电脑的语气保持着固有的平静,"是孩子们用巨海藻建造的,他们喜欢待在里面。"

话音未落,便看到两个小巧的身影像游鱼般从花房里冲出来,他们有些惊慌地望着大船,脸上混合了羞涩和不安。何夕一眼看出他们的年龄都只有十五六岁,看来,大船的到来打搅了一对小恋人的幽会。

"是秋生和星兰。"中央电脑说道。

两个大孩子镇定了些,他们向着这边嘴唇翕动。

"他们在说什么?"叶列娜问道。

"我们听不到的,在水底他们发出的是一种次声波语言。"何夕解释道。

"他们说刚才有一批银贼鱼袭击牧场,大人们都赶过去了。"中央电脑说。

何夕犹豫了一下,"这些人都有名字吗?难道用编号不好吗?"

"从二十年前开始,第一代先行者给自己起了名字。"中央电脑回答道,"当时起名一般是根据各自的特点自行选择,其实更像是将原来的绰号确定为了名字,比如李高原来的绰号就叫高个子。不过,现在孩子们的名字就正规多了。"

"孩子。"何夕念叨了一声。在验收之前,这本来是不应该存在的事物,但二十年联系的中断改变了许多事情。不过,这只算小小的意外吧,从另一个角度看,这些孩子也是先行者的一员。

窗外开始掠过一些悬浮在水中的结构精巧的建筑。这些建筑都呈六棱柱形,有些是单独的,而更多的则相互拼接成更大的建筑。这片建筑连绵开去,占据了很大一片空间,俨然一座海底城镇。可以想见,平日里这儿应该是一派熙熙攘攘的景象,不过现在大多数人都赶到牧场去了,只有稀疏的十多个人好奇地望向大船。

"这里就是里海星的城市吗?"叶列娜问道。

"现在还只能称作聚居点,在里海星现在有几个这样的聚居点。"中央电脑说,"我们的人口还很少。"

"那现在先行者总共有多少人?"何夕仿佛不经意地问,"加上那些孩子。"

"原有先行者4000人,现在加上孩子,总共是8754人,这其中不包括几十年来因为意外事故丧生的人口。"

"从二十年前算起,人口年增长率大约是4%。"何夕在电脑上做了个简单的演算,"人类向处女地移民时,人口增长率一般都很高,当年英国皇家海军'邦蒂'号上的反叛者在皮特凯恩岛上的人口增长率甚至高达4.3%。"

"需要建设的东西很多,劳动力明显不足。"中央电脑继续作着汇报,"机器人大多出现故障,备用零件已经告罄。"

"这都是意外造成的。正常情况下,里海星二十年前就已经解除了伽利略封印,现在早该有自己的制造业体系了。"何夕理解地点点头,"不过这一切很快就要改变了。"何夕转头望着叶列娜,"让这颗蛮荒星球沐浴到文明的光辉,这就是我们的使命。"

叶列娜身躯微震,她从何夕的语气里听到了一种坚定不移的决心。在拿到"乐土"计划书的时候,她已经知道了自己此行的目的,但在此之前,她更多地将这看成自己必须完成的一项任务,和此前自己曾经执行过的那些任务虽有区别,但本质并无不同。然而,这段时间的经历让叶列娜有了不一样的感觉,她意识到自己的人生已经和这次任务密不可分,她甚至没来由地隐隐觉得自己的命运也会因之而改变。叶列娜其实并不喜欢这种似乎带有某种神秘意味的感觉,但她无法摆脱。

8. 圣地和死亡

一个明显的减速过程之后,大船停了下来,窗外昏暗的光线表明这里至少已在海平面下几十米的深处。

前方的地板缓缓打开,显出一列向下的台阶。"请你们跟着米高前进。前方也有我的终端,你们可以随时同我交流。"中央电脑保持着例行公事的腔调。

甬道里的照明条件很好,何夕注意到墙壁的材质类似于地球上的花岗岩,每隔一段距离,就矗立着一根显然是由人工材料制成的粗壮支柱作为加固。何夕估算了一下,从离开大船算起,已经又向地底深入了几十米,在这样的深度,任何海啸都不再是威胁。

眼前豁然开朗。这是一个圆形大厅,在正中的平台上悬浮着一个直径约一米的淡蓝色球体,何夕觉得那应该是代表里海星的雕塑。

中央电脑胖胖的头像再次出现在前方的一块屏幕上,旁边站着三个身着黑衣的人。

叶列娜突然满脸惊奇地望着何夕,仿佛不知所措。何夕完全明白叶列娜何以如此,因为他自己也感到几分震惊——面前居中的那人长得同他颇有几分相像,年龄也差不多,就像是他的一个失落的兄弟。那人脸上也同样浮现出吃惊的表情,显然他也颇感意外。

"我叫秦忘。"那人恢复了平静,"先行者编号17。在这里大家也叫我酋长,欢迎来自地球的尊贵客人。"

何夕立时明白,经过这么多年之后,先行者中间已经产生了自己的领袖,看来这个秦忘就是这样的人物,"那好,中央电脑应该告诉过你我们的来意。另外纠正一下,我们似乎不应该算是客人吧。"

叶列娜悚然一惊,她这才想起,最初收到的信息里称他们为"客人"时,何夕好像也是满脸不悦。

秦忘脸上掠过一丝不易觉察的尴尬,"我这么说只是出于尊敬,我们已经盼望太久了。我们现有的力量在里海星生存显得太弱,迫切需要来自联邦的帮助。"

何夕的脸色缓和过来,一路过来,他的心情早已轻松了许多,到现在为止还没有什么不满意之处,看来此行的任务会很顺利。"这里是什么地方?你们称这里为'圣地'有什么含义吗?"

"这里是我们的议事厅。"秦忘解释道,"'圣地'是大家的习惯称呼,并没有什么特别含义。"

何夕环顾四周,"这里有监控设备吗?就是那种可以从远处看到这里的东西。"

"没有。"秦忘给出了肯定的答复。这个回答让何夕比较满意,其实叶列娜身上就带有检测设备,刚进来时就已经向他发出了安全信号,他向秦忘提问只是一次小小的试探罢了。

秦忘迟疑了一下开口道:"按章程似乎你们还应该有一个人的。"

对方主动提到章程规定,让何夕感到很踏实,他也觉得是时候让范哲登陆了,毕竟范哲在"里海星计划"里也是不可替代的一分子。"我现在就下令范哲登陆,让大船接他过来。"何夕兴奋地转头看着叶列娜,"'里海星计划'正式开始了。"

秦忘谦和地点头,"我现在就去安排。"

范哲一进门就高声大嚷:"你们肯定不相信我看到了什么,那些用巨型海藻编制的房子是我这辈子见过的最漂亮的别墅！还有……"

"好啦好啦。"叶列娜打断他，"还有巨大的海浮萍是吧？少见多怪。"

"原来你们也看到了?!"范哲挠挠头，"不过有个东西你们肯定没见过，我在飞船上观测到了几十米长的潜艇……"

"那是土鲨吧？"叶列娜哈哈大笑，"里海星可是农耕时代，哪儿来的什么潜艇？"

"先别说这些了。"何夕忍不住打断了两个年轻人的斗嘴，"我们还有正事要办。你们不会忘了自己此行的任务吧？"

叶列娜的脸色变得有些奇怪，"当然没忘，不就是让我和范哲来此地和亲吗？而你这所谓的领路人，其实就是个星际媒婆。"

何夕陡然一滞，在叶列娜嘴里，至高无上的"乐土计划"竟然成了老古董式的"和亲"，自己也成了媒婆，可仔细一想，这话却又让人无从辩驳，一时间他竟然有些哭笑不得，"这个，'乐土计划'事关全人类未来的福祉。"

"我知道，宪章上讲了的。"叶列娜接过话头，"如果人类永远困守地球，则必定走向灭亡，因为像超新星爆发、小行星撞击、高能试验事故、生化事件、太阳灾变等等无法预料的偶然事件，随时可能在未来某一天毁灭全人类。只有实施'乐土计划'，才能让人类散布宇宙，永世长存。"

"对啊。"何夕语气变得郑重，"能够在这样伟大的事业里承担一份责任，是我们的荣幸。"

范哲幽幽地看了眼叶列娜，"我们知道这是自己的使命，其实从看到计划内容的时候起，我就觉得自己变得和以往不同了。我们注定将承担很多以前不明白的东西。"

"二十年前，我曾经有过同你们一样的感受。"一层薄雾浮现在何夕的眼里，"而且由于另外的某个原因，我的感受比你们更加刻骨铭心。"何夕停顿了一下，似乎有些犹豫该不该吐露这个尘封已久的秘密。

"发生了什么事情?"叶列娜突兀地问,她的脸上若有所悟。

"事情很简单,当年我爱上了一位姑娘。但不幸的是,她也是'乐土计划'的成员之一,所以注定了这是一个不会有结局的故事。"

范哲忽然轻轻问道:"那她也爱你吗?"他的目光有些飘忽地瞟着叶列娜。

何夕一怔,"我想是吧。其实我们认识的时间并不长,但怎么说呢? 也许感情的确是世界上最盲目的事情吧。当时我看着她乘坐的飞船在视线里渐渐模糊消失,觉得自己心里的一部分也在那一刻永远地随她而去了……"

何夕突然停住话头四下张望,"你们听到什么了吗?"他的脸上浮现出极度困惑的神色。

"我听到了,好像是一声女人的叹息。"叶列娜回应道。

范哲有些茫然地怔怔立着,他没有听到什么,但是四周的情况却让他陡然紧张起来。不知何时,四壁的门已经全部紧闭,范哲上前试图打开那些门,但全都失败了。

叶列娜惊呼道:"快看,那些烟雾!"

何夕这才发现房间里充斥着一层淡淡的雾气,与此同时,范哲身上的便携式仪器也亮起了红灯。"天哪,是神经毒气梭曼! 这样的浓度三分钟内就能置人于死地。"范哲大叫起来。

何夕这才发现自己铸成了大错。当初在飞船上收到的信息里,先行者称他们为"客人",按照《乐土宪章》,所有移民星球在验收之前是不能视作人类家园的,但先行者的这种称谓的确有以"主人"自居的意思,也就是说,他们已经视里海星为家园了。这个细节本来让何夕有所警觉,所以他安排范哲留守飞船,但后来的接触让他感到放心,因而放松了警惕。现在看来,里海星上的确是发生了奇怪的事情,说不定范哲观测到的真是潜艇之类的东西。中央电脑的程序肯定被人动过手脚,对方是做了刻意的安排,等到他们聚齐之后才采取了行动。但何夕不清楚先行者这样做究竟是为什么,现在看来,这将是一个永远的谜了。屋子里的三个人脸色惨白地面面相觑,眼睛里都是难以置信的绝望。死亡,就这么来临了,在这遥远的异星之上,不仅突然到诡异的程度,而且不明不白。

在意识离开何夕之前的最后一瞬,划过他脑海的是一个奇怪的念头:那声叹息怎么那么熟悉?之后,纯粹的黑暗袭来,将一切吞噬。

9. 当年情

这就是死亡吗?像飘浮在云团里,又像是浸泡在温暖的海水中。斑驳的光影在眼前四处跳荡,宛如一幅让人不明就里的抽象画。

"不——"何夕突然大叫一声醒来,这才发现自己躺在一张柔软的椅子上,而且,第六感清晰地告诉他旁边有一个女人。这个判断很快有了依据,因为何夕立刻发现一个纤弱的身影就伫立在他的面前。

即使是最善于想象的人,在面对命运的安排时也常常感到意外,谁都不知道会在什么时间以及什么地点遭遇哪些无法预料的人和事。当于岚的身影突然间映入何夕眼帘时,他真切地感到这句话的正确。二十年的隔膜在那个瞬间被穿透了,何夕突然觉得天地间恍若无物,只剩下了他们两个人。无论用什么样的语言也无法述说何夕在那个瞬间的感受,因为他见到的是一个自己以为已经与之永诀的人。多年前的伤口还一直隐隐作痛,但是那个人居然回来了,她穿透的不仅是时间,还包括死亡。

何夕此时还不知道,与于岚的重逢最终成为了他内心中第二道痛入骨髓的伤口,而且永世难愈。

"是你吗?"何夕喃喃地问,"如果不是从小被培养的无神论信仰,我一定会认为这是在天堂里的重逢。"

"是我。"于岚温柔地回答,眼里充满欣喜。

何夕四下张望,发现这里是大船的主控室,现在已近黄昏,太阳的光线变得柔和,绚丽的云彩挂在天边。但他没有看到范哲和叶列娜。

"他们现在很安全。"于岚仿佛看透了何夕的心思,"如果再晚一点可能就……"她止住话,似乎仍然心有余悸。

"我不明白发生了什么事。"何夕犹疑地开口,"好像我们差点死了。但这怎么可能呢?一切都很正常啊。是不是发生了什么故障?"

于岚没有开口,像是没有听见何夕的话,但谁都能看出她眼里的喜悦发自内心。

"当年的事故里你不是已经死了吗?"何夕急促地问,几乎与此同时,一道灵光自他脑海里闪过,他猛然想清楚了一些事情,"我知道了,并没有什么事故,一切都是假象。"

于岚迟疑了一下,终于点头承认了何夕的猜测。

但是何夕心中的疑惑更甚,"可为什么会这样?是先行者扣留了你们吗?"

"怎么可能呢?"于岚摇头,"他们都是善良而无害的,老实说,地球人在他们面前,至少在道德层面上肯定会感到自卑。"

"但那个警报信息又是怎么回事呢?那可是你亲自发出的。"

"马维康和加滕峻并不是死于脉冲星辐射。"于岚幽幽地说,"而是死于一次突发事件。当时我同他们发生了激烈的争执,先行者站在我这一边。他们两人先动手杀死了几十位先行者,但是最终寡不敌众。我是后来才发出的那条信息。"

何夕彻底震惊了,他没想到二十年前竟然发生过这样惨烈的一幕,"是什么事情最后发展到这种地步,难道不能协商解决吗?"

"不能。"于岚冷酷地说,"事关生死存亡,没有调和的余地。当时,马维康和加滕峻正准备向地球报告里海星任务彻底失败的消息。"

何夕倒吸一口气，他当然知道这个消息意味着什么。"乐土计划"自实施以来还从未发生过这种情况，一旦消息发出，其后果不堪设想。

"是那种情况发生了吗？"何夕平静了些。

"就是那种情况。"于岚的神色变得古怪，就像一个来自黑森林的女巫，她一字一顿地吐出剩下的四个字，仿佛那是一句可怖的咒语，"生殖隔离。"

虽然有所预感，但这几个字还是像重锤一样打在了何夕的心上，"这怎么可能？我一直以为宪章里关于这一条的规定只是某种为了法律完备性而准备的条款，没想到真会发生这种情况。要知道，每个先行者方案都是经过至少五年时间、上千次实验才确定的。"

于岚的思绪已经回到了二十年前，"当时我们顺利到达了里海星，这里世外桃源般的美丽风光让我稍稍觉得安慰。我想就这样忘了过去吧，开始新的生活。"于岚的眼神变得有些迷蒙，"后来的事情都是按部就班的，加滕峻与他的心上人一见钟情，而我居然遇到了一位和你颇有几分相像的先行者……"

"是秦忘吗？"何夕陡然想起那位酋长。

"就是他。"于岚苦涩地笑笑，"里海星第一代先行者的名字都是自己决定的，唯有秦忘的名字是我给他起的。"

"秦忘。情忘。"何夕若有所悟地低语，一时间他的心里涌起阵阵痛楚，情真的能忘？

于岚平静了些，接着说道："如果一切正常，我们就会像在地球上一样，恋人们交往一段时间后，在领路人的主持下缔结婚约，然后在几个月后的某一天诞下生命的结晶。由于先行者的所有重要体征都被设计成显性基因，所以孩子肯定能够适应这里的环境，孩子顺利出世便是整个计划圆满成功的标志。"这时于岚像是忽然想起了什么，"你的家人都好吗？"

何夕有些猝不及防地回答："当然，他们都在渤海星。"他低声补充道,"我和妻子早已分手,我同女儿生活在一起,她非常可爱,像个天使。"

于岚流露出羡慕的目光,不知为什么,这目光让何夕觉得心中酸楚,"也许是我的专业使然吧,我一到里海星便采集了先行者的生殖细胞进行分析,想观察它们同人类生殖细胞结合时的行为。"

"这好像没什么必要吧,在地球上早就进行过无数次类似的实验了,虽然我不是这方面的专家,但也知道用先行者胚胎细胞制造他们的生殖细胞是一件很容易的事情,进行一次减数分裂就行了。"何夕有些不以为然地插话。

于岚没有理会何夕,"由于我自己排卵期的原因,第一次实验是在到达里海星的第五天才进行的,我同时也以实验的名义取得了加滕峻的生殖细胞。我说过的,当时只是专业兴趣使然,我根本没有想到会发生出乎意料的事情。"

何夕的心渐渐下沉,"实验结果是什么?"

"相当可怕。"于岚的语气简短而冷酷,"在显微镜下,我看到的完全是异种生殖细胞相遇的情形。精子漫无头绪地乱撞,完全不像遇到同类卵子那样舍生忘死地冲锋;而卵子则完全彻底地封闭了表面的一切通道。也就是说,它们相互排斥的程度甚至超过了马和驴,尽管后者也无法孕育出能正常繁殖的后代。"

"异种。"何夕从牙缝里挤出这个词,"可我知道类似的实验在地球上是全部成功的。"

"我当时也非常震惊,但事实就摆在眼前。接下来我采集了更多的先行者标本做实验,结果完全一样。经过进一步分析,我找到了原因所在。"于岚竖起食指指了指头顶。

何夕立时明白了于岚所指,"你认为是里海星特殊的恒星辐射造成的?"

"就是这个原因。"于岚点头,"其实恒星辐射超过地球的行星并不少见,但以往还没有发生过以这种方式影响生殖细胞的情况,可见宇宙中的确还存有许多人类未知的奥秘,我想可能是因为这里的恒星辐射中具有某些特殊频率的射线吧。不过我观察到,先行者之间生殖细胞的结合却又完全正常,甚至当时已经有一对偷尝禁果的先行者,他们一岁大的孩子在水里游得比银贼鱼还快。"

"再后来发生了什么事?"何夕强迫自己保持语速平缓。

"我确定实验结果无误后,便报告了马维康。他当时不相信,但在亲眼目睹之后接受了我的结论。然后我们三个人在一起开了个会,其实根本不需要什么讨论,按照宪章的规定,一切都是明摆着的。要知道,任何违背宪章的行为都被视作反人类罪。"

何夕打了个冷战,他用有些奇怪的眼神看着于岚,他预感面前这个柔弱的女子也许就是一名人类公敌。

"他们两人的意见是立刻向地球委员会汇报,准备启动抹除程序。我想那一刻自己可能是疯了,我无法接受几千个活生生的、有血有肉的人在我面前被杀戮。我冲出了门,对先行者高喊他们已经被人类视为异类,将被毫不犹豫地抹除掉。我告诉他们,如果要拯救自己,就必须制止屋子里的人发出信号。"于岚痛苦地摇头,乌发变得凌乱不堪,当年那可怕的景象让她至今不能释怀,"人群向屋子冲过去,然后我看到不断有人倒下,遍地的血……"

于岚的话戛然而止,她在极度的激动之下突然晕厥倒地。

10. 非 人

于岚苏醒的时候,发现自己正好同何夕掉了个儿,自己躺到了椅子上,而何夕正注视着遥远的天边若有所思。

"你醒了。能告诉我现在我们所处的方位吗?"何夕俯下身来,眼里是毫不掩饰的关切之情。

"我们现在就在圣地的上方,先行者称这里为圣地是因为我住在这里,我没有抵抗辐射的基因,多数时候都生活在地底。"于岚站起身,"他们对我当年的行为充满感激,对待我像神一样无比尊敬。他们是知道感恩的人。"

何夕点头表示理解。二十年来,于岚遗世独立,对里海星的确付出了太多,同时他也听出了于岚话中的维护之意,"我相信他们都是善良的,但他们是异种,这是不可否认的事实。"

于岚沉默了好一阵子,像是在思考某个问题。"你看到这个了吗?"她突然指着桌上一座半米高的拱桥模型,脸上浮现出萧索的神色,"里海星上没有河流的概念,当然也不会有桥这种东西,这个模型是我平时摆着玩儿解闷的。"于岚说着用手轻轻一拂,拱桥立刻散落成十几块大大小小的配件,"这座桥没有用黏合剂,完全依靠配件契合成型。你试试能还原吗?零件上面有编号,你可以按顺序来做。"

虽然何夕不明白于岚为什么突然扯到这个模型上,但他还是依言摆弄起那堆零件。何夕知道于岚的老家是中国南部著名的水乡,那里有很多这样的石拱桥,少女时的于岚曾经每天都要从桥上走过。何夕想象着那时的于岚伫立桥上看风景是怎样一副纤弱的模样,而现在的她却只能在一百六十光年之外摆弄一座石桥的模型,不知为何,这样的联想突然让何夕有些心酸。何夕定定神,将注意力放到眼前,所谓零件其实就是一堆梯形的塑料块。何夕试了几次都失败了,模型总是在垒到一定程度的时候崩塌掉。何夕有些郁闷地盯着这堆不听话的零件,从道理上讲,这应该是件很容易的事情,这些零件的形状肯定是能够契合成一座拱桥的,就像他刚才亲眼见到的一样,而且也的确和现实中的石拱桥一样不需要什么黏合物。

"你不会成功的。"于岚意味深长地开口,"零件一块不少,但你会发现你的工作总是进行到某一个时刻就崩溃了。"她从抽屉里拿出一个盒子,"你做不到只是因为还缺少一些东西,这个盒子里面的构件可以用来搭建脚手架。翻开拱形桥建筑手册你就会发现,在造桥之前,你需要搭建脚手架之类的辅助设施,但这些东西最后会被拆除,不留一点痕迹。"

"为什么和我说这些?"何夕若有所思地问,他觉得自己正在接近某个隐藏的真相。

于岚的眼睛忽然变得很亮,"其实建造这座桥的过程和人类的进化非常相似。这本来是进化应有的常态,三十多亿年里,我们身体的所有构件其实都经历了这样的过程。那些曾经出现但最终消失了的部件并不是无用的,没有它们也就不会有现在的人类。但我们现在对先行者的改造却完全违背了这种自然规律,跳过了所有中间环节。人类凭借已经超越了造物主的强大技术,直接依据移民星球的环境需要设计制造出了先行者。"

"你说先行者是非自然产物,是吗?"何夕问。

"先行者完全是纯粹计算的产物。"于岚的脸上闪过一丝悲戚,"他们不过是从移民星球的环境倒推得到的产品罢了。在地球委员会的眼里,他们就是一群小白鼠,根据人类的需要被送到一个个开拓地。出于开拓的需要,他们先天就被赋予了各种特殊的能力,但是这些能力却可能在几十年后给他们带来灭顶之灾。"

何夕沉默了好一会儿才开口道:"你说的这种极端情况并没有出现过。"

"只能说在里海星之前没有出现过。"于岚直视着何夕的眼睛,"技术不是万能的,它不可能预见到所有的情况。你认为里海星先行者会面临怎样的结局?"

何夕感到喉咙发干,"宪章……宪章里提到过的。"

"'宪章'。"于岚的语气冷得像冰,"要我背给你听吗?这些年里我早就把宪章翻烂了。不错,宪章里写满了公理正义,它的每句话听起来都代表了人类文明的最高法则,让人无从辩驳。它对所谓移民失败的先行者只说了两个字:抹除。"

"实验总有失败的可能,既然明知失败……"何夕艰难地吞了口唾沫,"这也是迫不得已的做法。"

"问题在于里海星先行者们失败了吗?"于岚逼视着何夕,"你看到过他们,连同他们的孩子。这么多年来,他们自由自在地生活在这颗星球上,没有任何不适应的地方,他们建立了自己的家园,同万物和谐相处;没有大的灾难,他们还能这样生活一百万年。你看到过孩子们建造的那些花房吗?"于岚眼里闪烁着动人的光泽,"我觉得它就像是一件美轮美奂的艺术品,是这颗蛮荒星球上最动人的事物。你敢否认自己曾经被它打动吗?"

"是的。"何夕低声说,"那些花房的确非常漂亮。还有,那些孩子也非常可爱。他们让我想起了自己的女儿。真的,我真的这样认为。"

"但是按照宪章的定义,他们都是失败的样品,应该完全不留痕迹地抹除掉,就因为他们同我们产生了生殖隔离。"于岚话锋一转,"可这能怪他们吗?是人类在操纵这一切。"

"从生物学意义上讲,他们的确不能称作人类了。"何夕肯定地说,"我承认这是人类犯下的错误,看来最严密的设计方案也会有出错的时候,毕竟人类还没有洞悉基因的全部秘密。这里发生的一切已经证明里海星的环境超出了某个阈值,适合生存的先行者将注定异化成非人类。按宪章规定,这个星球在抹除先行者后也不会再用于移民,它将成为又一个死海星。"

11. 蓝色的雪

"你已经决定了吗?"于岚幽幽地问,一丝奇异的光芒在她的眸子里浮动。

何夕努力控制自己的目光不要四处躲闪,他知道从道理上讲,自己没必要感到一丝愧疚,恰恰相反,他现在正是站在绝对正确的立场上,"我明白你的心情,这的确不是一个容易下的决心。但是我们不能被感情左右,那些先行者……他们……他们的确已经不能算作人类。"

"不——你不会明白的!"于岚突然歇斯底里地大叫道,"你还是站在最狭隘的立场上看待眼前的一切。我认识这里的每一个人,熟悉他们的音容笑貌。秦忘很腼腆,米高喜欢在女人面前吹牛,星兰正在为自己长得太瘦发愁……他们体内的基因有百分之九十七和我们完全相同,他们和我们一样有智慧、有灵魂,还有——梦想。他们不是机器,不是小白鼠,他们是有血有肉的人!你明白吗?"

何夕面色惨白地看着这个狂躁的女人,一语不发。等于岚平静一些之后,何夕慢慢开口道:"他们不是人类。按照门、纲、目、科、属、种的划分,我想他们最多只能到灵长目人科,到不了人属和智人种,他们和我们不是同一物种,生殖隔离是最有力的证明。我们同他们的差别之大,也许超过了同为猫科动物的猎豹和非洲狮之间的差别。想想吧,只要有机会,草原上的雄狮会毫不犹豫地杀死并吞食猎豹,反过来也是一样。"何夕的喉结艰难地动了一下,"我们和黑猩猩也有百分之九十六的基因相同。所以……他们不是人,他们是绝对的异类。"

于岚颓然坐倒在椅子上,理智告诉她,何夕说的都是对的。

"人类很幸运,掌握了虫洞这种超越时代的伟大技术,得以一窥浩瀚宇宙的面貌。而更幸运的是,在运用这种技术的过程中,人类还没有遭遇到智能胜过自己的可怕异类。但在开拓异星的过程中,人类却可能创造出这样的异类,谁敢保证某一天它们不会向创造者举起屠刀?"何夕冷酷地问。

"不会的,不会这样的。"于岚无力地嚅动嘴唇,头上的乌丝剧烈地摆动着,"他们很善良,我一直教育他们对地球怀有感恩之心。"于岚仿佛抓住了一根救命稻草般抬起头来,"我会告诉他们地球是他们的根,我会让他们永远记住这一点。他们是永远不会对抗人类的。"

何夕有些怜惜地看着憔悴的于岚,"永远是什么?世界上有永远的事情吗？人类的历史你应该比我清楚。现代欧洲人都来自非洲，但当他们的后代在15世纪重返非洲时，带去的却是无尽的杀戮和种族灭绝。还有一个时间间隔更短的例子，公元1000年左右，一些波利尼西亚农民移居新西兰成为毛利人，其中又有部分移居查塔姆群岛成为莫里奥里人。几百年之后的一天，毛利人冲到查塔姆群岛，杀光并煮食了那些莫里奥里人。一个毛利人解释说：'我们捉住了所有的人，一个也没有逃掉……我们抓住就杀——这符合我们的习俗。'"何夕露出残酷的表情，"这些例子里的双方其实还属于同一物种，人类自己的历史已经证明了一切。我承认现在的里海星先行者都是善良而无害的，而且我内心里甚至很喜欢他们。但是，人类绝对不能冒险去养大一个拥有智能的异族。"

"看来你真的是决定了！"于岚有些失控地嘶喊道，"你一定认为我是一个被感情冲昏了理智的巫婆，我已经当过一次人类公敌了，我不怕再当一次！"

"别这样。"何夕扶住于岚瘦削的双肩，"你已经尽力了，里海星先行者的命运是注定的，真相不可能永远隐瞒下去。只要地球联邦知道了里海星发生的事情，就算倾全人类之力也会消灭这些先行者的，这是自然界的铁律。"

"但是，如果能多给先行者们一些时间，再给他们几十年时间，我可以教给他们更多的知识，让他们拥有自己的先进技术，他们就能进步到足以同人类抗衡的程度。"于岚突然痛苦地抓扯起头发，脸上是无所适从的绝望，"天哪我说错了，我在说些什么啊？他们永远都不会同人类对抗的，不会的。"

"你说出的正是真理。"何夕知道现在不是心软的时候，于岚已经陷得太深，他有义务唤醒她，"其实你自己早就看到了一切，只是不愿意承认罢了。"

于岚一步一步朝门外退去，脸上混合着无助与决然，"你们都是屠夫，我不会让你们毁灭这里的一切的。"

"你打算怎么做,就像二十年前一样?让先行者们撕碎我?"何夕脸上挂着冰凉的笑,仿佛想掩饰什么,"我知道他们现在就在外面,他们的武器应该比二十年前先进多了。"

"求求你别逼我。"泪水不可遏制地从于岚眼中流淌而下。一边是曾经的挚爱,另一边则是无数她必须保护的生命。一时间,她仿佛听到了自己的心碎裂滴血的声音。

"是结束一切的时候了。"何夕突然扬了扬手,"就在二十分钟前,也就是你昏厥的时候,地球委员会已经收到了关于里海星情况的报告。我们马上就会看到他们做出了怎样的决定。"

"这不可能。启动量子通信至少需要两个小时,你在骗我。"于岚难以置信地摇头。

"也许世间真有所谓宿命的存在。出于某种难以言说的原因,我在几个小时前就让范哲启动了量子通信。"何夕接着说,"我忠实地描述了里海星的状况,其中也包括你所强调的里海星先行者的'善良'和'无害'。地球委员会是最终的决定者,现在一切都已不可更改,我想再过几分钟,我们就能知道里海星的宿命究竟是什么了。"

于岚不再说话,实际上何夕的话已经让她完全僵立。何夕缓步上前温柔地环住她的肩膀,然后他们一同望向外面的黄昏,就像一对看海的亲密恋人。

在一百二十公里的高处,虫洞飞船以黑丝绒般的太空为背景缓缓滑过,宛如一只巨眼君临万方。飞船核心处有一个内部冷到极点的黑匣,里面的温度甚至低于宇宙的背景辐射。在这样的温度下,运动几乎停止了,就连电子这种不可捉摸的轻子也表现为黏滞的状态。

突然,像是获得了某种古怪的魔力,其中一些电子开始无视低温的禁锢执著地骚动起来,它们迈开了奇异的舞步。电子们的舞蹈并不是无意义的,它们跟随亿兆公里之外的孪生兄弟的脚步拼出了一条无比清晰的指令。几秒钟之后,虫洞飞船整个儿震颤了一下,在指令的召唤下,它的周围伸出一圈发着蓝光的管子,就像是一头从沉睡中苏醒的怪兽正在舒展四肢。

何夕看见很多道流星般的亮迹破空而至，在黄昏的天空中显得夺目非凡。进入大气层之后，亮迹急速地湮灭，与此同时，无数淡蓝色的雪花开始在六月的天空中缓缓飘落，这幕无声的场景美得令人窒息。

"终结者病毒……他们终于做出了决定。"于岚喃喃开口，她的脸上一片幻灭。

何夕没有说话，在这个时候，语言根本没有任何意义。他知道这场雪会连续下十二个小时，直到这颗星球的每个角落都覆盖上足够的病毒。对应于每种先行者都预先设计有一种终结者病毒，它们是高度特异定向化的，一种病毒只能感染并杀死对应的先行者，而当先行者全部死亡后，病毒自己也无法存活。按照实验结果，先行者受攻击后存活率不会超过四万分之一，而现在整个里海星人口不足一万，也就是说，这是一次彻底的饱和歼灭行动。

12. 人生不相见

时间已是深夜，在两轮月亮的辉映之下，可以看到近处的雪花仍然稀稀疏疏地飘洒着，这幅静谧的图景让人很难将其与大规模死亡联系在一起。

"原来这就是里海星的宿命。"何夕再次提起话头，于岚像现在这样一言不发已经十个小时了。

"他们都死了，对吧？"于岚突然开口，这让何夕觉得稍微放心了些。

"终结者病毒攻击神经系统，感染者将很快因为神经系统瘫痪而窒息死亡。"何夕小心翼翼地说，"这是一种快速的低痛苦死亡方式，有些类似于氰化物中毒。现在先行者应该都已经死去了,就算个别先行者正潜入深海,也只是感染得稍晚一些。"

于岚机械地走到十米外的控制台边坐下,何夕知道从那里可以跟踪到每一位先行者,但于岚现在的举动已毫无意义,在屏幕上,她只会看到八千七百五十四个一动不动的小点——那是先行者横陈的尸体。

"一切都结束了。"于岚从控制台前站起,脸上一片麻木,"从里海星被发现算起已经过去五十多年了,在这颗星球上发生过那么多故事,而现在一切都回到原点,就像是做了一场梦。"

"至少我们一起看到了结局。"何夕指向天空中某一处,"从这里看过去,太阳系只是一个暗淡的白点,但那里是全人类共有的家园。在这个冗长的故事里,最幸运的一点就是经过那么多事情,我们的家园还在。"

于岚突然叹了口气,像是有所触动,"知道吗?以前我觉得所谓的星座只是古人的奇特想象力组合,但现在我却不这样想了。也许其中真的隐藏着某种我们永远无法彻底弄明白的东西,它超越了所谓的定理,也超越了人类全部的理解能力。"

何夕哑然失笑,"怎么,我们的生物学博士改行研究哲学了?"

于岚转头看着何夕,"就像现在,我们站在这个位置上,能看到太阳系连同半人马座还有旁边的群星,你看它们像什么?喏,稍微把头偏左一点……"

何夕凝视着那个方向,饶有兴致却不以为然,然后,天地间突然沉寂了,何夕感到有滚烫的泪水从眼里涌出——他看到了一只小小的摇篮,下面是篮身,上面有一条提臂,那颗火红大星则是悬挂点……小小的摇篮就那么孤单地悬挂在这广袤无垠的宇宙中。

从这个位置上,何夕也看到了在地球上永远无法与猎户座同时看到的天蝎座群星,火红的大星便是天蝎座 α 星,中国古人称之为"大火",曾经专门设立"火正"一职观察它的位置以确定节气。天蝎座群星参与了太阳系摇篮的组合,这幅图景是那样美妙绝伦,但仿佛又蕴涵着人类智慧永远不能理解的无尽深意。

良久之后,何夕回过头来,"我们该回家了。"何夕爱怜地望着于岚并加重了语气,"是我们两个人的家。"

"'回家'。"于岚若有所动地重复一句,"我也很想回家,但我再也回不去了。"

何夕有些意外,"虽然你违背了章程,但毕竟没有铸成大错,我想联邦政府不会太难为你的,我有把握替你脱罪,至少会是很轻的判决。"

"你认为我们还能回到从前吗?不可能的。里海星改变了我的一生,我已经同这里的一切有了永远无法分离的血肉联系。太阳系是人类温暖的摇篮,但孩子已经长大了,是到放手的时候了,不应该让摇篮成为永远的禁锢和桎梏。正是几万年前来自非洲的先行者闯进旧大陆,以及几百年前来自欧洲的先行者们挺进新大陆,才有了后来人类历史中一幕幕壮丽的篇章,我想终有一天你会明白的。先行者们不在了,但是我要留在这里,用我剩下的生命守护他们无根的灵魂,不然我怕他们会迷路。"于岚转头凝视着何夕,星星在她的眸子里闪烁着动人的光芒,"我们的人生分开得太久也太远了,就像参宿与商宿,东升西落,已经无缘相聚。"

于岚说完这番话,将身体从何夕的围抱中抽出,轻轻地、然而也是决绝地步入了门外的黑暗。剩下何夕一个人孑然伫立,仿佛一尊雕像。

尾 声 最后的音节

登陆舱缓缓升腾,越来越高,渐渐成为湛蓝天空中一个不可见的小点。于岚面无表情地注视着这一幕,这时,主控室的地板滑开了,两个纤细的身影扑进于岚的怀里大声啜泣,过去的这十多个小时,他们就像是生活在炼狱里。于岚紧紧搂住两个吓坏了的孩子,就像是搂着两件失而复得的珍宝。几个小时前,她在主控室里看到了两个移动的小点,也许是由于恒星辐射的缘故,这两个孩子竟然产生了抵抗终结者病毒的突变,也就在那一瞬间,于岚不动声色地做出了决断。

"虫洞跳飞进入倒计时。"叶列娜向一直失魂落魄的领路人汇报,她忍不住提醒一句,"还有十分钟时间,如果想道别请抓紧。"这时她猛地瞪了范哲一眼说,"跟我出去呀,真是没脑筋。"

范哲稍愣,随即听话地跟着出了门,他正好也有许多话想对叶列娜说。

屏幕上的于岚已经不复昨天憔悴的模样,似乎还淡淡地化了妆,看上去明艳照人,"我已经在这里等了一阵儿了,我知道你会来的。"

"还有几分钟飞船就会启动,这一别恐怕今生都无法再见了。"何夕深深地凝望着于岚,似乎想将她的容颜镌刻在自己的视网膜上,"我会在亿兆公里之外想你的。"

"我也是。"于岚柔声道。

何夕迟疑了一下,似乎在做什么决定,末了他平静开口道:"照顾好秋生和星兰。"

于岚悚然一惊,脸色一下变得苍白,"你、你说什么?"

"虽然你离开的时候关闭了控制台,但是后来我破译了启动密码,所以我知道有两位幸存者。很巧的是,我居然见过这两个孩子,他们很可爱。我一直在回想你说的那番话。"何夕稍稍停了一下,"我现在终于明白放手也是一种爱,而且是宇宙间最深沉的爱。我知道该怎么做,不会有别人知道这一切,也不会有人来打扰你们。别了,我的里海星女神。"

"谢谢你,我会守护着他们,不让他们迷路。"于岚眼里流露出依依不舍的神色。永世的分别就在眼前,两人透过屏幕痴痴凝望,口唇微动中,不知不觉吟诵的正是那已经刻入彼此灵魂的诗句:

人生不相见，动如参与商。
今夕复何夕，共此灯烛光。

泪水在两张面庞上汇集成行肆意流淌，冲刷经行的一切，将心中无尽的块垒抚平。

少壮能几时，鬓发各已苍……
昔别君未婚，儿女忽成行。

前尘旧事在何夕眼前一一晃过，地球的初遇、二十年的分离、短暂的重逢，还有这永远的长别。无数慨叹划过心头，这一刻就像是历尽一生。

十觞亦不醉，感子故意长。
明日隔山岳，世事两茫茫……

炫目的闪光突然亮起，模糊了眼前的一切，宣告这个冗长的故事走到了终局。而空气中还飘着那最后的音节，在相隔亿兆公里的两端盘桓、萦绕。

（本文获2010年中国科幻银河奖）

后　记

科幻，在路上

　　已经记不清有多少次被人问到为什么会选择科幻写作，我的回答几乎每次都是相同的两个字：爱好。这个回答有些空泛，基本上无法满足提问者的好奇心，但这就是真实的情况，在中国目前的环境下，正是内心的热爱，支持着作者、读者与科幻相守至今。

　　进入这个圈子是在1991年，即使除去中间因为各种原因同科幻疏远的几年，也是一段不短的时间，不知不觉间，自己已从"新军"变成"老人"。早年作品的青涩与年龄堪成正比，当初作品能够问世，纯粹是科幻世界杂志社几位可敬的师长提携后进。这次整理作品时本想作大改动，但后来觉得这是当年自己真实思想的体现，还是尽量保持原貌吧，算是一段时光的纪念。

　　如果从鲁迅、梁启超翻译凡尔纳的作品算起，中国科幻之路已经超过了一百年，即便从顾均正先生创作《和平的梦》算起也有七十多年了，在这期间，真正称得上辉煌的时段非常有限，更多的时候处于萧条或是低谷,这实在值得我们深思。有人认为,进入新世纪后,中国的科幻创作及科幻理念都有了巨大的创新和发展,但情况真的如此吗?一篇名为《美英科幻小说的题材》的论文列举了十六种科幻小说:太空、生物和环境、战争和兵器、过去和未来的历史、噩梦和警示、大灾难和世界末日、超越时空、技术和技术制品、城市和文明、机器人和超机器人、机制思维、超能力、进化畸形、性和性异常、污染问题、反科幻题材。这篇论文出自中国学者之手,虽然比英国科幻学者布里安·阿什的分类少了三种,但已足以让我在第一次看到时感慨良多。中国科幻历经坎坷,有着自己的"黄金时代"、"蹉跎岁月"以及所谓的"新时期",但细数这个过程中的所有作品,却都没有超出上面那个清单的樊篱——这还是一篇发表于三十年前的论文(布里安的清单在时间上要更早)。

也许现在可以解释我的感慨从何而来了,一个以想象力、创新以及所谓"科学内核"为最根本生命力的文学类型竟然早就被划定了疆域,这正是科幻"难"之所在。科幻创作真的很难,个中滋味局外人殊难理解。许多人在触碰到这个困难之后退却了,这跟才情关系不大,更像是一种本能反应。比如,《那多手记》的作者那多和《昆仑》的作者凤歌都可谓才华横溢,但他们在科幻面前却都浅尝辄止,转投到自己更能驾驭的领域(灵异和武侠),同时他们也在不同场合感叹过科幻创作之"难"。正是这种困难,导致优秀科幻作家和作品的产生成为了小概率事件。不过,我对这一点的看法倒是比较简单:虽然超越这个所谓的"幻想的疆域"极其困难,但没有什么绝对的必要。在文学中,有些主题本来就具有永恒性(比如爱情),所以会被冠以"母题"的称谓。科幻小说也不必为创新而创新,有了相当数量的作品为基石后,突破便是一件自然而然的事情。

身处信息时代,资讯的传播和普及越来越快,读者的眼界已经变得非常开阔,这就必然让许多擅长"掉书袋"的作者感到压力巨大。没有自己的思考、没有独立见解的作品,已经越来越不可能获得读者的青睐。人物、情节、场面当然极为重要,没有这些不可能成就佳作,但可以肯定地说,这些东西的的确确不是科幻的根和魂。而另一方面,科幻虽然披着想象力的五彩霓裳,但在现实中却已经变得无比世俗(标准说法是市场化),实际上,现在评价一部科幻小说成功与否,最重要的标志就是能否登上畅销书排行榜。我在多年前的一次访谈中说过,如果对中国科幻的未来作一个乐观的估计,那就是畅销书和影视的结合;科幻若不能大举进入公众视野,就根本谈不上发挥影响。现在中国有相当一部分人对科幻的态度非常奇怪,一方面在影院里由衷地感叹科幻营造出的超越现实百倍的壮丽(不仅仅指感官画面),一方面却在思想上将科幻小说划归儿童文学的范畴。这就是现实——虽然矛盾,但在现实面前,包括科幻作家在内的任何人都无法对抗而只能遵从,否则就会成为曲高和寡的"伤心者"。但我们可以在这个现实的铁壁前寻找丝丝潜在的狭缝,塞进一些我们真正想表达的东西。塞的东西多了,狭缝就会松动开裂,直到变成一扇可以依稀看见远方壮丽风景的窗户。窗户进一步扩展,便可以变成铁壁上的一道门,让我们得以跳出井圈,拥抱另一个广袤无垠的世界。

这将是一个漫长的过程,脚下黑暗泥泞的道路会一直陪伴我们。而在平凡世界的尽头,遥远的星光会对我们展露出永恒的诱惑。

科幻,在路上。